Bibliothek der
phantastischen Abenteuer
Herausgegeben von
V. C. Harksen

Marion Zimmer Bradley wurde 1930 in Albany, New York, geboren und war von 1949 bis 1964 in erster Ehe mit Robert A. Bradley verheiratet. Sie lebt heute mit ihrem zweiten Mann, Walter H. Breen, in Nordkalifornien. Schon in ihrer Schulzeit beschäftigte sich Marion Zimmer Bradley mit phantastischer und Science-fiction-Literatur. Ihren größten Erfolg erreichte sie mit der einfühlsamen Nacherzählung der Artus-Sage aus der Sicht einer Frau, dem Buch ›Die Nebel von Avalon‹ (Band 8222). Im Wolfgang Krüger Verlag erschien ihr großer neuer Roman ›Die Wälder von Albion‹.

Windschwester. Auch in dieser neuen Sammlung magischer Geschichten von (mit wenigen Ausnahmen) und über Frauen finden sich wieder faszinierende Zaubersprüche, scheußliche Dämonen, hübsche Mädchen und alte Hexen, mutige Krieger und feige Räuber, grausame und listige Göttinnen und Götter und allerlei Werwölfe und Drachen. Auch an menschlichen, nicht-, halb- und unmenschlichen Techtelmechteln ist kein Mangel.
Wir begegnen mit Shanna und Dossouye ein paar alten Freundinnen wieder und lernen neue Gestalten kennen, von denen Naila, die tlascanische Thronfolgerin, die erregendste ist. Wieder nehmen die Heldinnen ihr Schicksal, und sei es noch so trist, nicht in schlaffer Ergebung auf sich, sondern greifen mutig zu List und Waffen, um selbst über ihr Leben zu bestimmen.
Wie im ersten Band ›Schwertschwester‹ (Fischer Taschenbuch Bd. 2701) und im zweiten Band ›Wolfsschwester‹ (Fischer Taschenbuch Bd. 2718) hat Marion Zimmer Bradley im vorliegenden dritten Band neue spannende und originelle Stories der Frauen-Fantasy versammelt. Inzwischen ist auch der vierte Band dieser Serie erschienen: ›Traumschwester‹ (Fischer Taschenbuch Bd. 2744).

Von Marion Zimmer Bradley sind im Fischer Taschenbuch Verlag erschienen: ›Die Feuer von Troia‹ (Bd. 10287), ›Die Nebel von Avalon‹ (Bd. 8222), ›Tochter der Nacht‹ (Bd. 8350), ›Lythande‹ (Bd. 10943), ›Luchsmond‹ (Bd. 11444) sowie die von ihr herausgegebenen ›Magischen Geschichten‹ in vier Bänden: ›Schwertschwester‹ (Bd. 2701), ›Wolfsschwester‹ (Bd. 2718), ›Windschwester‹ (Bd. 2731) und ›Traumschwester‹ (Bd. 2744).

Windschwester

Magische Geschichten III

Herausgegeben von

Marion Zimmer Bradley

Aus dem Amerikanischen
von V. C. Harksen

Fischer Taschenbuch Verlag

27.–30. Tausend: Dezember 1993

Deutsche Erstausgabe
Veröffentlicht im Fischer Taschenbuch Verlag GmbH,
Frankfurt am Main, April 1988

Die amerikanische Originalausgabe erschien 1986 unter dem Titel
›Sword and Sorceress III‹ bei Daw Books, Inc., New York

Umschlaggestaltung: Manfred Walch, Frankfurt am Main
Satz: Fotosatz Otto Gutfreund, Darmstadt
Druck und Bindung: Clausen & Bosse, Leck
Printed in Germany
ISBN 3-596-22731-3

Gedruckt auf chlor- und säurefreiem Papier

Inhalt

Zur Entwicklung der Frauen-Fantasy

Schön, daß Sie wieder dabei sind! Ich freue mich, heute sagen zu können, daß unsere Anthologien ›Schwertschwester‹ und ›Wolfsschwester‹ so viel Anklang gefunden haben, daß Ihre Herausgeberin und der DAW-Verlag sich ganz formlos geeinigt haben, sie zu einem alljährlichen Ereignis zu machen.

Die Auswahl aus einer ständig steigenden Manuskriptflut hat die Entscheidung über die endgültige Zusammenstellung immer schwerer werden lassen. Dieses Jahr mußten Geschichten, die wir für den ersten Band ohne Zögern angekauft hätten, bereits abgelehnt werden, so wie man heute einen Roman über die erste Reise zum Mond als veraltet weglegt.

Das ist einer der Gründe, weshalb ich darum bitte, nein, *flehe*, daß alle Autorinnen und Autoren, und hätten sie noch so viel Berufserfahrung, mir erst dann etwas einreichen, wenn sie *vorher* mit einem frankierten Rückumschlag meine Richtlinien bei mir angefordert haben; denn die Bewertungsregeln sind jedes Jahr anders. Zum Beispiel erhalte ich laufend gute Stories, bei denen nur das Thema nicht mehr aktuell ist: Starke Frau setzt sich erfolgreich gegen frauenfeindliche Gesellschaft durch und darf dann endlich ihren Platz als Kriegerin oder Zauberin einnehmen.

Nun gibt es an solchen Geschichten gar nichts auszusetzen – außer einem: das Ganze ist mittlerweile selbstverständlich geworden. Aber trotzdem bekomme ich jede Menge Erzählungen, in denen der Verfasser oder die Verfasserin mir alle die alten, abgedroschenen feministischen Argumente wieder aufs Butterbrot streicht (»In dieser Gesellschaft/dieser Stadt/diesem Land schicken wir keine Mädchen auf Männerarbeit« ... »Eine Frau als Krieger, das hat man ja noch nie gehört« ... usw. usw.) – was dann zu einer genau-

so abgedroschenen Form von Rücksendung führt. Der Ausgang solcher Stories ist viel zu leicht abzusehen, vor allem heutzutage; gerade bei unserer Art Anthologie wissen wir, daß die Frau gewinnen *muß*; es gibt keine Spannung, keinen *wirklichen* Konflikt.
Nach drei Jahren voller Geschichten, in denen eine starke Frau die Hauptrolle spielt, sollten wir imstande sein, unsere Heldinnen als gegeben hinzunehmen – wenigstens in der Fantasy, wenn schon nicht im täglichen Leben. Ich weiß, daß es bedauerlicherweise in gewissen Religionsgemeinschaften und anderen Gruppierungen Enklaven gibt, in denen man von Frauen erwartet, daß sie sich verhalten, als wären sie seelenlose Handlanger für die Herren der Schöpfung. Ohne den Glauben eines Menschen in irgendeiner Weise herabsetzen zu wollen, liegt es jedoch nicht in unserer Absicht, solche vorsintflutlichen Vorstellungen zu unterstützen und zu bestärken. »Wir sehen diese Wahrheiten als selbstverständlich an«, heißt es in der amerikanischen Verfassung, daß nämlich die Frauen den Männern gleich geschaffen wurden; mit anderen Worten, eine moderne Heldin gehört zwar zu einer modernen Geschichte unbedingt dazu, reicht aber als Thema allein nicht aus. Die Story muß, frei nach dem, was John W. Campbell einmal gesagt hat, »die starke Frau voraussetzen und von da dann weitermarschieren«.
(Campbell schuf die moderne Science Fiction, als er nach vielen Stories der Gernsback-Zeit, von denen viele nur irgendein technisches Wunder oder neues Gerät behandelten, ohne eine wirkliche Geschichte zu erzählen, einfach sagte: »Man muß die ganzen Geräte voraussetzen und von da an weitermarschieren.«)
›Windschwester‹-Heldinnen müssen von *vornherein* stark, befreit und aufgeklärt sein; ich verlange nicht, daß sie ihre Entwicklung schon völlig abgeschlossen haben; sie können, sollen und *müssen* weitere Veränderungen erleben, müssen wachsen oder sich im Verlauf der Geschichte ihrer eigenen Persönlichkeit bewußt werden. Aber sie sollten nicht erst ihre Daseinsberechtigung und ihr Recht auf Gleichstellung nachweisen müssen. Ich möchte nicht dutzendweise Stories abdrucken, die beweisen – oder *wieder* be-

weisen –, daß eine Frau das Recht hat, selbständig zu tun, was sie möchte. In einer vernünftigen Gesellschaft kann es einem mächtig auf den Geist gehen, wenn die Leute längst gewonnene Schlachten immer wieder neu austragen wollen.
Darum lasse ich auch beinahe automatisch alle Erzählungen zurückgehen, in denen ein *Großer Tapferer Mann* einer Frau Anordnungen gibt oder sie doch unterstützt, sie behütet und leitet. Zugegeben, manche Frauen entdecken erst mit Hilfe eines Mannes, wie stark sie selber sind – das war bei fast allen Frauen meines Alters so –, aber in unserer modernen Welt mit ihren jungen Leserinnen gelten solche Frauen sofort als für Mädchen von heute nicht geeignetes Vorbild. Wir brauchen Papis Erlaubnis nicht, um erwachsene Menschen zu werden; die Zeiten sind vorbei.
Stories, deren Heldin eine Hausfrau, ein Haremsmädchen oder eine Sklavin ist, reißen mich auch nicht vom Stuhl, außer – und das ist ein großes *außer* – wenn die Geschichte mich auf Anhieb so fesselt, daß ich nicht aufhören *kann*, die Seiten umzublättern, und am Ende weiß, daß ich sie meinen Leserinnen und Lesern weitergeben *muß*. Überhaupt kommt jede Erzählung, die mich so schnell packt, daß ich erst zum Schluß bedauernd feststelle, »ja, aber das ist Science Fiction« oder »ja, aber das ist weiter nichts als eine Romanze im Phantasiekostüm«, zumindest in die engere Wahl für eine Ausnahme von den Regeln.
Manche Autoren sind traurig darüber, daß ich gerade bei ihrer Arbeit keine Ausnahme machen kann, obwohl ich es doch bei jemand anderem getan habe. Nun ist es Aufgabe einer Herausgeberin, ungefähr zu wissen, was die Leute lesen wollen; wenn sie sich zu oft irrt, verkauft das Buch sich nicht mehr. Eine todsichere Methode, dafür zu sorgen, daß Sie mir *nie* etwas verkaufen werden, ist, mir – wenn ich Ihre Geschichte ablehne – einen Jammerbrief zu schicken, in dem es heißt: »Aber Sie haben ja gar nicht *verstanden*, was ich mit meiner Geschichte aussagen wollte.« Oder noch schlimmer: »Ich akzeptiere Ihre Kritik nicht, weil Sie in Ihrem Ablehnungsbrief ein Semikolon falsch gesetzt haben und ich darum für Ihr Urteil als Herausgeberin keinen Respekt

aufbringen kann.« (Jawohl, diesen Brief habe ich wirklich bekommen.)

Kinder, nur daß ihr's wißt – der Belletristikmarkt ist sehr, sehr eng, und es ist nicht meine Aufgabe, eine Story zu »verstehen«. Es ist Ihre Aufgabe, mir begreiflich zu machen, was die Geschichte, die Sie geschrieben haben, für Sie aufregend und wirklich macht. Ich *weiß*, daß Sie etwas erzählen, das für Sie von ganz besonderer Bedeutung ist; aber wenn ich Ihrem Text nicht entnehmen kann, *was* genau das Interessante daran ist, dann sind Sie keine gute Geschichtenerzählerin und Ihre Story ist weiter nichts als einer von vielen fehlgeschlagenen Versuchen. Wenn Ihre Geschichte mich langweilt – wenn ich das Manuskript lange genug hinlegen kann, um mir unten eine Tasse Kaffee zu holen und es mir dann beim Wiederkommen egal ist, ob ich je erfahre, was mit Ihrer Heldin passiert ist –, dann heißt das, daß die Geschichte meine Leser auch nicht fesseln wird. Eine gute Story – das bedeutet, daß ich mit meinem Kaffee zurückkomme und es gar nicht erwarten kann, sie wieder in die Hand zu nehmen, um herauszufinden, wie es weitergeht – oder noch wahrscheinlicher, ich lese sie zu Ende, *bevor* ich überhaupt eine Kaffeepause mache. Lisa, meine Sekretärin, weiß inzwischen, wenn sie mir sagt, ich sollte jetzt zum Mittagessen gehen, und ich ihr dann zurufe, »warte, ich *muß* das hier einfach noch fertiglesen«, daß diese Geschichte dann höchstwahrscheinlich gekauft wird.

In der Regel stapeln sich auf meinem Schreibtisch so viele Manuskripte, daß ich nicht die geringsten Bedenken habe, etwas zurückzuweisen, das mich nicht überzeugt; es gibt immer wieder neue. Wenn ich glaube, daß ein Manuskript im Endeffekt durchaus verkäuflich ist, nur ich selbst nichts damit anfangen kann, dann sage ich das. Oft in ziemlich unverblümter Form; wer keine Ablehnung vertragen kann, ist auf dem falschen Dampfer. Ich kann mir nicht immer die Zeit nehmen, taktvoll zu sein. (»Meine Beste, Sie haben eine Menge Talent, nehmen Sie es bitte nicht persönlich, aber gerade *diese* Geschichte fand ich todsterbenslangweilig.«) Ich versuche, konstruktiv zu sein, aber wenn ich der Ansicht bin, daß die

Story in ihrer momentanen Form hoffnungslos ist, empfehle ich ein gutes Buch über die Technik des Romanschreibens. Ich versende keine vorgedruckten Briefe, weil ich mich an meine eigene Verzweiflung erinnere, wenn ich so etwas bekam – »aber was war nun eigentlich FALSCH daran?«.

Ich versuche auch immer, einen Hinweis zu geben, weshalb die Story mich nicht angesprochen hat. Darum sage ich oft Dinge wie: »Diese Geschichte paßt einfach nicht in unseren Rahmen; viel Glück an anderer Stelle«, oder »Diese Geschichte entwickelt sich zu langsam.«

Einer der größten Fehler, den schriftstellerische Neulinge machen, ist, mir in ihrem Begleitbrief eine ausführliche Analyse mitzuschicken:

»Dies ist die Geschichte einer höchst ungewöhnlichen Heldin. Sie spielt zur Zeit Alexanders des Großen. Tasha stößt auf tiefsitzende Vorurteile gegen Frauen als Kameltreiber, findet aber schließlich ihre wahre Bestimmung im Tempel der Ewigen Hurerei.«

Wenn ich so etwas lese (und solche Briefe erhalte ich öfter, als Sie sich vorstellen können – dieser hier ist zwar nicht echt, aber es kommen wirklich fast täglich ähnliche), weiß ich, daß die Autorin oder der Autor Amateure sind. Warum? Weil sie ihrer eigenen Geschichte nicht zutrauen, für sich selbst zu stehen. »Hören Sie, Herzchen«, würde ich ihnen am liebsten sagen, »ich *kann lesen*; das ist mein Job. Wenn die Geschichte irgend etwas taugt, werde ich auf der ersten Seite erfahren, daß Ihre Heldin Tasha heißt und zur Zeit Alexanders des Großen lebt. Und wenn die Story wirklich brauchbar ist, werde ich auch wünschen, daß Tasha findet, was sie sucht, und weiterlesen wollen, bis sie es geschafft hat.«

Und genau darum geht es bei der ganzen Schreiberei: Es muß mir *etwas daran liegen*, daß Tasha zu sich selbst findet. Und wenn an der Geschichte etwas dran ist, dann wird mich das auch interessieren, und ich werde Tasha folgen, wenn's sein muß bis in den Tempel der Ewigen Dingsbums.

Darum sage ich häufig: »Die Idee ist gut – aber Geschichten handeln nicht von Ideen, sondern von Leuten.« Wenn die Menschen

in Ihrer Geschichte mich fesseln, nehme ich alles andere in Kauf.
Noch eine kleine Ermahnung. Manche Leute schicken mir Stories über die Zeit der Indianerkriege im alten Wilden Westen oder über moderne Hexen auf einem College-Campus und so weiter. Es können Fantasy- oder Science-Fiction-Erzählungen sein, aber sie gehören nicht zum ›Schwert-und-Zauberei‹-Genre.
Die erste Regel ist: Erzählen Sie eine gute Geschichte. Die zweite ist: LERNEN SIE IHREN MARKT KENNEN. Schicken Sie keine Fantasy an das *Analog*-Magazin oder harte Science-Fiction an mich, auch nicht mit einer Frau als Heldin.
Und wenn Sie nach der Lektüre dieser Sammlung von Erzählungen trotzdem nicht sicher sind, was ›Schwert und Zauberei‹ genau ist, dann lesen Sie ›Schwertschwester‹ und ›Wolfsschwester‹.
Ich könnte Ihnen auch keine glatte Beschreibung geben, was man nun wirklich unter ›Schwert und Zauberei‹ versteht, aber verflixt noch einmal, ich erkenne es, wenn ich es irgendwo sehe. Oder wenn ich es lese.

Marion Zimmer Bradley

DEBORAH WHEELER

Deborah Wheeler, die mir ihre erste Story verkauft hat, gehört zu den vier Autoren, die in allen drei Bänden vertreten sind (die anderen dürfen Sie selbst herausfinden). Alle ihre Geschichten zeugen von starker Verbundenheit mit Tieren; auch die folgende bildet keine Ausnahme.

Für diesen Band bekam ich etwa zwanzig Geschichten über Drachen. Die meisten davon gingen beinahe automatisch zurück, weil die Drachen darin so dargestellt waren wie Anne McCaffreys weltberühmte Drachen. Nachdem Anne das aber nun erledigt hat, braucht man es nicht zu wiederholen.

Deborahs Geschichte dagegen fiel mir auf, weil sie ganz anders ist und, meine ich, tatsächlich etwas Neues über die Beziehung zwischen Mensch und Drache aussagt.

Deborah ist von Beruf Chiropraktikerin und aus Berufung Spezialistin für alle Arten von Kampfsport; mittlerweile kann sie sich, finde ich, auch als Schriftstellerin bezeichnen. – M.Z.B.

DEBORAH WHEELER

Drachen-Bernstein

Merren erwachte keuchend, ihr Morgentraum war jäh zerrissen. Die sterbende Nacht umgab sie unnatürlich still, die Luft war schwer von Tau. Vorsichtig hob sie den Kopf. Die Schutzmale, die sie gestern abend gesetzt hatte, waren unberührt, und nichts deutete darauf hin, daß ihre Freistatt auf andere, konkretere Weise verletzt worden wäre.

Merren zog die Beine an. Sie war froh, daß sie in ihren Hosen geschlafen hatte, ohne schwere Waldgewänder, die alle Bewegungen hemmten. Sie griff nach ihrem Stab. Das mit rituellen Schnitzereien verzierte Bronzeholz fühlte sich kühl und tröstlich an. Allein stand sie auf der Lichtung, eine kräftig gebaute junge Frau mit einer Wolke ungebärdiger Locken, die dunkel von ihrer rötlichbraunen Haut abstachen.

Von Süden drang ein Windstoß, der zu einem grollenden Atemzug herabsank, an ihr Ohr. Sie richtete ihr Bewußtsein auf seinen Ursprung, einen samtschwarzen Strudel im Feld ihrer Aura. Nichts, was sich für gewöhnlich im Wald herumtrieb, hinterließ einen solchen Eindruck, und ihre Schutzmale hätten sie vor etwas Übernatürlichem sofort gewarnt.

Das Grollen ertönte von neuem und zerrte an ihrem Unterbewußtsein. Aus dem Waldschatten trat ein Tier auf die Lichtung. Im zunehmenden Licht waren seine Umrisse deutlich erkennbar.

Ein Drache – weder etwas Natürliches noch etwas Übernatürliches, sondern geboren aus der Vereinigung von Sterblichkeit mit Magie aus den Abgründen der Zeit, lange bevor aus Licht Gestalt geworden war. Drachen besaßen Weisheit ohne Sprache und einen Ehrbegriff, der so verschnörkelt war, daß die Menschen über seine

Wesenszüge nur Vermutungen anstellen konnten. Im allgemeinen gingen sie den Menschen aus dem Wege, selbst den Naturmagiern, zu denen Merrens Volk gehörte, und lebten zurückgezogen an ihren Zufluchtsorten im Gebirge.

Ein Drache – der an ihrer Schwelle seufzte! Wenn er sich nicht bewegte, war er stumpfschwarz, aber bei der geringsten Regung glitzerte die schillernde Unterseite der Schuppen in der ganzen Pracht des Regenbogens. Sie konnte die Linie seines Rückenkamms sehen und die kompliziert angeordneten Stummel seiner verkümmerten Flügel. Er hatte blasse Bernsteinaugen auf sie gerichtet und grollte wieder.

Ich brauche keine Angst zu haben. Er ist ein Kind des Lichts wie alle anderen, sagte sich Merren. Sie hob die Hand, streckte die Finger aus und hielt dem Drachen die Handfläche entgegen, als wäre er ein Zauberwesen und nicht ein Geschöpf aus Fleisch und Blut.

›Ich grüße dich, O-Bruder-vom-Drachengeschlecht!‹

Der Drachen bewegte seine Schuppen in verschwenderisch gebrochener Lichtfülle. Sein tiefes Brummen steigerte sich zu einem melodischen Schrei. Ein krampfhaftes Drängen erreichte Merren und fuhr ihr tief in die Eingeweide.

Sie sagte laut: »Was ist es?« und trat näher an die von den Schutzmalen gebildete Schranke. Der Drache hatte keinen Versuch unternommen, den geschützten Bereich zu betreten; sie wußte nicht recht, ob das daran lag, daß er es nicht konnte, oder ob er aus irgendeinem Grund gar nicht den Wunsch hatte. Sie wußte so wenig von Drachenweisheit. Vielleicht benahm er sich ja nur so, um sie herauszulocken, einem dunklen Verhängnis entgegen.

Aber daran glaubte Merren nicht. Sie hatte den Verdacht, daß der Drache, hätte er ihr etwas Übles antun wollen, das längst getan hätte. Sie sprach die Rune, die die Schutzmale löste. Es war ein Wagnis, aber die Art und Weise, wie der Drache flehte, trieb sie dazu.

Der Drache schüttelte den schweren Kopf und legte sich hin, den Bauch im Gras. Merren umklammerte ihren Stab fester und ging auf ihn zu. Sie hatte vorher nicht wirklich gemerkt, wie gewaltig er war. Flach ausgestreckt reichte ihr das Tier bis an die Mitte der Oberschenkel. Selbst als gewöhnliches Tier genommen, mußte es über ungeheure Kräfte verfügen.

Der Drache erhob sich und verlagerte sein Gewicht auf die Hinterbeine. Die dadurch sichtbaren Bauchschuppen glänzten wie Honig, wie gewässerte Seide. Über Merrens Kopf krümmten sich schimmernde Klauen und sanken wieder herab.

»Koommm«, drang ein abgerissener Laut aus der Kehle des Tiers. Nickhautschichten flackerten über seine Augen, die wie seltene Edelsteine gleißten – Bernstein, Rubin, Smaragd. Merren fühlte sich halb verzaubert von der bloßen Schönheit des Geschöpfs.

›Was hat dich nur zu mir getrieben, O-Bruder-vom-Drachengeschlecht? Es muß ein wichtiger Anlaß sein.‹ *Aber mit welcher Bedrohung kann ich fertig werden, vor der ein Drache versagt?*

Der Drache machte kehrt, ein Wirbel aus Dunkelheit und glänzender Buntheit, und schritt in den Wald hinein. Er führte sie nach Süden, dann leicht westwärts, im Winkel durch die lichten Haine bis hin zum uralten Herzen des Forstes. Merren trabte hinterher und klopfte dabei mit der Spitze ihres Stabes ganz leicht an die vertrauten Maibäume und Bronzehölzer. Die Zweige bebten, wenn sie vorbeiging.

Als sie nach Westen abbogen, wurde der Wald dichter. Aus der sonnenhellen Senke von Merrens Freistatt kletterten sie hinauf zu zerklüfteten Hügeln, wo zornige alte Bäume ihre Nachbarn beiseite drängten.

›Er muß gezähmt werden, dieser Wald, geliebt und gezähmt.‹ Merren hatte gar nicht gemerkt, daß sie die Gedankensprache benutzt hatte, bis sie den zustimmenden Blick des Drachens spürte. Beiden mißfiel dieses Gelände, in dem die Knochen des Landes hervorragten wie halbgeformte Waffen, ungemildert von Sonne oder Blüten. Das Unterholz zwang sie zu langsamer Gangart.

Sie wußte, daß sie sich ihrem Ziel näherten, als der Drache plötzlich vorwärtsstrebte und nach dem dichtesten Waldstück drängte. Bis zu diesem Augenblick hatte sie die Geister der Bäume als allen-

falls teilnahmslos empfunden, jetzt aber konnte sie die unheimliche Ausdünstung, die von dem Gestrüpp vor ihr ausging, fast körperlich spüren. Der Wald war nicht wirklich bösartig, sondern auf fremdartige Weise degeneriert; die Baumgeister verfielen immer mehr den eigenen seltsamen Träumen. Merren zuckte vor längerer Berührung zurück; sie hatte Angst, ihre gesunden Bäume zu Hause mit solcher Verderbtheit anzustecken.
Über diesem Hain, dessen Isoliertheit ständig zu wachsen schien, lag die Spur einer Atmosphäre, die alles andere als harmlos war. Furcht, Schock... eine gewaltsame Verzerrung natürlicher Energien.
Krachend schloß Merren die Tür zu ihrem Unterbewußtsein und packte ihren Stab mit beiden Händen so fest, daß die Knöchel weiß hervortraten. Der Drache war im dichten Gehölz fast verschwunden. Sie rannte ihm nach.
Das Gefühl, daß etwas nicht stimmte, fand auf der kleinen Lichtung seinen steilen Höhepunkt. Ein Mann lag dort ausgestreckt, das Gesicht nach unten, wie eine Kinderpuppe auf der Wurzel eines riesigen Eschenblattbaums. Er trug Wams und Hosen aus Leder, nach Waldläuferart über weiche Stiefel geschnürt. Selbst in dem trüben Licht schimmerte das zerzauste Haar wie feines Gold.
Der Drache trottete auf den Mann zu und stieß ihn behutsam an. Merren kniete bei seinem Kopf nieder und berührte ihn vorsichtig an der Schulter, die sie zu ihrer Erleichterung warm und elastisch fand. Die linke Seite des Wamses war tiefblau verfärbt.
Merren untersuchte Kopfhaut und Rücken des Mannes, konnte aber keine weiteren Wunden finden. Allerdings konnte er etwas gebrochen oder innere Blutungen haben, die ihn vielleicht töten würden, wenn sie ihn bewegte. Einen Augenblick zögerte sie, in die Enge getrieben von der eigenen Unwissenheit und der fordernden Dringlichkeit, die der Drache ausströmte.
Der Drache dröhnte einen Befehl und schob die Nase unter die Hüften des Mannes. Während Merren Kopf und Schultern umdrehte, hob der Drache den Liegenden an. Endlich ruhte er, gegen

die Baumwurzeln gelehnt, Kopf und Oberkörper leicht erhöht. Merrens Blick fiel zuerst auf die leichenfarbenen Druckstellen, die seine Augen umgaben, dann auf den nässenden indigoblauen Fleck an der rechten Seite. Er stank nach Zauberei.
Einen Augenblick musterte sie nachdenklich sein Gesicht, bevor sie sich die Verbrennung, aus der Flüssigkeit sickerte, näher ansah. Sie war neugierig, was für ein Mann es war, der so tief in die Klauen des Bösen geraten war. Er war gutgewachsen, eher zierlich als muskulös, das Gesicht ein wenig zu großzügig geschnitten, um regelmäßig zu sein. Der Knochenbau war sauber und das Fleisch darüber fest, ungeachtet eines Hauchs von Sinnlichkeit um den Mund. Um den Hals trug er an einer schwarzen Silberkette ein Amulett aus geschnitztem Bernstein. Ein Flackern von dunklem Licht tief im Herzen des Steins erinnerte sie an den Drachen.
Merren neigte sich über die Wunde. Sie schob die verkrusteten Ränder des Wamses zur Seite, um besser sehen zu können. Die in der Aura des Mannes noch fühlbaren Spuren des Angriffs ließen Dünste aufwallen, die ihre Sicht trübten. Merren nahm ihren Stab in die Hand und zog mit seiner Spitze ein Feld der Sicherheit um sich herum:

»Nördlich zur Föhre,
westlich zur Palme,
südlich zum Maibaum,
östlich zum Bronzeholz,
Sonne und Sterne, Mond und Tau,
seid gereinigt, seid gereinigt ...«

Mit jedem rituellen Satz lösten sich die Dünste weiter auf, wobei sie einen immer blasser werdenden Kranz aus grünem Licht zurückließen – grün für den Wald, grün für das Heilen. Der Drache entspannte sich und streckte sich an ihrer Seite aus. Das blaue Sekret schimmerte und wurde dunkler, bis es fast schwarz aussah. Darunter bewegten sich ganz leicht die Rippen des Mannes.
Merren seufzte erleichtert. Der Hieb hatte den Mann gestreift und Haut und Muskeln versengt, ohne jedoch innere Verletzungen

hervorzurufen. Sie berührte den Pulspunkt am Hals und fühlte das Herz schlagen, langsam, aber stetig. Also kein Schockzustand; aber er konnte noch Stunden, vielleicht sogar Tage, ohne Bewußtsein bleiben.

»Ich brauche meinen Wassersack und die Arzneien«, sagte sie laut zu sich selbst und dem großen Tier. »Hüte ihn gut, O-Bruder-vom-Drachengeschlecht. Ich komme wieder.«

Merren fand ihr Lager unberührt. Die heitere Gelassenheit der vertrauten Bäume erfrischte sie wie ein stärkender Quell. Sie lehnte sich an den uralten Bronzeholzbaum, der im Mittelpunkt ihrer Meditationen gestanden hatte. Ihr Herzschlag veränderte sich, bis der Baum und sie feinfühlig harmonierten. Das Bronzeholz gehörte zu ihr, war das besondere Merkmal ihrer Zauberkunst. Ihr Stab war kein Stück totes Holz, sondern ein greifbares Bindeglied zwischen ihrer rein körperlichen Erscheinung und ihrem Wachstum im Geist. Noch immer voller Unruhe trat sie von dem Baum zurück.

›Mutter der Bäume, warum hast du mir diese Aufgabe auferlegt? Nie habe ich nach Macht oder Ruhm gestrebt, nach eigenem Herd oder menschlichen Gefährten. Alles, worum ich bat, war, deine Kinder und ihre Weisheit kennenzulernen. Und woher weiß ich überhaupt, daß dies eine wirkliche Aufgabe ist – ein ganz gewöhnlicher Mann, allein und verletzt, in einem Flecken unheimlichen Waldes?‹

Merren schloß die Augen und lehnte die Stirn wieder an den festen Trost des Bronzeholzes.

Das ist kein gewöhnlicher Mann, über dem ein Drache wacht und der nach dem Angriff von etwas Verhextem stinkt. Es kann nichts anderes sein als eine Aufgabe...

Der Schrei des Drachen erreichte sie, noch ehe die Lichtung in Sicht kam, ein ehernes Aufheulen, das ihre Gebeine erzittern ließ. Merren fühlte, wie der Bronzeholzstab im Widerhall bebte. Sie ließ ihr Bündel fallen und stürzte vorwärts.

Als sie auf dem Platz zwischen den mißgestalteten Bäumen ankam, wurde sie fast zurückgeschleudert. Der Mann lag noch da, wie sie ihn verlassen hatte, aber der Drache war ein Fleck regenbogenfarbener Pracht, wirbelnd und kampfbereit...

GRÜN... nicht die Farbe des Lebens und Wachstums, sondern ein krankhafter Verwesungsfarbton – ein Ball leichenhaften Lichts, der Fangarme ausstreckte, die nach Bösartigkeit stanken. Er peitschte durch die geschmolzene Luft und griff an dem Drachen vorbei nach dem Mann. Wieder schrie der Drache auf und sprang vor, um die Schlangenarme abzuwehren. Eine Spitze aus widerwärtigem Grün traf seine Schulter und verschwand in einem Donnerschlag. In Merrens Nase drang ein Gestank von Schwefel und Fäulnis. Sie hatte noch nie gegen Hexenkunst gekämpft. Als Naturmagierin war Merren zur Harmonie mit allen Lebewesen verpflichtet. Sogar das Leder ihrer Stiefel und des Gürtels stammten von Tieren, die ohne Gewalt gestorben waren. Was gingen sie solche künstlich geschaffenen Kreaturen des Todes an?

Und dann sah sie die Bäume, die fremdartig träumenden Bäume jenes verwachsenen Hains. Ihre Geister neigten sich dem grünlichen Licht zu, neugierig und... hungrig!

»Nein! Die Mutter hieß mich *alle* Bäume hüten, als sie meinen Eid annahm! Auch ihr, so seltsam ihr sein mögt, seid meine Kinder – und dieses Unding soll euch nicht haben!«

Feuer strömte durch ihre Adern, als sie sich auf den grünen Lichtball warf. Feuer begegnete dem antwortenden Pulsieren des Bronzeholzstabes und verwandelte Merrens Wut in eine Spitze konzentrierter Macht. Sie schwang ihren Stab gegen den Ball und fühlte, wie der Knoten gerechten Zorns sich entrollte und die glühende Kugel traf.

Funken schlugen aus dem grünlichen Ball und zerstoben zu schwefliger Asche. Merren taumelte unter dem Anprall, ihre Schultern protestierten schmerzhaft. Ein Fangarm aus tödlichem Licht peitschte nach ihr. Sie hob abwehrend den Stab, während der Drache schützend vor sie sprang. Ruckartig wich der Ball aus, um nicht mit dem Bronzeholz in Berührung zu kommen.

Wieder dröhnte der Donner, als der Drache sich der Kugel in den Weg stellte und dann einen Satz rückwärts machte, um den Mann zu schützen. Der Ball begann sich zu drehen und sprühte giftgrüne Lichtfunken. Der Drache schrie auf und sprang wieder, aber die Kugel drehte sich immer schneller und wich ihm mühelos aus.
Merren würgte das Gefühl, versagt zu haben, hinunter, das in ihr aufstieg. Zwar konnte sie nach dem Zauberding schlagen, es mit ihrem Bronzeholz vielleicht sogar betäuben, aber weder der Drache noch sie waren imstande, es zu zerstören. Es war zu schnell für sie und seine Kraft zu groß. Gewiß, es fürchtete den Stab, aber sie allein schaffte es nicht, nahe genug an es heranzukommen.
›Nicht allein! Zusammen! Zusammen – jetzt!‹
Der Drache setzte sich in Bewegung wie ein verlängerter Arm von Merrens Geist und Willen. Er raste auf den Ball zu, versperrte ihm den Weg und lenkte seine Aufmerksamkeit ab ... bis zu dem entscheidenden Augenblick, als Merren auf die Kugel zusprang und ihr die Spitze ihres Stabes mitten ins Herz rannte.
Das Unding starb schweigend; ein schwaches, Übelkeit erregendes Zischen durchdrang die Felder von Merrens Aura. Dann heiße Asche, die mit furchtbarem Gestank zur Erde sank. Merren brach neben dem Drachen in die Knie. Ihr kurzer gemeinsamer Energieausbruch verwandelte sich langsam in Stille. Über sie neigten sich die Bäume, vor Erschütterung beinahe wach, noch immer fremdartig, aber in ihrer Andersartigkeit nicht mehr bedrohlich.

Merren schlug auf der kleinen Lichtung ihr Lager auf, während der Drache wachsam neben dem Mann liegenblieb. Sie sang den Bäumen etwas vor, arbeitete und spürte, wie sie unter ihrer liebevollen Teilnahme sanfter wurden. Die vertraute Beschäftigung half, den Nachhall des Aufruhrs in ihrem Gemüt verklingen zu lassen. Sie hatte sich diese Aufgabe nicht ausgesucht; man hatte sie ihr gegeben. Ihr blieb keine Zeit, zornig zu sein, und sie konnte keine Kraft auf nutzloses Sehnen verschwenden.
Der Mann kam am folgenden Tag wieder zu sich, wirkte jedoch immer noch recht angegriffen. Merren behandelte ihn mit Kräu-

tern und ihren eigenen, pflanzlichen Speisen. Der Drache verschwand von Zeit zu Zeit im Wald, und sie nahm an, daß er jagte.

Sie nannte den Mann *Ahr*, nach dem ersten Buchstaben des mystischen Alphabets, denn er konnte sich nicht an seinen Namen erinnern. Er wußte auch nicht mehr, warum ihn ein Drache begleitete oder wie er sich solch schwarze Feinde zugezogen hatte.

»Ganz eindeutig bist du ein wichtiger Mann«, beharrte sie und hielt dabei sorgsam den Blick von ihm abgewendet. Sie fand seine intensiv männliche Energie verwirrend. »Irgend jemand will dich tot oder gefangen sehen – jemand, der sehr mächtig ist.«

Ahr nickte und nippte an Merrens Kräutertrank. »An ein paar Dinge kann ich mich erinnern – an den Drachen, der an meiner Seite kämpfte – und an ein Gesicht, wie eine Maske, aus grauem Eis geschnitten. Schwarze Abgründe als Augen. Soweit ich weiß, verfüge ich über keine eigene Magie...«

»Und meine hat mit diesen Sachen nichts zu tun«, erklärte Merren scharf. »Du hast ein Runengesicht beschrieben, so daß die Ursache deiner Verbrennung außer Frage steht. Wenn du mich wegen so etwas um Rat fragst, muß ich dich enttäuschen. Ich befasse mich mit allem, was lebt, und mit der natürlichen Ordnung der Dinge, nicht aber mit Scheußlichkeiten wie der, die dich angegriffen hat.«

»Ich danke dir für deine Hilfe, Baum-Maid.«

»Merren. Mein Name ist Merren.«

»Also gut: Merren. Vielleicht wird mein Gedächtnis nach und nach zurückkehren. Ich kann nach Süden gehen und in Chi-y Arbeit suchen.«

Merren stellte sich vor, wie Ahr durch die Gegend stolperte, unwissend und ahnungslos. Der Drache fing das Bild in ihrem Inneren auf, grollte und schlug protestierend mit dem Schwanz.

»Nein«, erwiderte sie mit versagender Stimme. »Das kann ich nicht zulassen. Wenn ich selbst dir nicht helfen kann, muß ich dich zu jemandem führen, der dazu imstande ist. Siehst du, der Drache stimmt mir zu.«

»Ich kann nicht zulassen, daß du dich meinetwegen in Gefahr bringst.«
»Ahr.« Merren zwang ihn, ihrem Blick zu begegnen, und legte ihm die Hand auf die Schulter. »Selbst mit einem Drachen zur Seite kannst du nicht blindlings lostappen. Du bist zu verwundbar.«
»Das ist allein meine Sache. Du brauchst dich nicht hineinziehen zu lassen.«
»Mächte, die größer sind als du und ich, haben mich bereits hineingezogen. Ich stehe dir nicht gleichgültig gegenüber. Ich... ich muß in dieser Aufgabe meinen eigenen Weg finden, genau wie du. Du bist mir anvertraut, und ich möchte dir nicht mit weniger dienen als mit dem Besten, das ich geben kann.«
»Kein Prinz könnte Größeres verlangen«, erwiderte Ahr lächelnd.
»Du sagst das, als ob...«
»Als ob ich einer wäre? Wer weiß? Ich fühle mich zwar nicht besonders prinzlich – mir tut nur alles weh.«
»Ich werde den Umschlag auf deiner Verbrennung erneuern. Du könntest der Sohn eines Herrschers sein, weißt du, seines Gedächtnisses beraubt, in die Fremde geschickt. Der Barde in unserem Dorf singt von solchen Dingen. Das würde auch den Drachen erklären...«
»Ja – der Drache. Ich habe das Gefühl, daß er in einer magischen Beziehung zu mir steht, aber du scheinst dich viel besser als ich mit ihm verständigen zu können.«
Merren beugte sich über Ahrs heilende Wunde. Die Schatten verbargen ihr freudiges Erröten.

Rauch, der Älteste am Sitz von Merrens Stamm, warf einen Blick auf Ahrs Haar und sagte: »Dieser junge Mann braucht Hilfe. ›Hüte dich, O-Tochter-Geist.‹ Nichts wirklich Magisches ist an dieser Wunde, Hexenwerk ihr Ursprung.«
»Ich weiß es«, murmelte Merren, selbst im vertrauten Schutz der lebendigen Behausungen voller Unrast. »Er sollte einen Weisen

seines eigenen Landes aufsuchen, aber er erinnert sich nicht, wo er geboren ist. Der Drache dient ihm – das muß etwas bedeuten.«

Der alte Zauberer strich sich den fedrigen Bartrand. »Du bist da in eine höchst verwickelte Angelegenheit hineingeraten – hast dich in künstliche Hexerei eingemischt, statt dich an deine Bäume zu halten. Es gibt nichts, was wir für ihn tun könnten, und wir können ihn auch nicht zu irgendeinem gewöhnlichen Scharlatan schicken. So unangenehm mir der Gedanke auch ist – du wirst ihn zu der Magierin in Heävyth bringen müssen.«

Merren starrte ihn an. Draußen klangen ihre Gefühle in dem Drachen nach, der ein abwehrendes Grollen ausstieß. Ahr fragte: »Was ist es?«

»Die Magierin wird mich niemals empfangen, Rauch! Nie ist sie uns freundlich entgegengekommen, noch wir ihr. Sie verabscheut alle Naturzauberei.«

»Doch um Ahrs willen wird sie dich vorlassen. Was immer ihn auch angegriffen hat, es gehört ins Reich *ihrer* Zauberei, nicht zu uns. Und erst unlängst hörte ich, daß sie kein geringeres Ziel hat, als künstliche und natürliche Magie zu einer Einheit zu verschmelzen. Dazu braucht sie einen der unseren, den sie beherrschen kann. Wäre der Drache nicht, würde ich eine Falle befürchten.«

Merren nickte und verließ Rauchs Behausung. Ahr nahm sie mit. Draußen im gefleckten Sonnenlicht starrten die kleinen Kinder des Stammes sie schüchtern an, murmelten und zeigten auf Ahrs helle Haare. Die meisten Erwachsenen und älteren Kinder blieben versteckt. Sie fühlten sich bei ihren Bäumen wohler als mit fremden Menschen.

Sie räusperte sich. »Ich muß den Baum meines Pflegevaters und meine Verwandten aufsuchen. Ich habe sie nicht gesehen, seit ich meine Gesellenzeit im Wald antrat, noch habe ich je in der Halle der Mutter gesessen. Du und dein Drache, ihr werdet es im Haus der Suche bequem haben, bis man Vorräte für uns gesammelt und Waldponys eingefangen hat.«

»Also gehen wir nach Heävyth. Glaubst du, daß dort der Schlüssel liegt...?«
»Zu deiner Vergangenheit? Vielleicht liegt er bei ihr, die dort wohnt – wenn sie darüber sprechen will. Die Magierin... Elyng.«
Er sah sie an, und die Eindringlichkeit seines Blicks nahm sie gefangen. »Es ist dir nicht recht?«
»Zwischen den Bäumen und der Magierin besteht Zwietracht von alters her.«
Ahr nickte. Er respektierte ihre Abneigung, weitere Einzelheiten zu nennen. »Heävyth. Wie lange dauert die Reise?«
»Zu Fuß zehn Tage. Mit den Ponys natürlich weniger. Rauch wird dafür sorgen, daß wir Proviant und ein paar Münzen für die Stadt bekommen. Wenn wir Glück haben, brauchen wir uns nicht lange dort aufzuhalten.« Sie machte eine Pause und runzelte die Stirn. »Aber wir können den Drachen nicht mitnehmen. Hier im Stammeslager ist er ein Wunder für die Kinder, und wir brauchen ihn nicht zu verstecken. Aber wenn wir erst unterwegs oder in der Stadt sind... es gibt nichts, was mehr Aufmerksamkeit auf uns lenken würde.«
»Glaubst du denn, daß wir uns verbergen müssen?«
»Was denkst du? Irgendein unsäglicher Hexenmeister hat dir den Namen, die Vergangenheit und den Sinn deines Lebens brutal entrissen – und dich dazu im allertiefsten Wald aufgespürt! Glaubst du, er läßt dich geradewegs vor Elyngs Tür marschieren, ohne einen zweiten Versuch zu unternehmen? Bevor wir herausfinden, wer du bist und weshalb er dich vernichten will, können wir es nicht anders wagen.«
»Ich – ich kann ihn nicht verlassen. Genausowenig, wie er mich verlassen könnte.«
Merren erkannte den Unterton von Wahrheit in Ahrs Gestammel und senkte ohne ein weiteres Wort den Blick.

Im Morgengrauen sattelten sie die unruhigen, frisch eingefangenen Waldponys und befestigten mit vor Kälte unbeholfenen Fingern die komplizierten Knoten. Merren war seit Jahren nicht mehr geritten, und Ahr saß zwar mit ruhiger Sicherheit auf seinem Reittier, war aber mit der Art des Sattelzeugs nicht vertraut. Rauch und die anderen Dorfbewohner hatten ihnen am Vorabend den Wegsegen erteilt.

Die ersten paar Tage ritten sie gemütlich und ließen ihren Muskeln Zeit, sich an die Anstrengungen des stundenlangen Reitens zu gewöhnen.

»Ich habe den Drachen gar nicht gesehen«, sagte Merren. Sie saßen um die Asche ihres kleinen Kochfeuers, am Rand des sich lichtenden Waldes.

»Seit gestern nicht mehr, nein.« Ahr berührte den Bernstein an seinem Hals. »Ich verstehe es gar nicht – vermutlich habe ich ihn als etwas Selbstverständliches hingenommen und bin davon ausgegangen, daß er immer bei mir bleiben würde.«

»Anders als ich.«

Er sah lächelnd auf. »Dich könnte ich zwar nicht vertreiben, aber – ich halte dich auch nicht so wie den Drachen. Merren, ich möchte dich nicht gegen deinen Willen von deinem Wald fortbringen.«

»Es ist nicht gegen meinen Willen.«

»Das hast du früher schon gesagt. Aber dein Mund sagt ein Ding und dein Kopf etwas anderes. Nein, Merren, schau mich an. Wer ich auch sein mag, was du tust, mußt du für *mich* tun, nicht für meinen Namen oder Titel. Vielleicht bin ich der Verlorene Sohn von Chi-y, von dem euer Dorfbarde gesungen hat. Vielleicht ist es mein Vater, der die Schlacht der Letzten Tür schlägt und sich an die letzten Fetzen von Leben klammert, damit das Land nicht führerlos im Chaos versinkt. Vielleicht bin ich auch nichts von all dem. Ich möchte, daß ein engeres Band uns verbindet als bloße Vermutungen.«

»Ich diene in allen Dingen der Mutter. Ihre Wurzeln sind meine Wurzeln, ihr Saft mein Herzblut. Wem dienst du, Ahr ohne Namen?«

»Ich weiß nicht, welche Götter ich einst angerufen habe. Nach meinem Willen gehöre ich jetzt dem Licht.«
»Wir können nicht vor die Magierin treten, wenn unsere Herzen uneins sind. Es ist wahr, daß ich dich von mir ferngehalten habe, weil ich diese Aufgabe nicht suchte. Wenn ich grob oder unfreundlich gewesen bin, so bitte ich dich um Verzeihung. Ich würde um keines Mannes Namen oder Stellung *ihre* Haine verlassen, aber –« sie legte ihm die Hand unter das Kinn, so daß ihre Blicke sich begegneten, »– ich möchte deine Freundin und Verbündete sein, weil du bist, der du bist.«
»Verpflichtet dich deine Zauberkunst auch zur Enthaltsamkeit?« Er legte seine Hände auf die ihren, und seine Wärme umgab sie.
»Nein.« Sie lächelte. »Nichts, was Freude und Leben bringt, ist meiner Kunst fremd. Und es ist lange her, daß ich einen Liebsten hatte, mein Bett zu wärmen.«

Sie ritten nach Süden, durch das sanftgewellte Ackerland rund um Heävyth, und die Waldponys wurden dicker und waren nicht mehr so wild. Merren fühlte sich im freien Feld nicht recht wohl; die wenigen Bäume dort kamen ihr angebunden vor, beinahe schläfrig. Selbst die üppigen Hecken waren stumm und gezähmt. Als sie weiterritten, wurde Ahr zuversichtlicher, als kehre mit der veränderten Landschaft und der heilenden Wunde das Bewußtsein seines Ichs zurück.
Merren war sich nicht sicher, wann sie zuerst merkte, daß sie verfolgt wurden. Winzige Hinweise, ein verzerrter Schatten gerade außerhalb ihres Gesichtsfelds, ein Ziehen an ihrem Unterbewußtsein, das alles nagte an ihrem Instinkt. Sie fand nichts Bedrohliches und sah auch nie etwas Greifbares von ihrem Verfolger. Nachts setzte sie wie immer ihre Schutzmale, und die einzigen Eindringlinge waren natürliches Ungeziefer, harmlos und leicht zu vertreiben. Ahr sagte sie nichts davon, um seine Furcht, wenn sie der Magierin gegenüberstanden, nicht noch zu vergrößern.

Endlich: Heävyth. Die Stadt überfiel Merrens Sinne wie ein Raubtier, scharfer Steinstaub krallte sich in ihre Kehle. Sie stand auf dem Marktplatz, gleich auf der Innenseite der schweren Tore, und fühlte sich wie ein aus den heimatlichen Forsten gewaltsam entführtes Kind. ›Mutter-der-Bäume, jetzt steh mir bei!‹

»Ein Zimmer, ein Bad und dann an unser Vorhaben!« Ahrs Stimme klang hoffnungsfroh und trug dazu bei, Merrens Nerven zu beruhigen.

»Nein, zuerst suchen wir die Magierin auf. Das ist ihr Turm, dort oben auf dem weißen Hügel.«

»Wir können doch nicht voller Straßenschmutz bei ihr erscheinen«, protestierte er.

Merren lächelte. Ihre abgetragene Kleidung und Ausrüstung roch gesund und vertraut, verglichen mit dem Gestank der Stadt. »Wir streben nicht nach ihrem Wohlgefallen und brauchen darum auch nicht geschminkt und parfümiert vor sie zu treten. Der Tag ist noch jung, unsere Kraft gut und unsere Absicht fest. Weshalb sollen wir warten und ihr mehr Zeit geben, sich für einen Gegenangriff zu rüsten?«

»Ich dachte, wir wollen sie um Hilfe bitten.«

»Ahr, hör mir gut zu, um deinet- und um meinetwillen. Es gibt keinen Weg für dich, der nicht voller Gefahren steckt, und das gilt ganz besonders für den Pfad zu Elyngs Tür. Wenn sie uns Hilfe gewährt, dann nur, weil sie eigene Gründe dazu hat, nicht weil dein helles Haar sie betört. Vielleicht sagt sie uns die Wahrheit; vielleicht lügt sie aber auch. Vielleicht weigert sie sich überhaupt, uns anzuhören, und greift mich an wie eine Feindin. Wir müssen nicht im eitlen Bemühen, ihr zu gefallen, schon jetzt unseren Willen beugen, sondern erst einmal prüfen, was sie für eine Laune hat.«

»Merren.« Sie fühlte, wie ihr Herz schlug, so eindringlich war seine Stimme. »Um meinetwillen nimmst du diese Gefahr auf dich – und ich bin nur ein tölpelhafter Narr, dem du deine Fürsorge schenkst. Ich weiß nicht, ob ich das verdiene –«

»Der Drache war dieser Meinung.«

»Drachen kann man an sich binden«, erwiderte er.
»Du nimmst dir viel heraus, Dryade«, zischte Elyng. Ihr langes schwarzes Haar hob sich raubtierhaft glänzend von der blassen Haut ab. Blasse Haut, blasse Augen, schimmernd im blassen Stein des höchsten Turmzimmers.
»Ich komme nicht meinetwegen, Domina«, versetzte Merren höflich. Sie hielt ihren Bronzeholzstab mit beiden Händen fest, damit er den kalten Boden nicht berührte. »Ich bitte dich, laß unsere alten Zwistigkeiten beiseite und sieh mich als neutrale Vermittlerin an. Unrecht ist diesem Mann geschehen, Unrecht durch Hexenkunst. Wenn du dich nicht abgewendet hast vom Licht...«
Elyng zischte wieder und warf den Kopf in den Nacken, umströmt von kohlschwarzem Fluß.
»... kannst du dieses Unrecht nicht bestehen lassen, nicht solche Übeltat, von einem der Deinen verursacht.«
»Ihr seid so selbstgerecht, ihr Baumleute – immer sagt ihr anderen, was sie tun sollen, immer meint ihr, im Recht zu sein! Warum sollte ich dir glauben? Warum sollte ich dir nicht nehmen, was dein innerstes Wesen ausmacht, und die leere Hülle fortwerfen – hier und jetzt?«
»Weil ich«, erwiderte Merren standhaft, »unter dem Segen der Mutter stehe und kein nutzloses Spielzeug bin. Und du würdest das alles nicht zu mir sagen, wenn es anders wäre.«
»So geht das nicht weiter«, unterbrach Ahr. Er trat vor und sah der Magierin voll ins Gesicht, weit ihre schlanke Höhe überragend. »Nicht die Baumzauberin bittet dich, sondern ich bitte dich. Sie hat sich um meinetwillen in Gefahr begeben. Ich muß es sein, der das Wagnis auf sich nimmt.«
»Du?« Elyng kam näher. Unter den sinnlichen Falten ihres seidenen Gewandes wiegte sie sich in den Hüften. »Und wer bist du, daß du es wagst, der Magierin von Heävyth solche Worte zu sagen?«
»Ich weiß nicht, wer ich bin. Und darum eben stehe ich vor dir.«
Die Magierin berührte mit dem bleichen Finger sein Gesicht, den

Blick auf sein goldenes Haar geheftet. Sie streckte die Hand nach dem Bernstein aus, der an seinem Hals hing, und zog sie zurück, als Ahr instinktiv ihrer Berührung auswich.

»Aber ich weiß, wer du bist, oder ich kann es leicht herausfinden. Du sagst, es ist deine Sache, nicht die Angelegenheit der Dryade. Nun gut, was willst *du* mir für mein Wissen geben?«

Ahr hielt inne, zum erstenmal verwirrt. »Ich habe nichts Wertvolles, das ich dir anbieten könnte.«

»Nichts?« Ihre Stimme wurde süß. »Du hast den Bernstein.«

»Nein!« Merren stieß ihren Stab vorwärts wie eine Waffe. »Du darfst nicht...«

»Schweig, Dryade! Er hat deine Hilfe abgelehnt! Er muß sich allein entscheiden.«

»Er weiß nicht, was es bedeutet!« versetzte Merren. »Ein unbilliger Handel, wenn er nicht weiß, um welchen Wert es geht!«

Elyng lächelte, die Lippen zu einem giftigen Bogen gewölbt. »Billigkeit und Gerechtigkeit sind zweierlei. Welches von beiden suchst du, o Mann ohne Namen?«

»Ich suche, was mir rechtmäßig zusteht.«

»Was es auch kosten mag?« Die Augen der Zauberin glitzerten im grauen Licht des Turms.

»Ich weiß nicht, was du mir bietest. Willst du mich versuchen, damit ich für ein Königreich, auf das ich kein Recht habe, vom Licht abfalle?«

Elyng warf den Kopf zurück und lachte. »Wohlgesprochen, Fremder. Behalt den Drachenbernstein noch ein Weilchen. Ich will dir deinen Namen nennen und den Preis, den ich verlange. Du selbst kannst dann beurteilen, ob er sich lohnt. Dein Vater nannte dich Dyveth.«

Ahr schnappte nach Luft und fing jäh an zu zittern. Sein Gesicht wurde aschfarben.

»Und der Preis?« fragte Merren und schaute auf das Lächeln, das die Lippen der Magierin umspielte.

»Eine Nacht mit mir. Ein geringer Preis für solch einen kräftigen Burschen.«

Ahr schüttelte den Kopf, als wollte er seinen Verstand wieder klarbekommen. »Dyveth. Ich bin Dyveth von Chi-y. Sie lügt nicht, Merren. Ich weiß nicht, was nach meiner Entführung geschehen ist, aber wenn mein Vater tot ist, gehört Chi-y mir.«

»Die Entdeckung, daß du ein Königssohn bist, der Erbe eines großen Reiches«, schnurrte Elyng, »ist das nicht einen kleinen Augenblick des Vergnügens für eine einsame Frau wert? Ein wenig Gesellschaft für eine einzige Nacht?«

Dyveth sah Merren an, die die Augen sorgsam gesenkt hielt und nichts sagte. »Ich bin nicht frei für solche Dinge; und ich mißtraue deinen Beweggründen.«

»Ist die Dryade deine Geliebte, an deren Schürzenbänder du gekettet bist? Doch sie ist ohne Bedeutung, und ein Mann braucht in diesen Dingen nicht kleinlich zu sein.«

»Aber ein König«, erklärte Dyveth. »Wahrheit um Wahrheit, Treue um Treue. Es gibt nur diesen Weg.«

Elyng hob beide Arme über den Kopf. Die weiten Ärmel wogten wie ein Dämonenmantel. »Du hast deine Chance gehabt, Königssohn. Nun werde ich *meine* Chance nutzen!«

Der Raum füllte sich plötzlich mit stechendem Rauch. Flammen von unfaßlichem Scharlachrot liefen an den Wänden empor. Merren zog Dyveth an ihre Seite und stieß den Stab in die Höhe.

»Nördlich zur Föhre! Westlich zur Palme!« Tau, süß und kühl, netzte ihre Haut. Das Feuer zischte und erlosch.

Das Wutgeheul der Magierin verzerrte sich zu unmenschlichem Kreischen. Ihr Körper begann sich in die Länge zu strecken. In dem dunkler werdenden Raum glühten Nägel und Zähne metallisch. Der Schattenleib ragte gewaltig über ihnen auf, geschwollen und reptilartig.

Wieder schrie Merren laut und wies mit dem Stab auf die sich verwandelnde Zauberin. »Südlich zum Maibaum! Östlich zum Bronzeholz!«

Mit einem silberhellen Klirren wurde ihr der Stab aus der Hand gerissen, so daß sie taumelnd zu Boden stürzte. Als ihr Blick wieder klar wurde, erkannte sie Dyveth, der mit gerötetem Gesicht

vor ihr kniete. Ihre Knie, auf die sie gefallen war, waren zwei Feuerstöße aus Schmerz. »Wag nicht zuviel, Königssohn. Ich bin es, die sie haben will«, flüsterte sie.
»Nein.« Er richtete sich auf und sah der Magierin gerade ins Gesicht. Seine Hand schloß sich um das Bernsteinamulett. Der goldfarbene Edelstein blitzte und blendete Merrens Augen wie Sonne. Mit heiserer, von panischem Entsetzen erfüllter Stimme schrie Dyveth laut: »Drache, komm!«
In der Sekunde, als das Wesen, das einmal Elyng gewesen war, mit kralligen Klauen nach Merrens Herz griff, sprang der Drache aus dimensionslosem Raum herein. Er brüllte und schlug, ohne erkennbar Schaden zu nehmen, den Angriff zurück. Blaue Flammen traten an die Stelle der roten, die Merrens Waldtau gelöscht hatte. Der Drachen holte mit einer riesigen Tatze nach der Magierin aus, und jäh war es im Raum totenstill.
Merren erhob sich hustend, um den hartnäckigen Gestank aus ihrer Lunge zu vertreiben. Ihr Herz jubelte, als sie den Drachen anschaute, der in Schichten schillernden Glanzes schimmerte. Er war ihnen gefolgt, selbst unsichtbar noch getreu, und seine schattenhafte Gegenwart war es, die sie unterwegs gespürt hatte. Das Bündel zwischen seinen Vorderpranken bewegte sich stöhnend.
»Elyng...« Sie berührte das Haar, jetzt nicht mehr kohlschwarz, sondern von mattem Braun, und strich es der Magierin aus dem bleichen Gesicht. Die Zauberin schmiegte sich in Merrens Arme und schluchzte schwach.
Dyveth faßte Merrens Schulter. »Trau ihren Tränen nicht.«
»Nein, sie sind echt. Wenn es zwischen ihr und meinem Stamm eine bessere Verbindung gegeben hätte, wäre es mir sofort aufgefallen... so aber schöpfte ich nur Verdacht. Sieh, der Drache hat den Bann gebrochen, der auf ihr lag; seine uralte Kraft reicht tiefer als Magie.«
»Du meinst, sie stand unter dem Einfluß eines anderen und griff uns nicht aus freiem Willen an?«
»Ich glaube, wenn wir herausfinden, wer dieser andere ist, haben

wir auch deinen Feind. Elyng, öffne deine Augen, sieh mich an.«
Die Magierin regte sich und gehorchte Merrens Worten wie ein Kind. Ihre Augen zeigten ein verblaßtes Blau, das Gesicht war sanft und verwirrt. Sie war auch nicht mehr in silbrige Seide gekleidet, sondern in schlichte graue Wolle, zusammengehalten von einem aus ihrem eigenen Haar kunstvoll geknüpften Gürtel. Von der Sirene war keine Spur zurückgeblieben. Vor ihnen lag eine bleiche, noch junge Frau mit zerzaustem Haar.
Sie flüsterte: »Die Baum-Maid... und der Drache.« Sie zeigte keine Furcht, als sie zu dem gewaltigen Tier aufblickte, nur Staunen und unendliche Müdigkeit. »Dann war doch nicht alles ein Traum...«
»Ich wünschte, es wäre einer gewesen«, erwiderte Merren und half ihr, sich aufzusetzen. »Woran erinnerst du dich?«
Ein krampfhaftes, gramvolles Zucken verzerrte das Gesicht der Magierin. Sie weinte laut auf und barg das Gesicht in den Händen. Ihr offenes Haar fiel nach vorne wie ein Vorhang.
Merren packte sie bei den Schultern und sagte streng: »Dann schuldest du uns etwas, Elyng von Heävyth, du schuldest uns viel für diesen verbrecherischen Überfall. Du bist ein Werkzeug gewesen –«
»Ich weiß! Mögen die Sterne über uns Zeugen sein, daß ich es weiß!«
»Dafür sollst du uns entschädigen, und zwar sofort! Wer hat das getan?«
»Ich wage es nicht zu sagen – ein schreckliches Verhängnis würde über uns alle hereinbrechen!« Die Magierin warf den Kopf in den Nacken. Ihre Augen waren weißgerändert, aber sie konnte sich nicht aus Merrens Griff losreißen.
»Der Name, Elyng, der Name! Oder soll ich den Drachen holen, damit er ihn dir mit Gewalt entreißt?«
»Merren, du bist so hart zu ihr«, protestierte Dyveth. »Wenn sie doch ohne eigenen Willen gehandelt hat –«
Elyng schüttelte den Kopf. »Nein, die Baum-Maid hat recht. Die

einzige Art, den Schaden wiedergutzumachen, ist, das Unrecht, zu dem ich beigetragen habe, zu beseitigen. Nicht ungebeten tritt das Böse in unser Leben; meine Schwäche ist daran schuld, und dafür muß ich jetzt bezahlen.« Sie drehte sich zitternd um und sah Dyveth ins Gesicht. »Dein Feind ist Zyborn.«

»Zyborn Regenbogenhand!« rief Dyveth aus. »Es ist wahr, stets hat es ihn nach der Macht gelüstet. Aber mein Vater verbannte ihn aus Chi-y, nachdem der Magier Cathlamet ihn dabei ertappte, wie er sich mit den dunkleren Künsten abgab!«

»Inzwischen kennt er sich in diesen Künsten aus und heißt jetzt Zyborn Schwarzhand«, sagte Elyng und erhob sich langsam. »Das habe ich zu meinem Leidwesen erfahren müssen. Listenreich ist er, voll von falschen Hoffnungen und gebrochenen Versprechungen.«

»Und mein Vater? Und Cathlamet?«

»Ich weiß es nicht. Meine Erinnerungen an Zyborns Herrschaft über mich sind... nicht lückenlos. Wäre dein Vater tot, würde der treue Cathlamet Chi-y als Regent für dich verwalten. Er würde dich nicht verraten, indem er sinnlos nach dir suchen ließe; denn er weiß, wenn der Drache dich nicht schützen kann, so gewiß kein bloßer Sterblicher.«

»Ich erinnere mich. Es war Cathlamet, der den Drachen-Bernstein an mich band. Er muß geahnt haben...«

Merren hieß ihn schweigen. »Die Macht des Drachen behütet dich jetzt, und das genügt. Wir müssen Zyborn unverzüglich aufsuchen, um seiner Bedrohung ein Ende zu setzen. Er wird jetzt nach neuen Verbündeten suchen, vielleicht solchen, denen selbst unsere vereinten Kräfte nicht widerstehen können. Als du den Drachen riefst und Elyng befreitest, verloren wir damit jede Hoffnung, noch etwas geheimzuhalten. Am besten bringen wir die Angelegenheit jetzt schnellstens hinter uns.«

»Ich weiß nicht, wo er sich aufhält«, meinte Dyveth. »Als er aus Chi-y floh, kann er jeden Weg eingeschlagen haben.«

Die Magierin erklärte: »Er ist hier in Heävyth. Der schwarze Onyxpalast auf den Amorath-Bergen, gerade südlich des Flusses.

Einst war er das Heim eines reichen Mannes, umgeben von Gärten und mit vielen Dienern. Jetzt ist er nur noch ein Gehäuse aus Stein, schön, aber leblos. Sie sagen, selbst der Bronzeholz-Hausbaum im Hof wäre tot.«
Sie hielt inne, als Merren einen lauten Schrei, als füge man ihr Schmerzen zu, ausstieß.
»Ich bin bereit, mit euch zu gehen, wenn ihr mich haben wollt. Meine Macht mag nicht mehr so stark sein wie früher, aber Zyborn wird mich nicht mehr so leicht überrumpeln können.«
Dyveth fragte: »Sollen wir ihr vertrauen?«
Elyng hatte sich voll schlichter Würde aufgerichtet und strich sich das Haar aus dem Gesicht. Merren erkannte, daß die Magierin nicht viel älter war als sie selbst, eine kleine, schlanke Frau mit Spuren einstiger Schönheit und fiebrig glänzenden Augen. Sie dachte an Rauchs Warnung und sagte: »Du hast uns wenig Freundschaft bezeigt...«
»Ich bin bereit, bei deinem Stab zu schwören!«
Merren berührte ihre Stirn mit der Spitze des Bronzeholzes und spürte den ruhigen Pulsschlag reiner Macht. Sie nickte, als Elyng flüsterte: »Ich war nicht lange unter Zyborns Einfluß.«
»Haben wir überhaupt eine Hoffnung, ihn zu besiegen?« fragte Dyveth.
Die Magierin entgegnete: »Ich allein hätte keine. Doch bedenke, Königssohn: es erfordert mehr Stärke, etwas durch Barmherzigkeit zu erobern, so wie du und die Baum-Maid es mir bewiesen habt, als es ganz und gar zu zerstören. Und Zyborn wäre gewiß nicht so auf Drachen-Bernstein versessen, wenn der Bernstein nicht die Macht hätte, ihm eine Niederlage zu bereiten.«
Die beiden gleichen sich, Königssohn einer Stadt, Magierin einer anderen. Ich gehöre zu meinen Bäumen, nicht einmal in den feinsten Palast. Es ist ein Unterschied, ob ich mein Bett mit Ahr, dem namenlosen Wanderer, teile oder mit Dyveth, dem Königssohn.
Merren unterdrückte einen Seufzer und fühlte sich klein und kalt im Bauch des steinernen Turms, in dem es nicht das geringste Grün gab, kein erdiger Duft des Lebens, der in ihrer Kehle sang...

Der Drache grollte, schmerzliche Sehnsucht in der Stimme. Merren strich über die feurige Haut des Tiers und fühlte, wie es zitterte. Es hatte ihr Heimweh nach dem Wald empfunden und mit seinem eigenen, tiefinnerlichen Verlangen geantwortet. Sie konnte seine Erinnerungen an wilde, eisige Gebirge spüren, an kristallklare Luft und an Freiheit.

Elyng brachte ihnen zu essen und zu trinken, mit Pfeffer gewürzten Fisch, Hirschzungen in Gelee und eine kalte Schmorpfanne mit Wurzelknollen und Pilzen. Dyveth verspeiste alles mit gutem Appetit, selbst der saure Obstwein schmeckte ihm; Merren dagegen rührte die Fleischgerichte nicht an und trank nur Wasser.
»Du hast Vorbehalte gegenüber solchen Dingen, Baum-Maid«, bemerkte die Magierin. »Hindern dich deine Regeln auch daran, andere schöne Sachen zu genießen, die die Welt zu bieten hat?«
»Nichts ist so gut wie das, was meine Regeln mir einbringen. Keiner, der sich vom Elend anderer Geschöpfe ernährt, kann die Verzückung der Bäume hören.«
»So wenig, wie du den Gesang der Sphären vernehmen kannst. Laß uns darum Waffenstillstand schließen, denn selbst eine gemeinsame Sache kann die Unterschiede zwischen uns nicht so leicht ausräumen«, sagte Elyng.
Dyveth begann: »Ich habe nie gehört, daß ...«
Plötzliche, alles erstickende Dunkelheit verschluckte seine Worte. Merren, vor deren Augen durch den heftigen Zusammenprall alles verschwamm, packte ihren Stab und fühlte die Hitze, die darin pulsierte. Ihr Blick klärte sich so weit, daß sie Elyng wahrnahm, auf die Knie geduckt, und in einer Ecke den Drachen, dessen Augen bleich aus einem Brunnen samtiger Schwärze glommen.
Hitze und Eis zugleich rasten in feurigen Blitzen über die steinernen Wände und füllten Merrens Nase mit dem Geruch von Ozon und etwas anderem, Unaussprechlichem, weit weniger Reinem. Über ihnen, genau im architektonischen Mittelpunkt des Turms, schimmerte das geisterhafte Zerrbild eines menschlichen Gesichts; fahlgrelles Silber die Wangen, die fleischlosen Lippen zu

höhnischem Grinsen verzogen, die Augen grünglühendes Feuer. Merren erkannte die tödliche Farbe des Lichtballs, gegen den sie in dem unheimlichen Hain gekämpft hatte.
Dyveth war mühsam auf die Füße gekommen und stand jetzt mit weit gespreizten Beinen da, um nicht das Gleichgewicht zu verlieren. Die Fäuste hielt er in Schulterhöhe. Seine Worte kamen mühsam und abgerissen, als zerrte man sie ihm aus der Kehle. »Schwarzhand! Zyborn Schwarzhand! Heute hast du deinen Gegner gefunden!«
Das metallische Grinsen wurde noch breiter. Die Augen verengten sich zu amüsierten Schlitzen, als Dyveth, außer sich vor Wut, die Erscheinung ansprang. Seine Hand drang glatt durch sie hindurch, und er stürzte schwer zu Boden. Sein Atem ging schluchzend. Der Drache eilte zu ihm.
Elyng sah auf. Ihr Gesicht unter dem verwirrten Haar war aschfarben. Sie schrie: »Es ist sein Runengesicht! Ihr könnt ihn nicht erreichen!«
»Das heißt, daß nichts von seinem wirklichen Selbst hier ist?« fragte Merren.
Die Magierin schüttelte den Kopf.
»Kann man ihn herholen«, fragte Merren und zeigte mit dem Stab auf die spottende Fratze, »wenn man das da als Konzentrationspunkt benutzt?«
»Ich glaube... ja. Jeder vom Rang eines Meisters kann eine Projektion als Anker für Reisen an ferne Orte benutzen. Du willst ihn aber doch wohl nicht hierher zu uns locken –?«
»Soll ich ihn sicher in seinem Palast bleiben lassen, damit er hier mit uns spielt, bis Erschöpfung oder ein glücklicher Zufall die Schlacht beenden? Das hat er einmal versucht, aber eine weitere Chance soll er nicht haben«, erklärte Merren. »Wir werden ihn mit einer Magie, der seine Totenzauberei nicht widerstehen kann, hierherzwingen, dann können wir ihn überwinden.«
Grün und silbern leuchtende Blitze begannen jetzt von den Wänden zu sprühen und nach den drei Menschen zu peitschen. Sie zogen sich in die Mitte des Raums zurück, und Elyng begann einen

schützenden Gesang anzustimmen. Merren hörte zu und begann zu begreifen, wie die Kunst der Magierin aufgebaut war. Sie war ihrer eigenen nicht einmal unähnlich, nur daß sie ihre Macht aus Veränderungen und Unterschieden bezog, anstatt aus Harmonien wie die Naturmagie.

»Elyng... Domina, kennst du die Kunst der Parallelen?«

»Parallelen? Wir gebrauchen dieses Wort nicht. Ach! Dieser Blitzschlag war sehr nahe! Ich weiß nicht, wie lange meine Schranke noch halten kann.«

»Wie oben, so auch unten. Wie im Sommer, so gespiegelt im Winter...«

»Ja, darin kann ich dir folgen. Brauchst du mich hier als Anker, oder...«

»So wie hier, sei es dort! Im Hof des Onyxpalastes... gegenüber dem Hausbaum.«

Elyng nickte mit grimmigem Gesicht.

Merren hielt den Stab vor sich wie ein Schwert. Die grünlichen Lichtblitze kamen immer näher und prallten funkelnd an den Rändern des Sicherheitsfeldes der Magierin ab. Merren konnte spüren, wie die Wände aus schützender Macht erbebten, und wußte, daß sie unter einem entschlossenen Angriff zusammenbrechen würden. Aber darauf kam es nicht an, denn sie würden ihr die Zeit verschaffen, die sie brauchte.

»Dyveth, stell dich zwischen uns. Elyng und ich werden gemeinsam – einen kleinen Zauber durchführen. Sieh nicht nach dem Runengesicht; je erfolgreicher unser Gegenangriff ist, desto drohender wird dir seine Miene erscheinen. Zügle deinen Zorn und vertrau auf den Drachen.« Sein zustimmendes Nicken fühlte sie mehr, als sie es sah.

Das Bronzeholz in Merrens Fingern fing an zu pulsieren, als sie sich darauf konzentrierte wie auf den Brennpunkt einer Linse. Sie fühlte die Schwingungen wie einen Chor von Stimmen, wortlos und verschwimmend wie Zweige im Sonnenlicht, wie fließendes Wasser. Verwoben in diese Harmonie ertönte leises Glockengeläut, so zart wie ein Vogellied oder die Blütenblätter einer einsamen Wildblume. Die Magierin war eine beeindruckende Verbündete, wenn sie über solche Dinge Macht hatte.

Ein tieferer Rhythmus fiel nun ein, ein Takt wie der Planet selbst, und er zwang die beiden Menschen zu Boden, tief hinunter in ihre Wurzeln. Merren sah, wie die Haut des Drachen zu leuchten begann, Welle auf schimmernde Welle.

Als Elyng sie aus dem sich auflösenden Sicherheitsfeld freigab, fühlte Merren zugleich, wie die Erde unter dem Turm zu ihnen hinaufreichte und ihren Geist durch die kristallene Glätte der Steine hindurch in ihre sanfte Hut zu nehmen begann. Das Echo von Elyngs Lied verriet ihr, daß im Onyxpalast auf den Amorath-Bergen Ähnliches vorging, lebendige Freude als Gegenmittel gegen das ätzende grüne Gift von Zyborns Kunst.

Da erinnerte sich Merren, erinnerte sich an das Lied, das sie bei ihrem kurzen Kampf gegen Zyborn-in-Elyng angestimmt und noch nicht zu Ende gesungen hatte. Sie hatte die vier Dimensionen des Waldes zu sich gerufen, ihre Energien um sich versammelt, sie aber noch nicht freigesetzt.

Norden, Föhre... Westen, Palme... Süden, Maibaum... Osten zum Bronzeholz, Osten zu dem, was mein ist! Sie fühlte, wie der schlafende Geist des gewaltigen Hausbaums im Amorath-Palast sich antwortend regte.

Aufstampfen! Merren ließ den Stab krachend auf den bleichen Steinfußboden niedersausen: »Sonne und Sterne!«

Todesqual zerriß das Runengesicht. Unmenschliches Wutgeheul entquoll dem Mund. Dyveth schrie auf und zeigte auf eine Stelle, an der im verzerrten Grün der Maske ein einzelner Strahl weißen Lichtes aufleuchtete. Er begann zu glühen, immer heißer und wilder, eine Speerspitze aus Feuer, die den kühlsten Forst in Brand setzte, die Metall versengte und lebendiges Fleisch verdampfen ließ... Der Drache kreischte, aber Merren vernahm seinen Schlachtruf nur wie ein Tieferwerden seines Liedes; tief und jauchzend brauste jetzt der Baßrhythmus. Der weiße Strahl zerriß die letzten Spuren von Elyngs Sicherheitsfeld, aber Merren hob von neuem den Stab und lächelte. »Mond und Tau!«

Bronzeholz traf auf Stein, Stein berührte Erde und den Samen des Lebens. Vor ihrem inneren Auge konnte Merren die Myriaden winziger Fühler gesunden Grüns sehen, die den Turm der Magierin zu überziehen begannen – ein Fest des Lebens. Der weiße Strahl zerplatzte in einem Schwall von Sternen. Im fernen Onyxhof blühte der uralte Hausbaum über und über.
»Seid geheilt! Seid geheilt!«
Blumenduft erfüllte die Luft, wild und betäubend, wiegte sich im Brüllen des Drachen. Das Runengesicht schwankte und fiel. Als es den Boden berührte, verschwand es und hinterließ die geschrumpfte Hülle eines älteren Mannes in giftgrünen Gewändern. Er hob das verwüstete Antlitz zu ihnen auf und flüsterte mit Lippen, die von gelbgewordenen Zähnen zurückwichen: »Niemals!« Voller Gier und Abscheu starrte er auf den Drachen. Die triumphierende Macht des Waldes ließ alles Böse von ihm abfallen. Dann brach er zusammen, und nur ein Hauch von Staub und zerfetztem Stoff blieb von ihm übrig.
Das dreifache Singen in Merrens Herz verklang. Ihr Blick wurde wieder klar. Sie konnte das neue Grün sehen, das jede Ritze und Spalte des blassen Turmgesteins schmückte. Schweratmend ging Dyveth zu dem Häufchen Asche hinüber und stieß es mit dem Stiefel an. Elyng faltete die Hände vor dem Leib und lachte tonlos. Der Drache rollte sich zusammen, eine Woge von Pracht, dann todstumpfes Schwarz, ein Brunnen von Traurigkeit.

»Ich werde nicht mit dir nach Chi-y gehen, Dyveth Königssohn«, wiederholte Merren. »Du sprichst aus der Dankbarkeit des Augenblicks heraus, nicht mit dem Verstand und Gefühl für das, was sich geziemt. Wenn du erst wieder in deiner Heimatstadt bist, würdest du mich so fremd und verloren finden, wie du in meinem Forst warst. Du bist nicht mehr Ahr, mein Liebster aus dem Wald, noch könnte ich meine Bäume verlassen, um eine Dame an deinem Hof zu werden. Wenn du aber eine Verbündete im Bereich der Magie suchst, dann frag die schöne Magierin...«
Elyng, die ihnen gegenübersaß, Mondsteine und Türkise im auf-

gesteckten Haar, biß in eine frische Weintraube und lächelte. »Du bist großzügig wie stets, Baum-Maid. Aber ich habe viel zu tun in meinem Turm. Du hast mir eine Menge Hausarbeit zurückgelassen – soviel Grün zum Pflegen!«

»Du solltest eine Belohnung von mir fordern«, meinte Dyveth. »Es wäre unbillig, uns mit einer solchen Schuld zurückzulassen.« Gedankenverloren griff er zur Seite, um die Haut des Drachens zu streicheln. Das Tier, die Bernsteinaugen fast leblos, reagierte nicht.

»Ich habe schon gesagt, daß ich nichts haben möchte«, erwiderte Merren müde. Das schnell sprossende Grün von Elyngs Turm erhöhte nur die Sehnsucht nach ihren Bäumen. »Domina, du hast uns die Gnade deines guten Willens erwiesen; mit keinem größeren Geschenk könnte ich in mein Dorf zurückkehren.«

»Aber für dich selbst, Merren – nach allem, was wir gemeinsam durchgestanden haben –«, protestierte Dyveth. Im milden Morgensonnenlicht schüttelte er den Kopf, und das Gold seiner Haare war wie eine von der Natur selbst verliehene Krone. »Bitte. Laß mich dir etwas schenken.«

Sekundenlang sah sie ihm in die Augen und prüfte die Eindringlichkeit dahinter. Dann fiel ihr Blick auf den Drachen. *Er will meine Antwort nicht annehmen. Mit Geschenken will er mich an seine Erinnerung binden, mit Gold und Juwelen, wie den Drachen-Bernstein.* Sie merkte, daß ihr plötzlich die Stimme zitterte. »Gib den Drachen frei.«

»Was?« frage Dyveth, und Elyng hob ruckartig den Kopf.

»Den Drachen. Seine Freiheit. Darum bitte ich dich.«

»Aber das kann ich nicht. Cathlamet hat versprochen, daß der Drache mich auf keine Art verlassen kann, solange ich im Besitz des Bernsteins bin. Er ist an mich gebunden.«

»So wie ich es war, durch den Willen der Mutter. Dein Zauberer hat den Geist des Drachen im Bernstein eingefangen. Zyborn wußte das und begehrte die Macht über den Drachen genausosehr wie deinen Tod. Jetzt, da er vernichtet ist, brauchst du den Schutz des Drachens nicht mehr, ebensowenig wie meinen. Gib den Bern-

stein dorthin zurück, woher er stammt, dann sind wir beide frei... oder bist du, Königssohn, nichts als ein blasser Abglanz von Zyborns Tyrannei?«
»Nein, ich...« begann Dyveth sichtlich erschüttert. »Ich möchte gerecht zu dir sein, Merren, und dich ehrenhaft behandeln. Ich möchte, daß du dich an mich als einen Mann erinnerst und nicht als an eine Strohpuppe.« Er tastete nach dem silbernen Verschluß an seinem Hals.
Der Drache, der wie ein Haufen Kohle neben ihm gelegen hatte, war mit einem einzigen Satz auf den Füßen, die Stummelflügel weit ausgebreitet, flammend wie ein ganzer Wasserfall verrückt gewordener Regenbogen. Dyveth lachte und warf den Bernstein in die Luft. Der Drache sang und sprang danach, und Merren wußte, daß sie diesen Augenblick elementarer Freude nicht für alle Herrlichkeit der Welt eingetauscht hätte.
›O-Bruder-vom-Drachengeschlecht!‹

A. D. OVERSTREET

A.D. Overstreets ›Der Wolf kommt‹ war eigentlich schon für den Band ›Wolfsschwester‹ angenommen worden; aber weil ich dann über zehntausend Worte zuviel hatte, wurde die Geschichte doch noch aus der Endauswahl gestrichen.
Als die Verfasserin erfuhr, daß ich einen dritten Band vorbereitete, schickte sie mir ihren Text umgeschrieben zurück, und die Zauberkraft darin war noch stärker geworden. Es ist eine Erzählung von Liebe, Kraft und Rache, in der sich alle Eigenschaften verkörpert finden, die man von einer ›Schwert-und-Zauberei‹-Heldin erwartet.
Es ist die erste Geschichte, die A.D. Overstreet veröffentlicht hat. – M.Z.B.

A. D. OVERSTREET

Der Wolf kommt

»Es ist Zeit für dich«, sagte Mutter Wolf, »in das *Rudel* aufgenommen zu werden.«

Aus Liebe zu der alten blinden Frau erstickte Megarin den Einwand, der ihr auf der Zunge lag. Es war noch nicht Zeit! Sie war zu jung und hatte ihre Lehrzeit noch nicht hinter sich. In fünf Jahren, wenn sie dreißig sein würde – das vorgeschriebene Alter –, hätte Megarin ihr Geschick mit einer ihrer Lehrerinnen messen und so die Aufnahme ins *Rudel* erkämpfen können. Aber von den Lehrerinnen war keine mehr am Leben. Außer der alten Vivien.

Die hagere Alte winkte ihre beiden ergebenen Gehilfinnen beiseite und näherte sich dem Altar mit so festen Schritten, daß man ihr Alter und Blindheit nicht glauben mochte. Megarin zuckte zusammen, zornig über das plötzliche Brennen in der Nase und hinter ihren Augenlidern. Die anderen, alle jünger als sie, durften ihre Tränen nicht sehen. Gewiß würde die alte Vivien bald sterben. Warum befahl sie ihr sonst, dem *Rudel* beizutreten – doch nur, damit sie ihr als Mutter Wolf bei den Welpen nachfolgen konnte?

Nur Megarin war noch übrig, um die Kleinen zu betreuen. Allein Megarin. Und nur, weil sie an jenem Schreckenstag vor sechs Jahren ein Jagdrudel geführt hatte. Voller Freude über ihren ersten Erfolg als Anführerin hatte sie die begeisterten jungen Geschöpfe nach Wolfsruh zurückgebracht. Es war das Ende aller Freude für sie gewesen – auf immer. Sie fanden das *Rudel* und alle neuen Rudel-Anwärterinnen verprügelt und vergewaltigt vor. Die kleineren Mädchen waren verschwunden, nur drei ganz Kleine hatten sich in einem Ofen versteckt. Von all den verwüsteten Körpern bewegte sich, leise stöhnend, nur noch ein einziger. Bevor Garm sie durch das schwarze Licht seines Hexenschwertes mit Blindheit geschlagen hatte, hatte Mutter Wolf alles gesehen. Aber sie überlebte und erzählte ihnen, was sich zugetragen hatte, während sie auf der Jagd waren. In den nächsten Jahren bildete Vivien sie alle aus, so gut sie es allein konnte. Jetzt war ihre immer schwächer werdende Kraft erschöpft. Megarin war an der Reihe, Mutter Wolf zu werden. Die Mädchen, vor langer Zeit von ihren Eltern ausgesetzt oder verkauft, durften kein zweites Mal Waisen werden.

Megarin, die wußte, welche Last auf sie übergehen würde, fühlte sich plötzlich müde. Sie sank vor dem Altar auf die Knie. Durch ihre dünnen, aber festen Rehlederhosen spürte sie den glatten, von so vielen Generationen polierten Stein. Sie nahm die Schultern zurück und gelobte sich, der Mutter oder den anderen den feierlichen Augenblick nicht zu verderben. Ein hastiges, schweigendes Gebet, die blinde Vivien möge nicht stolpern, schleuderte sie vor die Füße des Großen Wolfs.

Als ob sie sehen könnte – aber das war ja wohl nicht möglich? –, hob Mutter Wolf der leeren Nische die Hände entgegen und bot ihr den feierlichen Gruß.

Megarin erschauerte unwillkürlich. *Bitte, o Großer Wolf, laß ihren alten Kopf nicht vergessen, daß diese Verräterin Magda den kristallenen Becher gestohlen hat!*

Mutter Wolf vollendete die ehrfürchtige Geste. Dann senkte sie die Hände zielsicher auf die Abbildung des Wolfskopfes am Sockel unter der Nische. Sobald sie die steinerne Nase berührte, glitt die Vorderfront des Sockels zur Seite. Mutter Wolf entnahm ihr einen klaren Kristall, das Herzstück eines größeren Kristalls, den man vor langer Zeit ausgehöhlt hatte, um daraus den geheiligten Becher zu schneiden. Nun wandte die alte Frau sich Megarin zu und streckte ihr den Kristall entgegen, so daß die junge Frau den Wolfskopf, der in die flache Seite geätzt war, deutlich erkennen konnte. Wie die anderen Kinder dort hinten im Tempel hatte auch Megarin den Kristall schon früher gesehen; das Bild nahm sie zum erstenmal wahr.

Leise murmelte Megarin: »Hier bin ich, Mutter Wolf.«

»Das sehe ich, mein Kind.«
Aber diese trüben, eingesunkenen Augen konnten doch bestimmt nichts sehen! Und doch – auf der runzligen Stirn, zwischen den ergrauten Brauen, waren die Augen des dort eingebrannten Wolfsmals offen und glühten in warmem Rot. Megarin blinzelte; sie traute ihren Augen nicht. Dann sah sie nichts mehr als den Kristall. Er glühte in strahlendem, funkelndem Licht. Das Bild des Wolfskopfes gleißte in hellem, blutigem Rot. Sie fühlte schon die Hitze, die von ihm ausging. Sie biß die Zähne zusammen und weigerte sich, zurückzuzucken, als das Brandzeichen ihr genau an der richtigen Stelle die Stirn sengte.
Der Schmerz war so kurz, daß die Tränen der Qual gar nicht die Zeit hatten, über ihre Wangen zu laufen. Sie wartete, bis Vivien den Kristall zurückgelegt hatte; dann, wie die schlichte Zeremonie es gebot, stand sie auf. Mutter Wolf drehte den zwölf versammelten jungen Frauen und Mädchen ihr Gesicht zu. »Seht her!« rief Mutter Wolf. »Die jüngste Anführerin des *Rudels*! Jetzt sieht unsere geliebte Megarin mit den Augen des Wolfs!«
Weil sie zuvor keine Prüfung bestanden hatte, empfand Megarin in diesem Augenblick der höchsten Erfüllung ihres Kindheitstraums kein Hochgefühl. Als sie den Kopf in den Nacken bog und heulte, kam kein Antwortgeheul von dem *Rudel*, das schon so lange tot war. Nur Mutter Wolfs leises Grollen begleitete Megarin, als sie zum zweiten Heulen ansetzte, in das die anderen Frauen und Mädchen im Gewölbe des Tempels wild einfielen.
Als die alte Frau sie aus ihrer Umarmung freigegeben hatte, betrachtete Vivien noch einmal den Wolfskopf auf Viviens Stirn. Jetzt war er nichts weiter als ein Brandmal, leblos, mit geschlossenen Augen. Schon fiel das kurze, struppige Silberhaar der alten Frau, das sie kurzgeschoren trug wie alle, ihr wieder in die Stirn und verdeckte das Zeichen des Wolfs. Ja, mehr war es wirklich nicht – ein Zeichen ihrer Zusammengehörigkeit und nichts weiter. Das *Rudel* hatte immer so geheimnisvoll getan, wenn es um das Zeichen ging, vor allem dann, wenn ein neues Mitglied von seiner Ersten Fahrt zurückkehrte.

»Blast die Kerzen aus«, befahl Mutter Wolf. Die Gehilfinnen eilten, den Tempel zu verdunkeln. »Geh nun, Wolfsfrau«, sagte Vivien zu Megarin. »Finde den Prinzen. Nimm Garm den kristallenen Becher ab und bring ihn dorthin zurück, wo sein Platz ist.«
Dankbar für die Blindheit der alten Frau und die Dunkelheit ringsum, sperrte Megarin vor Erstaunen Mund und Nase auf. »Wie soll ich den Prinzen erkennen, sofern er überhaupt noch am Leben ist? Er war erst fünf, als Garms Krieger uns überfielen.«
»Er lebt. Der Becher wird ihn dir zeigen. Und vergiß eines nie: es war nicht nur Zauberei, es war auch Verrat, der Garm zum Sieg über uns verhalf.«
Sie spürte, daß Mutter Wolf sich abwandte. Die beiden Gehilfinnen stolperten herbei, um der alten Frau zu helfen – in einer Finsternis, die auch für sie jetzt so dicht war, wie sie für die Ältere zu jeder Zeit sein mußte. Megarin ließ die Schultern hängen. Ihre Erste Fahrt! Aber doch nicht jetzt! Man durfte sie doch jetzt nicht wegschicken, jetzt, wo Vivien vielleicht sterben würde? Bestimmt war die alte Frau nicht mehr ganz klar im Kopf. Woher wollte sie etwas über den Prinzen und den Becher wissen? Und doch waren die Schritte, die Megarin sich entfernen hörte, fest, sicherer als das zögernde Geräusch der leichteren Füße zu beiden Seiten. Megarin seufzte. Selbst in dieser Situation konnte sie mit der Tradition nicht brechen; sie konnte der Mutter Wolf nicht ungehorsam sein. Sie mußte gehen.
Megarin strich sich das gürtellose Rehlederwams glatt, drehte sich um und wartete, bis ihre Augen sich vollständig an die Dunkelheit gewöhnt hatten. Schwach konnte sie den Umriß des Tempeleingangs wahrnehmen. Vor den Fenstern schien der Himmel heller zu sein. Als sie sich vorsichtig auf das Licht der Morgendämmerung zubewegte, stolperte sie über einen hervorstehenden Stein. Von wegen Augen des Wolfs! Sie war zumindest vorübergehend so blind wie Mutter Wolf immer. Endlich fand sie die Tür und schlüpfte in den Hof.
Der erste schwache Streifen Weiß, der unter dem östlichen Horizont hervorstrahlte, grüßte sie. Sie lächelte dem Wolfsschwanz zu,

dem Morgenlicht des Tierkreises. »Guten Morgen, Großer Wolf. Wenn die Mutter eine Fahrt befiehlt, dann soll es so sein.« Einen Augenblick sah sie mit wilder Sehnsucht auf die Gebäude hinter der Mauer. Dann zuckte sie die Achseln und schritt entschlossen durch das Tor.

Als Megarin den üppigen Forst betrat, der Wolfsruh umgab, fühlte sie den Morgenhauch des Wolfs, jenen fast unmerklichen Luftzug, den nur das leichte Ansteigen der Nachtkälte anzeigte. Sie sprach ihr Morgengebet: »Laß mich meinen Auftrag schnell vollbringen. Mutter Wolf ist alt, und meine Rückkehr eilt.«

So geräuschlos wie ein wirkliches Tier lief Megarin auf nackten Füßen durch den dichten Wald. Sie vermutete, daß Garm sich noch immer in dem alten Schloß aufhielt. Wenn der Wüstling und seine Horde von Söldnern und Schlächtern ihn noch nicht verhökert hatten, war der heilige Becher dort vielleicht noch zu finden; der Prinz dagegen war aller Wahrscheinlichkeit nach so tot wie der Rest seiner Familie. Der Himmel wurde heller, und plötzliche Hoffnung stieg in ihrem Herzen auf. Mutter Wolf glaubte, daß der Prinz noch lebte; und Vivien verfügte über seltsame Methoden, Dinge zu erfahren, die sich fern von Wolfsruh ereigneten. Vielleicht wünschte der Knabe nur, er wäre tot, weil er Garms ausgeklügelte Grausamkeiten ertragen mußte. Sie versuchte, sich an ihn zu erinnern – ein kecker und munterer Bursche mit zerzaustem Strohkopf. Wie hatte er doch geheißen? Ach ja – Duer. Prinz Duer. Wenn er am Leben blieb, würde er König Duer von der Dynastie Corsac sein, denen das *Wolfsrudel* vor undenklichen Zeiten Treue und ihr Geschick im unbewaffneten Kampf gelobt hatten.

Megarin hielt inne, entspannt, aber wachsam. Obwohl noch außerhalb ihrer Hörweite, empfingen ihre Sinne den Eindruck, daß jemand in ihrer Nähe war. Sie stellte sich mit dem Rücken gegen einen dicken Baumstamm und spitzte die Ohren.

Ein Wolf trat in den schmalen Raum zwischen den Bäumen, wo Megarin wartete. Bei einer Schulterhöhe von vier Fuß war er schwarz wie die tiefe Nacht; über dem Fell lag ein silberner Schim-

mer. Megarin schluckte langsam. Das war ein wilder Waldwolf, anders als die halbzahmen bräunlichen Welpen, die sich so oft in Wolfsruh einstellten. Irgendwoher holte sie ein munteres Grinsen für ihn. »Kamerad Wolf, ich hoffe, daß du die Tatsache anerkennst, daß auch ich zu einem Rudel gehöre.«
Das gewaltige Tier knurrte und zeigte Fänge, die noch jung waren, stark und weiß. Obwohl er ihr in die Augen zu schauen schien, kam es Megarin so vor, als sei sein rechtes Auge mehr auf ihre Stirn gerichtet. Sie fing an zu schielen, als sie an den dort eingebrannten Wolfskopf dachte.
Plötzlich richtete sie sich auf und starrte das Waldtier eindringlich an. »Du wirst mich vorbeilassen, Bruder Wolf. Ich habe einen Auftrag auszuführen.« Im Hinterkopf formulierte sie ein verzweifeltes Gebet zum Großen Wolf.
Die Augen des schwarzen Wolfs bewegten sich; sein wilder Blick wanderte ein wenig zur Seite. Megarin machte einen Schritt vorwärts. »Du hast nichts von mir zu befürchten, mein Bruder, und ich befürchte nichts von dir.« Sie heftete den Blick auf ihn und ging einen weiteren Schritt auf ihn zu. Das Brandmal fühlte sich warm an. Sie konnte den Wolf stärker riechen.
Zu stark. Ihre Menschennase war nicht darauf eingerichtet, die ungeheure Vielfalt von Gerüchen zu entziffern, die alle auf einmal aus seinem Pelz in ihre Nüstern drangen. Auch ihre Ohren nahmen jetzt Geräusche wahr, die ihr bisher entgangen waren – das Geräusch vieler Pfoten, die überall ringsum leicht den Boden berührten. Dann begann ihr Sehen sich zu überlagern. Es war ihr, als hätte sie Doppelbilder; das zweite lag leicht über dem ersten, war jedoch weniger farbenreich als dieses.
Der Wolf machte einen Schritt zurück. Aus seiner Nase kam ein leises Winseln. Megarin konzentrierte sich auf das zweite Bild und ging auf ihn zu. Er setzte sich hin, rollte dann zur Seite und schließlich auf den Rücken. Das erste Bild verschwamm und wurde schwächer, während das zweite, grauschattige Bild an Stärke zunahm. Leise grollend kniete sie nieder und beugte sich über den dargebotenen, wehrlosen Wolfsbauch. Sie legte die rechte Hand

sanft auf das weiche Bauchfell und streichelte ihm die breite Brust. »Ich tue dir nichts, mein Bruder.« Als er sich wieder auf den Bauch rollte, waren die Ohren noch immer angelegt, das Maul stand offen, und die Zunge hing heraus. Sie bückte sich und packte die Schnauze mit den Zähnen, biß fest zu, um ihre Zuneigung deutlich zu machen; dann füllte sie die hohle Stelle hinter den Ohren mit ihren Fingern. Der Wolf brummte vor Vergnügen und klopfte mit dem buschigen Schweif den Boden.

Wenig später schlichen weitere Wölfe herbei, um sie zu begrüßen und ihre liebevolle Berührung ihrer Körper entgegenzunehmen. Der schwarze Anführer sprang an ihr hoch und legte ihr die Vorderpfoten auf die Schultern. Er zwickte sie in die Nase – eine Aufforderung zum Spiel. Entzückt, daß das Rudel sie anerkannte, balgte und raufte sich Megarin mit ihren neuen Gefährten auf dem Waldboden. »Ich habe Hunger«, sagte sie schließlich, und sie jagten. Als Mitglied der Meute tötete Megarin mit den anderen und genoß das noch warme und blutige Wild. Beiläufig kam ihr der Gedanke, wie sehr Mutter Wolf sich über die Leber freuen würde.

Der schwarze Riesenwolf verjagte mehrere kleine Rüden und biß selbst die Leber heraus. Er hielt sie im Maul und richtete das rechte Auge auf das Brandmal auf Megarins Stirn. So deutlich, als hätte er gesprochen, hörte sie seine Absicht. »Ich werde Mutter Wolf das hier bringen und ihr sagen, daß du bei uns bist und zu uns gehörst.« Er sprang davon. Megarin saß ganz still. Jetzt wußte sie, woher Mutter Wolf ihr Wissen bezog und wie die alte, blinde Frau sah, obwohl sie nicht sehen konnte. Vorsichtig berührte sie das Wolfskopf-Brandzeichen mit den Fingern.

Megarin ruhte sich nur kurze Zeit aus, dann verließ sie die Wölfe, die vollgefressen schliefen. Als sie auf den Waldweg kam, der in die Stadt führte, sträubten sich ihre Nackenhaare. Sie las im Wind und entdeckte den üblen Geruch von Menschen, die vor kurzem vorbeigekommen waren. Sie hielt sich unter den Bäumen, immer entlang der Straße, bis sie am Nachmittag das Nordtor von Eichenhohl sah. Der zerbrochene Torflügel hing in verbogenen Angeln.

Dahinter erkannte sie verwahrloste Gebäude, die einen Anstrich dringend nötig gehabt hätten. Neugierig, wie die einst hübsche Stadt unter Garms Herrschaft heruntergekommen war, betrat sie die Straße. Ein Schauder überlief sie, und sie spürte, wie sich ihre Nackenhaare von neuem sträubten. »Ich bin ein Wolf. Aber ich bin auch ein Mensch!« Sie schritt in Richtung Eichenhohl aus.

An ihren letzten Ausflug dorthin, mit Mutter Wolf vor vier Jahren, erinnerte sie sich nur allzugut. Nur allzu genau hatte sie noch die höhnischen Zurufe im Gedächtnis, die Lehmklumpen und den anderen Abfall, mit dem man sie beworfen hatte. Obwohl sie und drei andere Anwärterinnen tapfer gekämpft hatten, war es Mutter Wolfs tönende Stimme gewesen, die ihre Quälgeister zu Tode erschreckt hatte. Danach war niemand aus Wolfsruh je wieder in die Stadt, die sie früher einmal als Freunde willkommen geheißen hatte, zurückgekehrt.

Heute bewachte niemand das Tor oder wartete, um müde Reisende freundlich zu begrüßen. Eichenhohl sah verlassen und vergessen aus; jedoch verrieten Megarin gedämpfte Laute, daß doch nicht nur Ratten noch dort hausten. Auf dem Marktplatz lungerten drei zerlumpte Männer herum und tranken aus einer staubigen Flasche. Megarin blieb stehen und betrachtete die drei abgerissenen Vertreter der einst so wohlhabenden Stadt.

Einer stand auf und schwankte auf sie zu. Die anderen folgten, wahrscheinlich weil der erste sich am Flaschenhals festhielt. Seine Stimme war nur leicht verwaschen. »Was machst du hier in der Stadt?«

»Wie wär's mit einem kleinen Stoß?« Der zweite Mann ging um sie herum.

»Das hat sie gern!« Der dritte wollte sich auf sie stürzen.

Einst hätte kein Mann aus Eichenhohl es gewagt, eine Herrin von Wolfsruh auf solche Art zu belästigen. Diesen Respekt mußten sie wieder lernen. Megarin stand ganz still da, bis sie tatsächlich Hand an sie legten. Dann stieß sie zwei steife linke Finger in ein Augenpaar und den rechten Ellenbogen in ein Brustbein. Mit derselben

fließenden Bewegung hackte sie mit ihrer rechten Handkante über die Kehle des dritten Mannes. Weil sie ihnen nur eine Lehre geben und sie nicht umbringen wollte, stoppte sie die tödlichen Hiebe ganz kurz vor der vollen Stärke. Als die drei schreiend am Boden lagen, sagte sie nur: »Das Rudel ist zurückgekehrt.« Dann schritt sie stolz durch Eichenhohls Hauptstraße und bemerkte, daß so mancher Kopf hastig ins Haus zurückgezogen wurde.
Sie war froh, als sie die modrige Stadt hinter sich lassen konnte. Selbst für ihren eingeschränkten menschlichen Geruchssinn war der Gestank fast unerträglich. Zwar kam ihr der Gedanke daran, wie ein Wolf ihn empfinden würde, aber sie beschloß, nicht zu versuchen, es herauszufinden. Sie legte den Finger auf das Brandmal und grinste. Auf der Südseite der Stadt sah die Straße benutzter, aber nicht gepflegter aus. Der hartgestampfte Schmutz würde keinen Staub aufwirbeln, wenn Pferde vorüberkamen, aber der Wald war hier so licht, daß sie einigermaßen weit sehen konnte. Zweimal verließ sie die Straße und versteckte sich hinter Bäumen, um Trupps hart reitender Krieger vorbeibrausen zu lassen. Vielleicht berichteten die Bewohner der Stadt Garms Männern ihre Ankunft. Als einer der Reiter, offensichtlich so etwas wie ein Offizier, wie verrückt den Weg zurückgaloppierte, beobachtete sie ihn aus den Schatten. Sie nickte. Garm würde erfahren, daß jemand aus Wolfsruh in der Nähe war. Es würde ihn nicht weiter berühren. Nein, Garm würde sich auf sich selbst verlassen. Zu sehr. Sie lächelte mit hochgezogenen Lippen, als fauche sie.
Bei Anbruch der Dunkelheit näherte sich Megarin dem weitläufigen Schloß und duckte sich ins Gebüsch, um die lärmenden Wächter zu beobachten. Sie achteten kaum auf ihre Umgebung. Zweifellos hatte Garm das Land so in Angst und Schrecken versetzt, daß er und seine Männer nichts befürchteten, schon gar nicht einen Angriff auf ihre Festung. Für ein paar Augenblicke verlangsamte Megarin ihre Atemzüge und zwang alle Konzentration in das Zeichen des Wolfs auf ihrer Stirn. Als der Fleck warm wurde, schüttelte sie ihre Hände aus, um jede noch verbleibende Spannung zu lockern. Der Rhythmus ihrer Atemzüge wurde langsam

und vertiefte sich; das Herz dagegen schlug schneller. Die albernen Redereien der Wache konnte sie jetzt deutlich hören.
Was sie außerdem hörte, waren sanfte Pfoten und der beschleunigte Atem von Wölfen, die schnell getrabt sein mußten, sobald sie ihr Verdauungsschläfchen beendet hatten. Sie sortierte die hinreißenden Düfte und wußte, daß der schwarze Anführer ihr am nächsten war. Als die Wölfe weiterliefen, um das Schloß zu umkreisen, schlich sich Megarin nach der Rückseite. Hinter der zehn Fuß hohen Mauer hörte sie keine Bewegung. Sie sprang hinauf, um im Inneren nachzuschauen. Niemand war zu sehen. Sie sprang wieder hinunter und rannte zum Hauptgebäude. Noch immer nicht völlig an die Doppelbilder gewöhnt, stolperte sie einmal über einen der vielen Abfallhaufen, die den Hof verunreinigten.
Ein weiterer Sprung brachte sie auf ein breites Fenstersims. Langsam schob sie einen Fensterladen auf und spähte in den einst reich ausgestatteten Eßsaal des toten Königs.
Auf dem eichenen Königsthron lümmelte sich Garm. Er lachte und stopfte sich große Fleischbrocken in den Mund. Sein strähniges blondes Haar wirkte fettig und dunkel, die früher schlanke Gestalt zeigte Ansatz zum Fettwerden. Seine beschmutzten und verklebten Pelzgewänder waren an manchen Stellen von schwärzlichen Flecken verkrustet.
Die Frau neben Garm erregte Megarins Aufmerksamkeit. Haar so schwarz wie ihr eigenes, aber lang und von Goldschmuck zusammengehalten, glänzte unter einer löwenfarbenen Pelzmütze. Ein Pelzmantel von gleichem lohgelbem Glanz lag um ihre Schultern. Sie saß zierlich und gab sich keine Mühe, zu verbergen, wie sehr Garms Manieren sie anwiderten. Außer unschwer als solche zu erkennenden Sklaven war sie die einzige im Raum, die keine Waffen trug.
Megarin zischte. *Magda!* Magda, die alle Prüfungen der Lehrerinnen des Rudels so hervorragend bestanden hatte. Und doch – und niemand außerhalb des *Rudels* hatte je erfahren, warum – hatte man Magda die Aufnahme verweigert. Dann stahl sie den

heiligen Becher. Garm erschien mit seinem heulenden Schwert. Das *Rudel* starb, alle außer Vivien.
Megarin warf einen Dolchblick auf Magda. Kein Wolf vom *Rudel* würde jemals den Pelz eines Raubtiers tragen, schon gar nicht den eines anderen Wolfs! Wußte Mutter Wolf, daß die Verräterin sich mit Garm zusammengetan hatte? Wenn die Wölfe es wußten, hatte sie es erfahren. Megarin jedenfalls wußte es jetzt, und Magda würde für ihren Verrat bezahlen. *Nein.* Mutter Wolf hatte Megarin geschickt, um den Becher und den Königssohn zu retten, nicht um Rache zu nehmen. Diesmal nicht.
Megarin musterte die düstere Halle und beachtete dabei nicht, was sich in den dunklen Ecken abspielte, obwohl die Schreie von Dienerinnen und Dienern ihrem wölfisch geschärften Gehör weh taten. Eines Tages würden diese Menschen, die Garm zu Sklaven gemacht hatte, befreit werden. Heute konnte Megarin nur den Prinzen und den Becher holen.
»Junge!« brüllte Garm. Der grobe Ton ließ Megarin zusammenzucken. »Bring meinen Wein! Was trödelst du so lange, elender Köter?«
Aus der gegenüberliegenden Türöffnung huschte ein schmutziger Junge. Mit beiden Händen hielt er einen verdreckten Kelch. Trotz der Schmiere, die seine Schönheit verdunkelte, erkannte Megarin einen Kristallbecher mit gekehltem Fuß. Sie blickte durch ihre Wolfsaugen, und der Becher begann zu glühen. Sie blinzelte und schloß die Wolfsaugen. Durch ihre Menschenaugen konnte sie das Glühen nicht wahrnehmen. Sie atmete noch viel langsamer und öffnete die Wolfsaugen. Wieder erkannte sie das warme rote Glühen. Nun betrachtete sie auch den Jungen genauer, konnte aber unter den Schmutzschichten seine Züge nicht erkennen. Seine nackten Arme und Beine waren voll von blauen Flecken und Peitschenstriemen. Das zerzauste Haar sah aus wie mit einer stumpfen Klinge abgehackt.
Zitternd drückte der Junge Garm den Becher in die Hand und duckte sich zur Seite. Sofort verschwand das Glühen. Megarin lächelte: der Becher hatte ihr den Prinzen gezeigt. Becher und

Königssohn waren zusammen; wie aber sollte sie auch nur einen davon retten?
»He! du da oben!«
Unten auf dem Pflaster standen zwei Krieger und zielten mit den Lanzen nach ihr. Megarin knurrte tief in der Kehle, und sogleich fand ihr Knurren Antwort. Über die Mauer sausten zwei mächtige Waldwölfe. Ehe die Männer sich auch nur umdrehen konnten, hatten die Wölfe zugepackt und Garms Kriegern die Kniekehlen zerrissen. Die Wölfe verweilten nur eine Sekunde, um ein Geheul auszustoßen, dann setzten sie zurück über die Mauer.
Die Holzläden klapperten in ihren Angeln, als Megarin mit einem Satz in den Speisesaal hinuntersprang. Sie prallte auf den Steinfußboden, fing den Sturz mit einem Salto auf, rollte sich mit einem Luftsprung wieder auseinander und landete auf dem großen Eßtisch. Mit den nackten Füßen setzte sie fest auf den ungescheuerten Bohlen auf. Garm ließ vor Bestürzung den Kristallkelch mit brutaler Gewalt auf die Tafel krachen. Wein schwappte über, der Kristall gab einen lauten Ton von sich, und der Tisch bebte unter dem Aufprall. Jeder geringere Kristall, ja selbst ein Diamant wäre zersprungen; aber der heilige Becher hielt. Garm wischte sich mit dem unsauberen Handrücken den Mund ab und erholte sich von seinem Schrecken. Er lachte und warf ihr einen dreckigen Blick zu. Die Lüsternheit stand ihm deutlich in den entenblauen Augen.
»Noch eine Wölfin zum Spielen! Meine Männer werden mit dir verfahren wie mit den anderen.«
»Erst müßtest du mich töten.« Sie fauchte leise.
»Wie die anderen?« Sein ungerührtes Lächeln machte Megarin zornig. So schnell wie ein Wolf zuschnappt, packte sie den heiligen Becher und entriß ihn seinem Griff. »Nein, Garm. Nie wieder.« Sie schüttete ihm den sauerriechenden Wein ins Gesicht.
»Laß mich das erledigen, Garm.« Magda warf den Pelzmantel ab und sprang auf den Tisch.
Während seine betrunkenen Krieger sich in den Stühlen vorbeugten, rieb sich Garm mit dem zerfetzten Ärmel das vom Wein nasse Gesicht. »Nur zu.«

Megarin drehte sich um, damit sie der schwarzgekleideten Frau ins Gesicht sehen konnte, und knurrte: »Ich erinnere mich an dich, Magda, Verräterin. Du warst es, die den geweihten Becher von seinem heiligen Ort im Tempel stahl.«
»Natürlich, Kind. Wie hätte sonst jemand Wolfsruh erfolgreich angreifen können?«
Magda duckte sich, die Hände locker, seitlich körperfern. »Es war niemand mehr übrig, der dich hätte unterrichten können. Du hast dir selbst das Brandzeichen gegeben, aber es bedeutet nichts.«
»Nichts?« Megarin strich das struppige Haar vom Zeichen des Wolfs zurück. Sie fühlte die wachsende Wärme. Jetzt konnte sie das rote Glühen, das von ihrer Stirn ausging, sogar selbst sehen.
Magda schnappte nach Luft, machte jedoch einen Satz auf sie zu. Megarin begriff, daß diese Frau ihr überlegen war. Die Verräterin hatte die gesamte, vielfältige Wolfsausbildung mit Erfolg abgeschlossen, während Megarin sich hauptsächlich auf die Technik des blitzschnellen Überfalls konzentriert hatte.
Magda verlagerte das Gewicht auf den linken Fuß und trat von unten nach Megarin. Die Hauptangriffskraft lag im Absatz, der mit voller Wucht Megarins linkes Knie traf.
Anstatt zurückzuweichen, lockerte Megarin ihre Beinmuskeln und überrollte den Tritt. Sie stieß die linke Hand in Magdas Sonnengeflecht. Das heißt, sie versuchte es. Magda wich dem Hieb aus und versuchte ihrerseits einen Schlag auf Megarins Kehle. Megarin wehrte mit dem heiligen Becher ab und fühlte, wie sein Klingen in ihrem Fleisch mitschwang, als Magdas Hand hart dagegenstieß. Die Frau jaulte laut auf und zog ein finsteres Gesicht.
Megarin ging zum Nahkampf über und teilte mit der Linken drei gerade Stöße aus. Die kurzen, blitzschnellen Schläge ließen den Kopf der anderen taumeln; ihre Augen trübten sich. Megarin machte einen Drehschritt vorwärts und hob den anderen Fuß zu einem niedrig angesetzten Tritt, der in Magdas Nierengegend zielte.
Magda sackte zusammen. Schon trieben Megarins Muskeln sie weiter vorwärts. *Geh immer auf deinen Gegner los.* Ihr Verstand

wehrte sich gegen dieses fast instinktive Verhalten. Sie wagte den Kampf nicht fortzusetzen; sie konnte nicht zulassen, daß die andere wieder zu Kräften kam. Zwar hatte ihre Geschicklichkeit die Verräterin überrascht, nun aber würde Magda ihr keine Achtung mehr entgegenbringen. Ihre Erste Fahrt war wichtiger! Zuerst galt es, Prinz und Becher zu retten. Sie rannte los und bückte sich, um den Jungen hochzureißen, für den der Becher glühte. Garms Schwert versperrte ihr den Weg.
»Magdas Kunst hat dich nicht aufgehalten. Das hier kann es.« Er schrie: »Skarn!« Das Schwert flammte in schwarzem Licht, heller als alle anderen Lichter. Der Blitz unirdischer Helligkeit wurde schmal, eine heiße, dünne Linie.
Megarin kniff die Lider zusammen und konzentrierte sich mit aller Macht auf die Hand, in der sie den heiligen Becher hielt. »Hilf mir, Wolfsbecher!« Sie streckte ihn vor sich wie einen Schild. Der Becher glühte in wildem Feuer. Das unnatürlich helle Licht, das aus Garms Schwert strömte, war gefangen. Und obwohl das Schwert laut klagte, floß das Licht immer weiter in den Becher. Das unheimliche Klagen schwoll zu einem Kreischen an, und Garm brüllte auf. Er versuchte das Schwert loszureißen, aber dessen eigene Lichtfessel band ihn an den Becher. Das Licht begann zu flackern und wurde dünner. Es wurde ein verfinsterter, rauchiger Strom, als der Becher die feurige Energie, die das Schwert in Flammen gesetzt hatte, in sich aufnahm und verzehrte. Jäh verschwand auch die rauchschwarze Linie zwischen Schwert und Becher. Das Schwert schrie, ein durchdringendes Klagegeheul, das Megarins Wolfsgehör weh tat. Die Tonhöhe stieg, bis nur sie und die Wölfe noch etwas hören konnten. Dann zersprang das Schwert in Garms Hand. Schimmernde Staubkörnchen tanzten unruhig im Lichtstrahl aus dem offenen Fenster. Der heilige Becher war jetzt glänzend und fleckenlos rein.
Wutschnaubend haschte Garm nach den schimmernden Staubteilchen. Megarin schnappte den Prinzen und rannte. Den Becher in der rechten Hand, den Jungen unter dem linken Arm, setzte sie in den Hof. Ihr verzweifeltes Heulen rief die Meute herbei. Das Ru-

del aus dem Wald rannte durchs Tor und verjagte die verblüfften Wachen. Trotz wütender Rufe hinter Megarin her waren die Wächter viel zu sehr damit beschäftigt, den Fängen und Klauen der Wildwölfe auszuweichen, als daß sie versucht hätten, sie aufzuhalten.

Sie hörte nicht auf zu rennen, bis sie tief im Wald war, umgeben von fröhlich knurrenden Wölfen. Der mächtige schwarze Anführer richtete den Blick auf ihr Brandzeichen, das noch immer in roter Glut flammte. Seine Gedanken waren deutlich in ihrem Kopf zu lesen. »Die Männer waren ja so verdutzt! Was für ein Spaß! Soll ich vorauslaufen und es Mutter Wolf erzählen?«

»Also ist sie noch nicht tot?« fragte sie, obwohl sie verstand, daß er ihre Gedanken über das Brandmal klarer wahrnahm.

»Natürlich nicht, Wolfsschwester.«

»Dann bitte geh und sag es ihr.«

Einige der älteren Weibchen drängten sich um den Jungen und leckten ihm das Gesicht. »Er braucht ein Bad«, sagte Megarin. »Und Schutz.« Sie sah, wie die Gefährtin des Anführers auf ihr Brandmal starrte.

»Wir werden ihm beides geben«, kam der Gedanke.

»Hütet ihn sicher und haltet ihn fern von Garm. Er darf nicht in Wolfsruh sein, wenn Garm ihn dort suchen kommt. Auch von uns sollte dann niemand sich dort aufhalten.«

Die Wölfin grinste mit weit heraushängender Zunge. »Kann sein, daß Garm und seine Männer es mühsam finden werden, den Wald zu durchqueren – es gibt so viele Wölfe dort.«

Megarin nickte. Sie hatte nie geahnt, wie viele Wölfe in der Gegend umherstreiften. Waren sie ihr nicht aufgefallen oder waren sie früher nicht dagewesen? Ganz gleich – jetzt gab es sie. Sie nahm das Gesicht des Knaben zwischen ihre Hände. »Prinz Duer.« Als er nickte, war sein Gesicht tränenüberströmt. »König Duer vom Hause Corsac. Ich, Megarin vom *Wolfsrudel*, habe gelobt, dir zu dienen und dich zu schützen. Weißt du noch, wie du ein kleiner Junge warst und manchmal in Wolfsruh spieltest? Wie freundlich die Wölfe zu dir waren? Selbst die wilde Meute des Waldes dient dir jetzt. Vertrau ihnen. Bleib bei ihnen. Bald wird jemand aus Wolfsruh dich holen kommen. Du wirst König werden, Duer. Das verspreche ich dir.«

Als sie den Jungen umarmte, umschlang er sie plötzlich fest. Sie wartete und streichelte ihm Kopf und Rücken, während Jahre des Kummers und der Mißhandlung sich in wildem Schluchzen entluden. Als er endlich eingeschlafen war, übergab sie ihn der liebevollen Obhut der Wölfe und machte sich auf den Weg nach Wolfsruh.

Der Mond trat hinter glitzernden Wolken hervor, als Megarin an der Quelle auf der Lichtung hinter Wolfsruh anhielt. Sie schloß ihre Menschenaugen, um ihr Spiegelbild zu betrachten. Die Augen des Wolfs auf ihrer Stirn waren offen. Sie glühten, aber die rote Farbe konnte sie nur mit den Menschenaugen wahrnehmen. »Ja, ich sehe mit den Augen eines Wolfs. Ich bin eins mit dem Wolf. Ich bin eins mit dem Großen Wolf.« Sie setzte sich auf die Schenkel. Andere Wölfe stimmten in ihren Gruß an den Mond ein. Bald hallte überall in dem endlosen Forst das Geheul der Wölfe wider. Es schien, als wagte kein anderes Geschöpf noch dort zu leben.

Megarin tauchte den heiligen Becher ins Wasser. Als sie ihn wieder herausnahm, bis an den Rand mit dem klaren und eisigen Quellwasser gefüllt, sah sie den Vollmond, der in seinen heiligen Tiefen gefangen war.

»Eines Tages werden Magda und ich einander wiederbegegnen. Dann werden sie und dieser Schurke Garm für ihre Verbrechen gegen die Corsac und das *Rudel* bezahlen.«

Megarin schloß Wolfsaugen und Menschenaugen und trank den Mond aus dem geheiligten Becher, Siegel ihres Gelöbnisses.

JENNIFER ROBERSON

Eine der größten Freuden – wenn nicht sogar die *größte Freude – für einen Herausgeber ist es, eine neue Autorin oder einen Autor zu entdecken und dann zuzusehen, wie der Neuling sein volles Potential entwickelt. Jennifer Roberson – wie Charles Saunders und Diana L. Paxson, andere Schriftsteller, die in meinen Anthologien erstmals an die Öffentlichkeit traten und seither angesehene Verfasser von Romanen geworden sind – schreibt, daß der zweite Band ihrer ›Chroniken der Cheysuli‹ mit dem Titel ›Homanas Lied‹ vor kurzem erschienen ist und sie gerade »ihre Stellung in einer Buchhandlung aufgegeben hat, um hauptberuflich als Autorin zu arbeiten... bisher sieben Romane, drei davon Science Fiction... ich glaube, die vielen Jahre, in denen ich an der Schreibmaschine Blut und Wasser geschwitzt und ablehnende Kurzbriefchen gesammelt habe, fangen an, sich auszuzahlen.«*

Genau das ist der Punkt: die Schriftstellerei besteht wie alle anderen künstlerischen Berufe aus 10 Prozent Inspiration und 90 Prozent Transpiration. Leuten, die mich nach dem Geheimnis des Erfolges fragen, pflege ich zu antworten: »Stellen Sie eine Verbindung zwischen Ihrem Hosenboden und dem Sitz des Schreibmaschinenstuhls her und verharren Sie in dieser Stellung, bis etwas dabei herauskommt.« Jennifer hat sich daran gehalten. – M.Z.B.

JENNIFER ROBERSON

Tal des Schattens

In einem Schwall von Wind und Regen kam sie herein. Er sah, wie sie sich anstrengte, damit ihr die Holztür nicht aus der Hand gerissen wurde und gegen die Tavernenwand knallte. Alle Laternen flackerten und sprühten verzerrtes Licht auf die Gesichter der Männer, die dasaßen, würfelten und mit den Huren tändelten. Harte Gesichter hatten sie alle; manche trugen Narben, anderen fehlte ein Auge, Zähne, sogar ein Ohr. Freilich bezweifelte er, daß daß das den Huren etwas ausmachte; ihre Gesichter waren nicht weniger hart.

Eine Windbö trieb Regen in den Raum. Er sah, wie die beiden Männer an dem der Tür zunächst stehenden Tisch bespritzt wurden. Fluchend fuhren sie auf den Hockern herum und brüllten sie an, die Tür zu schließen, bevor man hier ertrank. Und dann sahen sie das gleiche wie er – daß es eine Frau war; und sie schlossen den Mund über ihren Flüchen und starrten nur noch.

Mit beiden Händen drückte sie die Tür zu und ließ sie ins Schloß fallen. Sie trug einen schweren Mantel. Schwarz, dachte er, und glitzernd von diamantenen Regentropfen, die von der Wolle abglitten und auf den Erdboden rannen. Dann aber trat sie in den Lichtschein der Laterne, und er sah, daß der Mantel doch nicht schwarz war, sondern blau. Tiefes, tiefstes Blau, die Farbe einer sternlosen Nacht, nur daß er fand, die halbmondförmige Brosche, die den Mantel zusammenhielt, verbreitete noch genügend Licht für sie alle. Die Kapuze war herabgesunken. Schwarzhaarig war die Frau und das Haar auf den Schultern und über den Brauen gerade abgeschnitten. Es war trocken und glänzte in dem gelben Licht fast blau. Wie Seide. Nur zu gern hätte er die schwielige Hand ausgestreckt und die Finger hineingetaucht.

Kaum hatte sie einen Schritt getan, als ein Mann ihr den Weg verstellte. Ugo. Er kannte Ugo nur flüchtig; gelegentlich – so wie jetzt – stiegen sie in derselben Herberge ab. Keine Freunde. Aber auch keine Feinde. Sie schuldeten einander keine Solidarität. Nach dem Codex ihres gemeinsamen Berufs wagten sie es nicht.
Ugo war ein Meuchelmörder.
In diesem Augenblick freilich war er nur ein Mann, dem eine Frau gefiel, und der darauf versessen war, sie zu besitzen.
»Etwas zu trinken?« fragte Ugo. Er hatte eine laute Stimme, die zu seiner Größe und seinem Selbstbewußtsein paßte, und doch lag ein Unterton darin, der beinahe verzweifelt klang. Nun, er konnte Ugo deshalb keinen Vorwurf machen. Ein Mann brauchte sie nur anzuschauen, um sie zu begehren.
Keine Schönheit. Nein. Ihre Kanten waren hart und scharf wie Glas, ohne jede Weichheit. Kein Verschwimmen der Umrisse zwischen Zerbrechlichkeit und Weiblichkeit. Nichts Biegsames. Auch keine Nachgiebigkeit; er sah es ihr fast auf den ersten Blick an. Aber es lag eine Schärfe in ihrem Geschlecht, die ihn an eine Messerklinge denken ließ, so scharf geschliffen, daß sie keinen Schmerz mehr verursachte, nicht den geringsten, selbst wenn sie den Bauch eines fetten Kaufherrn aufschlitzte, der es vielleicht versehentlich vergessen hatte, seinen Gläubiger zu bezahlen.
Ihr Wesen war eher maskulin als feminin, und doch steigerte das – seltsamerweise – nur noch seine Begierde.
Und Ugos.
Natürlich. Ugos.
»Etwas zu trinken?« wiederholte Ugo, und die Frau glitt an ihm vorbei, Schweigen im Mund.
Ugo drehte sich. Schwere Brauen senkten sich und verdeckten seine glitzernden Augen. Braune Augen, torfbraun, die ihr nachstarrten, mit dem heißen Licht der Not. Und des Stolzes. Stolz, den ihre stumme Weigerung aufgestachelt hatte; in tausend Scherben zersprungener Stolz.
Stille lag über der Schenke. Die Männer beobachteten, auf den

Knien und auf dem Schoß ihre Huren, die ebenfalls beobachteten.

»Weib!« brüllte Ugo.

Sein Ruf war noch nicht verhallt, als sie die Lederhandschuhe auszog. Sie löste die Mondbrosche und ließ den Mantel fallen. Er glitt von schwarzbekleideten Schultern – nein, auch das war blau. Er sah es jetzt deutlicher. Sie legte den Mantel auf einen zweiten Hocker und setzte sich an einen kleinen Tisch neben dem Dachbalken. Eine Hand senkte sich in eine Gürtelbörse und kam mit einer einzelnen Münze wieder zum Vorschein. Sie glitzerte silbern im Licht.

»Wein«, sagte sie in das wartende Schweigen des Raums. »Roten.«

Der Schankwirt sah wie alle anderen sofort auf Ugo. Ugo zeigte die starken, gelben Zähne und war mit drei langen Schritten am Tisch. In seinen Fingern steckte eine Münze. Aber ihre Patina war nur Kupfer. »Weib«, sagte er, »nimm dein Silber weg. *Ich* zahle den Wein.«

Sie betrachtete die Kupfermünze, die seine dickfingrige Hand umschloß. Sie sah sein Gesicht. Sie sah die Wildheit seiner Begierde. Sie bewegte sich nicht und legte nur ihre Münze auf den Tisch.

»Nein«, sagte sie sanft, und das Wort stieg auf und schlug Ugo ins Gesicht.

Er entblößte die Zähne – ein Schauspiel raubtierhafter Verachtung. »Was ist es dann – eine Frau, die bei Frauen liegt?«

Schweigen.

»*Weib* –« brüllte Ugo und griff nach ihr, um ihr Handgelenk in den Schraubstock seiner Finger zu sperren.

Geschmeidig, geschwind, war sie auf den Füßen. Silber blinkte in ihrer Hand. Aber es war nicht die Münze. Es war ein Messer, und die Klinge drang ihm tief in den Bauch.

Sie ließ Ugo quer über den Tisch fallen und zog zugleich das Messer aus Fleisch und Muskeln. Sein Gewicht ließ den Tisch zusammenbrechen; er stürzte weiter und krachte zu Boden. Sie reinigte die Klinge am Gewebe seines Wamses.

Als sie fertig war und die Silbermünze aufgehoben hatte, blickte sie wieder zu dem Schankwirt hinüber. »Wein«, sagte sie. »Roten.«
Er brachte ihn in einem Zinnhumpen, umging sorgfältig die Leiche auf dem Fußboden, und als sie ihm die Münze reichte, nahm er sie. Seine Finger zitterten.
Die Frau, immer noch neben der Leiche stehend, trank. Bis zum letzten Mann starrte jeder sie an. Bis zur letzten Frau schätzten sie sie ab. Und fanden zweifellos, daß sie ihnen überlegen war.
Er lächelte. Ruhig erhob er sich und ging durch die Schenke, um dann in den Schein einer Laterne zu treten. »Herrin«, sagte er gelassen, »Ihr habt keinen Tisch mehr. Wollt Ihr den meinen mit mir teilen?«
Sie nahm den Humpen vom Mund, und er sah, wie der Rotwein ihre Lippen verfärbt hatte. Aus der Nähe war sie nicht schöner. Er fand nichts Weiches an ihr. Aber die beeindruckende Kraft ihrer Persönlichkeit war so groß, daß sie jeden anderen, Mann oder Frau, in den Schatten stellte.
Sie blickte an ihm vorbei auf seinen Tisch. Er war jetzt leer, denn der Mann hatte vorher keine Hure herbeigewinkt, ihm Gesellschaft zu leisten. Und das tat er auch jetzt nicht, das wußte er ganz genau.
Ihre Augen wanderten zu ihm zurück. Er sah, daß sie blaßblau, fast farblos waren; im trüben Licht der Schenke erschienen sie beinahe weiß. Wenn man vom Schwarz der Iris absah.
Sie lächelte. Und ging ihm voran zu seinem Tisch.
»Matthias«, sagte er und setzte sich. Als sie nicht antwortete, war er klug genug, nicht in sie zu dringen. Sie trank ihren Wein, er trank seinen, und als die Humpen leer waren, bezahlte sie die beiden nächsten mit glänzendem Silber.
»Danke«, sagte er, »für den Wein. Und für Ugos Tod.«
Ihre Augenbrauen waren eine gerade Linie über der glatten Wölbung ihrer Stirn. »Ugo«, fragte sie, »war das sein Name?«
»Ugo. Kein Verlust.«
»Ein Feind?«

»Nein. Eine geschäftliche Bekanntschaft.« Matthias lächelte. »Sein Verlust ist mein Gewinn.«
Sie antwortete nichts. Sie trank.
Er hätte sie gern nach ihrem Namen gefragt, hielt sich aber zurück. In Geschäftsangelegenheiten tauschte man selten Namen aus. Einen Namen zu kennen, verlieh einem Mann einen Anspruch auf das Leben eines anderen Mannes; er war zu klug, Anspruch auf sie zu erheben. Auch wenn er es sich sehr wünschte.
Ihr Humpen war leer. Sie gab kein Zeichen, daß sie einen weiteren haben wollte. Sie setzte den Humpen auf den Tisch und schaute Matthias an, und er bemerkte das Lächeln in ihren Augen, das ihren Mund nicht berührte. »Matthias«, sagte sie, »habt Ihr ein Zimmer?«
Sein eigener Humpen, halbvoll, stieß gegen den Tisch. »Ein Zimmer. Ja.« Die Zunge in seinem Mund war wie geschwollen. »Ein Zimmer, ja.«
Diesmal berührte das Lächeln auch ihre Lippen. »Dann wollen wir uns dorthin zurückziehen.«
Er führte sie hinauf in das winzige Kämmerchen unter den Dachbalken, und dort entkleideten sie einander. Und in dem winzigen Raum spielten sie das Tier mit den zwei Rücken, wie er es nie erlebt hatte, voll Kraft und Leidenschaft und Hilflosigkeit, bis er nur noch im Bett daliegen und in der Dunkelheit zittern konnte.
»Matthias«, sagte sie. »Ja.«
Als er es wieder konnte, lächelte er. Und fragte sie, wer sie sei.
Sie zuckte die Achseln. »Kommt es denn wirklich auf meinen Namen an?«
Vielleicht nicht. Aber er mußte ihn wissen, er mußte. »Und hast du schon andere Männer getötet?«
»O ja.«
Ihr Fleisch war kühl. Er fühlte, wie ein Schauer über sein eigenes Fleisch lief. »Viele?«
Wieder ein Achselzucken. »Ich habe sie nicht gezählt.«

Meuchelmörderin, dachte er. Eine ungewöhnliche Tätigkeit für eine Frau, aber er hatte so etwas schon gehört. Matthias lächelte. »Und Ugo dachte, du hättest Frauen lieber als Männer.«
Ein drittes Achselzucken. »Manchmal. Ich mache keinen Unterschied.«
Er erstarrte. Ihm wurde noch kälter, und er setzte sich auf. Er sah hinunter auf ihre Nacktheit. »So wie jetzt?«
Sie lächelte nicht. »Willst du dich nach den Einzelheiten des Akts erkundigen? Oder fragst du aus purer Leidenschaft?«
Der Atem in seiner Kehle ging rasselnd. »Das letztere«, erwiderte er und sagte es rauh, als er daran dachte, was sie alles miteinander getan hatten.
Sie sah aus der Dunkelheit zu ihm auf. »Manchmal«, erklärte sie unmißverständlich.
Er wandte den Blick von ihr ab.
»Verurteile mich nicht«, sagte sie, »was könnte es dir nützen?«
Sein Kopf fuhr wieder herum. »Und du hast auch *Frauen* getötet, genauso wie Männer?«
»O ja«, antwortete sie. »Ich mache keinen Unterschied.«
Er konnte das Kräuseln seiner Lippen nicht verbergen. »*Das* wenigstens habe ich nie getan.«
Sie zuckte die Achseln. »Wenn das Buch des Lebens geschlossen wird – glaubst du, dann kommt es wirklich darauf an, was du getan und nicht getan hast?«
»Und Kinder?« fragte er herausfordernd. »Hast du auch Kinder umgebracht?«
»Männer, Frauen, Kinder.« Selbst in den Schatten erkannte er eine seltsame, heitere Gelassenheit in ihrem Gesicht. »Ich mache keinen Unterschied.«
»Ugo«, griff er sie an, »weil er dich zu einem Becher einladen wollte.«
»Ich *bin* manchmal launisch.«
»Weib«, sagte er, »du erregst mir Übelkeit.«
»Mann«, spottete sie, »ich bin ein Teil von dir.«
Und noch ehe er eine Bewegung machen konnte, aus dem Bett zu

springen, legte sie ihm die Hand auf den Arm. Das brachte ihn zum Halten. Er wurde starr – totenstarr.
Sie kniete neben ihm. Eine Hand legte sie ihm auf die linke Brust. Ihre Handfläche fühlte sich kühl an, aber nicht kalt. Und doch spürte er Kälte, tief im Herzen.
In seiner Brust zuckte jäher Schmerz. Er konnte nicht atmen.
»Matthias«, sagte sie. »Ja.«
Sie hatte die Handfläche von seiner Brust genommen, und dennoch fühlte er den Schmerz, der an ihm nagte. Schmerz drückte ihm die Brust zusammen und schickte Taubheit den linken Arm hinunter bis in seine Fingerspitzen.
Sie wich von seinem Schmerzenslager. Ihr nackter Schatten lag über ihm.
»Wieviel«, keuchte er, »hat man dir bezahlt? Nenn mir den Namen des Mannes!«
»Keine Bezahlung«, antwortete sie. »Kein Mann. Was ich tue, tue ich für mich allein.«
»Weib!« rief er. »Kein Meuchelmörder soll einen anderen Meuchelmörder töten!«
Ihre Antwort hallte im Raum wider: *»Ich mache keinen Unterschied.«*
Und als er in das Tal des Todesschattens hinabzusteigen begann, erkannte er endlich, wer sie war.

DOROTHY J. HEYDT

Dorothy J. Heydt war in ›Schwertschwester‹ mit Cynthias erstem Abenteuer vertreten; die folgende Story reichte sie für ›Wolfsschwester‹ ein, aber der Band war bereits komplett. Also freuten wir uns, den Text für ›Windschwester‹ annehmen zu können.
Ich bin nicht sicher, ob es sich dabei wirklich um eine ›Schwert-und-Zauberei‹-Erzählung handelt, aber etwas Magisches hat sie auf jeden Fall. Genießen Sie sie.
Dorothy lebt in Berkeley/Kalifornien, mit ihrem Mann, zwei Kindern (Junge und Mädchen) sowie diversen Schreibmaschinen, Katzen und Computern. – M.Z.B.

DOROTHY J. HEYDT

Das Lied und die Flöte

Das Himmelsgewölbe war vom tiefen Blau punischen Glases, und blau wie Glas war auch die glatte See darunter. Den ganzen Morgen hatte es nicht den leisesten Windhauch gegeben, keinen Delphin, der im Bogen aus dem stillen Wasser sprang, keine Möwe über ihnen. Es schien, als halte das ganze Mittelmeer den Atem an.

Inzwischen stand die Sonne beinahe senkrecht und röstete die Luft zu blassem, reichem Gold. Und ganz unten, fast eben mit dem Wasser und so nahe daran, daß die Delphine es hören konnten, war ein Geräusch zu vernehmen: ein Flüstern von Musik, das Knarren uralten Holzes und das Rascheln von Segeltuch in einem vereinzelten Luftzug.

»Nächstes Mal«, erklärte Cynthia, »müssen wir darauf achten, daß wir das Boot mit den neuen *Segeln* stehlen, nicht das mit dem frischen Anstrich. Ich glaube, der Eigentümer dieses alten Kahns hat ihn gerade erst frisch angemalt, damit er ihn noch schnell verkaufen konnte, bevor er ihm vor den Augen unterging.«

Demetrios nickte »ja«, ohne zu sprechen. Er spielte auf einer kleinen Flöte aus Olivenholz, eine fremdartige Melodie nach lydischer Art, eine lange Tonfolge mit vielen Variationen. Er hatte die Stirn gerunzelt und wackelte mit dem Kopf, so sehr war er mit kindlicher Ernsthaftigkeit darauf konzentriert, keinen Fehler zu machen.

»Der Wind frischt auf«, fuhr Cynthia fort. »Ich glaube, dein Zauber hat gewirkt. Du kannst jetzt aufhören.«

Sie hockten in einer müden alten Großmutter von Fischerboot, knarrend und mit breitem Hinterteil, einem Boot, das man am besten zu Hause gelassen hätte, um es dort friedlich in der Sonne schlummern zu lassen. Seine Segel waren geflickt und zerschlissen, und aus den Leinen wucherten lange, zerzauste Hanfbärte. Der rotweiße Anstrich, frisch und fröhlich, hatte sein Alter verdeckt, bis es zu spät gewesen war. Jetzt blätterte er im Knarren der Planken ab. Die Ritzen waren üppig kalfatert, aber an der Art, wie das Pech sich wieder löste, sah man, wie hier gearbeitet worden war – *wie gewonnen, so zerronnen.*

Immerhin hatten sie von der Strecke Margaron–Syrakus bereits zwei Drittel zurückgelegt, und das Glück oder die Gunst der Götter würden ihnen vielleicht noch eine sichere Landung bescheren.

Freilich war keinerlei Land in Sicht, nur im Nordwesten zeigte sich ein verschwommener Fleck, der vielleicht Croton gewesen sein konnte. Wenn Wind aufkam, würde auch er bald nicht mehr sichtbar sein.

»Ich habe gesagt, daß es gewirkt hat. Du kannst aufhören«, bemerkte Cynthia scharf. Sie war vier Jahre älter als Demetrios und hatte in ihrer erst zwei Tage währenden Bekanntschaft klar erkennen lassen, daß sie sich nichts von ihm gefallen lassen würde. Trotzdem schüttelte der Jüngling den Kopf – »nein« – und setzte sein Spiel fort.

»Das ist das dritte Mal von Anfang bis Ende. Ich finde, einmal hätte genügt.«

Der Wolkenfleck am Horizont wuchs, anstatt zu schrumpfen. Unzweifelhaft war es eine wirkliche Wolke, die mit dem Wind, der jetzt vom Meer aufstieg, auf sie zutrieb und sich zur Gewitterwolke entwickelte.

»Demetrios, zuviel ist genauso schlimm wie zuwenig; du bläst uns ja einen *Sturm* her! Gib mir das Ding.«

Aber der Junge drehte sich um und hielt die Flöte aus ihrer Reichweite, während er die letzten Takte blies, schneller und schneller wie einen Tavernentanz, wobei er mit dem Fuß aufstampfte, um im Rhythmus zu bleiben. Erst als die Melodie zu Ende war, wandte er sich ihr wieder zu.

»Es ist gefährlich, einen Zauber – und zwar *jeden* Zauber – mittendrin zu unterbrechen«, erläuterte er würdevoll. »Ich weiß, du hältst nicht viel von mir, Cynthia, und ich gebe auch zu, daß mein Vater mir nicht allzuviel von diesen Dingen beigebracht hat. Aber das erste, was ich gelernt habe, war, ihn niemals zu unterbrechen.« Er stopfte die Flöte in eine Falte seiner zusammengerollten Schlafdecke, die hinter ihm lag und als Kissen gegen den Achtersteven diente.

»Schon gut, schon gut, von mir aus sollst du recht haben«, brummte Cynthia.

In dem ungemütlichen Schweigen hörten sie eine Stimme murmeln:

»Als wir so weit entfernt, wie noch die Stimme vernehmlich,
Blieb den Sirenen, so schnell wir auch fuhren, das näher gekommne
Fahrzeug nicht verborgen, und hell erhob sich ihr Singen:
›Komm, gepriesner Odysseus, doch näher, du Stolz der Achaier,
Lenke dein Schiff hierher, um unsere Stimme zu hören.‹«

Palamedes der Magier, Demetrios' Vater, sang leise vor sich hin. Er saß vorn im Schiff und tauchte die Finger ins Meer.

»›Ist doch im dunkelen Schiff noch keiner vorübergefahren,
Ohne den lieblichen Liedern von unsern Lippen zu lauschen.
Reich an Freude und klüger an Wissen fährt er dann weiter;
Denn wir wissen ja alles, was in den Gefilden von Troja
Danaer und Troer durch Götterwillen gelitten,
*Wissen auch, was sich sonst auf nährender Erde ereignet.‹«**

»Fahr fort«, drängte Demetrios, aber der Alte schwieg, und seine beiden Zuhörer seufzten. Es war die längste Rede, die Palamedes gehalten hatte, seitdem ihm der römische Schleuderstein bei der Belagerung von Margaron den Verstand geraubt hatte; nichts als

* Diese Stelle aus der Odyssee Homers ist der Übertragung Thassilo von Scheffers entnommen (Sammlung Dieterich, Leipzig, 1938). Sie steht im Zwölften Gesang, Zeile 181–191. A.d.Ü.

Zitate kam ihm noch über die Lippen; sein Wille war betäubt und nur das Gedächtnis ihm verblieben.

»Als ich noch klein war, hatten wir eine Vase mit Odysseus und den Sirenen darauf«, sagte Demetrios. »Einen rotfigurigen Stamnos, so alt wie Teiresias. Das Schiff hatte nur eine Rudererbank. Odysseus war an den Mast gebunden, und seine Männer ruderten fort, die Ohren mit Wachs zugestopft. Dann waren da zwei Sirenen, wie Frauen mit Vogelköpfen, die oben auf den Felsen hockten, und eine dritte stürzte sich gerade ins Meer und in den Tod. Es war ihr Schicksal, sterben zu müssen, wenn jemand ihr entkam, hieß es.«

»Das steht aber nicht in der *Odyssee*. Außerdem gab es bei Homer nur zwei Sirenen.«

»Wirklich? Ich bin nicht besonders gut in Homer; er drückt sich immer so komisch aus.«

»Die ›Insel der zwei Sirenen‹, hat er gesagt, *›néson Seiré-noiin‹*, und nicht ›Seirénón‹. Erkennst du keinen Dualfall, wenn du ihn hörst?«

»Ob ich das tue oder nicht, ist belanglos; der Vasenmacher jedenfalls hat es offensichtlich nicht gemerkt. Dafür konnte er aber malen. Die Vase gehörte meiner Mutter. Nach ihrem Tod fingen wir an herumzureisen, und ich weiß nicht, was aus der Vase geworden ist.«

»Meine Mutter starb bei meiner Geburt«, vertraute Cynthia ihm an, »und wenn sie mir irgend etwas hinterlassen hat, dann habe ich es nie zu Gesicht bekommen. Mutterschaft! Was für ein Unfug.«

»O Zeus, Cynthia«, sagte der Junge und wurde blaß, »hast du etwa Kinder? Du hast sie doch nicht etwa in der Stadt zurückgelassen?« Er drehte sich um und blickte besorgt zurück über die vielen Meilen Wasser, die zwischen dem Boot und dem gefallenen Margaron lagen. Die Gewitterwolke stand jetzt hoch oben am Himmel und nahm, während sie noch hinsahen, die nach außen gewölbte Form eines Ambosses an. Der Wind wurde kalt.

»Sei kein Narr. Ich war ja erst sechs Monate verheiratet, als der

arme alte Demodoros sich in einem Scharmützel umbringen ließ – mit einem Römer, in einem Bohnenfeld. Dann hatte ich eine Fehlgeburt, so daß ich für meine sechs Monate nicht einmal etwas vorzuweisen hatte. Dein Sturmwind bläst jetzt ganz ordentlich, wir werden genug Regen haben, um die Wasserschläuche zu füllen, wenn nicht sogar das Boot zu überschwemmen.«
»Cynthia, es tut mir leid. Ich hätte nicht fragen sollen. Ich wußte es ja nicht.«
»Natürlich nicht. Nach Sachen, die man schon kennt, fragt man ja auch nicht. Mach dir deshalb keine Sorgen.« Sie starrte über Palamedes' Kopf nach Südwesten und holte tief Luft. »Zerbrich dir lieber *darüber* den Kopf.«
Es war ein Schiff, am äußersten Rand des Horizontes; die Masten standen dunkel vor dem Himmel, der Rumpf war vom Meer halb verborgen. Ein großes Schiff, sonst hätte man es aus dieser Entfernung gar nicht wahrgenommen; es machte schnelle Fahrt nach Norden und hielt einen Kurs, der den des kleinen Bootes ohne Zweifel innerhalb weniger Meilen kreuzen mußte.
»Ich weiß zwar nicht, was das für Leute sind, aber ihre Bekanntschaft wollen wir jedenfalls nicht machen«, bemerkte Cynthia. »Drück auf die Steuerruder, ich werde das Segel herumwerfen. Wir lavieren südwärts und umgehen sie im Rücken.«
Aber im selben Augenblick erreichte sie der Sturmwind, füllte ruckartig das Segel des kleinen Bootes und hätte Cynthia beinahe über Bord gehen lassen. Sie wendete das Segel so weit in südliche Richtung, wie sie konnte, die Schot um ihr Handgelenk geschlungen. Mit dem andern Arm klammerte sie sich an den Achtersteven, aber der Wind wehte stetig und stark und trieb sie fast senkrecht nach Westen, direkt dem großen Schiff in den Rachen. Der Mast knarrte, die Wellen klatschten gegen die Seiten des Bootes, und der Wind pfiff in der Takelung.
»Wer ist das?« rief Demetrios.
Cynthia zuckte die Achseln, so gut das jemandem möglich war, der sich mit aller Kraft an die Leinen klammerte. »Römisches Kriegsschiff. Römischer Kauffahrer. Punisches Kriegsschiff. Punischer

Kauffahrer. Niemand, von dem wir möchten, daß er uns kennt; entweder ersäuft man uns oder man verkauft uns im nächsten Landehafen.«

»Wir hätten uns –« eine energische Welle sprang Demetrios ins Gesicht, und er spuckte und wischte sie fort. »Wir hätten uns entlang der Küste halten sollen.«

»*Diese* Leute halten sich im allgemeinen in Küstennähe; darum sind wir ja aufs offene Meer hinausgefahren, um ihnen aus dem Weg zu gehen. Wir haben eben einfach Pech.«

Der Wind blies sie unverwandt nach Westen. Das Meer war in weißgefleckte Wogen auseinandergebrochen und unter den grauen Wolken, die darüberstanden, jetzt von stumpfgrüner Farbe. Am Horizont war der Himmel hinter der goldenen Muschel des Schiffs, das unausweichlich näher kam, noch blau. In der Ferne konnten sie einen leichten Nebel aus Gischt erkennen, der über dem Rumpf schwebte, und eine Fransenreihe von Rudern, winzig und zierlich wie die Beine eines Tausendfüßlers. Am Bug war ein Auge aufgemalt, rund, erbarmungslos und starr, darunter ein dünner Schnabel wie der Stachel einer Mücke. Und es kam immer näher.

»Jason!« sagte Demetrios plötzlich.

»Jason – was?«

»Gerade ist es mir eingefallen. Es war Jason, der den Sirenen begegnete, als er nach Kolchis fuhr. Wir hatten einmal ein Buch darüber. Drei Sirenen, und sie hatten Namen, die ich immer vergesse. Jason hatte Orpheus an Bord, der sie im Gesang übertraf, und so entkamen die Männer.«

»Und fiel eine von den Sirenen ins Meer?«

»Ich kann mich nicht erinnern; es ist schon sehr lange her. Das Buch blieb dann irgendwo liegen, wie der rotfigurige Stamnos.«

Jetzt fielen die ersten Regentropfen, dick und saftig wie Trauben und sehr kalt. Der Wind wurde stärker und der Regen dichter. Die Tropfen stachen auf der Haut wie Hagel, sie strichen seitlich über die Wogen dahin, fast parallel mit ihnen. In wenigen Minuten waren die drei völlig durchnäßt, was nur Palamedes nichts auszuma-

chen schien. Cynthia fluchte auf attisch, koiné und ägyptisch. Demetrios lauschte respektvoll.
Sie sahen zu, als es geschah. Das große Schiff, inzwischen deutlich als punisches Kriegsschiff zu erkennen, mit drei Ruderbänken und einem bösartig wirkenden Rammsporn am Bug, schien mitten im Wasser plötzlich stehenzubleiben, als hätten alle Ruderer zugleich auf einmal gegengehalten. Dann, ganz langsam, so wie ein Mensch, der in ein zu heißes Bad steigt, senkte sich das Heck in die Wellen. Es würde einige Zeit dauern, bis das Schiff gänzlich gesunken war, aber seine Fahrten waren vorüber. Demetrios und Cynthia wechselten Blicke.
»Felsen«, erklärte er, halb brüllend, um den heulenden Wind zu übertönen. »Oder wenigstens eine Untiefe!«
»Schon gut«, erwiderte sie und zog die Schot herum. »Vielleicht erlaubt uns der Wind, *nordwärts* zu segeln.« Das Segel schlug einmal, als sie es wendete, und füllte sich dann von neuem mit Wind, so daß das Boot ein paar Strich nach Nordwest abfiel. Sie konnten das punische Schiff jetzt ganz klar ausmachen, den in die Luft ragenden Bug mit ein paar winzigen Menschengestalten, die sich ans Deck klammerten oder ins Meer stürzten, um an Land zu schwimmen. Da war eine Insel, klein, nur als Küstenstreifen und Felsspitze über der Wasserlinie erkennbar, vage im Dunst.
Der Wind flaute ab; die Gewitterwolke war vorbeigezogen. Cynthia blickte auf. Hinter ihnen stand eine neue Wolkenwand, aber im Augenblick fiel kein Regen, und das Heulen des Windes erstarb. Und in der Stille hörte sie, schwach und süß wie das letzte Stückchen eines Traums, an das man sich beim Aufwachen noch klammert, den dünnen Faden eines Liedes.
Es war eine einzige Stimme, rein und klar wie eine silberne Flöte, die Worte sang, die am Rand des Verstandes zupften, neckend, fast vertraut wie die Erinnerung an einen Duft. Die küselnde Luft blies die Stimme von ihnen fort, wieder zu ihnen herüber, wieder davon. Und Cynthia und Demetrios schauten einander an und sagten wie aus einem Munde: »Sirenen.« Und dann: »Nein, das kann nicht sein.«

»Und sie sollen ja auch viel nördlicher wohnen«, fügte Demetrios hinzu. »Oben in der Gegend von Neapolis. Jedenfalls habe ich das irgendwo gelesen.«
»Warst du denn schon einmal in Neapolis? Ich war dort«, bemerkte Cynthia. »Guter, billiger Wein, hervorragende Schalentiere, Schwefeldämpfe, Tausende von Leuten, die überall umherrennen und Geld verdienen. Pausenloser Lärm und keinerlei Sirenen. Außerdem glaube ich sowieso nicht an Sirenen – und trotzdem ist es merkwürdig – so ein großes Schiff zerschellt an so einer kleinen Insel.«
Wieder drehte sich der Wind und wehte die Stimme zu ihnen herüber, und Cynthia hörte schwach, aber deutlich die Worte: »Komm, Cynthia« und »Ruh dich aus«, und dann einen dünnen, rauhen Laut wie das Schreien einer Möwe: das Weinen eines ganz kleinen Kindes.
Cynthia stand ganz still da und umklammerte mit beiden Händen den Mast; Demetrios jedoch sprang auf und wollte die Ruder ergreifen, die zu Füßen seines Vaters lagen. Im selben Moment frischte der Ostwind wieder auf, und das Boot machte einen Satz nach vorn, so daß Demetrios mit dem Gesicht auf das Deck stürzte. Das verrottete Fall riß, und das nasse Segel fiel und lag schwer auf Deck, der Junge und sein Vater darunter. Cynthia konnte hören, wie er unter der Leinwand fluchte und sich zu befreien versuchte.
Aber selbst als das Segel am Boden lag, war die Kraft des Windes ausreichend, sie stetig auf die Insel zuzutreiben. Sie war jetzt in Sturmwolken gehüllt, und die Luft ringsum verfinsterte sich. Über ihnen grollte der Donner, aber die Stimme schwebte über dem Tosen von Luft und Wasser. Cynthia hielt sich am Fuß des Mastes fest und lauschte; sie fühlte sich elend. Der Gesang war ein Wiegenlied. »Komm zu mir, geliebtes Kind«, sang es, »so lange verlassen, so traurig wandernd. Verdirb dir nicht länger die liebliche Haut mit eitlem, sinnlosem Weinen, schöne Cynthia; hier leben alle, die dich lieben. Denn wie auf dem Lande die blökenden Kälber zu ihren Müttern, den Kühen, gerannt kommen, wenn sie

von der Weide heimkehren, wie sich die meckernden Zicklein um die Geißen mit den milchprallen Eutern drängen, so umarmt hier auf den schimmernden Wiesen jede Mutter ihr Kind und jedes Kind seine Mutter, und sie halten einander in den Armen.«

Die Sängerin hielt inne, wie um Atem zu holen, und in dieser Pause schrie das Kindchen von neuem, ein unerträglicher Laut, das Kind war hungrig, oder es fror. Cynthia, die kaum noch wußte, was sie tat, tastete unter dem Rand des Segels nach den Rudern. Die Tränen auf ihren Wangen waren kalt. *Wer ist es, der da singt, der da weint? Meine Mutter oder mein Kind? Beide habe ich sie nie gekannt, und beide sind sie tot!*

Sie konnte das Ruder nicht bewegen, das Segel und die hölzerne Rah lasteten zu schwer darauf. Sie kroch zum Heck und lenkte, so gut sie konnte, mit den Steuerrudern das Boot nach der Insel hin. Ihre Arme schmerzten, das Herz tat ihr weh, und ihre Nase lief wie ein Schwamm.

Wieder grollte der Donner, und ein Blitzschlag spaltete das Dunkel vor ihr und brannte die Vision einer Sekunde in Cynthias Augen. Hoch oben auf der höchsten Felsspitze stand die Gestalt. Ihre Klauen umkrallten den Felsen, der gefiederte Schweif war weit nach hinten gespreizt. Die Brust glich einer Taubenbrust, die gewaltigen Schwingen waren ausgebreitet und ganz und gar mit Federn besetzt, die schimmerten wie pures Gold. Über der Stirn hielten silberne Bänder das Haar. Die Augen waren dunkel und leuchtend, und das Gesicht war kein sterbliches Antlitz, sondern erbarmungslos und heiter, gleichgültig wie der Sturmwind, das Gesicht einer Unsterblichen.

Unter ihren Füßen, überall auf dem Strand unter dem Felsen, lagen Menschenknochen. Manche waren reinweiß, vom Wind benagt, von der Sonne gebleicht; über anderen spannte sich straff noch ledrige Haut. Ein halbbetäubter Karthager hatte seinen zerschlagenen Körper noch hergeschleppt und lag nun unter ihrem Felsen, glühende Sehnsucht im Gesicht. Mit dem unverletzten Arm griff er hinauf zu ihr, nach der Verheißung und Qual ihres

Liedes. Denn die Sirene sang für jeden, was er sich im Herzen am heißesten wünschte.
Doch mit dem Blitzschlag erlosch auch die Vision, und Cynthia kauerte schluchzend an Deck und stammelte: »Lügnerin, Lügnerin.« Die Sirene sang ihr Wiegenlied. Das Kind schrie.
»Lügnerin!« kreischte Cynthia und richtete sich auf die Knie auf. »Verlogene, nachäffende, spottende Schlampe, dir werde ich sie geben, deine Musik!«
Sie stemmte die Hände gegen das Deck und kroch. Es regnete jetzt wieder sehr heftig, und das alte Holz war vollgesogen und glitschig. Cynthia spreizte die Arme wie eine Eidechse und rutschte eng an das Deck gepreßt weiter, um nicht seitlich fortgeschleudert zu werden, wenn das Boot schlingerte und stampfte. Laut schlugen die Steuerruder gegen den Achtersteven, ein boshaft knallendes Geräusch wie ein kaputter Fensterladen. Cynthia stieß mit der Nase gegen Demetrios' durchnäßte Schlafdeckenrolle und suchte mit den Fingern darin, bis sie die Flöte entdeckte. Irgendwie brachte sie sie an die Lippen, fand das Mundstück und begann zu spielen.
Sie hatte keine Ahnung, ob sie alle Noten richtig zusammenbringen würde, geschweige denn die richtige Reihenfolge der Variationen. Den Sturm schien es nicht zu kümmern. Als er mitten im eigenen Herzen seine Musik erklingen hörte, explodierte er in freudigem Zorn, schrie wie ein Adler und peitschte das Boot hin und her, bis Cynthia dachte, der Mast würde brechen, die Wellen eindringen und das Boot überschwemmen, sie alle drei würden ertrinken, ehe sie noch die Insel erreichten. Aber das war ganz gleich, solange nur der Lärm die Melodie dort drüben übertönte.
Unter dem Schiffsboden kratzte es; sie waren an der Untiefe auf Grund gelaufen. Cynthia ließ die Flöte fallen und griff wieder nach dem Ruder; die Rah hatte sich bewegt und es freigegeben. Sie pflanzte das Ruderblatt in den Sand und stemmte sich mit ihrem ganzen Gewicht gegen den Schaft, und mit drei aufeinanderfolgenden Brechern kam das Boot frei und trieb von der Sandbank fort. Der Wind schleuderte sie erneut vorwärts. Das Ruder wurde

Cynthia aus der Hand gerissen. Wieder umklammerte sie den Mast und lauschte mit angehaltenem Atem.
Sekundenlang war da nur das Heulen des Windes. Dann gab es einen scharfen Knall, als zerbreche im Nordsturm ein Baum, und ein polterndes Geräusch, schärfer als der Donner, immer lauter werdend, klappernd und krachend, ein Geräusch, das nicht ersterben wollte. Dann ein letzter Laut der Stimme, ein langgezogener, fallender Ton, kein Aufschrei des Schmerzes oder des Grams oder sonst einer menschlichen Leidenschaft, sondern der Abschiedsschrei eines alterslosen Geistwesens. Cynthia war, als hörte sie etwas Großes, Weiches ins Meer stürzen, aber es war gut möglich, daß sie sich irrte.
Dann hörte man nichts mehr außer dem Wind, dem Donner und dem Getöse fallender Steinbrocken.
Es war vielleicht eine Stunde danach, als der Sturm sich endgültig verzog und die Sonne wieder schien. Cynthia, die sich am Mast festhielt und reckte, so hoch sie konnte, war gerade noch fähig, das auszumachen, was von der Insel übriggeblieben war: flache, zu neun Zehnteln von Wasser bedeckte Strände, die das Meer schon bald gänzlich überspülen würde. Von dem punischen Schiff war nichts mehr zu sehen als hölzerne Trümmer und ein paar Gestalten, die, das Gesicht nach unten, im Wasser trieben. Von der Sirene gab es nicht die geringste Spur. Cynthia drehte dem Anblick den Rücken und begann im Gepäck nach den Wasserschläuchen zu suchen.
Die Leinwand hob sich, und zwischen der heruntergekommenen Rah und dem Bug tauchte ein Arm auf. »Cynthia!« Unter dem Segel drang eine halberstickte Stimme hervor. »Bitte laß mich hoch, hier unten ist alles voll Wasser.« Cynthia fand das zerbrochene Rahende und zerrte daran, bis das Segel nach hinten rutschte und Demetrios sich befreien konnte. »O Götter, mein Kopf!« murrte er. »Vater, bist du unverletzt?«
Palamedes kletterte aus dem Schiffsrumpf heraus, lächelte und ließ sich wieder am Bug nieder, um auf die See hinauszublicken. »›*Komm, gepriesner Odysseus, doch näher, du Stolz der Achai-*

er‹«, murmelte er, »›*komm, gepriesner Odysseus, doch näher, du Stolz der Achaier‹«*, als habe er alles vergessen.
Demetrios kämpfte sich über Rah und Segel bis zum Heck. Dort verharrte er einen Augenblick, die Ellbogen auf den Achtersteven gestützt, und schaute nach der verwüsteten Insel zurück. »Noch nie im Leben war mir so kalt«, sagte er. »Die Sonne, das ist ein herrliches Gefühl. Ist es noch derselbe Tag? Es kam mir vor, als verginge eine Ewigkeit. Ich habe nach dir gerufen, aber du hast kein einziges Mal geantwortet.«
»Ich hatte zu tun.«
»Es war ja auch schlecht zu hören, bei dem Wind und dem Gesang. Und jetzt weiß ich, was Odysseus empfunden hat – Cynthia, was hast *du* gehört?«
»Frag mich nicht, dann frage ich dich auch nicht.«
»Ach, ich erzähl's dir gern«, antwortete er. »Sie sagte mir, ich dürfte nach Hause.«
»Na, da haben wir ihn ja, den Wasserschlauch.«
»Nicht, daß ich meinte, ich würde Korinth wiedererkennen, wenn ich es jetzt sähe, weder den Hafen, noch die Agora. Aber ich erinnere mich an unser Haus und die Straße, in der es lag... weißt du, daß die Sirene jeden Baum in unserem Garten mit Namen kannte? Und jetzt ist sie endlich fort. Ein Segen. Wie sah sie aus?«
»Wie ein Vogel – wie deine Vase. Wie ein Totengeist. Wessen Kinder waren die Furien?«
»Die von Nacht und Äther, glaube ich«, gab er zurück und setzte sich neben sie. »Es ist auch unwichtig. Was sie sehr schön?«
»Schön, o ja. Wie die Sonne, aber wenn man sie ansieht, wird man blind oder verirrt sich. Eine Sirene für Orpheus, eine für Odysseus, eine für uns. Schöne, verlogene Schurkinnen, nun werden sie keinen mehr ertränken. O Demetrios, die letzte Sirene ist tot, nun wird mir nie mehr das Herz brechen.«
Demetrios hatte die Arme um sie gelegt und versuchte, ihren Kopf an seine Schulter zu betten. Ihre Worte ließen ihn jäh innehalten. »Sag das nicht, Cynthia! Irgendein Gott wird dich hö-

ren und sich etwas einfallen lassen, um dich Lügen zu strafen. Wein doch, wenn du magst, aber versuche das Schicksal nicht.« Cynthia schüttelte ihn ab und setzte sich auf. »Pah! Wir wollen uns nicht so töricht benehmen. Kannst du ein Tau spleißen? Dann fang an und reparier die Rah, während ich die Regenpfützen hier in die Schläuche einfülle. Und dann –« sie ergriff ihren triefenden Kleidersaum und versuchte ihn auszuwringen –, »sollte ich mich wohl lieber ans Ausschöpfen machen.«

Klassische Anmerkung

Die älteste Erwähnung der Sirenen findet sich bei Homer, der eindeutig den Dualfall für sie verwendet. Jedoch scheinen spätere Schriftsteller beschlossen zu haben, daß, da es von allen anderen Gestalten immer drei gab, auch drei Sirenen vorhanden gewesen sein müßten; und sie gaben ihnen je nach ihren Eigenschaften unterschiedliche Namen: Thelxinoe, Molpe und Aglaophonos; oder Peisinoe, Aglaophe und Thelxiepeia; oder Parthenope, Ligeia und Leukosia; oder vielleicht einfach Lenchen, Käthchen und Gretchen... Jedenfalls läßt Apollonios Rhodios sie in der Geschichte von Jason und den Argonauten auftreten. Er berichtet, daß die Argo an der Insel der Sirenen vorbeisegelte und diese versuchten, die Argonauten auf die Felsen zu locken, worauf Orpheus, der sich zufällig an Bord befand, sie im Gesang besiegte, so daß die Argo entkam. Nur Boutes, der Sohn des Telson, wurde von ihrem Singen verführt und stürzte sich ins Meer, wo er umgekommen wäre, hätte Aphrodite ihn nicht gerettet.
Ein Stückchen kreative Rationalisierung – so wie man es gewöhnlich bei Sherlock Holmes und dem Raumschiff Enterprise anwendet – würde darauf hindeuten, daß es ursprünglich drei Sirenen gab, wie sie auch immer geheißen haben mögen, die davon lebten, daß sie Schiffe auf Felsen lotsten, ungefähr so wie die einstigen

Bewohner Cornwalls. Es war vom Schicksal bestimmt, daß eine der Sirenen zu Tode stürzen würde, sobald jemand ihnen entrann. Die Argo kam und ging, und eine der Sirenen starb, so daß noch zwei übrigblieben, denen dann später Odysseus begegnete. Die eine Sirene, die seinen Besuch überlebte, harrte noch aus bis in frührömische Zeiten, bis sie den Fehler beging, es mit Cynthia, der Tochter des Euelpides, aufnehmen zu wollen.

Der rotfigurige Stamnos (Krug) steht im Britischen Museum (Exponat 440, C. H. Smith, Katalog der griechischen Vasen im Britischen Museum, 1898). Er zeigt Odysseus, an den Mast eines archaischen Schiffs gebunden, auf dessen Bug ein Auge aufgemalt ist und das über doppelte Steuerruder, ein an der Rah aufgerolltes Segel und über Ruderer verfügt, die geschickt ein halbes Dutzend Ruder betätigen. Darüber sind zwei Sirenen abgebildet (in Gestalt von Vögeln mit Frauenköpfen), die auf Wolken hocken, sowie eine dritte, die sich gerade zu Tode stürzt (und dabei ist, sich in der Takelung des Schiffs zu verfangen). Eine der Überlebenden ist mit einem wiederum anderen Namen bezeichnet: Himeiropa.

Übrigens waren die Sirenen die Töchter des Flusses Acheloos und verschiedener in Frage kommender Damen, höchstwahrscheinlich jedoch der Gäa, der Erde. Ihre körperliche Gestalt stammte vermutlich von alten Figuren auf Grabdenkmälern, die Geister von Toten darstellten. Die Sirenen waren die Gefährtinnen der Persephone. Als diese von Dis (Hades) entführt wurde, nahmen sie Vogelgestalt an, um nach ihr zu suchen, behielten aber Menschenköpfe, um ihre lieblichen Stimmen nicht zu verlieren.

Dies alles findet sich in verschiedenen Quellen, hauptsächlich bei Apollonios Rhodios (spätes 3. Jahrhundert vor Christus).

DANA KRAMER-ROLLS

Dana Kramer-Rolls, Kämpferin in der amerikanischen Gesellschaft für kreativen Anachronismus (SCA), verbindet in dieser packenden Geschichte einer jungen Priesterin, die in einer sich wandelnden Gesellschaft auf der Suche nach ihrer eigenen Macht ist, authentische Schlachtszenen mit Zauberei.
Von Dana stammt auch eines der wichtigsten Mitglieder unseres Haushalts: ein Schäferhund-Wolfsmischling namens Signy. Obwohl Wölfe im Gegensatz zum Volksglauben eher schüchtern als angriffslustig sind, läßt schon ihre bloße Größe sie wild und grimmig erscheinen – potentielle Räuber und Einbrecher werfen einen Blick auf Signys mächtiges Gebiß und lassen es dann lieber nicht darauf ankommen. – M.Z.B.

DANA KRAMER-ROLLS

Wanderjahre

Der Stab aus Gold und Elfenbein glänzte rosig in der späten Sonne. Ezme schaute zu, wie er mit den Schritten des Ponys auf und nieder hüpfte. Sie wünschte sich, daß sie ihn vom Sattelknopf lösen und in die Satteltaschen hätte stecken können. Sie als Steuereinnehmerin! Warum konnten die Schweigenden, die den Steinernen Brunnen hüteten, das nicht selber erledigen und ihr diese Reise ersparen? Der Brunnen lag hoch oben über dem Paß, der die Grenze bewachte; er hütete etwas, das noch viel kostbarer war: die schneeklaren Wasser, die jedes Frühjahr von dort in alle Bachbetten strömten, um das Tal zu bewässern, das die Kornkammer des Königreichs Tremain bildete.

Die Ponyhufe klapperten dahin und hörten sich an wie *Ezme-ne, Ezme-ne*, der Ehrentitel ihres neuen Ranges. Sie nickte im Sattel halb ein. Wieder saß sie vor dem Gemach der Herrin-Mutter, während die Herrin mit diesem Bauerntölpel schwatzte, der sie im Tempel aufgesucht hatte. Wie konnte sie ihn nur ertragen? Ein ungehobelter Ritter-Priester, mehr Söldner als Ritter, der sich sein Priesterwissen holte, wo es ihm über den Weg lief!

Das sollte ein Priester sein? Sie und Briket hatten darüber gelacht, wie er die Morgenandacht verpatzt hatte. Jetzt würde Briket wahrscheinlich über sie, Ezme, lachen. Eingebildete Ziege! Briket war der Novizenmeisterin zugeteilt worden, und man hatte sie *geprüft*, und bald würde sie im Großen Werk ausgebildet werden, und sie würde... *ach, ich hasse sie.*

Sie erwachte mit einem Ruck, als sie aus dem Sattel zu rutschen begann, aber ihre Eskorte achtete gar nicht darauf. *Dank sei den Hüterinnen.* Es geziemte sich nicht, Gesicht zu verlieren. Denn wenn sie vielleicht auch noch nicht wußte, wie man die Blaue

Flamme entzündet, und wenn auch Heilen nicht zählte, so war sie doch Unterpriesterin eines großen Hauses. Die endlosen Stöße der Ponyschritte weckten von neuem den Schmerz in ihrem Körper und in ihrem Herzen. *Das hier, das bin ich wirklich. Ein stämmiges Bergpony wie dieses, die übliche Sorte, braunhaarig und nicht weiter von Bedeutung.*

In der Nacht war sie so steif, daß sie nicht schlafen konnte. Sie schlüpfte aus dem kleinen Zelt, das die Eskorte für sie aufgestellt hatte, wickelte sich gegen die bittere Gebirgskälte in einen Pelz und trat an das Wachtfeuer.

In der letzten Garnison am Fuß der Berge hatte man ihr eine neue Eskorte zugeteilt. Zwei Soldaten saßen am Feuer und tranken Kräutertee. »Wer da?« rief der eine sie an.

»Die Herrin Ezme-ne.« Ihre Stimme klang hohl in der Nacht. Der ältere der Wächter, eine kräftige Frau mit kurzgeschorenem grauem Haar, erhob sich.

»Herrin, willst du uns die Ehre erweisen? Vielleicht einen Schluck Weidenrindentee? Er tut Wunder für schmerzende Muskeln.« Sie fügte hinzu: »In meinem Alter brauche ich ihn selber, sogar nach einem Leben im Sattel.« Der junge Mann, der bei ihr saß, lächelte ihr warm zu. Ezme nahm den leicht durchschaubaren Versuch, sie nicht zu kränken, höflich an. Sommerliche Jagdausflüge waren keine Vorbereitung auf diese Reise gewesen. Sie ließ sich Tee geben und trank ihn schweigend. Die dunkle Flüssigkeit schmeckte bitter. Was konnten diese Leute von den hohen Dingen wissen, denen sie ihr Leben geweiht hatte? Sie starrte in den leeren Becher und wünschte sich, zu Hause zu sein. »Wem darf ich für diesen Dienst an der Sternengöttin danken?« fragte sie und stand auf. Die Worte klangen dünn und prahlerisch. Bei der Herrin-Mutter Kori-ne hätten sie sich angehört wie gesungener Segen.

»Dank *dir,* Herrin«, antwortete die Frau ungezwungen. »Ich bin Sheela, und der Welpe dort ist Hrolf.«

Ezme nickte, drehte sich dann abrupt um und suchte ihr Zelt wieder auf. *Ich bin hier, weil sie mich zu Hause nicht haben wollen.*

Ich bin hier, weil ich keine Macht habe. Und niemals haben werde.

Am folgenden Nachmittag erreichte die Reisegesellschaft das Tor der Garnison. Freimänner säumten die Wälle, den Bogen gespannt, aber keinen Pfeil auf der Sehne. Obwohl sie die Wimpel der Garnison wehen ließen, wurden sie angerufen und befragt. Die Frau, die Ezme den Rindentee gegeben hatte, ritt vor. Bei Tageslicht sah sie noch beeindruckender aus.

»Ritter Sheela-an-Karla, Unteranführerin der Dritten Legion der Himmelsherrin, Standort Fünfte Gebirgsgarnison in Steinwall, als Begleitung der Stab-Priesterin der Steuern, der Herrin Ezme-ne, Unterpriesterin vom Hause des Ewigen Glanzes.«

Sie winkte Ezme, die zu ihr nach vorn ritt. »Herrin, hast du den Stab griffbereit?«

»Aber natürlich.« Zorngerötet fing Ezme an zu suchen. Für wen hielt dieses grobe Weib sie eigentlich?

»Immer mit der Ruhe, Herrin«, schalt Sheela ganz leise. »Hat keinen Sinn, ihn jetzt fallen zu lassen.«

Ezme zwang ihre ungeschickten Hände zur Ruhe, löste die widerspenstige Schnur und hielt den Stab in die Höhe. Die Freimänner brachen in Hochrufe aus, und die Spannung ließ sichtlich nach.

»Ich habe nie gewußt, daß die Außenposten sich so freuen, Steuern zahlen zu dürfen.«

Sheela lachte. »Es ist nicht das Geben, sondern das Nehmen. Man freut sich doch, wenn man merkt, daß die Königin uns hier draußen nicht vergessen hat.«

Die Reisenden ritten durch das mächtige Tor in den Hof der Festung.

Bei der Abendmahlzeit – Ezme hatte nicht umhingekonnt, den Eingangssegen zu sprechen – wurde sie auch offiziell mit der Befehlshaberin bekannt gemacht, einer farblosen Bohnenstange von Frau namens Gretchen-an-Sowieso. Danach bekam sie die andere selten zu Gesicht, die deutlich zu verstehen gegeben hatte, Ezme sollte sich an ihre Arbeit halten, damit sie sie bald wieder loswürden, nur daß sie es etwas netter formuliert hatte. Ezme sah ein, daß das vernünftig war. Sie hatte ohnehin nicht den Wunsch zu bleiben. Außerdem hatte es schon wieder Grenzgefechte gegeben.

Der Nordbund hatte einen neuen König gewählt. Das Volk sprach davon, daß Sismund brutal wäre. Er verehrte den Himmelsvater Zor, der eigentlich der Winterkönig des tremainischen Götterhimmels war. Aber Sismund behauptete – oder vielmehr seine Priester taten es –, Zor wäre ihm im Traum erschienen und hätte ihm gesagt, die Anbetung aller anderen Götter sei ein Greuel und die Verehrung von Göttinnen noch weit schlimmer. Die Nordleute hatten immer schon lieber männliche Gottheiten gehabt, und was sie von Frauen dachten, war manchmal höchst merkwürdig. Viele hervorragende Soldatinnen, Kauffrauen und Handwerkerinnen waren aus dem Norden nach Tremaine gekommen, um hier eine neue Heimat zu finden. Das war schon lange ein wunder Punkt in der Beziehung beider Völker.

Jetzt aber hatte Sismund einen eleganten Weg gefunden, um »den Ziegen und den Hühnern«, wie es bei den Bauern heißt, »dasselbe Futter vorzusetzen«. Ein heiliger Krieg gegen Tremain würde darüber hinaus seine »Herren Brüder« im Bund dorthin bringen, wo er sie haben wollte, nämlich zu Vasallen seines Throns machen, wenn auch (natürlich) nur so lange, bis der gemeinsame Feind vernichtet war. Ezme hatte zugehört, wie Ritter Barak weitschweifig darüber berichtete, wenn er dem Haus einen Besuch abstattete und sie bei Tisch Dienst tat. Wie langweilig war ihr das damals vorgekommen! Jetzt wünschte sie, besser aufgepaßt zu haben. Das Gerücht wollte wissen, daß Priesterinnen und sogar Seher und Seherinnen in den Dörfern den Tod gefunden hatten. Es gab auch schon Gerüchte, daß sich Truppen auf dem Marsch zum Paß hinauf befanden.

Eines Abends beim Mahl saß Ezme neben der Unteranführerin. Es gab wieder diesen ekelhaften Eintopf aus Erbsen und fettem Schweinefleisch. Seit ihrer Ankunft hatte sie kaum noch etwas zu sich genommen. Das wenige Bier, das es in dieser Zwischenjahreszeit zwischen Winter und Frühling noch gab, war sauer. Der Pudding, aus geriebenem altem Brot und Fett, gewürzt mit ein paar Trockenfrüchten, die der Koch noch irgendwo gehortet hatte, schmeckte nicht viel besser, aber der Hunger und das gute Zureden ihrer Tischgenossen hatten sie dazu gebracht, einen Teller davon herunterzuwürgen. Die Große Halle war der einzige warme Ort in der Garnison, wenn man vom Arbeitszimmer der Befehlshaberin absah. Nach dem Abendessen verbrachte, wer dienstfrei hatte, dort den Abend mit Glücksspiel und Klatsch. Das gab auch denen, die miteinander schlafen wollten, Gelegenheit, in den Ecken der Scheunen oder Schlafquartiere ein paar ungestörte Augenblicke zu ergattern.

Sheela erzählte irgendeine laute Geschichte über das Übungsgefecht des Tages, wobei der Gegenstand ihrer Erzählung sich an seinem Tisch am unteren Ende der Halle vor Beschämung wand, zur Freude seiner Kameraden.

»Und dann nimmt er seine Keule, am dicken Ende, wohlgemerkt – nachdem er sich vorher erst einmal daraufgesetzt hat.« Gejaul und Geheul erfüllten die Halle. »Und dann dreht er sich zu Jace da drüben um und brüllt: ›Rollt die Flanken auf!‹ Und Jace brüllt zurück: ›Das ist deine eigene Flanke, du Rindvieh!‹ Und plötzlich kreischt Jace: ›Sieh dich um!‹ Und Arold dreht sich um, und da steht die ganze Blaue Mannschaft – stehen einfach da und hämmern mit Schwertern und Keulen auf die Schilde und grinsen sich eins.«

Ezme errötete. Sie konnte das Gefühl der Demütigung spüren, das von dem jungen Soldaten ausstrahlte, heiß wie die erstickende Hitze in der Halle. Sie stolperte auf die Füße und taumelte zur Tür. Im Schnee erbrach sie sich. Zitternd stand sie in der kalten Nacht. Würde es hier oben denn niemals warm? Konnte sie dieser Kälte, diesen Soldaten denn gar nicht entrinnen? Sie fühlte, daß jemand hinter ihr stand. *Gut,* dachte sie, *sollen sie mich doch sehen. Sie sollen mich in Ruhe lassen!*

»Brauchst du Hilfe, Herrin?« Es war Ritter Sheela.

Ezme schüttelte den Kopf.

»Bist du krank? Bekommst du ein Kind?«

»Nein, nein, nein.« Ezme zitterte am ganzen Körper. Als Sheela sie stützen wollte, machte sie einen Schritt zurück.
Sheela zuckte die Achseln. »Wenn du mich brauchst, bin ich da, Herrin.« Sie wandte sich zum Gehen.
»Warum machst du dir meinetwegen Sorgen? Niemandem liegt etwas an mir. Wie kannst du es überhaupt wagen – nach dem, was du dem Jungen da drin angetan hast?«
»Wie ich es wagen kann? Du kleine dumme Ziege! Das ist meine Aufgabe. Wenn dieser Idiot in der Schlacht den Kopf verliert, in der wirklichen Schlacht, dann verliert er sein Leben. Und das Leben von mehr von meinen Jungen da draußen. Ich habe ihm einen Gefallen getan. Ich mache meine Arbeit. Kümmer du dich um deine.« Sie machte kehrt und verschwand. Ezme, vor Erschütterung tränenlos, blieb zurück.
Am nächsten Morgen ließ Ezme sich von der Teilnahme am Frühstück entschuldigen. Fast die ganze Nacht hindurch hatte sie heftiges, qualvolles Schluchzen geschüttelt, krampfhaft wie ein Orgasmus der Trauer. Sie versuchte, ihre Andacht an die Sonne zu sprechen, aber die Worte wollten nicht kommen. Beim Anziehen bewegte sie sich ruckartig wie eine Untote und begab sich dann in ihr Behelfsbüro im Kasernenbau. Sie starrte vor sich hin, ohne jemanden zu sehen, und fuhr fort, endlose Aufstellungen über Getreide, Ziegen, Hühner, Geburten und Sterbefälle zu zählen und wieder nachzuzählen. Sie würde ihre Arbeit tun.
Aber sie weigerte sich, eine kleine Gruppe von Bittstellern von den Bauernhöfen zu empfangen. Sie ließ ihnen mitteilen, sie wäre krank. Bestimmt morgen. Und sie fing an, die Mahlzeiten in ihrem Zimmer einzunehmen.
Nach ein paar Tagen schleppte sie sich mühsam auf ihren Platz am Tisch zurück, blieb jedoch zurückhaltend.

Es war am ersten Morgen eines warmen Versprechens von Frühling, als ein Kundschafter der Garnison von der Grenzseite des Bundes zurückkehrte und von Truppenzusammenziehungen berichtete. Sie konnten mit einem Angriff rechnen. Ezme hatte die Tür zur Kaserne offengelassen, um die neue Wärme hereinzulassen und den feuchten, scharfen Soldatengeruch des großen Raums zu mildern.

»Was ist das für ein Aufstand?« fragte sie einen vorüberkommenden Jungsoldaten.

»Signalfeuer, Herrin.«

»Was ist das?«

»Wir senden eine Botschaft in die Hauptstadt und bitten um Verstärkung.«

»In die Hauptstadt. Wie? Habt ihr keinen Sinnsprecher?«

Der Junge sah sie mit großen Augen an. »Ach nein, Herrin. Kannst du es tun? Süße Mutter! Manchmal geht die Nachricht nicht weiter. Regen kann den Rauch ersticken. Oder es passiert sonst etwas. O bitte, Herrin, kannst du sinnsprechen?«

»Nein, natürlich nicht. Ich bin nur eine Unterpriesterin«, fauchte sie ihn an. Der Junge erstarrte bei dieser Antwort.

»Ich bitte um Verzeihung«, sagte er förmlich. »Ich wollte dich nicht beleidigen. Wenn die Herrin mich jetzt entschuldigen will...«

»Ja, natürlich, geh.« Sie sah, wie er sich entfernte und der Signaltrupp zum Hoftor hinausritt. Ihr Magen tat wieder weh. Würde sie die Herbstprüfungen bestehen? Sie kämpfte mit den Tränen. *Ein erwählter Priester wird mir die Macht verleihen, wie allen anderen. Ich werde die Prüfung bestehen.* Sie ballte die Fäuste, bis sie weiß waren.

In den vier langen Tagen, die sich anschlossen, beobachtete Ezme vom Schreibtisch aus lustlos, wie die Soldaten Rüstungen, Pfeile und andere Dinge vorbereiteten. Wagen mit Fässern und Lebensmittelsäcken rumpelten in den Hof und wieder hinaus.

Ezme schob ihre Erbsen und den fetten Eintopf auf dem Teller herum. Der Ehrentisch war jetzt nur noch ein weiterer Ort für Stabsbesprechungen; das machte es Ezme leichter, einem Gespräch mit Sheela aus dem Weg zu gehen. Nicht, daß Sheela sich an die gräßliche Nacht im Schnee überhaupt zu erinnern schien.

Ezme brauchte eine Weile, bis sie begriff, daß Sheela sie angeredet hatte.
»... wäre nützlich, Herrin. Kannst du es tun?«
»Entschuldigung, ich habe nicht zugehört.«
»Wir wissen nicht, ob sie einen Priester bei sich haben. Kommt hier oben nicht oft vor, aber man weiß nie. Kannst du Schutzmale gegen einen Zauberkrieg setzen?«
»Nein.«
»Elemente beherrschen? Wetter? Feuer löschen? Etwas in Brand stecken?«
Ezme schüttelte jedesmal den Kopf.
»Heilen?«
»Ich soll darin nicht unterrichtet werden. Ich soll in einen Hochtempel in der Hauptstadt kommen und dort meine Ausbildung beenden, wenn ich die Prüfungen bestehe.«
»Und wozu, bei allen Göttern, soll das gut sein?« erkundigte Sheela sich bissig.
»Du würdest es nicht verstehen«, schoß Ezme zurück. Kurzes Schweigen. Dann siegte die Furcht vor der gemeinsamen Gefahr über Ezmes Verlangen, hinaus und auf ihr Zimmer zu gehen.
»Herrin Ritter, ich habe den Obersten Legaten Ritter Barak kennengelernt. Vielleicht – wenn ich ihm eine Botschaft senden würde...«
Sheela betrachtete sie mit einem verwirrten halben Lächeln. Ezmes Magen drehte sich um. *Kann ich denn nie etwas Richtiges sagen,* dachte sie.
»Barak. Ich wünschte bei allen Göttinnen und Göttern der Schlachten, er wäre hier! Erzählen sie euch denn gar nichts in eurem Tempel? Barak steht unter Hausarrest. Der größte Stratege seit Krak dem Mächtigen, eingesperrt wegen Ketzerei, weil er einen eurer so ungemein heiligen Priester beleidigt haben soll. Ein erklärter Ketzer, nur weil er etwas gesagt hat, das jeder Bauernbursche in Tremain morgens, mittags und abends im Munde führt.«
Noch vor einem Mondwechsel hätte Ezme jetzt angefangen, sich

zu streiten oder in überheblichem Schweigen dagesessen, jetzt aber trafen sie die Worte mitten ins Herz. Er war doch der Freund der Ehrwürdigen Mutter, oder nicht? Vielleicht war die Mutter auch eine Ketzerin. Oder war sie seine Gefängniswächterin? Gab es noch jemanden, der sie *alle* bespitzelte? Die Dürre in ihrer Seele verwandelte sich in den dunklen Kristall der Todeskönigin.

Die Tür zur Großen Halle krachte auf, und ein Freimann kam mit einer Meldung von einem der Beobachtungsstände hereingerannt. Sheela ging ihm durch die Halle entgegen, lauschte, nickte und kehrte wieder an den Tisch zurück.

Ihre Stimme klang durch die ganze Halle. »Herrin Befehlshaberin, es kommt Verstärkung. Scharfseher haben einen Spähtrupp von fünf Personen gesichtet.«

Frohe Hochrufe erschütterten die Halle. Die Garnison war unterbesetzt. Viele Freimänner waren abgezogen, um Vorbereitungen für das Tauwetter und die Frühjahrssaat zu treffen oder Herden auf die Frühlingsweiden zu treiben. Die meisten davon hatte man noch nicht gefunden, um sie zurückzurufen.

Innerhalb einer Stunde war die kleine Schar eingetroffen. Ezme kam der Ritter, der sie befehligte, merkwürdig bekannt vor.

»Willkommen, Herr Ritter Merkor«, begrüßte ihn Gretchen. »Wie weit ist der Haupttrupp zurück?«

»Herrin, wir *sind* der Haupttrupp.« Seine rauhe Stimme dröhnte durch die Halle. Schweigen schrie in der Luft. »Man hat dein Ersuchen zurückgewiesen.«

»Warum? Wird anderswo gekämpft? Wo?«

»Nein, Herrin. Ein paar von diesen verfluchten Tieflandpriestern haben entschieden, du wärst zu hastig und Hilfe für dich kostete zuviel Geld.«

Ezme erinnerte sich. Das war derselbe Ritter-Priester, der ihren Tempel besucht hatte. Wie konnte er so etwas sagen? Das war Ketzerei! Bei dem Wort überlief es sie kalt.

»... lassen ihre Truppen ungern aus den Augen«, fuhr irgend jemand fort.

»... haben von ihren eigenen Schäflein schon genug zu befürchten.«
Ezme spürte ihren Haß und schauderte zurück. War sie hier überhaupt noch sicher?
Noch in der Nacht wurde ein Unteranführer ausgeschickt, der versuchen sollte, noch ein paar waffenfähige Männer zusammenzutrommeln. Dann warteten sie wieder. Am nächsten Morgen ließ sich immer noch kein Feind blicken. Ezme saß da und starrte geistesabwesend auf eine Schriftrolle.
Der erste schwache Donner kam gegen Mittag. Sie hatte nie im Leben etwas Ähnliches gehört, aber sie wußte, was es war – ein Heer auf dem Marsch. Gleich darauf ging das Geräusch unter, als alles, was sich in den Mauern befand, losrannte, um sich bei Einheiten und Kampfstellungen zu melden.
»Öffnet das Tor, öffnet das Tor!« schrie ein Wachposten. Ezme schob mit einem Ruck den Schreibtisch zurück, wobei die Schriftrollen kreuz und quer auf den gestampften Erdboden fielen, und rannte in den Hof.
Ein halb wahnsinniges Pony galoppierte durch das Tor. Vom Rükken des an den Sattel gebundenen Körpers tanzte wie trunken ein kurzer Speerschaft. Sheela und ein paar Jungsoldaten tanzten einen verrückten Kontrapunkt zu dem verschreckten Tier, das sie zum Stehen bringen wollten. Von dem Speerschaft knatterte wie ein Banner ein Pergament. Sheela zügelte das Pony und riß das Papier herunter. Die Wut in ihrem Gesicht vertrieb die Zuschauer erfolgreicher als ihre berühmte Schlachtfeldstimme.
In ohnmächtigem Zorn rief Ezme: »Was steht darin?«
Sheela stieß ihr die Botschaft ins Gesicht. »Du kannst es genausogut gleich erfahren wie später.«
»Schickt eure Göttinnen-Hure heraus. Ich habe tausend Speere, um sie ihr an der Stelle einzurammen, wo es ihr Vergnügen macht.«
»Heilige Mutter«, keuchte Ezme, »woher wußte denn überhaupt jemand, daß eine Priesterin hier ist?«
»Es muß Spione geben.« Sheela klang eiskalt und nüchtern.

Der Leichnam, der wie ein abgebrochener Ast in den Stricken hing, die ihn am Pony festbanden, rutschte aus dem Sattel. Das verzerrte Gesicht schaukelte hin und her, die toten Augen stierten Ezme anklagend an. Ihre Schläfen hämmerten. Kalter Schweiß brannte in ihren Augen. Sie konnte nichts mehr sehen als diese toten Augen, wie Tunnel voll funkelnder, wirbelnder Schwärze. In ihrem Kopf schrien Stimmen: *Es ist deine Schuld, du wirst sie noch alle umbringen. Du kannst nichts. Keine Schutzmale, kein Schlachtenfeuer, nichts. Du bringst nur Tod.* »Nein, nein!« Das Stöhnen brach aus ihr heraus wie von ganz weit weg. »Ich werde zu ihnen gehen, dann seid ihr sicher.«

Sheelas Stimme war fast sanft. »Das ist sehr tapfer, Kind, aber es würde nichts nützen. Sie müssen die Garnison einnehmen, damit sie freien Zugang zum Tal haben. Wenn sie hier eindringen, sind wir alle tot. Jungsoldat!« Sie hielt einen vorbeigehenden Burschen an. »Hier drüben. Bring die Herrin Ezme-ne in ihre Gemächer.« Und zu Ezme: »Bleib dort.«

Ezme fühlte sich völlig ausgelaugt. Sie war zum Märtyrertum bereit gewesen, und nun brachte man sie auf ihr Zimmer wie ein unartiges Kind.

Der Jungsoldat faßte sie am Arm und war im Begriff, sie energisch in ihr Quartier zu befördern, als Sheela ihnen etwas nachrief.

»Du hast gut gesprochen, Priesterin. Du hast das Richtige gesagt.«

Als sie um eine Ecke gebogen waren, schüttelte Ezme die Hand des Jungsoldaten ab. »Ich kann allein gehen, danke. Du kannst wegtreten.«

»Bitte, Herrin. Es war ein Befehl.«

»Oh, schon gut, schon gut. Bringen wir es hinter uns.«

Ein anderer Jungsoldat brachte ihr Abendessen, kaltes, fettes Fleisch und Erbsen, dazu ein paar grobe Kleidungsstücke. »Die Unteranführerin findet es besser, wenn du nicht auffällst wie ein weißer Rabe, falls« – er zögerte – »nun ja, falls irgend etwas passiert.«

Das Getrampel dauerte noch eine Weile an, bis sie die unverkennbaren Geräusche von Ponys, Schritten und das Klirren aneinanderstoßender Rüstungsplatten hören konnte. Dazu kam das furchtbare Rumpeln einer Kriegsmaschine. Dann wurde es still.

Die Belagerung begann bei Tagesanbruch. Wieder und wieder verfinsterte sich der Himmel von sirrenden Pfeilen. Die Verteidiger wehrten den Angriff nicht ab, sondern sahen zu, wie der Feind seine Feuerkraft verausgabte; sie sammelten alle Pfeile auf, die sie finden konnten, um im geeigneten Augenblick damit zurückzuschießen. Es folgten die Pechkugeln mit Sumpffeuer, die an lebendigem Fleisch hafteten und es versengten. Ezme suchte nach Anzeichen eines blauen Glühens, das darauf hinweisen würde, daß Zauberkraft in ihnen steckte, fand jedoch nichts. Wenigstens würden nun die Toten tot bleiben.

Sie kniete vor der Kaminöffnung. Mit angespannt gerunzelter Stirn strengte sie sich an, ein Feuer anzuzünden, aber der kalte Zunder spottete ihrer mühsamen Versuche. Es hatte keinen Sinn. Sie wußte, daß sie nicht helfen konnte.

Die ganze Nacht versuchte sie zu beten, aber alles, was an ihre Ohren drang, war das Sirren der Pfeile, die Schreie der vom Teufelsfeuer Verbrannten und von den Pfeilen Getroffenen und die Kommandorufe. Das Licht des neuen Tages war ein nebliges Blutschwarz, so wie es war, wenn der Himmelsfalke die Sonnengöttin verschlang. Ezme konnte das Nicht-Wissen, Nicht-Helfen nicht mehr ertragen. Sie riß die Tür auf. Es stand kein Wächter davor. Natürlich nicht. Warum einen Soldaten auf eine einzige unbedeutende Priesterin verschwenden?

Sie rannte hinaus in den Hof. Der Anblick warf sie fast um. Küchenhaus und Stall brannten, wogegen die Kaserne und das Stabsquartier noch unversehrt waren. Ein Haufen Leichen, zum Teil mit Ölhäuten zugedeckt, lag stinkend an einer Mauer, während gleich daneben für die Heiler aus den Dörfern ein behelfsmäßiges Zelt aufgebaut war. Ihr stockte der Atem vor Scham, als ihr einfiel, wie sie sich über diese Heiler lustig gemacht hatte. Aber sie hatte die Kräuter gelernt. Vielleicht konnte sie sich hier nützlich machen. Ein Feuerball zischte durch die Luft, und sie rannte entsetzt davon. Es war schon kurz vor der Abenddämmerung.

»Hier, Mädchen, du auch!« rief ihr jemand zu. »Bist du taub? Hier drüben. Faß dieses Ende an.« Sie wurde grob auf ein Feldbett zugestoßen, auf dem ein verwundeter Freimann lag. Sie hob das eine Ende an und schleppte es, wohin man ihr sagte. Dann wurde ihr befohlen, einen Wagen mit Verletzten zu beladen. Obwohl es auch an den Flanken Scharmützel gegeben hatte, war das Hauptangriffsziel das Nordtor gewesen. Es gab jedoch noch einen Fluchtweg, nicht für die Soldaten, die bis zum Tod auf ihren Posten ausharren mußten, wohl aber für die Toten und Verwundeten.

»Kannst du ein Gespann lenken, Mädchen?«

Sie bejahte ohne nachzudenken und erinnerte sich an die Festwagen, die an heiligen Tagen girlandengeschmückt durch die Straßen rollten. Als sie freilich die Zügel ergriff, war ihr plötzlich recht unklar, ob sie es schaffen würde, ein Gespann diese Gebirgspfade hinabzuführen. Aber die Entscheidung war ihr bereits abgenommen.

Und so verließ die Herrin Ezme-ne, Unterpriesterin vom Hause des Ewigen Glanzes, die Garnison als Lenkerin eines Wagens, der die Toten forttrug. Die Prozession von Wagen und Ponys rasselte in tiefe Finsternis hinein, in der sich selbst die Gebirgsbewohner auf die Führung durch die *Gottsehende Gabe* ihrer Tiere verließen.

Im Dorf Ishapaß hielten sie. Ezme half stumm, den Karren zu entladen, und fuhr ihn dann zum Aufseher der Ställe. Als die Stallarbeit erledigt war, gestattete man dem Arbeitstrupp, in die Schenke zu gehen, wo ihnen eine Mahlzeit gereicht wurde. Wenigstens schwammen hier im endlosen Meer des Eintopfes aus Erbsen und fettem Fleisch ein paar Stückchen graues Wurzelgemüse. Sie schlief am Tisch ein.

Jemand rüttelte sie an der Schulter. »He, Mädchen.« Sie blickte auf und erkannte den Unterführer, der immer wieder unterwegs gewesen war, um Rekruten aufzuspüren.

»Was macht ein gesundes Mädchen wie du hier? Ausgerissen? Du weißt, was sie im Krieg mit Ausreißern machen?« Der Wachsoldat neben ihr fuhr sich mit boshaftem Grinsen ruckartig mit dem Daumen an die Kehle. Sie erkannten sie nicht. Vielleicht sollte sie es ihnen sagen. Aber was hätte es genützt?
»Ich habe einen Leichenkarren gefahren.«
»Das ist vorbei. Hier herüber, zu den andern.«
Sie gesellte sich zu einem zerlumpten Häufchen Einheimischer, wurde in eine Hütte gescheucht und mit einem gepanzerten Wams, einer eisernen Sturmhaube sowie einem Bogen und Köcher mit ein paar Pfeilen ausgerüstet. Außerdem erhielt sie anstelle des Kleides, das sie anhatte, ein Paar Wollhosen und ein kurzes Unterwams. Die Löcher und Blutflecken waren auf der Rüstung noch deutlich sichtbar. Es war klar, woher die Sachen stammten: Zor, Herr und Gott des Winters, König des Todes, Hoffnung des Nordbundes – und Quartiermeister für Tremain.
Der Morgen graute, als sie in die Steinwall-Garnison hineinschlichen. »Kaserne ist dort drüben.« Wie genau sie wußte, wo die Kaserne war! Sie fand ein leeres Feldbett, fiel hinein und schlief sofort. Es kam ihr vor wie Augenblicke – oder vielleicht auch Jahre –, bis man sie wieder weckte. Ihre Einheit wurde zum Wall geführt und einem Unteroffizier zugeteilt. Er befahl ihnen, einen Pfeil auf die Sehne zu legen, zu spannen und festzuhalten. In den sanften grünen Wiesen, die das Haus des Ewigen Glanzes umgaben, hatte sie als hervorragende Schützin gegolten, die mit dem leichten Bogen Kleinwild für die Tafel erlegte; hier aber brannten ihre Arme und zitterten.
»Bitte, Göttin«, flehte sie mit der einfachen Logik der Theologie des Schlachtfeldes, »nur noch einen Augenblick! Laß mich nur noch einen Augenblick aushalten, ach bitte, Göttin.«
Aber ihr Pfeil flog davon, bevor der Befehl zur Salve kam. Der Unteroffizier lief fluchend auf ihre Stellung zu.
»Wenn du noch einmal zu früh losläßt, setzt es Prügel, Mädchen. Von mir persönlich. Verstanden?«

Ezme, weiß im Gesicht, mit zusammengepreßten Lippen, nickte. Wieder spannten sie. Diesmal schaffte es Ezme, festzuhalten und zugleich mit ihren Kameraden zu schießen, und dann wieder und wieder. Endlich zufrieden, befahl der Unteroffizier der Gruppe, die Mauer zu verlassen.
Als sie zusammengedrängt unten saßen und ein karges Frühstück aus eingeweichtem Brot zu sich nahmen, kam eine Eiche von einem Mann mit rötlichem, graumeliertem Haar zu ihr herüber und setzte sich neben sie.
»Du bist nicht von hier«, stellte er fest, wobei sie wußte, daß das eine Frage war.
»Nein – äh – hm – ich war zu Besuch bei einer Freundin.«
»Oh.« Seine Augenbrauen schossen in die Höhe.
Ezme stöhnte innerlich. Vielleicht besuchten Bauern keine weit entfernt wohnenden Freunde. Woher sollte sie das wissen?
Der Mann fuhr ganz freundlich fort: »Alfrit heiße ich. Und du?«
»Ezme.« *Vielleicht will er ja nur mit mir schlafen.*
»Du siehst aus wie meine kleine Tochter, Saria. Wenn sie nicht gerade ein Kind erwartete, wäre sie jetzt auch hier.«
Ezme sah die Qual in seinen Augen. *Und wahrscheinlich würde sie auch hier sterben,* dachte sie. Sie wußte keine Antwort.

Alfrit und Ezmes Kameraden saßen beim Essen, solange man es ihnen erlaubte, und nutzten die Kochfeuer, um sich zu wärmen. Inzwischen hatten sie sich daran gewöhnt, Ezmes stilles Wesen als Schüchternheit zu nehmen. Einer der jungen Männer hielt einen Vortrag über die geschlechtlichen Gewohnheiten des Feindes. Die anderen lachten und grölten dazu, aber Alfrit starrte stumm ins Feuer.
»Es ergibt keinen Sinn«, bemerkte er plötzlich. »Sie beten zu Zor, aber ohne Zek. Wie kann die Welt da im Gleichgewicht bleiben? Wer soll im Frühling Feuer in unsere Lenden gießen oder die Ziegen zum Bespringen bringen? Oh, Zor ist ein guter Freund – auf dem Schlachtfeld oder im Winter –, aber einer ohne den andern –

das ist, als verlangte man von mir, ich sollte mich zwischen meiner Saria und ihrem Kindchen entscheiden.«

Ezme saß da und staunte. Diese einfachen Leute glaubten an die alten Geschichten. Sie verwendeten sogar die uralten Namen, als wären die Götter Freunde aus dem eigenen Dorf. Sie prüfte ihre Namen der Macht. Winterkönig. Sommerkönig. Sie spürte den Schauer der Hoheit. Was konnten diese Menschen von den *Gaben der Macht* wissen? Sie musterte die rauhen Gesichter. *Aber was weiß ich davon, daß man Herden züchten muß, damit alle essen und leben und lieben können?* Der Gedanke war wie ein Dolchstoß.

Alfrit hatte sich an seinem Thema erwärmt. »Sie wollen zu keiner der Göttinnen beten. Könnt ihr euch vorstellen, daß man die Felder besät, oder auch so ein hübsches kleines Ding wie Ezme hier« – er zwinkerte ihr zu – »ohne die Mutter?«

»Ja doch, für dich die Mutter, Alter, aber Starti für mich«, erwiderte ein junger Freimann und grinste Ezme einladend an. Sie fühlte, wie ihr die Röte ins Gesicht stieg. War das dieselbe Liebesgöttin, die im Großen Tempel in ihren Erwählten solche Leidenschaft entfachte, daß die Priester sich für sie entmannten und die Priesterinnen in Ekstase jedem Vorüberkommenden hingaben?

»Hör nur auf, sie zu drängen, Ulf«, versetzte Alfrit. »Erst muß sie noch das Werk der Ezmeide verrichten.«

Ezme war verwirrt. »Der Ezmeide?«

»Deine Namensschwestern, Ezme. Die drei weißen Krähenschwestern, die Morgul dienen.«

»Das ist die Schlachtherrin der Sonne, nicht wahr?«

»Nennst du denn die Götter nicht bei ihren wirklichen Namen?« Alfrits scharfe Augen starrten sie an. »Das klärt das Bier! Bei einer Freundin zu Besuch, hm? Du bist eine Ausreißerin, das ist sicher. Eine Tempel-Ausreißerin.« Er hielt ihr Erschrecken für ein Eingeständnis und umarmte sie freundschaftlich. »Hab keine Furcht, Kind. Hier verrät dich keiner, auch nicht für die Belohnung. Es gibt niemanden hier, der nicht einen Verwandten oder ein Kind gehabt hat, bei dem sich eine *Gabe* zeigte und der oder das dann abgeholt wurde. Du kannst bei meiner Eidgefährtin Brekke und mir bleiben, wenn wir das hier überleben. Du kannst Saria bei der Arbeit helfen, jetzt, wo das Kleine kommt. Wenn du erst einen Mann gefunden hast und eidgebunden bist, nehmen sie dich nicht zurück.«

»Vielleicht gibt es doch noch Hoffnung für dich, Ulf«, neckte ein Mädchen.

Aber in Ulfs Augen glänzten Tränen. »Meine Mutter ist eine Heilerin. Sie holten meine Schwester. Ich habe sie nie wiedergesehen...« Er unterdrückte ein Schluchzen. »Vielleicht kann meine Mutter dich unterrichten, wenn du die *Gabe* hast.«

Ezme saß da, erstarrt in Alfrits väterlicher Umarmung. Alles war anders, als sie immer geglaubt hatte. »Das habe ich nicht gewußt – ich bin im Tempel geboren«, bekannte sie. »Warum nehmen sie euch eure Kinder weg?« Alfrit ließ sie los und goß aus dem Topf auf dem Kochfeuer eine Schale Kräutertee ein.

»Soweit ich weiß, deshalb, weil sie ständig gegeneinander kämpfen. Jeder Tempel will das größte Heer von Priestern haben. Wenn sie sich um ihren eigenen Kram kümmern würden, könnte Sismund nicht einmal seine Nase über die Grenze stecken; so aber hocken sie in ihren Ratsversammlungen und zanken sich wie schlechte Nachbarn über ein Deckgeld. Und wenn wir etwas nötig haben, müssen wir darum betteln und dürfen selbst nichts unternehmen.«

In der Nacht träumte Ezme, Briket würde sie eine dunkle Höhle hinunterjagen, geißeln und dabei laut schreien »Ketzerin, Ketzerin!«

Am folgenden Tag kam es nur zu vereinzelten Angriffen, aber bei einem letzten Vorstoß wurde die Dämmerung hell von zerplatzten Pechkugeln. Als eine davon über Ezmes Kopf sauste, tropften Flecken ihres brennenden Todes auf Ezmes Arm. Sie schrie auf, aber unter den vielen Schreien, die durch das Gelände gellten, war ihr Kreischen kaum zu hören. Wie man sie gelehrt hatte, klatschte sie Lehmklumpen auf den Arm, bis das Feuer aufhörte, ihr lebendiges Fleisch zu fressen. Sie verließ ihren Posten nicht.

Auf Befehl spannte sie ihren Bogen und hielt fest, während Tränen des Schmerzes über ihr Gesicht liefen und ihr Magen sich umdrehte. »Feuer frei!« Unter einem Busch, den der Hagel von Feuerpfeilen beleuchtete, sah sie etwas sich bewegen. Sie zielte und schoß. Aus dem Busch fiel eine Gestalt, wie das Wintertagsspielzeug eines Kindes. Ihre Kameraden jubelten ihr zu.

»Guter Schuß, Ezme.«

»Eine Scharfseherin, ganz klar.«

»Du schießt wie eine *Hüterin*, Kind.«

Bald danach schritt der Unteroffizier die Reihen ab und rief die Verwundeten vor.

»Hier drüben, Wachtmeister«, meldete Alfrit und setzte hinzu: »Ezme, zeig ihm den Arm.«

Der tat jetzt ernstlich weh, aber sie erwiderte: »Nein, es ist alles in Ordnung.«

»Sei nicht töricht, Kind. Wenn du ihn verlierst, hat keiner etwas davon.«

Die Laterne des Unteroffiziers beleuchtete die angeschwollenen, nässenden Wundstellen.

»Geh hinunter zum Heilerzelt«, befahl er. »Das war ein guter Schuß, Mädchen.«

Ezme errötete und machte schnell und gehorsam kehrt. Die Tränen strömten von neuem. Als sie das Heilerzelt erreichte, schluchzte sie heftig.

»Es tut mir leid. Es tut mir ja so leid«, stammelte sie unter Tränen. »Es ist nicht der Schmerz. Mir geht es ganz gut. Es gibt andere, denen es viel schlechter geht.«

»Es ist ja alles in Ordnung, Liebes.« Die Heilerin war eine gewaltige Frau mit dem Gesicht der Mutter.

»Aber ich weine doch gar nicht wirklich«, protestierte Ezme unglücklich.

»Ruhig, Kind. Es ist ja schon gut. Weine nur, Kind. Weine für uns alle.«

Ezme schaukelte hin und her, und aus dem Brunnen ihrer Angst und ihrer Schmerzen stieg ein Stöhnen auf, als die geschickten

Finger der Heilerin Bessie verbranntes Fleisch wegschnitten und die Wunden mit zermahlenen Kräutern bedeckten.
In den nächsten Tagen half Ezme in der Krankenabteilung. Ihr Arm war so geschwollen, daß sie nicht wieder auf die Mauer zurückkonnte. Sie brachten ihr Arold, den »Keulensitzer«. Er hatte gar nicht erst die Möglichkeit gehabt, das Gelernte praktisch anzuwenden. Als er den letzten Pony-Abtransport beaufsichtigte, hatte ihn das Pechfeuer getroffen. Er starb am selben Tag. Bei jedem neuen Gefallenen hielt Ezme Ausschau nach ihrer »Familie« und sprach jedesmal ein Dankgebet, wenn keiner davon dabei war – bis sie merkte, daß man die Toten nicht herbrachte. Sie betete mit schlichten Gebeten für Alfrit und Ulf und die anderen.
Drei Tage später fand Sheela sie an einem der Kochfeuer. »Hab mir schon Gedanken gemacht, was aus dir geworden ist. Hab mir wohl vorgestellt, du hättest auf deinen Stab verzichtet und wärst fortgelaufen.«
»Der Stab. Ach, du liebe Göttin! Den hatte ich ganz vergessen.« Sie berichtete Sheela ihre Erlebnisse.
»Um so besser. Wir brauchen Bogenschützen nötiger als Priesterinnen. Du hast dich verändert, weißt du.«
»Höchstwahrscheinlich.« Ezme lächelte. »Was wirst du jetzt mit mir tun?«
»Tun? Nichts. Wenn wir hier lebend herauskommen, was ich bezweifle, wirst du wahrscheinlich mit deinem Stab wieder nach Hause reiten.«
»Ich will nicht wieder von hier weg«, begann Ezme nachdenklich. »Trotz allem – trotz des Sterbens, des Hungers. Ich möchte euch nicht verlassen. Ich weiß überhaupt nichts mehr.«
»Na schön« – Sheela kam müde auf die Füße –, »das ist doch ein guter Anfang.« Ezme sah ihr nach, als sie fortging, und dachte: *Was soll das nun wieder heißen?*

Am nächsten Morgen endete die Belagerung so plötzlich, wie sie begonnen hatte. Der Feind schmolz in die Berge wie später Frost. Nach einiger Zeit wurden die Truppen von ihren Posten abberu-

fen. Sheela suchte Ezme auf. »Zeit, wieder eine Herrin zu werden, fürchte ich.«
Bei der Stabsbesprechung lauschte Ezme mit gebannter Aufmerksamkeit. War dieser Rückzug eine Finte, um Ausfalltrupps herauszulocken, sie aufzureiben und dann in aller Ruhe über die unterbesetzte Garnison herzufallen? Aber die berittenen Kundschafter hatten keine Spuren des Feindes gefunden, so daß man vermutlich sicher genug war, einzelne Gruppen zu entsenden, die das Ausmaß des Schadens ermitteln und die Wiederherstellung der bürgerlichen Ordnung verkünden sollten. Schließlich wurde beschlossen, die Herrin Ezme-ne zum Steinwall-Tempel zu schikken, damit sie dort ihre Arbeit beendete, denn die Steuerunterlagen der Garnison waren fragwürdig geworden, nachdem die Kaserne abgebrannt war. Ritter Sheela würde den Trupp anführen, Ritter Merkor ihn begleiten.
Ezme atmete den stechend-scharfen Duft des immergrünen Waldes, hörte das Plätschern der Frühjahrs-Schmelzwasser, sah moosbedeckte Felsen, hinter denen Farnkräuter sich versteckten – und alles war so neu und frisch, wie sie es nie zuvor bemerkt hatte.
»Froh, daß du lebst?« Sheela ritt an ihrer Seite.
»O ja.« Ezmes Augen funkelten.
»Ich auch. Jedesmal, wenn ich so etwas überlebe.«
Sheela ritt weiter die Reihe entlang, bis sie vorn bei Merkor ankam.
Ezme beobachtete die beiden. *Merkwürdig, wieviel weniger unbeholfen er jetzt aussieht.* Der Gedanke schoß ihr ungebeten durch den Kopf. Sie errötete. Wie dumm sie gewesen war.
Aber als sie sich dem Tempel näherten, wurde der Tag dunkel. Zum erstenmal seit Wochen überkam Ezme eine Welle von Übelkeit.
Merkor trabte eilig herbei. »Bist du schon *geprüft* worden?« Die Frage klang drängend.
Ezme zögerte verwirrt. Zweifel trieben ihr die Farbe ins Gesicht. »Nein.«

»Kannst du dich abschirmen?«
»Natürlich kann ich das.« Am liebsten hätte sie hinzugefügt: *Das kann im Tempel jedes Kind.*
»Dann tu es.« Er ritt wieder an die Spitze der Kolonne. Der süßlich krankhafte Geruch faulenden Fleisches drang auf sie ein. Sie atmete tief in ihr Herz und begann sich vorzustellen, daß überall um sie herum Licht war, aber die Erregung, die sie gepackt hielt, war zu stark.
Sheela führte den Trupp vom Weg ab. Sie gab den Kundschaftern ein Zeichen, worauf sie abstiegen und schweigend im Wald verschwanden, der zu beiden Seiten der Straße die Hänge bedeckte. Bald kehrten sie zurück. Der Tempel war dem Nordbund in die Hände gefallen, wurde jedoch jetzt nicht sonderlich gut bewacht.
»Nicht der *Brunnen*«, stöhnte Ezme ganz leise.
»Merkor, nimm die Hälfte der Mannschaft, auch Freimänner, und halt uns den Rücken frei«, befahl Sheela. »Die Mauer hat an verschiedenen Stellen Breschen. Du wirst ohne Schwierigkeiten hineinkommen. Signal ist ein Hornstoß. Wenn du ihn hörst, drauf auf sie.«
Er ritt mit seinen Leuten durch den Wald davon.
»Bogenschützen, dort drüben auf den Felsen. Gebt uns Feuerschutz. Und paßt auf, worauf ihr zielt, sobald wir drin sind.«
Sheela schritt die Linie ab und gab den beiden Abteilungen Zeit, ihre Stellungen einzunehmen. »Vorwärts«, zischte sie dann.
Schrill kreischte das Horn. Sie nahmen das Tor im Sturm. Die Wache, großenteils ohne Ausbildung und Kampferfahrung, wich zurück. Die wenigen Veteranen im Hof waren jedoch dadurch gewarnt, und das Gefecht löste sich im Chaos des Kampfgetümmels auf. Von hinten ritt Merkor heran und trieb den Rest der Bundestruppen, die zu fliehen versucht hatten, vor sich her. Der Feind war umzingelt und das Netz zusammengezogen. Bald war alles vorüber.
In dem jetzt so stillen Hof wies nichts auf die Schweigenden hin, die Hüterinnen der heiligen Wasser, und nichts auch auf die Hand-

voll Menschen, die für ihre weltlichen Bedürfnise sorgten. Die Unruhe in Ezmes Herz verstärkte sich zu erstickendem Druck.
Sheela bellte: »Hrolf, du und zwei Jungsoldaten zum Stall. Sam, du und zwei weitere zum Küchenhaus. Alrik, du nimmst den Haupttrupp. Setz ihn ein!« Sie machte eine Handbewegung hinüber zu den Gefangenen, die, die Hände über dem Kopf, auf dem Hof lagen. »Mark, Will, und ihr beiden dort, mit mir. Herrin, an deiner Stelle würde ich hier draußen warten.«
»Nein.«
»Wie du willst.«
Sie traten in den Tempel. Obwohl sie gewußt hatten, womit sie rechnen mußten, traf es sie unvorbereitet. Das, was von einem geschwollenen Leichnam noch übrig war, hatte man gepfählt, ausgeweidet und abgehäutet. Wahrscheinlich war das noch nicht alles, was man der Frau angetan hatte. Die brutale Vergewaltigung der anderen Frauen war noch offenkundiger. Man hatte den Tempel mit ihren Gedärmen beschmiert, und im Brunnen trieb die Leiche eines ungeborenen Kindes.
Der Anblick ließ selbst Sheela grau im Gesicht werden. Sie zitterte. Dann erschütterte sie das kalte Schweigen mit ihrem Aufbrüllen: »In Ordnung, in Ordnung. Los, holen wir sie hier heraus. Will, bring Ölhäute. Wir verbrennen sie im Hof.«
Merkor flüsterte ganz leise: »Sie sind nicht alle tot.«
Von der Tür her rief ein Jungsoldat: »Ritter, Ritter, kommt her und seht, was wir gefunden haben!«
Sheela, Merkor und Ezme eilten nach draußen. Hrolf und mehrere andere rangen mit einer sich windenden Gestalt. Als Ezme näher kam, begriff sie, daß der Mann ein Priester war, vermutlich einer der Priester des Zor. Sein einstmals weißes Gewand war bespritzt mit eingetrocknetem Blut. Ununterbrochen schrie er ihnen gemeine Ausdrücke entgegen.
»Hure, Hündinnenliebchen!«
Hrolf stieß grob mit dem Speer nach ihm. »Er sagt, er wäre es gewesen, der das alles angeordnet hätte.«
Der Priester tobte weiter. »Ich werde euren Brunnen der Sünde

mit dem Blut der Hurengöttin reinigen. Ich habe es ihnen gezeigt. Sie werden nie davon frei sein. Ich habe sie an diesen Ort gebannt. Nie werden sie sterben, niemals fortkönnen.«
Ezme schaute ihn an wie aus einer Entfernung von vielen Meilen. Sinnloses Lallen entquoll seinem Mund, der feucht war von in der Sonne glitzerndem Geifer.
»Was sollen wir mit ihm tun, Herrin?« fragte Sheela.
Mit ihm tun? Er war wahnsinnig, wahrscheinlich jenseits aller Hilfe der Heiler des Verstandes. Mit ihm tun! Er selbst sprach sich das Todesurteil, als er jetzt Ezme in die Augen blickte. Die Lust seines Hasses zerrte ihr das Fleisch von den Knochen, und er kreischte: »Ich werde Zors Spieß in dich hineinrammen, Hündin, und dann diesem Mannweib hier. Und dann werde ich vom Berg hinab ins Tal brausen und allen euren Hurenschwestern die Löcher stopfen.«
Ezme erbebte wie vom Blitz getroffen. In einer Lücke aus Stille inmitten der Bewegung der Zeit erkannte sie das Ungeheuer, das Alfrits Tochter das ungeborene Kind aus dem Leibe riß, und das tränenüberströmte Gesicht der Mutter Korine, das von dem verstümmelten Körper zu ihr aufsah, der, von Maden wimmelnd, am Boden des Tempels festgenagelt war. Und etwas anderes sah sie, vor dem alles übrige verblaßte. Die gequälten Geister der Schweigenden quollen schreiend überall hervor, gebannt von der Macht, die diese Stätte beschmutzt hatte. Ezme merkte gar nicht, daß sie Sheela das Schwert aus der Scheide riß. Sie fühlte nur, wie es in die Brust des Priesters eindrang.
Es war ein ungeschicktes Töten. Als die Klinge auf den Knochen traf, verrenkte Ezme sich die Hand. Der Mann schrie noch, als Merkor ein Ende machte. Die sonnengebleichten Haare auf Merkors Arm hoben die Muskeln hervor, die sich spannten und bewegten, als seine Klinge zubiß und wie flüssig in den Körper hineinglitt, wieder und wieder in den Zorpriester hinein. Zeit und Leben setzten wieder ein, als der Kreuzgriff von Merkors Schwert dumpf gegen die Brust der Leiche stieß.

Merkor sprach das Totengebet; er kannte es nur allzugut. Aber sowohl er als auch Ezme wußten, daß es nichts als eine leere Geste war. Was hier geschehen war, erforderte mehr als nur »Gottes Segen und guten Abschied«.

In der Nacht wanderte Ezme auf dem Tempelgelände herum, getrieben von einem halb erinnerten Traum, während die flatternden Strähnen, die einst Schweigende gewesen waren, um sie wirbelten und schrien. Sie sah Merkor an einem Kochfeuer sitzen. Sie fühlte sich von ihm angezogen, getrieben von etwas, das sie nicht verstand. Vielleicht war es nur, weil sie gemeinsam getötet hatten wie ein Paar Bergwölfe. Sie lud ihn mit den Augen ein und ließ sich von ihrem Hunger lenken.

Er stand auf und folgte ihr in die Ställe.

Es gab kein zärtliches Streicheln oder tastendes Suchen. Die Kraft der Schlachtengöttin Morgul überkam die beiden, und er war Zor. Als er seine Macht in sie stieß, wurde sie verwandelt, war Opfer und Siegerin zugleich, denn Arzgul, die Königin des Todes, forderte sie für sich. Vergewaltigung und Grauen des entweihten Ortes rissen sie mit, hinein in den Akt der Rache, die Bestrafung der Besiegten, die für die erschlagenen und verstümmelten Schwertbrüder zahlen mußten, in den unwiderruflichen Anspruch des eroberten Landes. Zusammen erreichten sie den Höhepunkt, ein Opfer für die Macht des Todes.

Wie ein Bräutigam wurde Merkor bald von neuem hart, als die Herrin Starti ihm Kraft verlieh, und sie paarten sich mit der heißen Inbrunst Zeks – des Königs der Toten, nicht ersetzt von dem Bruder, sondern verwandelt in ihn, der doch kein anderer war als er selbst. Neues Leben hämmerte er in den Körper der Frühlingsgöttin Izmael, so wie aus der Notzucht der Eroberten schon bald das Ehebett und die Gebärkammer hervorgehen.

Gegen Morgen verbrauchten sie die letzte Gabe der Götter in der süßen, sanften, langsamen Freudenmacht der Mutter der Haine; er der Hirsch, sie die Hindin; er Kroth der Schmied, sie Brekid die Weberin; sie genossen den Nektar der Liebe als Eidgefährten, liebend und einander gleichgestellt.

In der Dunkelheit ihrer endgültigen Vereinigung zerriß ein Schleier, und die strömenden, schreienden Seelen seufzten in Ekstase und huschten davon, ungefesselt, ungebunden.
Vor Morgengrauen stand Ezme ganz leise auf, um den Abtritt aufzusuchen. Sie war steif von der Liebe und freute sich darüber. Die Stille machte sie ruhig. Ein Strahlenbündel neuen Sonnenlichts erhellte ihr Gesicht. Die Worte der Hymne an die Morgensonne, Worte, die ihr in allen Tagen, Monaten, Jahren, Lebenszeiten, nachdem sie den Berg hinaufgekommen war, verwehrt gewesen waren, strömten unaufgefordert in ihr Bewußtsein.

»O Sonnenjungfrau, Königsherrscherin,
die in der Schlachten Glut so herrlich brennt.«

Wie oft hatte sie diese Worte gedankenlos hergeleiert?

»Dein Flammenspeer streckt alle Feinde hin.
Gerechtigkeit, die kein Verlieren kennt!«

Die Worte summten mitten durch die Lichtstrahlenbündel, die den weiten Blick über das Gebirge hell machten.
Jetzt war die Heilige oberste Herrscherin und brannte mit dem versengenden Feuer ihrer Wahrheit alles Unrecht fort; und jetzt war sie Mutter, Weltenschöpferin, Feuer in den Lenden, Erneuerung des Frühlings, Wachstum des Sommers. Sie, die nährte, vergab und heilte. Und darauf war sie Trost im Tod, der dunkle Mutterleib des Wissens – und schließlich wieder die junge Königin der Schlacht, die den endlosen Kreis der Schöpfung schloß. Und Ezme stand am Mittelpunkt-Aller-Dinge, und noch einmal teilte sich der Schleier, und der Ort war wieder geweiht, sein Boden heilig, die Luft rein; und das Sonnenlicht flammte in den kühlen, tiefen Wassern des *Brunnens*.
Und Ezme wußte über alles Wissen hinaus, was es war, wovon ein Mann des Friedens wie Alfrit und eine Frau des Krieges wie Sheela so erfüllt waren, daß alle, die sie in diesem Leben begleiteten, für sie zu Eidgefährten, Geschwistern und »Kleinen« wurden, vereint in Ihr-Die-Viele-Namen-Hat, und daß kein Tempelamt eine Prie-

sterin machte, sondern ausschließlich ihr eigener Körper, ihr Geist, ihre Seele und ihre Liebe – nein, IHRE Liebe!
Und Ezme dankte für den schrecklichen Segen der Göttin.

Am Tag darauf verhörten sie die Gefangenen. Der tote Priester hatte selbst ein kleines Heer aufgestellt, um die Hauptgarnison anzugreifen. Er war ein Fanatiker der Art, die Sismund förderte. Der Priester glaubte, seine Truppen empfänden wie er, und vernachlässigte ihren Sold. Als die Gegend geplündert war, desertierten sie, um zu ihren Bauernhöfen und Viehherden und der Frühjahrsbestellung zurückzukehren. Der Priester hatte die Belagerung als Ablenkung benutzt, um in der Zwischenzeit den *Brunnen* zu überfallen und zu verwüsten. Das war sein einziges Ziel gewesen.
Ezme hatte nicht recht gewußt, wie sie sich Merkor gegenüber verhalten sollte, aber er hatte ihr zu verstehen gegeben, daß ihm auch die etwas konventionellere Art ihrer Gesellschaft willkommen war, und sie blieben Decken-Gefährten.
Am letzten Tag des Abstiegs vom Gebirge befahl Sheela frühzeitig Halt, damit sie die Garnison am Vormittag des darauffolgenden Tags erreichten. Merkor saß auf einem Holzklotz, reinigte sein Schwert und sah einem Freimann zu, der das Kochfeuer aufschichtete. Ezme hockte neben ihm und schaute den Schmetterlingen nach.
»Merkor«, sie fühlte sich plötzlich unbehaglich –, »du bist doch ein Priester. Hat man dich *geprüft*?«
»Ja.«
»Und hast du bestanden... ich meine... hast du?«
»Die *Gaben*?«
»Ich habe solche Angst, daß ich keine besitze«, erklärte sie.
Er grinste sie an. »Ich habe sie.«
Sie richtete sich auf und sah ihn an. »Warum hast du dann keinen Gebrauch davon gemacht?«
Er seufzte tief. »Die Eingeweihten im Tempel machen so ein elendes Spiel daraus! Wenn ich einen Schutzzauber über die Garnison

gelegt hätte, hätte ich das wahrscheinlich gerade den zehnten Teil eines Tagesumlaufs überlebt. Danach wäre ich so knusprig gewesen wie ein Obsttörtchen beim Mittsommerfest. Schätzchen, wenn ich dir die Zeit zur Flucht hätte verschaffen müssen, hätte ich es getan, aber für alltägliche Kämpfe nicht. Lebendig bin ich nützlicher.«

Es fing an, dunkel zu werden. Er erhob sich und trat hinter sie. Mit befehlender Stimme redete er sie an, mit dem Befehl des Tempels, nicht des Schlachtfeldes.

»ENTZÜNDE DAS FEUER!«

Ezme saß verständnislos da.

»ENTZÜNDE DAS FEUER!«

Sie streckte die Hände nach dem ordentlichen Stapel feuchten Holzes aus.

Tief zog sie sich in ihr eigenes Inneres zurück. Plötzlich konnte sie Wärme und Glühen der Sonne fühlen, die in ihrem Herzen aufstiegen. Sie konnte spüren, wie sie ihr den Rücken wärmten und wie auch in Merkors Herzen die Wärme wuchs, im Herzen ihres Geliebten und Freundes. Sie zog diese Wärme an sich. Dann fühlte sie Sheela, die irgendwo im Lager ihre Arbeit tat, und sie konnte die Liebe spüren, die die Kriegerin hinter ihrer mürrischen Art versteckte, und auch diese zog sie an sich.

In einem Orgasmus der Verwunderung griff sie mit feurigen Fingern nach dem kalten, feuchten Haufen Kleinholz und umarmte ihn mit der Sonne. Ein Funke! Er lenkte sie ab. Er ging aus. Wieder griff sie danach; diesmal ging es leichter. Ein Funke, und das Holz fing Feuer, und das ganze Kochfeuer tanzte mit lauter kleinen, blitzenden Flammen.

Sie lachte und weinte zugleich.

»Macht Spaß, wie?« Merkor lächelte und nahm sie in den Arm.

An diesem Abend fielen zahlreiche Bemerkungen über das besonders gute Essen, obwohl es immer noch nichts anderes war als Brei und Pökelfleisch. Selbst die jungen Gefangenen hatten einen Chor aufgestellt und gaben sich Mühe, die Südländer zu übertrumpfen, deren Talent, harmonisch miteinander zu singen, berühmt war.

Ezme, Merkor und Sheela saßen etwas abseits zusammen. »Merkor, warum hast du das Feuer der Macht auf der Mauer nicht eingesetzt?« Ezme war von ihren neuen Einsichten immer noch verwirrt.
»Weißt du denn auch jetzt noch nicht, was es heißt, durch diese Art Zauber zu sterben?« Das Gespenst der Untoten ließ sie frösteln. Die Melodien der Gefangenen klangen zu ihr herüber. »Ich glaube, ich würde lieber mein Glück mit dem Schwert versuchen, als einem dieser armen Burschen so etwas anzutun.«
»Macht ist ein zweischneidiges Schwert.« Merkor starrte in die tanzenden Flammen.
»Im Tempel hat man mir immer erklärt, ich müßte erst *geprüft* und dann eingeweiht werden, indem ich mit einem Mann schlief, und zwar nach dem vorgeschriebenen Ritus, in der Tempelkammer. Und bei uns beiden ist es einfach so passiert.«
»Das sagen sie einem, damit nur sie allein die Macht kontrollieren können; aber sie ist für alle da.«
Sheela schaltete sich knurrend ein. »Darum holen die Auserwählten der Tempel auch immer die jungen Heilerinnen und Heiler aus den Dörfern weg. Die Pest über sie; was glauben diese Leute, wie wir überleben sollen? Sollen wir denn jedesmal vor ihnen zu Kreuze kriechen, wenn ein Kind sich die Knochen bricht?«
»Das haben die Freimänner, mit denen zusammen ich auf der Mauer kämpfte, auch gesagt. Sie kennen die Götter so gut – wahrscheinlich besser als ich. Zor ohne Zek. Was haben die Nordländer vor? Es ist nicht richtig.«
»Es sind ja nicht nur die Nordländer. Wir sind es auch«, erklärte Merkor. »Als ich aus der Hauptstadt kam, hatte ich gehört, die Anbetung von Zor sollte in Tremain verboten werden. Sie möchten Zor ohne Zek haben, und wir Zek ohne Zor. Macht erfordert Harmonie und Ausgewogenheit. Wir haben seit dem ersten Mann und der ersten Frau im Reich der Götter mit der Harmonie gelebt. Und nun wird sie verschwinden. Ich habe Angst, aber ich werde weiterhin versuchen, Priester und Soldat zu bleiben. Vielleicht kann ich hier draußen etwas Gutes tun.«

»Ich will nicht in den Tempel zurück. Ich werde nie wieder einem Priester vertrauen. Ich habe zuviel gesehen«, sagte Ezme zu ihm.

»Es gibt noch einen anderen Weg, weißt du«, meinte Sheela. »Du könntest doch wieder zu uns kommen.«

»Als Ritter-Priesterin?«

Sheela blickte Ezme durchbohrend an und fuhr fort: »Du könntest mit der Herbstklasse der Jungsoldaten ›*den Speer kreuzen*‹. Wahrscheinlich wärst du in ein, zwei Jahren soweit, daß man dich zur Candida befördern könnte. Und ich wette einen Jahressold, daß es ein paar Ritter-Priester und -Priesterinnen gäbe, die sich mit Vergnügen um deine Gesellschaft während der folgenden Wanderjahre streiten würden.«

»Ich glaube, ich habe meine Wanderjahre schon außerplanmäßig begonnen.« Sie zog die Brauen zusammen. »Merkor, habe ich die Fähigkeit?«

Merkor lachte laut auf. »Liebes, du hast mehr Kampferfahrung als die meisten Ritter. Und was die Arbeit mit dem Schwert betrifft – was die Götter dir nicht mitgegeben haben, wird Sheela dir schon einbleuen. Verlaß dich darauf.«

»Aber was ist mit dem Tempel? Wenn ich zurückgehe, werden sie darauf bestehen, mich zu *prüfen*. Sie werden merken, daß ich die *Macht* besitze. Sie werden alles merken.« Tränen glitzerten in Ezmes Augen. »Ich könnte euer aller Tod bedeuten.«

»Merkor, kannst du sie nicht abschirmen oder ihren Verstand blockieren?« Er schüttelte den Kopf. »Ich könnte, aber ich will nicht. Sie ist noch zu zerbrechlich in ihrer *Macht*. Es könnte ihr Untergang sein.«

Ezme stand auf und ging an ihre Satteltaschen. Ehrfürchtig zog sie den Wildlederbeutel hervor, in dem der Stab steckte. Dann trat sie bedächtig zurück ans Feuer. Sie nahm den Stab heraus und hielt ihn in die Höhe, wie man ein Opfer hochhält. Dann warf sie ihn ins Feuer. Merkor machte einen Satz, um sie daran zu hindern, aber sie wehrte ihn mit ausgestrecktem Arm ab. Sie breitete die Hände nach dem brennenden Stab aus.

»Geh zum Tempel der Mutter. Diene, wie du die ganze Zeit gedient haben solltest.« Das Feuer flackerte und knisterte, seine Wut sprühte Funken und tanzende Muster auf die ringsum stehenden Bäume. Als die Flamme heruntersank, war nichts mehr übrig als Asche und Schlacke.

»Die Herrin Ezme-ne starb bei der Belagerung der Garnison von Steinwall«, sagte Ezme in gebieterischem Ton. Dann, plötzlich ganz kindlich, setzte sie hinzu: »Was habe ich getan? Eines Tages werde ich es wohl alles erklären müssen.« Sie zuckte die Achseln und fuhr fort: »Ich kenne jetzt meinen Weg. Ich bereue nichts.«

Ihre Stimme hatte die Sicherheit zurückgewonnen. Sie hatte einen steilen und gewundenen Pfad gewählt, aber er war sauber, wie die Gebirgsbäche, die im dunklen Wald neben ihr herplätscherten. Merkor erhob sich, küßte sie zärtlich auf die Stirn und kniete vor ihr nieder.

»Wenn du als Jungsoldatin *›den Speer kreuzt‹*, wird es mir eine Ehre sein, ihn zu deinen Füßen niederzulegen.«

»Und ich werde dir dann das Schwert reichen.« Sheela stand hinter ihr, und die rauhe Hand der Kriegerin ruhte liebevoll auf Ezmes Schulter. Ezme breitete die Arme aus und fiel den beiden um den Hals. Leise hauchte sie die Worte: »So soll es sein.«

Und so war es.

MARY FRANCES ZAMBRENO

Mary Frances Zambreno gab ihr Debüt als Schriftstellerin 1982 in einer Anthologie mit Darkover-Geschichten (›Schwert des Chaos‹) und verkaufte vor kurzem eine Story an die ›Schriftsteller der Zukunft‹ der Hubbard-Stiftung, wobei sie als Geldpreis für ihre Kurzgeschichte mehr bekam als ich für jeden meiner beiden ersten Romane.
Ein Hauptmerkmal der Heldinnen in »Schwert-und-Zauberei«-Geschichten ist, daß sie dazu neigen, paarweise unterwegs zu sein. Trotzdem möchte ich wetten, daß nur sehr wenige dieser Heldinnen als Gefährtin eine Werwölfin haben. – M.Z.B.

MARY FRANCES ZAMBRENO

Orpheus

Höllenschlund.

Jennet die Berserkerin starrte in grauen Nebel und fühlte, wie ihr eigener Schlund trocken wurde. Sie war noch nie in der Hölle gewesen, aber Auftrag war Auftrag. Servia Eodis wollte ihren Liebhaber Cerinthus von den Toten zurückhaben, und Jennet aus Ybaria brauchte Geld.

»Fertig?« rief sie ihrer Gefährtin, der Werwölfin, zu.

»Beinahe. Bei Neumond ist es schwieriger.« Sylvia faltete ihr Wams zusammen. »Ich habe dich ja davor gewarnt, in Cilia nach Arbeit zu suchen. Ich bin hier auf der Insel geboren. Und wegen Aufträgen wie diesem hier bin ich weggegangen.«

»Wir wollen los. Wir gehen durch das Loch, von dem die alte Hexe uns erzählt hat. Dann machst du dich zum Wolf und bringst uns am Hund vorbei.«

»Danach bist du auf dich selbst gestellt. Wölfe reden nicht viel. Bist du sicher, daß der Zauber uns auch wirklich zum Thron bringt?«

»Wenn wir erst die Schranke hinter dem Hund überwunden haben, sollte er es schaffen.« Jennet holte tief Luft. »Gehen wir. Verwandel dich.«

Sylvia ließ sich auf alle viere nieder. Ihre Umrisse verschwammen, das Gesicht wurde länger, lockiges schwarzes Haar wogte. Dann blickte ein grünäugiger Wolf gelassen auf. Jennet ergriff energisch die Mähne ihrer Gefährtin. Was man für Geld nicht alles machte!

Der Höllenschlund war ein schwarzer Tunnel, der sich in der Unendlichkeit verlor. Tropfende Felsen, kleine Insekten – etwas flatterte an ihrem Haar vorbei. Jennet unterdrückte ein Schaudern. Da zog sie einen guten, offenen Schwertkampf allemal vor. Weiter vorn verengte sich der Eindruck öder Weite zu einem Punkt aus brennender Dunkelheit und schwarzem Feuer: das Tor und der Hund, der es bewachte. Er hatte drei Köpfe, alle mit gewaltigen, geifernden Zahnreihen, aber nur der mittlere Kopf enthielt den einzigen Verstand. Nur dort waren die Augen offen und glühten rot. Jennet ließ Sylvias Halskrause los.

»Sei schön vorsichtig«, flüsterte sie. »Wir wollen keine Höllenwelpen großziehen.«

Die Wölfin glitt anmutig vorwärts. Ihr schwarzer Pelz glänzte im trüben roten Licht. Neckend sank sie auf die Vorderpfoten und winselte. Die drei Köpfe des Hundes wandten sich mit einem gewissen maskulinen Interesse nach ihr um. Sylvia schlüpfte nach rechts und forderte ihn heraus. Jennet schlich auf die linke Seite hinüber.

Jetzt! Er hatte sie – der rechte Kopf nahm das Genick des frechen Weibchens zwischen die Zähne, während der linke und der mittlere in ungleichmäßigem Chor kläfften. Sylvia wand sich, aber nicht zu sehr. Jennet machte einen Satz über die dünne Flammenschranke hinter dem Rücken des Hundes und tastete nach ihrem Talisman.

»Sylvia! Wolf! Ich bin drüben!«

Ihre Gefährtin bewegte sich auf sie zu, immer noch kokett und lockend, aber der Hund merkte, daß man ihn getäuscht hatte. Die mächtigen Kiefer wollten sich schließen, aber der rechte Kopf war kleiner als der mittlere. Jennet faßte blindlings in das Gewirr von Hund und Wolf. Sie packte ein schwarzes Vorderbein und hielt fest.

»Per me si va nella citta dolente«,

rezitierte sie keuchend,

*»nel' etterno dolore, tra la perduta gente...«**

* Aus Dantes »Göttlicher Komödie« (A. d. Ü.)

Um sie herum schmolzen die Wände. Sie konnte das wütende, enttäuschte, angstvolle Bellen des Hundes hören, während sie sich fest an Sylvia klammerte. Ein zerrendes, Übelkeit erregendes Schlingern – ein Geruch, anders als alles, das sie je geträumt hatte – ein Hochgeschleudertwerden –

Hund, Wolf und die dem Erbrechen nahe Berserkerin stürzten zusammen in einen Kreis aus kaltem Licht hinein. Jennet sah auf. Eine hochgewachsene, bleiche Frau mit wogendem, meersilbernem Haar saß vor ihnen: Lycoris, die See und der Tod, Herrin der Nacht. Neben ihr –

Und sie hatte geglaubt, der Hund hätte rote Augen! Die flammende Hölle selbst glühte im Gesicht des Gottes: Perdis, der Immer-Sich-Wandelnde-Zerstörer... Er hob die Hand, und Sylvia fauchte und wand sich. Der Hund jaulte wie ein verängstigter Welpe und rannte mit eingezogenem Schwanz davon, während sich der Wolf in ein zerzaustes, nacktes, aber unleugbar menschliches Wesen zurückverwandelte.

»Ich gestatte keine Verwandlungen hier außer Meinen eigenen«, sagte der Gott. Sein Gesicht flackerte. Ringsum waberten tausend trübe Gestalten, die sich vor ihm beugten und stöhnten. Jennet schluckte und wandte den Blick ab.

»Ich bin Wolf und Frau«, sagte Sylvia standhaft, wenn auch etwas atemlos. »Ich verehre die Herrin-Die-Den-Mond-Sendet.«

Ein leises, kaltes Lächeln zog über das Gesicht der Göttin, aber der Herr der Gefangenen war nicht erfreut.

»Warum seid ihr hergekommen?«

»Im Auftrag der Herrin Servia Eodis von Tramonta.« Jennet erhob sich langsam. Ihre Hand juckte nach einer Klinge. »Ihr Liebhaber Cerinthus starb am zweiten Tag der Kalenden des dritten Monats. Sie will ihn wiederhaben.«

»Was bietet sie?«

»Ein Jahr ihres Lebens für ein Lebensjahr für ihn.«

Zweifel trat in die roten Augen. Eine schmale Hand wurde zur Schlange und zischte sie an. »Cerinthus. Ich erinnere mich nicht.«

»Am zweiten Tag der dritten Kalenden«, wiederholte Jennet. »An der roten Ruhr. Er ist ein Dichter – lyrisch, nicht episch.«
»Ach ja...« Die Schlange verschwand und wurde durch einen kleinen Affen ersetzt, der schnatterte und kicherte. »Er ist länger als einen Monat Unser gewesen. Wenn sein Körper wiederkehrt, wird der größte Teil seines Verstandes hierbleiben.«
»Die Herrin Servia weiß das. Sie hat Pläne für seinen... Körper.«
Ein Finger deutete. »Er ist hier.«
Ein großer, schlanker Geist – Servia hatte ihren Liebhaber hellhaarig und anmutig genannt, und dieser hier mußte zu Lebzeiten blond gewesen sein. Er sah sogar aus wie ein lyrischer Dichter, als er sich nachlässig vor dem Herrn und der Herrin der Toten verneigte. Jennet nickte.
»Das ist er. Wir bringen ihn auf dem Weg zurück, auf dem wir hergekommen sind.«
Perdis streichelte eine Taube, die plötzlich auf der Armlehne seines Throns saß. »Seid ihr denn auch bereit, das Pfand für ihn zu geben?«
»Noch eins?«
Schlangen ringelten sich um seine Schultern. »Ein Leben. Um ihm das seine wiederzugeben.«
»Servia –«
»Ist klugerweise nicht selbst gekommen. Ich nehme ihr Angebot an. Ich kann den Körper dieses armen Narren ein Jahr lang entbehren, wenn sie statt dessen früher hier erscheint. Aber wessen Leben soll für die Anstrengung bezahlen, ihn überhaupt erst wieder zurückzurufen? Ich sehe hier nur zwei.«
Jennet blieb ganz still. »Dann behalte ihn.«
Der Gotte lächelte. »Aber Ich habe dem Handel zugestimmt...«
Lycoris sah auf sie herunter, blaß und weit, weit weg von dem Gott, der sie gefangenhielt. Sylvia grollte leise in ihrer menschlichen Kehle, und Jennet spürte das Entsetzen der Werwölfin wie ihr eigenes. Wie konnte er es wagen! Wie konnte vor allem Servia sie so hereinlegen! Sie mußte es gewußt haben, das kleine Aas!

»Ein Leben, wie?« fragte Jennet mit vor Wut halberstickter Stimme. »Komm her und hol es dir!«
Die Wölfin fauchte. Lycoris, hilf ihr! Jennet war mit einem einzigen Satz an dem dunklen Thron, ihr Schwert ein kalter Lichtstrahl in der höllenroten Schwärze. Der Gott hob die elegante Hand, und ein Krieger stand vor ihr, totenbleich, aber aus Fleisch und Blut. Jennet holte aus. Ihr Schwert riß Schild, Schulter und alles, was darunter war, fort. Ein anderer Krieger tauchte hinter dem ersten auf, gewaltig, mit einem Schlachtbeil. Sie erwischte ihn mit Knie und Dolch – sein Fleisch fühlte sich schleimig an, und er blutete nicht, aber dennoch fiel er. Den dritten packte Sylvia an der Kehle. Jennet trat nach einem vierten, der vor ihr verging wie Rauch.
»Steht und kämpft, verdammte Kerle.«
»Hier sind alle verdammt.« Der Gott lachte. »*Einer* nicht«, sagte Jennet und stürzte sich auf ihn.
Sein Fleisch brannte kälter als Stahl im Mondlicht, und seine Augen – aber sie weigerte sich, ihm in die Augen zu sehen. Mit starken, lebendigen Händen umschloß sie seinen Hals.
»Ein Leben, wie?« keuchte sie. »Nimm dein eigenes!«
»Jennet!« schrie Sylvia, zwischen Wolf und Frau. »Du kannst den Tod nicht töten!«
»O doch – solange ich nicht an der Reihe bin zu sterben!« Sie drückte zu.
In ihren Händen wand sich der Gott. Ein Löwe brüllte sie an, dessen Zähne vor Blut troffen; aber es war nicht ihr Blut. Dann richtete eine riesige Schlange die giftigen Fänge auf ihre Brust; verzweifelt hielt sie fest und schwankte hin und her, als die Windungen sie umpeitschten. Ein Hirsch mit blutigen Augen sprang in ihren Armen, aber sie hatte schon Hirsche gejagt. Cerinthus selbst, dann Sylvia, deren grüne Augen sich rotgefärbt hatten. Jennet hielt fest. Ein Aal zappelte schlüpfrig in ihrem Griff, dann ein kleiner, zierlicher Ozelot, der ihr um ein Haar entwischt wäre. Und wieder ein Gott, über alle göttliche Macht hinaus erzürnt, blindwütig, schön und furchtbar über alles Sichtbare und Glaubhafte hinaus...

Und auf einmal griff sie ins Leere, und sie waren wieder draußen in freier Luft, vor dem Höllenschlund, sie und Sylvia, und irgendwo daneben auch Cerinthus, und über dem östlichen Bergkamm stieg gerade die Sonne auf.
Sie rollte sich auf den Rücken und öffnete die Hände. Sie fühlte, wie Zorn und Furcht von ihr wichen und im neuen Tag vergingen. Noch nie war der blaue Himmel ihr so herrlich erschienen.
Sylvia kauerte sich neben ihr nieder.
»Jennet? Geht es dir gut?«
»Ich werde es überleben«, erwiderte Jennet und ließ die Worte auf der Zunge zergehen. »Wie hast du es angestellt, dort unten wieder zum Wolf zu werden? Ich dachte, dazu brauchtest du Mondlicht?«
»Ich hatte Mondlicht, weil die Göttin dort war. Schließlich bin ich ihr Geschöpf, und ich glaube, es gefiel ihr nicht, daß Perdis mich bedrohte. Auch wenn sie die Hälfte des Jahres mit ihm zubringen muß. Aber es dauerte so lange, und als du ihn dann zum Kampf herausgefordert hast...«
»Habe ich das getan?«
»Fordere den Gott zum Ringkampf, und er muß dir zu beinahe gleichen Bedingungen entgegentreten. Ich habe es erst nicht begriffen, aber du...« Sylvia betrachtete sie neugierig. »Willst du sagen, du wußtest es gar nicht? Ich dachte – aber wieso hast du ihn dann angegriffen?«
»Ich war einfach so elend wütend«, gestand Jennet verlegen ein. »Servia muß gewußt haben, was uns bevorstand, als sie uns herunterschickte. Sie wußte ja auch alles andere. Ich war so außer mir, daß ich ganz vergessen habe, daß er ein Gott ist.«
Cerinthus starrte verwirrt in den Sonnenaufgang. Er war blaß und am Leben, aber in seinen Augen lag keine Seele. Sylvia begann sich anzuziehen.
»Und was machen wir jetzt mit ihm? Abliefern wie bestellt?«
»Nicht ganz.« Jennet lächelte böse. »Hast du schon einmal ein Verschneidemesser in der Hand gehabt?«
»Jennet! Das würdest du nicht tun!«

»Warum nicht? Einen Liebhaber loskaufen, einen Eunuchen zurückbekommen. Geschieht ihr recht. Es ist ja nicht so, als lebte er wirklich.«

»Aber dann wird sie nicht zahlen.«

»Und ob sie das tun wird – und wenn nicht sie, dann ihr Gatte. Das wird sie lehren, Leute, mit denen sie Geschäfte macht, so hereinzulegen.«

Sylvia machte ein nachdenkliches Gesicht. »Glaubst du, der Gott wußte, daß dir so etwas einfallen würde, falls er uns gehen ließ?«

»Vielleicht.« Jennet machte eine Pause und grinste dann. »Ich würde es ihm zutrauen.«

Fast konnte sie das höllische Gelächter von unten hören.

MILLEA KENIN

Eine Voraussetzung dieser ›Schwertschwester‹-etc.-Anthologien ist, daß ich weder Science Fiction noch Stories mit einem Anflug von Technischem dafür einkaufe. Darum habe ich auch Millea Kenins ›Purpuraugen‹ zunächst abgelehnt. Aber die Geschichte ging mir einfach nicht aus dem Kopf, darum bat ich Millea, sie nochmals einzureichen, wenn sie sie noch nicht anderweitig verkauft hätte. Eine Geschichte, von der ich nicht loskam, durfte ich schließlich unserem Publikum nicht vorenthalten.

Und schließlich kann das große Genre der phantastischen Literatur auch Unterarten wie Fantasy und »Schwert-und-Zauberei« verkraften; vor allem C. L. Moore verdanken wir nicht nur die Heldin Jirel von Joiry, sondern auch einiges an hervorragender Science Fiction, zum Beispiel die Erzählung ›Traubenlese‹, einen Klassiker der Zeitreiseliteratur (deutsch in ›Der Kuß des Schwarzen Gottes‹, Heyne-Taschenbuch Nr. 3874). Und im Geiste C.L. Moores möchte ich diese Erzählung auch vorstellen, eine hinreißende Mischung von abenteuerlicher Fantasy im »Schwert-und-Zauberei«-Stil und Science Fiction.

Millea Kenin ist Grafikerin; sie lehrt an der Berkeley-Schule für Erwachsenenbildung und ist Herausgeberin von ›Empire‹, dem Magazin für Leute, die einmal Science-Fiction-Autoren werden möchten. Außerdem gibt sie noch ›Owlflight‹ (»Eulenflug«) heraus, ein »kleines literarisches Magazin«, eines von denen, die auf dem schmalen Grat zwischen Fanzine und professionell gemachtem Blatt wandeln.

Und außerdem schreibt sie natürlich – wovon diese Geschichte hinreichend Zeugnis gibt. – M.Z.B.

MILLEA KENIN

Purpuraugen

Das Mädchen im Türrahmen blickt mir in die Augen, und ich blinzele und versuche, sie deutlich zu erkennen. Ihre dunklen Augen sind riesig, ein wenig schräg im blassen Gesicht – einem spitzen Katzengesicht mit breiten Augenbrauen. Alles andere ist unter dem schwarzen Kapuzenmantel versteckt. Sie tritt in den Schankraum der Herberge und schlängelt sich zwischen den langen Holztischen durch, die kreuzweise zur Tür stehen. Das Dutzend oder so anderer Leute, die dort frühstücken, beachtet sie nicht und kommt auf mich zu, als ob sie mich erkannt hätte. Ich habe nicht den dunkelsten Schimmer, wer sie ist.

Plötzlich bin ich nicht einmal mehr sicher, wer *ich* bin. Mein Kopf sinkt auf die vor mir stehende Schüssel mit Haferbrei herunter, und ich bin *ganz* sicher, daß mir von dem Anblick und dem Geruch innerhalb der nächsten Minute übel werden wird. Ich schiebe die Schüssel weg und schlucke mühsam.

Garnelle legt die Hand auf meine. »Was fehlt dir, Den?« fragt sie.

Ich stütze die Ellbogen auf den Tisch und den schmerzenden Kopf in die Hände. »Ich würde sagen, ich hätte einen Kater, aber ich hatte nicht mehr als drei Gläser gestern abend, das weiß ich genau.« Ich behaupte nicht, einer von den großen Kneipenhelden zu sein – oder überhaupt ein Held –, aber mehr als das verträgt *jeder*. Ich habe schon beim Abendessen mehr getrunken, bevor die alte Simarre versuchte, mich zum Aufhören zu bewegen, und nie im Leben habe ich mich derartig schlecht gefühlt... Simarre? Ich habe nie im Leben jemanden namens Simarre gekannt. Was ist los mit mir? Und warum glaube ich, daß das alles deshalb geschieht, weil ich vorher irgend etwas anderes getan habe?

Das Mädchen im schwarzen Mantel ist jetzt an unserem Tisch. Ein wenig unsicher steht sie vor meiner Schwester und mir. »Seid Ihr Den und Garnelle Scorry?« fragt sie.
Mein Herz macht einen kleinen Satz. Den Scorry! Das bin ich! Der Held der Familie, der Stammvater meines Hauses! Zu denken, daß es *sein* Leben ist, das ich hier nachlebe!
Nachlebe? He! Ich *bin* Den Scorry, seitdem ich auf der Welt bin. Niemand, der auch nur einen Funken Verstand hat, würde mich mit einem Helden verwechseln, und auf gar keinen Fall habe ich ein *Haus* begründet. Kein Balg nennt mich Vater...
Als Garnelle mich dasitzen und blinzeln sieht, antwortet sie. »Ja, das ist Den, und ich bin Gar. Können wir etwas für Euch tun?«
»Ich hoffe es. Die Leute von der Karawane haben gesagt, Ihr hättet sie bis Warnford bewacht und gute Arbeit geleistet, und Ihr wärt jetzt frei.«
»Das ist richtig. Ihr sucht Leibwächter?«
»Ja... in gewisser Weise.« Sie schaut sich vorsichtig um. Ein paar Augen haben sich auf uns gerichtet. In dem allgemeinen Lärm dürfte es schwerhalten, das Gespräch an einem anderen Tisch mitzuhören, aber unmöglich ist es nicht. »Können wir irgendwo hingehen, wo es ruhiger ist? Habt Ihr ein eigenes Zimmer hier?«
»Sicher.« Garnelle schluckt den letzten Löffel Haferbrei hinunter, leert ihren Apfelweinbecher und erhebt sich. Ich stehe mit ihr auf, zu schnell, und muß mich einen Augenblick lang mit den Handflächen auf den Tisch stützen. Irgendwie muß ich mich zusammenreißen; ich hoffe, das, was mit mir nicht in Ordnung ist – was immer es sein mag –, wird schnell vorübergehen; ich möchte nicht, daß diese junge Person davon absieht, uns anzuheuern, weil ich ihr zu schlapp aussehe. Wir brauchen diese Arbeit viel zu dringend.
Wir gehen nach oben in das Zimmer, in dem Gar und ich letzte Nacht geschlafen haben. Unser Gepäck ist noch da, anscheinend unberührt; unser Bargeld und die Schwerter haben wir natürlich immer bei uns. Ich drehe mich um und will hinter uns die Tür schließen, schwanke und muß mich am Türrahmen festhalten.

»Was ist los?« fragt das Mädchen. »Seid Ihr verletzt oder krank?«
Ich setze mich aufs Bett, stütze von neuem den Kopf in die Hände und denke darüber nach. Die beiden Mädchen nehmen rechts und links von mir Platz. Gleich darauf wird mir eins ganz klar. »Jemand hat mir gestern abend etwas ins Glas gekippt«, sage ich ihnen.
»Das erklärt die Sache«, meint Gar nachdenklich. »Es war nämlich ganz kurz, nachdem ich hinauf- und ins Bett gegangen war, als drei muntere Burschen dich die Treppe hinaufschleiften und zu mir hereinwarfen. Wenn ich es mir recht überlege, hattest du gar nicht genug Zeit, um dich zu betrinken.«
»Würdest du sie wiedererkennen? Ich nicht.«
»Nein. Ich hätte merken müssen, daß etwas nicht stimmte, aber ich dachte bloß, du wärst so dumm gewesen, dich vollaufen zu lassen. Ich hatte eine Wut auf dich und habe mir die drei kaum angesehen.«
»Aber warum sollten drei Fremde Euch etwas ins Glas geben?« fragt das Mädchen im Mantel.
Ich verziehe das Gesicht. »Um mich auszurauben natürlich. Sie dachten bestimmt, ich hätte die Hälfte des Lohns bei mir – in Wirklichkeit war alles bei Gar, bis auf den Preis von ein paar Getränken. Bis jetzt ist ja nichts passiert; mir wird es bald wieder gutgehen. Aber wenn Ihr jemanden zu mieten sucht, der seinen Kopf für Euch anstrengt, müßt Ihr Euch ohnehin auf Garnelle verlassen. Ich bin mehr fürs Draufhauen zuständig.« Ich schaffe ein Grinsen, und das Mädchen grinst zurück. Ihr Gesicht wird ganz hell dabei; das Netteste, was ich heute gesehen habe.
»Auf jeden Fall«, sagt Gar, »können diese drei oder ein paar andere, die genauso schlimm sind, durchaus noch in der Nähe sein; und ob wir die Arbeit, die Ihr erledigt haben wollt, nun ausführen können oder nicht, ist es richtig, wenn Ihr Eure Angelegenheiten nicht in der Gegend herumposaunt haben möchtet.«
Die andere nickt, murmelt ganz leise eine kurze Beschwörungsformel (ich strenge mich vergeblich an, genau hinzuhören, und wun-

dere mich dann selbst, daß mich das überhaupt interessiert) und fordert uns dann mit einer Handbewegung zum Schweigen auf. Sie sitzt ganz still da, als gäbe sie sich Mühe, auf etwas zu lauschen; endlich nickt sie wieder. »Niemand belauscht uns.« Ich wundere mich, daß ich so gern wissen möchte, was für einen Zauber zum Entdecken von Spionen sie benutzt.

»Nun denn, warum ich Eurer Hilfe bedarf«, fängt sie an und wirft die Kapuze zurück. Glattes schwarzes Haar, in einen langen Zopf geflochten, kommt zum Vorschein. »Ich bin Lysse aus dem Hause der Ankorries; mein Vater, der Edelherr Ankorry, ist ein Zauberer, der dem Lichte dient, und weil ich sein einziges Kind bin, hat er mich in die Lehre genommen.«

Ich setze mich auf und höre aufmerksam zu. Wenn ich nur einen Vater gehabt hätte, der mir etwas beigebracht oder mich wenigstens zum Lernen ermutigt hätte – anstelle eines Mannes, der sich alle Mühe gab, meine Anstrengungen, aus den Büchern, die ich vor ihm verstecken mußte, selbst etwas zu lernen, zunichte zu machen...

Ich erinnere mich nicht an meinen Vater. Ich kann nicht lesen, nicht schreiben und weiß keine Zaubersprüche. Garnelle und ich verbrachten unsere Lehrjahre als Fußabtreter beim Roten Dargo und lernten den Gebrauch von Handwaffen aller Arten, die man in den Ländern von Aldery überhaupt kannte – so lange, bis unsere Muskeln ein einziger, pausenloser Schmerz waren. Das liegt erst wenige Jahre zurück, jetzt aber sind wir unbedeutende Schwertsöldner, die Arbeit suchen, und die scheint diese edle Jungfrau ja für uns zu haben. Ich hoffe, ich bin nicht so verrückt, daß ich meinen Teil nicht dazu beitragen kann.

»Versteht Ihr etwas von Such-Steinen?« fragt Lysse. Ich nicke, und Gar schüttelt den Kopf, wobei sie mich einigermaßen erstaunt anschaut.

»Sie leuchten auf, wenn der Mensch, dem sie angesiegelt sind, in Gefahr ist, und sie sind so gefaßt, daß sie sich bewegen können; sie zeigen immer nach der Stelle, wo sich die betreffende Person gerade befindet. Weil mein Vater bei seiner Arbeit oft reisen muß, hat er mir einen Such-Stein gegeben, der ihm angesiegelt ist. Ich trage ihn immer bei mir, und als er vor zwei Wochen zu glühen anfing, bin ich in die Richtung aufgebrochen, die er anzeigte.«

»Allein, Kind?« fragt Gar.

»Nennt mich nicht Kind. Ich bin vierzehn. Ich glaube nicht, daß Ihr wesentlich älter seid.«

Fünf Jahre – nein, wie komme ich darauf? Sieben. Anderthalbmal so alt. Gar und ich sind Zwillinge.

»Ich bedaure von Herzen, Herrin«, sagt Gar mit reumütigem Grinsen. Ich stütze meinen fürchterlich schweren Kopf in die Hände und halte den Mund.

Lysse erwidert Gar mit ihrem hinreißenden Grinsen: »Einfach Lysse. Also gut, ja, ich bin allein losgezogen, in meinem Boot, immer an der Küste entlang. Und ich habe herausgefunden, wo mein Vater ist.« Sie steht auf und tritt ans Fenster, das aufs Meer hinausgeht. Garnelle folgt und sieht, auf welche Insel Lysse zeigt. Ich habe gerade nicht die rechte Lust zum Aufstehen.

»Diese Insel ist eine Festung des Zauberers Valdofor. Er und mein Vater haben früher schon gegeneinander gearbeitet; er muß meinen Vater jetzt wohl gefangengenommen haben.«

»Und was wollt Ihr nun von uns?« fragt Gar. »Ich habe von Valdofor gehört. Wenn er so mächtig ist, daß er Euren Vater gegen dessen Willen gefangenhalten kann und Ihr vom Zaubern nicht mehr wißt, als Euer Vater Euch gelehrt hat, so sind es andere Zauberer, deren Hilfe Ihr bedürft. Was könnte Euch ein Schwertkämpfer nützen?«

Lysse lächelt ein wenig schief. Dieser Name – Lysse vom Hause Ankorry – kommt mir merkwürdig bekannt vor. Ich habe in *Die Gründung von Burg Scorry* davon gelesen. Hat nicht Den Scorry irgendwann Lysse geheiratet? Nein. Ich bin doch jetzt Den Scorry; ich kann doch nicht über lauter Sachen gelesen haben, die noch gar nicht passiert sind? Und außerdem kann ich gar nicht lesen. Trotzdem, ein reizendes Geschöpf, diese Lysse. Aber eine geschicktere Zauberin als ich, obwohl um Jahre jünger... Warum kommt es mir dauernd so vor, als wäre ich eine Zauberin – ich, ein Schwertkämpfer, der nicht einmal das Alphabet kennt?

»Habt Ihr eine Ahnung«, fragt Lysse, »wie man einen Zauberer dazu bringt, einem anderen zu helfen?« Das wird sich bis zu meiner Zeit nicht geändert haben.... Nein. Ich muß mit diesen verrückten Gedanken aufhören und ihr zuhören. Jetzt sagt sie: »Nein, ich glaube, Ihr seid meine letzte Chance. Ihr könntet rein körperliche Angriffe abwehren, während ich mich auf die Zauberei konzentriere. Hinterher kann ich jedem von Euch zehn Goldstükke bezahlen.«

»Das heißt – wenn wir es überleben. Es scheint mir etwas wenig. Zwanzig pro Kopf«, meint Garnelle.

»Ich habe nur zwanzig.«

»Kind, Ihr wißt nicht, wie man handelt«, lacht Gar. »Ihr hättet uns fünf pro Kopf anbieten sollen.«

Lysse runzelt die Stirn. »Wenn es uns gelingt, meinen Vater zu befreien, erwarte ich, daß er Euch belohnen wird.« Sie ballt die Fäuste, bis die Knöchel weiß werden. »Ich habe keine Zeit, erst lange nach Leuten zu suchen, die mir helfen können. Ich fahre heute ab, mit oder ohne Euch. Ihr könnt mitkommen oder es bleiben lassen.« Sie zittert und macht sich deshalb ganz steif.

Gar legt Lysse den Arm um die Schultern. »Wir gehen mit, nicht wahr, Den?«

»Natürlich. Wir sind in alles, was gefährlich ist, geradezu vernarrt.«

Das bringt ein Aufblitzen des strahlenden Grinsens auf Lysses Gesicht zurück.

Also schnallen wir beide die Schwerter um und schultern unser Gepäck. Garnelle hat immer noch das Geld, darum bezahlt sie unsere Rechnung in der Herberge. Wir gehen mit Lysse hinunter zum Strand, und niemand folgt uns, als wir die Docks passieren. Schließlich kommen wir zu einem kleinen Boot, das auf eine sandige Landzunge heraufgezogen ist.

Es hat ungefähr die Größe einer kleinen Jolle, und wir drei und unser Gepäck passen ohne großes Gedrängel hinein. Aber es ist ein

recht seltsames Boot: es hat weder Ruder noch Dollen, weder Segel noch Kiel, noch Steuerruder; statt dessen besitzt es eine geschnitzte und bemalte Galionsfigur, einen Seefalken.
Lysse fordert uns mit einer Geste auf, unsere Sachen unter den Ruderbänken zu verstauen und uns hinzusetzen. Dann steigt sie selbst ein und kniet sich auf die Ruderbank am Bug. Man bedenke: das ganze Ding sitzt immer noch weit oben auf dem Sand. Sie zieht ein kleines silbernes Messer aus dem Gürtel und hält es mit beiden Händen über den Falkenkopf.

»Hör mich, Falke, den ich schnitzte,
hör mich, trage mich im Flug,
bring mich hin, wohin ich wünsche,
durch mein Blut auf deinem Bug.«

Sie sticht sich in den linken Daumen und läßt drei Tropfen Blut auf die Galionsfigur fallen. Während sie noch das Messer am Mantelsaum abwischt und wegsteckt, erschauert das Boot, erwacht zum Leben, rutscht ins Wasser wie ein Seehund und gleitet geschwind und stetig auf die Insel am Horizont zu.
Dieses Boot gefällt mir. So eins werde ich mir eines Tages auch bauen. Ich werde Lysse bewegen, daß sie mir zeigt, wie es geht; es wäre mir lieber als Gold.
Es bewegt sich nicht schneller, als wenn wir es rudern würden, so daß es einige Zeit dauern wird, bis es die Insel erreicht. Ich hatte vorgehabt, diese Zeit darauf zu verwenden, die verrückten Gedanken in meinem Kopf zu sortieren; aber ich stelle fest, daß ich nicht in der Verfassung bin, klar zu denken. Die offiziellen Aufzeichnungen enthalten nichts darüber, daß Den Scorry die Neigung hatte, seekrank zu werden; ich nehme an, das hätte sein Heldenbild verdunkelt. Noch nie im Leben habe ich mich so elend gefühlt. Ich glaube kaum, daß ich gewagt hätte, den Zauber anzuwenden, der mich hierher brachte, wenn ich gewußt hätte, worauf ich mich einließ...
Offizielle Aufzeichnungen? Übrigens werde ich sonst gar nicht seekrank; vielleicht ist das eine weitere Folge der Droge, die mir

die Diebe gestern abend verpaßt haben. Ich kann mich an jedes einzelne Mal erinnern, daß ich in einem Boot gesessen habe, genauso deutlich, wie ich weiß, daß ich das Sticken und die Tonleiter und die Buchstaben gelernt habe, in der Burg von Scorry, von der alten Simarre...

Warum kommt es mir nur dauernd so vor, als gäbe es so einen Ort? Die Hütte meiner Mutter war wohl kaum eine Burg. Das alles verwirrt mich derartig, daß ich aufhöre, mich zu erbrechen, und kerzengerade dasitze. Die Sonne auf den tanzenden Wellen läßt meinen Kopf nur noch stärker schmerzen. Barmherzige *Brüder*, was geht mit mir vor?

Ich starre auf meine Arme und Hände; mit weißen Knöcheln und angespannten Sehnen klammere ich mich am Dollbord fest. Das flaumige, blonde Haar, die Sommersprossen, der sich schälende Sonnenbrand sind noch genau wie gestern, alle meine Narben sitzen an der richtigen Stelle, und ich kann mich bei jeder erinnern, woher ich sie habe. Warum habe ich dann dieses schwindlige Gefühl, daß Den Scorry zu sein nicht alles ist, was ich mir darunter vorgestellt habe? Warum habe ich das Gefühl, meine Arme müßten schlank, glatt und blaß sein, die Hände schmal, mit langen, polierten Nägeln?

Die Anstrengung, den Grund dafür zu finden, erregt mir von neuem Übelkeit. Ich muß mich über die Seite lehnen und nochmals erbrechen. Die *Brüder* wissen, woher das kommt: ich habe seit gestern abend nichts gegessen. Vielleicht sollte ich ein Gebet an die *Beiden* richten, damit sie mir in ihrer gnädigen Weisheit helfen, wieder einen klaren Kopf zu bekommen.

»Geht es Euch zu schlecht, um den Versuch heute zu wagen?« erkundigt sich Lysse. »Soll ich aufs Festland zurücksteuern? Jetzt, nachdem Ihr mir Eure Hilfe versprochen habt, werde ich wohl noch einen Tag abwarten können.«

»Nein, es geht mir schon besser. Wir werden heute ohnehin nicht getötet werden, also können wir ruhig weiterfahren.«

»Was? Den, was macht dich so sicher, daß uns heute keiner umbringt?« fragt Gar.

»Wir werden noch viele Jahre leben und die Burg von Scorry begründen; ich habe es gelesen...«
»Was im Namen der lieben *Brüder* redest du da, Den?«
»Ich weiß nicht«, stöhne ich und greife mir an den Kopf. »Ich werde es dir sagen, sobald ich es selber richtig begriffen habe. Segel nur weiter. Es wird schon alles gut werden. Verlaß dich auf mich.« Obwohl ich nicht wußte, warum sie das hätte tun sollen.
Trotzdem bin ich sicher, daß es stimmt. Ich habe *Die Gründung von Burg Scorry* so oft gelesen, daß ich mich bestimmt daran erinnern würde, wenn etwas darüber drinstände, auf welche Weise Den und Garnelle Scorry Lysse vom Hause Ankorry begegneten; darum muß sich das alles vor Beginn unserer offiziellen Aufzeichnungen ereignet haben. Was wiederum bedeuten muß, daß wir alle drei so lange leben müssen, daß wir darin vorkommen können.
Langsam fangen meine Erinnerungen an, klarer zu werden. Es war erst gestern, als Vater mir mitteilte, ich müßte Bardold von den Kargs heiraten, einen senilen Geizhals, der schon drei Gattinnen begraben hat. Ich kam zu dem Entschluß, daß ich mich der Zauberei bedienen mußte, um diesem Schicksal zu entgehen. Das Problem des Selbstunterrichts ist, daß Zaubersprüche, die Feingefühl erfordern, eigentlich ganz persönlich weitergegeben werden müssen, vom Meister direkt zum Lehrling. Alle, die man aus Büchern lernen kann, sind einfach, stark und vielfach gefährlich. Der einzige, von dem ich überzeugt war, ich bekäme ihn richtig hin, und für den ich auch alle Zutaten zur Hand hatte, war einer, der es mir möglich machen würde, mich in eine frühere Inkarnation hineinzuversetzen, eine, in der ich ein erfolgreiches Leben geführt hatte.
Der Zauberspruch hat erstklassig gewirkt. Ich erreichte den Geist meines früheren Ichs in einem Moment ungewöhnlich niedrigen Bewußtseins (durch das vergiftete Getränk), und nun bin ich Den Scorry – wenn man sich vorstellt, daß *ich* in einem früheren Leben ausgerechnet Den Scorry gewesen bin! –, und ich erinnere mich auch wieder daran, daß ich zweihundert Jahre später Tyrenne vom

Hause Scorry war. (Ich erinnere mich? An die Zukunft? Nun gut. Also wurde die Familie adlig! Freilich ist das auch kein Grund, vor Stolz zu krähen, wenn man bedenkt, daß zumindest einer meiner Nachkommen ein absoluter Volltrottel ist... nein, sein wird...: ich meine meinen Vater, Tyrennes Vater.) Um es für mich selbst so klar wie möglich zu machen: ich bin zeit meines Lebens Den Scorry gewesen – und gleichzeitig auch Tyrenne; nur daß Den und Tyrenne bis jetzt zwei verschiedene Personen waren.

Der bloße Versuch, das auseinanderzusortieren, macht mir Kopfschmerzen, und mein Magen dreht sich um. Vielleicht kann ein einziger Menschenkörper mit dieser Art von doppeltem Verstand nicht funktionieren? Vielleicht wird es mir auch dann noch schlecht gehen, wenn ich wieder auf trockenem Land stehe, und höchstwahrscheinlich wird es mit meiner Körperbeherrschung auch nicht weit her sein. Ich hätte Lysse zum Umkehren auffordern sollen, solange noch Zeit war; jetzt ist es zu spät. Lysse lenkt in einer kleinen Bucht das Boot an Land und murmelt die Worte, die es schlafen lassen, bis sie es wieder braucht. Gar sammelt ihre Sachen ein, und ich sollte das lieber auch machen.

Die Leute sagen, daß Gar wie mein kleiner Bruder aussieht und nicht wie meine Zwillingsschwester. (Ich hab mir immer eine Schwester gewünscht – es ist gräßlich, ein Einzelkind zu sein.) Ihr blondes Haar ist genauso geschnitten wie meins; wir haben die gleiche Nase mit dem hohen Nasenrücken und den gleichen drahtigen Körperbau. Es wäre eitel von mir, wenn ich jetzt sagte, daß sie einfach toll aussieht. Wir helfen einander mit den Helmen – es ist ganz leicht, uns mit einem Blick auseinanderzuhalten: ich bin der mit dem Bart. Wie höchst merkwürdig. Ich kratze mich, von neuem verwirrt, am Kinn, und sie schaut mich an, wiederum besorgt.

Im selben Augenblick bricht ein kleiner Haufen Ungeheuer krachend durch das Unterholz. Wir haben in derselben Sekunde die Schwerter draußen; es hört sich an, als würde nur ein einziges Schwert gezogen. Es sind sechs Ungeheuer. Alle haben zwei Arme und zwei Beine und sind mehr oder weniger so groß wie ein

Mensch, sonst aber sind sie alle verschieden, mit Schuppen oder Dornen, oder wabblig und schleimig, mit Fängen und Klauen oder Armen wie Tentakel.
Außerdem sind sie ziemlich ungeschickt und wissen anscheinend nicht, was sie mit ihren Äxten und Keulen anfangen sollen. Irgendwie scheinen sie nicht ganz das zu sein, was sie scheinen – Hiebe, mit denen ich eigentlich hätte treffen müssen, erweisen sich als ein paar Zoll zu kurz. Das deutet auf eine Sinnestäuschung hin. Die einzigen Zaubersprüche, die ich kenne, mit denen man Trugbilder verscheuchen kann, sind viel zu verzwickt, um sie jetzt auszuprobieren, während ich um mein Leben kämpfe. »Lysse!« brülle ich und bin erstaunt, wie tief meine Stimme ist. »Die da sind nicht, was sie zu sein scheinen. Könnt Ihr Illusionen zerstören?«
Ich höre, wie ihre kleine, ernsthafte Stimme einen Singsang anstimmt, und kann nicht umhin, den Versuch zu machen, zuzuhören und mir dabei die Worte einzuprägen. Ein Eidechsenwesen kommt mir mit der Axt zu nahe, ich weiche eine Sekunde zu spät aus und bekomme am linken Oberschenkel einen ganz kleinen Schnitt. Die Waffen sind jedenfalls verflucht echt. Verdammt! Ich bin wirklich nicht in Form.
Ich höre einen Aufschrei von Gar, fahre herum und erwische im Schwung den schuppigen Beilschwinger. Auch sie hat, einen Augenblick vor mir, einen gefällt und gesehen, wie die Illusion dabei zerfloß. Was da vor unseren Füßen verblutet, sind zwei magere Menschenknaben in Sklavenkitteln. Der Anblick der Ungeheuer hat mir nicht die geringste Übelkeit erregt – ganz im Gegenteil dachte ich gerade, daß doch nichts über einen schönen flotten Kampf geht, damit man sich wieder besser fühlt –, aber jetzt bin ich froh, daß mein Magen schon leer ist. Die restlichen verkleideten Sklavenjungen kämpfen um ihr Leben und sind uns an Zahl immer noch überlegen, auch wenn sie vom Fechten keine Ahnung haben; und Gar und ich sind im Nachteil, weil wir jetzt versuchen, sie festzuhalten, ohne sie zu verletzen.
Lysse beendet ihren Gesang mit einem lauten Ruf: »Va-ohu!«

Gleich darauf stehen vier ganz benommene, schlecht bewaffnete Jungen vor uns, die noch verwirrter aussehen, als ich mich gefühlt habe.

»Werft die Waffen hin«, sage ich, und sie werfen sie auf einen Haufen. Zum erstenmal merke ich, daß es auch Vorteile hat, gleichzeitig Tyrenne und Den zu sein. Diesmal brauche ich Lysse nicht um Hilfe zu bitten; ich kenne das passende Wort der Macht und spreche es aus. Ich sehe zu, wie die vier langsam zu Boden sinken, sich zusammenrollen, die Augen schließen und anfangen zu schnarchen.

»Die sind für ein paar Stunden erledigt«, meine ich beiläufig.

Lysse und Gar starren mich an. »Wie im Namen der lieben *Brüder* hast du das gemacht?« fragt Gar.

»Ich erzähl's dir später. Es ist eine lange Geschichte.« Sie und ich wischen unsere Schwerter ab, ergreifen die Schilde und machen uns, Lysse zwischen uns, auf den Weg landeinwärts, einen holprigen, zugewachsenen Pfad entlang, der bergauf führt.

Nach einer kleinen Weile gelangen wir zu einem aus rohem Stein erbauten Turm. Wir gehen einmal ganz um ihn herum, können aber weder Türen noch Fenster entdecken. Wir sind jetzt hoch genug, um zu sehen, daß es auf der Insel keine anderen Gebäude gibt.

»Na gut, versuchen wir ein paar Öffnungszaubersprüche.« Vielleicht ist es die Erleichterung darüber, daß mir nicht mehr schlecht ist – ich fange an, übermütig zu werden. »Wenn meine nicht wirken, Lysse, könnt Ihr es versuchen.«

Garnelle betrachtet mich aus schmalen Augen, sagt aber nichts. Ich höre, wie ich mich anhöre, und begreife zum tausendstenmal, daß sie sechs von meiner Sorte wert ist. Sie ist sechsmal soviel wert wie Den und Tyrenne zusammen, wenn man es sich richtig überlegt.

»Ich möchte dir wirklich gern erzählen, was mit mir passiert ist, und ich verspreche, daß ich das auch sofort mache, sobald wir uns irgendwo ruhig hinsetzen und Zeit dafür nehmen können. Jetzt aber: kein Wort.« (Obwohl sie ohnehin nichts gesagt hat.) Ich schließe die Augen und warte, bis ich ein Gefühl für diesen Ort habe – plötzlich fühle ich mich fast zu aufgeregt, um mich zu konzentrieren, aber niemand greift uns an; wir könnten genausogut allein auf der Insel sein.

Nach einer Weile spüre ich, wo die verborgene Tür ist, und stelle mich davor. Ich überlege sekundenlang die Worte und Gebärden, vergewissere mich, daß ich alles richtig habe, und wende dann den Zauber an. Dort, wo ich auf sie deute, zerbröckeln die Steine und geben unmittelbar vor uns ein türgroßes Loch frei, aus dem eine gewaltige Flamme hervorschießt.

Wir werfen uns platt auf den Boden, und Lysse schreit: »Vahu!«, ohne irgendwelche weiteren Vorbereitungen. Das Wort allein scheint zu genügen: die Flamme ist verschwunden und von uns dreien nicht einmal eine Wimper angesengt. Wir setzen uns vorsichtig auf. Vorübergehend ist das alles, wozu wir fähig sind: dazuhocken, uns aneinanderzuklammern und zu lachen.

Dann spähen wir durch die Türöffnung. Eine Wendeltreppe führt aufwärts. »Soll ich – sollen wir«, sagt Lysse sehr höflich zu mir und zeigt mir damit deutlich, was für ein Trottel ich gerade gewesen bin, »einen Schweigezauber über uns legen?«

»Wenn Ihr Euch dann besser fühlt.« Ich zucke die Achseln. »Valdofor muß wissen, daß wir hier sind.« Wenn wir nämlich auch nur einen Funken Verstand hätten, wären wir nicht hier. Bisher ist alles *viel* zu leicht gegangen.

Ich prüfe, ob mein Schwert locker in der Scheide sitzt, und gehe als erster die Treppe hinauf, die anderen dicht hinter mir. Als wir in den Raum ganz oben kommen, wird klar, warum Valdofor sich so wenig um unsere kleine Invasion gekümmert hat. Er ist beschäftigt.

Wenigstens ist er das, wenn er der große Mann in dem farbenprächtigen Mantel ist, der mit dem Rücken zu der Tür steht, durch die wir gerade eingetreten sind. Auf dem Fußboden vor ihm ist ein Drudenfuß, in der Mitte verschiedene Gegenstände, die ich mir lieber nicht so genau ansehe. Einer davon ist ein schwarzer Hahn ohne Kopf – das ist noch das Hübscheste von allem.

Gegenüber der Tür ist ein nackter Mann an die Wand gekettet. Er sieht abgemagert, erschöpft und schmutzig aus. Lysse hinter mir schnappt kurz nach Luft, nimmt sich sofort wieder zusammen, und ihr Vater schaut auf und begegnet ihrem Blick. Als er an mir vorbeiblickt, kann ich sehen, daß seine Augen tief eingesunken und blutunterlaufen sind, sonst wären sie wie ihre.

»Es ist alles bereit, trotz Eurer Widerspenstigkeit«, sagt der Mann im Mantel mit ruhiger, kalter, fast gelangweilt klingender Stimme. »Alles, was fehlt, um das Ritual zu vollenden, ist das Aussprechen des *Namens.* Ihr braucht ihn nur zu sagen, und Ihr erhaltet unverzüglich Wasser und alles andere, was Ihr zu Eurer Bequemlichkeit wünscht.«

Der Angekettete beißt sich auf die Lippen; das ist alles.

»O ja, ich weiß, daß die Kinder hier sind«, meint Valdofor, immer noch ganz unbeteiligt, gelangweilt, zu träge, sich umzudrehen und uns einen Blick zu schenken. »Aber sie können nicht viel tun. Und wenn Ihr auf Eurem Schweigen beharrt, muß ich ihnen vielleicht erhebliche Unannehmlichkeiten machen, zuallererst Eurer Tochter.«

Ich merke, daß seit ein paar Sekunden von den Fußsohlen aufwärts Kälte in meinen Körper kriecht, obwohl ich nicht gesehen oder gehört hätte, daß Valdofor auf irgendeine Weise einen Zauber in Gang gesetzt hat. Schon kann ich die Beine nicht mehr regen, und als ich das Schwert ziehen will, bewegt sich mein Arm immer langsamer und erstarrt schließlich, als gerade erst ein Zoll der Klinge aus der Scheide ist. Jeden Augenblick kann die Lähmung meinen Kiefer erreichen. Mir fällt nur eins ein. Ich halte mich nicht mit dem Gedanken auf, daß dem Edelherrn Ankorry der gleiche Einfall schon vor Tagen gekommen sein muß und er ihn benutzt hätte, um sich zu befreien, wenn es nicht einen ganz gewichtigen Grund dagegen gäbe.

Ich spreche das Wort des Lösens.

Mehrere Dinge geschehen mehr oder weniger gleichzeitig. »O *nein,* du Tölpel!« schreit der Edelherr Ankorry, während seine Ketten aufspringen und er zu Boden fällt. Unsere sämtlichen Gürtel und Schnurbänder gehen auf. Lysse drängt sich an mir und sogar an Valdofor vorbei (wobei sie aber darauf achtet, den Drudenfuß zu umgehen); ich sehe, wie ihr Zopf sich löst, als wären die Strähnen lebendige Schlangen, während sie neben ihrem Vater niederkniet. Ich fühle mich urplötzlich so erschöpft, als hätte ich etwas gehoben, das schwerer wäre als ich selbst – und dann spüre ich, wie der Boden zu beben anfängt, und sehe, wie sich in den Wänden Risse auftun.

Valdofor dreht sich um und schaut mich an. Er hat ein hartes, blutloses, altersloses Gesicht wie das Standbild eines gutaussehenden Mannes; anders als der Edelherr Ankorry trägt er keinen Bart. »Wißt Ihr«, meint er, ohne daß sein Gesicht dabei an Ausdruck gewinnt, »diese ganze Insel wurde von Bindezaubersprüchen zusammengehalten, die mich eine Menge Zeit und Mühe gekostet haben, wie mein Kollege hier sehr wohl wußte. Ich glaube, es wird noch ein paar Minuten dauern, bis alles zerfällt, und viele Monate, bis ich es wieder aufgebaut habe. Inzwischen freilich, wie ich ohne Bedauern bemerken muß, seid Ihr und Eure Freunde, glaube ich, zum Tode verurteilt – sofern Ihr nicht die Kunst beherrscht, Euch an einen anderen Ort versetzen zu können.« Er seufzt und verschwindet. Der Edelherr Ankorry hebt den Kopf von Lysses Schoß. »Es ist schon gut«, sagt er heiser. »Jetzt kann ich den Dämon beschwören – denn nun wird er meinem Befehl gehorchen.«

Er nimmt alle Kraft zusammen, richtet sich auf, schaut nach dem Drudenfuß und spricht ganz deutlich eine einzige Silbe – die ich nicht wiederholen will.

In der Mitte des Drudenfußes erscheint eine neblige Gestalt, wird dunkler und massiver, bis sie aussieht wie eine Säule aus Gewitterwolken und die Höhe eines großen Mannes hat. Von oben nahe der Spitze starren zwei riesige purpurrote Augen den Edelherrn Ankorry boshaft an.

»Warum hast du mich beschworen?« fragt das Wesen mit gedämpfter Donnerstimme.

»Wir ersuchen dich um Hilfe, o Dämon«, erwidert der Edelherr Ankorry.

»In diesem Fall solltet ihr euch besserer Manieren befleißigen. Wir Eingeweihten der neunten Ebene schätzen es nicht, mit Beinamen gerufen zu werden, die unsere Rasse beleidigen.«
»Ich wußte nicht, daß das Wort, das ich gebrauchte, ein Beiname war. Es war keine Kränkung beabsichtigt, und ich bitte dich, Herr, meine Entschuldigung anzunehmen.« Der Edelherr Ankorry neigt auf höfische Art den müden Kopf. Der Turm um uns herum zittert und kracht, als tobte draußen ein Erdbeben.
Ich würde am liebsten loslachen, aber es gelingt mir, mich zu beherrschen.
»Nun gut. Was wünscht ihr von mir?« fragt das purpuräugige Wesen (das ich nicht als Dämon bezeichnen darf).
»Bring uns nach Burg Ankorry, bevor diese Insel auseinanderfällt.«
»Die Sklaven auch«, mischt sich Garnelle ein, die Gute. Ich habe immer gewußt, daß sie sechs von meiner Sorte wert ist. Die Sklaven hatte ich völlig vergessen.
»Und mein Boot«, ergänzt Lysse.
»Das heißt also«, sagt der Edelherr Ankorry, »daß du alle Menschen, die jetzt noch auf der Insel sind, und das Zauberboot nehmen und nach Burg Ankorry schaffen sollst.« Er spricht ganz ruhig, aber im Fußboden bilden sich gewaltige Risse, und das Beben wird immer heftiger. Wir machen einen Satz, um unsere Schwerter, Gürtel und sonstige Habseligkeiten zu erwischen, bevor sie durch die Spalten fallen und wir mit ihnen.
»Ihr kennt meinen Preis«, sagt das Wesen.
»Sieben Jahre die Sicht meiner Augen«, antwortet der Edelherr Ankorry, »damit ihr diese Ebene beobachten könnt.«
Ich blitze ihm den Gedanken zu, daß man vielleicht mit dem Wesen handeln kann – und weiß dabei nicht, ob mir mehr nach Lachen oder nach laut Schreien zumute ist –, aber anscheinend ist das der übliche Preis. Plötzlich schweben wir in einer schillernden Blase stiller Luft: Lysse mit ihrem Vater im kleinen Boot, Garnelle, ich und die vier Sklaven (noch immer fest schlafend) im Kreis um sie herum.

Tief unter uns zerbröselt die Insel in einem letzten krampfartigen Beben und versinkt in den Wogen. Einen Augenblick lang sieht man einen Strudel, dann herrscht Stille unter uns, während die Blase davonschwebt.

»Lysse«, sagt der Edelherr Ankorry mit schwacher Stimme, »mach mich mit deinen Gefährten bekannt.«

Sie tut es, und als ich ihn ansehe, merke ich, daß seine Augen bereits zwei glühende, purpurrote Kugeln geworden sind, ohne Weißes oder Pupille. Irgendwie bin ich sicher, daß zwar diese Augen mich sehen, nicht aber der Edelherr Ankorry, denn es ist etwas Blindes und Tastendes an der Art, wie er dem Laut meiner Stimme das Gesicht zuwendet.

»Es tut mir leid, edler Herr. Ich fürchte, ich habe eine große Dummheit gemacht.«

»Nein, mein Junge; es tut *mir* leid, daß ich das gesagt habe. Ich hätte den Mut haben sollen, jenes Wort gleich auszusprechen. Ich habe es nicht getan, weil ich überzeugt war, die Insel würde in einem einzigen Augenblick zerfallen und nicht so langsam, wie es dann wirklich geschehen ist.»

Er hält inne und holt Atem und sammelt seine Kräfte, um fortzufahren. Lysse hüllt ihn in ihren Mantel. »Ich hätte das Wort auf jeden Fall sprechen sollen«, sagt er bitter, »auch wenn es meinen sofortigen Tod bedeutete, anstatt zuzulassen, daß mein Such-Stein Lysse dorthinlockte, meine Gefahr zu teilen. Ich bin froh, daß ich es bin, der den Preis dafür bezahlen kann.«

»Nein, Vater«, ruft sie und ihre Augen füllen sich mit Tränen, als sie sich niederbeugt, um ihn zu küssen. Er schließt die Lider, damit sie den Purpuraugen nicht zu nahe kommt.

Die Blase schwankt, und wir hören die gedämpfte Donnerstimme (oder gibt es sie nur in unseren Köpfen? Ich kann es nicht mit Sicherheit sagen): »Öffne die Augen, damit ich sehen kann, und denk mit aller Kraft an die Richtung nach Burg Ankorry.« Der Edelherr Ankorry gehorcht, und die Blase steigt wieder auf stetigem Kurs in die Höhe.

Die vier befreiten Sklaven wachen auf – die Stimme muß dazu

beigetragen haben, sie zu wecken. Garnelle versichert ihnen, sie seien in Sicherheit und frei, und Lysse erzählt ihnen die Geschichte ihrer und unserer Abenteuer bis zu diesem Punkt. Dann wirft mir Gar einen Blick zu, mit dem ich bereits gerechnet habe.

»Ich glaube, daß ist die ruhige Minute, auf die wir gewartet haben«, bemerkt sie.

Nun muß ich also erläutern, was ich, Tyrenne, getan habe, um eins mit mir, Den, zu werden. Das erhöht die Verwirrung der ehemaligen Sklaven nicht wenig, und die Kräfte des Edelherrn Ankorry sind so davon in Anspruch genommen, die Augen offenzuhalten, daß ich nicht recht weiß, ob er wirklich zuhört. Aber Lysse ist fasziniert. »Heißt das, wenn Ihr sterbt, werdet Ihr – werdet Ihr alle *beide* – in Tyrennes Körper aufwachen?«

»Liebe *Brüder* – mit allen ihren – ich meine meinen – ungelösten Problemen? Woher soll ich das wissen? Ich weiß nicht einmal, ob alles das, von dem ich gelesen habe, daß es sich zwischen heute und dann ereignen wird, unveränderlich ist. Aber das schwöre ich«, füge ich ohne nachzudenken hinzu, »von heute an werde ich mich Den-Tyren Scorry nennen, und falls ich jemals Taten vollbringen sollte, die wert sind, aufgezeichnet zu werden, werde ich darauf achten, daß es unter diesem Namen geschieht. Dann nämlich kann das Buch nicht dasselbe sein wie das, was ich gelesen habe – haben werde – nicht gelesen haben werde. Oh, sollen es doch die *Brüder* holen!«

»Aber vielleicht bedeutet das ja, daß Tyrenne niemals geboren werden wird, und dann –« Sie fährt sich mit den schlanken Fingern durch das gelöste Haar, während sie sich mit dem Unsinn, den ich aus der Zeit gemacht habe, herumschlägt.

Vielleicht heirate ich Lysse dann gar nicht. Das wäre ein Unglück. Ich habe ihr nicht erzählt, daß es so im Buch steht, und vielleicht sollte ich es auch lieber lassen. Vielleicht will *sie* ja auch nicht. Liebe *Brüder*.

Ich habe gar nicht auf Gar geachtet, die mich voller Entsetzen anstarrt, als hätte ich mich vor ihren Augen in ein Ungeheuer verwandelt. »Den-Tyren«, murmelt sie und bricht in Tränen aus.

Ich umarme sie ganz fest, Schwert und alles, klirrend und scheppernd. »He, Gar, Schätzchen, ich bin immer noch dein Bruder. Ich habe nicht aufgehört, das zu sein, was ich vorher auch war. Und wenn ich jetzt außerdem noch deine kleine Schwester bin, dann freue ich mich nur um so mehr, daß ich dich habe. Du weißt gar nicht, wie sehr ich mir eine Schwester gewünscht habe, als ich noch Tyrenne war.«

»Es tut mir leid, Den.« Sie wischt sich die Augen und nimmt sich zusammen.

Schwach, aber gefaßt, dringt von Lysses Schoß die Stimme des Edelherrn Ankorry zu uns. »Es wäre nur angemessen, wenn ich jetzt meinen Teil der Geschichte erzählte – wie Valdofor mich überlistete und gefangennahm, und warum er versuchte, mich dazu zu zwingen, den – den Eingeweihten für ihn zu beschwören. Wenn ich am Leben bleibe, will ich alles berichten. Aber ich bediene mich gerade einer Methode, die meine letzten Kräfte fordert, damit ich bei Bewußtsein bleibe und die Augen offenhalten kann, bis wir Burg Ankorry erreichen – und da ich nicht weiß, wie lange das noch dauern kann...« Seine Stimme erstirbt, und sein Atem beginnt unregelmäßig rasselnd zu gehen.

Niemandem fällt eine Antwort ein. Schweigend lauschen wir seinem Atem, der immer schwächer und unregelmäßiger wird und sich in ein schwaches, schrecklich rasselndes Geräusch verwandelt. Er macht eine Handbewegung zu Lysse, die den Kopf neigt, um das Ohr an seine Lippen zu halten. Nach dem Ausdruck ernster Konzentration auf ihren Zügen sieht es so aus, als höre und verstehe sie seine letzten Worte an sie. Als sie den Kopf wieder hebt, ist ihr Gesicht blaß bis in die Lippen. Er hat aufgehört zu atmen, und seine Augen haben wieder eine dunkle Iris und sind blutunterlaufen – aber immer noch starren sie vor sich hin, ohne etwas zu sehen.

Die Blase schaukelt wild hin und her und verharrt dann vollkommen reglos mitten in der Luft. Die Donnerstimme hallt in allen Köpfen wider – und klingt mit jedem Wort ferner. »Der Handel muß erfüllt werden, oder ihr bleibt für immer, wo ihr jetzt seid.

Ich kann keine Verbindung mit dieser Ebene halten, wenn ich keine Augen habe... keine Augen... keine Augen...«
»Nimm meine!« schreie ich und merke, daß ich es nicht laut gesagt habe. Aber ich bin gehört worden. Um mich her wird es dunkel, und ich kann nur fühlen, wie die Blase sich wieder in Bewegung setzt.
Sieben Jahre. Was werde ich anfangen – werde ich betteln müssen, um nicht zu verhungern, und werde ich, wenn ich dann so lange schlaff herumgehockt habe, meine jetzige Geschicklichkeit zurückgewinnen? Wird Gar mich führen müssen? Ich wage nicht zu sprechen, aus Angst, laut loszuschreien – aber von den anderen sagt auch keiner ein Wort. Plötzlich ist mir so kalt wie vorhin unter Valdofors Zauber. Was ist, wenn die anderen auch alle dem Dämon zugerufen haben, wie ich; was ist, wenn er uns allen das Augenlicht genommen hat? Ich wage nicht zu fragen. Ich halte die Lider offen. Mir ist, als vergingen Jahrtausende.
Dann gibt es einen kleinen Ruck. Ich schaue mich um und brauche mehrere Sekunden, um zu begreifen, daß ich sehen kann. Die Blase ist verschwunden, und wir befinden uns auf dem Steinplattenfußboden der Haupthalle einer Burg. Garnelle und ich und die vier mageren Jungen in Sklavenkitteln liegen im Kreis ausgestreckt um das kleine Zauberboot; wir sehen einander an, ehe unser Blick langsam auf das Boot zuwandert. Lysse sitzt noch immer darin, und ihr toter Vater liegt noch da, den Kopf in ihrem Schoß.
Und die riesigen, schrägen Augen in ihrem bleichen, spitzen Gesicht sind purpurrot.

ANODEA JUDITH

Anodea Judith lebt auf einer gemeinschaftlich bewirtschafteten Ranch nahe der nordkalifornischen Stadt Ukiah. Sie ist – oder war es jedenfalls ursprünglich – Künstlerin, deren Wandgemälde, mit Blumen oder Vögeln, viele Mauern und Anlagen in Berkeley schmücken. In letzter Zeit hat sie als Masseurin und Heilerin gearbeitet und ein Sachbuch geschrieben, das in Kürze unter dem Titel ›Lebensräder‹ erscheinen wird; es handelt von den chakras *oder Energiezentren des menschlichen Körpers.*

Außerdem hat sie eine Handvoll reizvoller Erzählungen verfaßt. ›Gutenachtgeschichte‹ in ›Greyhaven‹ (deutsch: ›Geschichten aus dem Haus der Träume‹) war eine höchst eigenartige Frage an das, was die Realität ausmacht, und ihre Story in ›Schwertschwester‹ befaßte sich mit einer Heilerin, die ein verlassenes Haus gesund macht.

Der Hauptinhalt der Arbeit einer Heilerin ist der Kampf zwischen Leben und Tod, wobei der Sieg des einen über das andere bei weitem nicht so unabänderlich ist, wie der Laie glaubt. Vergleichen Sie diese Geschichte mit Dana Kramer-Rolls' Erzählung ›Wanderjahre‹, ebenfalls in diesem Band. – M.Z.B.

ANODEA JUDITH

Fluß der Tränen

Nur weil sie sich selber versprochen hatte, jetzt endlich auszuruhen, brachte Subhana überhaupt die Willenskraft auf, den letzten Treppenabsatz bis zu ihrem Zimmer hinaufzuklettern. Sie war sich ihres Körpers schmerzhaft bewußt und fühlte, wie jeder einzelne Muskel vor schmerzlicher Überanstrengung aufschrie. Ihr Atem ging langsam, weil sie sich absichtlich zur Ruhe zwang, und doch atmete sie fast unwirklich – als könnte das Atmen ganz und gar aufhören, wenn sie es nicht durch ihren Willen beherrschte. Ihr Gehirn, umwölkt von allzuviel Hineingestopftem, durchstreifte ziellos die Ereignisse des Tages.

Ich funktioniere nur noch durch Routine. Körper... Geist... Wille... Wenn ich das nicht alles ganz automatisch machte, würde ich es gar nicht schaffen. Vermutlich ist das, was man hier mit mir anstellt, zu irgend etwas gut, auch wenn es einen derart fertigmacht.

Ihre Füße stiegen immer weiter. *Aber lerne ich denn wirklich das Heilen?* Wieder überkamen sie Zweifel, die ihre Erschöpfung noch vergrößerten. In der letzten Zeit war es mit ihren Erfolgen nicht weit her gewesen. Sie war immer hart gegen sich selbst, wenn ihr etwas nicht hundertprozentig gelang. Aber diese Strenge ermüdete sie auch, und so wurde ihre ständige Erschöpfung zu einem Kreislauf ohne Ende. Endlich tauchte die Tür zu ihrem Zimmer vor ihr auf, und sie lehnte sich mit der Schulter dagegen, während sie ungeschickt den Schlüssel betätigte. Drinnen warf sie sich auf das Bett, als wäre es ein langentbehrter Geliebter.

»Ohhhh«, stöhnte sie und schleuderte die Schuhe von den Füßen, quer durchs Zimmer. »Ohhhh, meine schmerzenden Füße, mein Rücken, der weh tut, meine müden Hände! Wann wird das je enden? Wann werden sie mir sagen, daß es nun genug ist?«

Die vier Jahre ihrer Ausbildung kamen ihr vor wie vierzehn. Ihr war, als hätte sie immer schon hier gelebt, immer so gearbeitet, immer solche Schmerzen gehabt. Sie glaubte, ihrem Abschluß nahe zu sein – jeden Tag hielt sie Ausschau nach einem Zeichen, daß sie nun fertig wäre, aber keine ihrer Lehrerinnen sagte etwas zu ihr. Es gab an der Heiler-Akademie keinen festen Abschlußtermin. »Sie« entschieden, wenn man soweit war. Es gab viele, die vor einer solchen Anerkennung wieder gingen, weil sie so nicht weitermachen konnten. Andere blieben auch danach hier, weil sie sich nicht in der Lage fühlten, selbständig zu praktizieren. Aber jetzt, an diesem Punkt in ihrem vermutlich letzten Jahr, fühlte sie sich wie eine Schwangere im zehnten Monat.
Nichtsdestoweniger *hatte* sie einiges gelernt, sagte sie sich. Selbst jetzt, während sie todmüde auf dem Bett lag, richtete sie ihren Geist auf die Farben im Raum und nutzte sie, um Nahrung und neue Energien daraus zu ziehen. Ihre Lungen reagierten auf den heilenden Weihrauch, der noch von ihrer Morgenmeditation in der Luft hing, und ihr Atem normalisierte sich. Ihre Hand schloß sich um einen unter dem Kissen liegenden Kristall; auch seine Kraft sog sie ein. Ein paar Augenblicke lag sie so da, trank Nahrung aus ihrer Umgebung und deren segensreicher Unbeweglichkeit.
Wann komme ich zur Ruhe? dachte sie sehnsüchtig.
Wenn du es dir selbst erlaubst, antwortete ihre innere Stimme.
Das weiß ich, aber wie? gab sie zurück. *Wenn doch immer so viel zu tun ist?*
Du wirst einen Weg finden, antwortete die Stimme und klang dann kräftiger in ihr: *Du* mußt *einen Weg finden.*
Als die Schmerzen langsam nachließen, fand sie die Kraft, in die Küche zu gehen und Tee zu kochen. Ginsengpulver, Süßholzwurzel und Echinacea fielen in ihre Tasse, und sie war dankbar, die Kräuter, nach denen es sie verlangte, auch zur Hand zu haben. Jeden Tag war sie froh über das, was sie gelernt hatte.
Ach was, du wirst es schon schaffen, schaltete sich jetzt ihr optimistisches Ich ein. *Du mußt sie nur auf dich aufmerksam machen. Tu*

etwas Auffallendes. Sie warten nur darauf, daß du zeigst, was du kannst – während du nichts als deine eigene Unfähigkeit siehst. Was kann daraus schon werden? Nachdenklich trank sie in kleinen Schlucken ihren Tee und ließ die Wärme in ihre schmerzenden Hände fließen.

Wie kann ich etwas Aufsehenerregendes tun, wenn ich mich fühle wie jetzt?

Du wirst lernen, kam die Stimme. *Du wirst müssen.*

In der Stille merkte sie, daß eine ihrer Patientinnen ihr nicht aus dem Sinn ging. Die Not der anderen ärgerte sie, und sie versuchte das Bild zu verscheuchen. Aber es weigerte sich zu verschwinden, und sie ertappte sich dabei, wie sie, übermüdet wie sie war, Kontakt aufnahm, die Strömungen im Lebensfeld prüfte und die Informationen durchging, die man ihr gegeben hatte.

Susan Brownville, 42.

Nervenzusammenbruch, gefolgt von leichtem Herzanfall, gerade als sie auf dem Weg der Besserung schien. Vor zwei Tagen in Koma gefallen. Herzschlag schwach und unregelmäßig. Vermuteter Grund seelischer Art: Familiäre Differenzen. *Hängt an einem dünnen Faden,* dachte Subhana, als sie den Kontakt abbrach.

Sie blinzelte und sah von ihrer Tasse auf. Es war schon spät. Zeit fürs Bett, dachte sie dankbar.

Unter ihren Decken schlief sie unruhig, warf sich hin und her und träumte, daß sie versagte. Sie sah sich, wie man sie aus der Akademie herauswarf, sah das Gesicht von Susan Brownville im Koma. »Deine Patientin ist gestorben, Subhana. Du hast die Prüfung nicht bestanden.«

Sie erwachte ganz plötzlich. Die Lebendigkeit der Traumbilder verfolgte sie. *Susan ... sterbend ... die Frau ist in Schwierigkeiten!* Instinktiv faßte sie sich ans Herz und griff dann, ohne auch nur einen Gedanken an den eigenen, schmerzenden Körper zu verschwenden, nach Sandalen, Gewändern und Heilertasche. *Ich muß zu ihr,* dachte sie.

Der Himmel war dunkel und mondlos. Sie rannte über das Akademiegelände und richtete eine Kraftlinie auf das Genesungsheim, um herauszufinden, wo genau ihre Patientin lag. Den Strahl hielt sie stark, während sie durch das Gebäude rannte, hinauf in den zweiten Stock. Als sie das Zimmer erreicht hatte, beruhigte sie zuerst sich selbst. *Langsam jetzt... sonst zerreißt du die Fäden. Beruhige dich. Atme ein... aus...*

Alles, was mein ist, soll draußenbleiben.
Alles, was ich brauche, soll von selbst zu mir kommen.
Ich bin nur eine Leitung, von der kein Stück ungeschützt ist.
Das Gleichgewicht wird sich wieder einstellen, wenn das Böse vertrieben ist.

Die Litanei war automatisch und machte sie binnen Sekunden ruhig. Sie trat ins Zimmer.

Gegen die Dunkelheit steckte sie eine Kerze an und entzündete etwas milden Weihrauch. Sie öffnete das Fenster, lüftete den Raum und wandte sich dann der blaß und leblos auf dem Bett liegenden Susan zu. Ihre erfahrenen Finger suchten den Puls und stellten fest, daß Hände und Stirn schweißnaß waren.

Ein gutes Zeichen. Die Lebenskraft kämpft noch. Die Pulse sind langsam und schwach, schlagen aber noch. Ich glaube, sie will sterben. Aber ich kann es ihr nicht erlauben. Sie ist schön und begabt, und ich weiß, daß sie Kinder hat, die sie brauchen. Sie kann noch nicht zum Gehen bereit sein.

Subhanas Linke umfaßte die schwitzende Handfläche, während die Rechte das Brustbein berührte und nach dem Herzen tastete. Sie bereitete sich innerlich gut vor, versetzte sich durch eigene Willenskraft in Trance und nahm mit Susan Verbindung auf. Durch ihr Bewußtsein schwammen Bilder aus Susans Leben. Die Kinder, der Mann. Ständig wurde etwas von ihr gefordert; der Konflikt zwischen Familie und Karriere; der Mann, hart und grausam, manchmal sogar handgreiflich, weil sie ihm nicht gut genug war, zu stolz, zu selbständig.

Kein Wunder, daß sie sterben will! Subhana schauderte und ging tiefer hinein. Was lag in Susans Bewußtsein, das diese unerträgliche Situation überhaupt erst zuließ?
Als Subhana tiefer forschte, merkte sie, daß ihre eigene, schmerzhafte Müdigkeit ihre Fähigkeiten beeinträchtigte. Sie nahm Zuflucht zu Übungen, die ihr neue Energie zuführen würden, und stellte sich Ströme von Licht vor, die sich in ihren Körper ergossen. Aber Susan schien ihr die Energie schneller zu entziehen, als sie sie heranholen konnte. Wieder ging sie tiefer.

Geh hin zur Quelle,
folge der Welle,
finde die Stelle.

Sie spürte, wie es sie weiter hineinzog, tiefer, als sie je in jemanden eingedrungen war. Ihre Müdigkeit machte eigene Sperren schwächer, so daß die Verschmelzung vollständiger wurde. Sie wußte, daß sie auf gefährlichen Wegen wandelte, weil niemand sie überwachte und ihr eigener Pegel so niedrig stand. Aber Susans Not und unbewußt auch ihre eigene Unzulänglichkeit schrien ihr zu, weiter auszugreifen, etwas Konkretes herauszufinden, zu einem Entschluß zu kommen. Sie setzte ihr Suchen fort.
Es wird kalt hier, dachte sie, *und feucht.* Sie warf einen Blick auf das Blut in Susans Adern, und vor ihr erschien das Bild eines tiefen, dunklen Flusses. Der Fluß rief sie. Unwillkürlich griff sie in die Strömung und berührte eine eisige, erschreckende Kälte, die ihr ins tiefste Innere schnitt. Sie zögerte, keuchte und spürte, wie sie anfing, sich zu drehen, herumzuwirbeln; unkontrolliert, wie ein langer, endloser Sturz, bei dem es niemals ein Landen gibt. Wirbel aus gräulichen Fäden formten sich zu Netzen, um sie aufzufangen; aber wenn sie sie berührte, gaben sie nach wie Spinnweben, und sie fiel ungehindert weiter.
Vor ihr waberte eine Gestalt, gelassen und dunkel, mit Mantel und Kapuze. Sie hob den Blick, um den Augen in der Kapuze zu begegnen, und fand sich von ihrer Tiefe und Gelassenheit eisig gepackt. Sie empfand nicht, daß sie landete, aber jede Bewegung erstarb, als

sie in diese Augen schaute. Sie preßte die Hände auf den plötzlichen Riß, der sich in ihrem Herzen auftat, als sie das Alte Weib des Todes erkannte. Sie erstarrte zu Stein.

»Was tust du hier, Subhana? Suchst du mich schon so früh?« Die Stimme war dichter schwarzer Samt und kam von überall und nirgends. Das Gesicht: ein fleischloser Schädel, von hauchdünner Seidenpapierhaut überspannt, mit den Runzeln von tausend Gesichtern. Die Augen: dunkel und durchbohrend, kalt und fern und doch seltsam mitleidig.

Subhana zog die Hand aus dem Fluß, aber die Feuchtigkeit auf den Fingern schien sofort zu gefrieren. Sie führte die Finger ans Gesicht, um sie anzuhauchen. Sie schmeckten bitter.

»Hast du dich verlaufen, meine Kleine? Dich überanstrengt? Brauchst du jemanden, der dir hilft?« Das Alte Weib griff über den Fluß und berührte sanft, beruhigend Subhanas kalte Hand. Aus den tief eingesunkenen Augen sprach allumfassendes Verstehen, als sie Subhanas Schmerzen und Ängste, Einsamkeit und Weh in sich aufnahm. Da war weder Drohung noch Herausforderung. Nur eine Ruhe und ein Frieden, die Subhana unwiderstehlich anzogen. Sie war voller Begierde, sich über den Fluß zu werfen und von den Händen dieser Frau behütet zu werden, ihre Sorgen in diese Augen zu sprechen. Aber etwas in ihr schlug schützend Alarm. *Das ist das Alte Weib des Todes! Gib ihr nicht nach! Sei stark, Subhana, wehr dich!*

Sie zog die Hand fort und trat zurück, die Augen glasig vor Wut. Mit dem Haß der Ohnmächtigen gegen ihre Herren und Meister starrte sie das Alte Weib an, aber dessen Augen gaben nichts als Freundlichkeit und Verständnis zurück.

»Es ist Nacht, Subhana. Komm, du mußt schlafen.« Eine knochige Hand strich ihr ein verwirrtes Haar aus der Stirn und rührte sie mit ihrer Zärtlichkeit. »Ich sehe doch, daß du müde bist.«

Die bloßen Worte verstärkten ihre Erschöpfung und verführten sie zum Einschlafen. Subhana merkte, daß sie schwach wurde. Aber die Erinnerung an die Träume, die sie zuvor gehabt hatte, rüttelte sie wach, und sie kämpfte mit aller Macht.

»Nein, nein, ich kann nicht«, schrie sie, und kalter Schweiß rann über ihr Gesicht. Ihr Verstand raste chaotisch, griff nach Dingen der Welt, die sie kannte und liebte – Dingen aus Leben und Licht, aus Leidenschaft und Wärme. Aber sie lösten sich schnell in Nichts auf, als ihre Kraft nachließ und ihre Sicherheit schwand. Das eisige Wasser flutete über ihre Füße und drohte sie fortzuspülen.

Das Alte Weib saß ganz ruhig. Ihre dunklen Gewänder bewegten sich nicht und verbreiteten Schwärze ohne Schatten. Die Augen waren ruhig, während ihre Tiefen von Ewigkeit mit gelassener Gleichgültigkeit zuschauten, wie das junge Mädchen mit sich rang.

Subhana merkte, wie ihr der Wunsch abhanden kam, diesen Kampf mit dem Tod zu gewinnen. Sie war im Begriff, alles zu verlieren – ihr Gefühl für das eigene Ich, ihren Verstand, ihren Körper. Und es schien gar nicht darauf anzukommen. War sie Subhana oder Susan? Die beiden waren so vollständig eins geworden, daß sie es weder mit Sicherheit sagen noch die logischen Fäden wiederfinden konnte, die die beiden zu trennen imstande waren. Die Augen das Alten Weibes hatten sie ganz und gar in ihren Bann geschlagen, und es war kein Stückchen mehr von ihr übrig, das sich über Susan hätte Gedanken machen können. Unzweifelhaft ging es jetzt um ihr eigenes Leben, und wenn sie schon das nicht retten konnte, dann bestimmt nicht das von Susan. Unwillkürlich begann Subhana, vor Angst und aus dem ungeheuerlichen Gefühl des Versagens heraus zu schluchzen. Zuerst langsam, dann mit heftigem Wogen der Brust, und ihr Weinen wurde immer verzweifelter, bis das Alte Weib die milden Hände nach ihr ausstreckte und sie sanft und beruhigend an sich zog.

»Deine Tränen füllen den Fluß, mein Kind, und ihn mußt du überqueren. Du darfst deine Tränen nicht behalten. Zu mir mußt du trocken kommen und still, und Wunsch und Willen hinter dir lassen. Dieser Fluß der Tränen ist es, den du überschreiten mußt, um den Frieden zu finden, den du so verzweifelt suchst. Im Tod läßt man alle Tränen hinter sich.«

Subhana betrachtete sich im Fluß. Das Wasser stieg und strömte schneller und leidenschaftlicher, als sie heftiger weinte. Sie fühlte, wie es an ihren Beinen emporkroch, wie seine eisige Kälte ihr Geschlecht berührte und vom Bauch über die Brüste zum Herzen hinaufdrang. Sie fühlte, wie dieser Fluß aus Schmerz und Verlust sie fortriß, dieser leidenschaftliche Strom aus Menschenseelen, die Dinge ersehnen, die sie nicht erreichen können. Sie sah das Spiegelbild ihres Gesichtes, von Wut und Furcht entstellt, sie sah die Schwäche in ihren Augen.

»Nein, nein, das bin ich nicht!« schrie sie, und als das Alte Weib ihr die Hand entgegenstreckte, griff sie danach, stemmte sich gegen die Wellen der eigenen Verzweiflung und durchwatete den Fluß.

Sie stolperte das Ufer hinauf und brach zusammen. Das Alte Weib breitete die Arme aus, und Subhana kam und legte den Kopf auf die knochige Schulter. Es flossen keine Tränen mehr.

Stille war in ihr, und ihr Körper sträubte sich nicht mehr gegen das, wonach er sich sehnte. Sie gab sich der gesegneten Ruhe, dem Frieden hin. Sie verschmolz mit dem Alten Weib, mit dem Tod, mit ihrer Patientin und mit allen, die es gewagt hatten, diesen Fluß der Tränen zu überqueren... und fühlte nichts.

»Schlaf und Friede, Ruh, Erwachen.
Dunkelheit nimmt deine Seele.
Tod und Leben: unvergessen.
Morgen wirst du neu erwachen.«

Das Alte Weib sang dem schlafenden Mädchen vor, das sich nicht mehr bewegen konnte, sich auch nicht mehr bewegen wollte, das endlich ihr Leben losließ und nichts mehr fühlte.

Zeit verging. Nichts dehnte sich zur Unendlichkeit. Subhana wurde nichts und alles. Sie war wunsch- und willenlos, aber sie hörte nicht auf zu sein. Was sie war, wußte sie nicht, aber sie fragte nicht danach. Es war genug, diesen unendlichen Frieden zu empfinden. Sie ruhte so tief wie nie in ihrem Leben.

Und mit der Ruhe kamen die Träume. Zuerst eine Flut verwirrender Bilder, dann Schwärze, als die Bilder im langen, dunklen Tränenfluß zergingen. Subhana fühlte, wie der Friede des grenzenlosen Nachthimmels sich über sie senkte und eine neue Art Stärke und Verstehen in ihr wuchsen. Und so gestärkt träumte sie, sie selbst wäre das Alte Weib des Todes und stehe reglos da und sähe den Tränenfluß vorbeiziehen. Unzählige Gesichter erschienen ihr, in Todesqualen verzerrt, um Verschonung flehend, weinend, leidenschaftlich schluchzend, voller Angst vor ihr.

Sie sah leidenschaftslos zu. *Fort von diesem Frieden? Diese gepeinigten Seelen fürchteten die unendliche Ruhe? Aus welchen Narren die Menschheit doch besteht! Wie wenig sie wissen! Wie sehr sie sich in Wirklichkeit nach mir sehnen – wenn sie es nur wüßten.* Sie wollte nach ihnen greifen, aber selbst der Wunsch war tot in ihr. So lachte sie nur.

»Ihr Toren! Ihr törichten, lebendigen Narren, die ihr euch so gierig an eure kurzen Augenblicke Leben klammert! *Ich* habe losgelassen, während *ihr* euch nur selber quält! *Ich* habe das Geheimnis entdeckt! *Ich* habe das Königreich gefunden und das Mysterium entschleiert. Und ich werde auf euch warten, denn ich bin das, was am Ende aller Wünsche steht!«

Ihr Lachen war ein Kichern, bittersüß. Sie hob dem Reich der Dunkelheit, das sie umgab, die Arme entgegen und dehnte sich, um seinen Tiefen zu begegnen. Sie griff über die Sterne hinaus, fort vom Leben, fort vom Licht, und fand sich grenzenlos.

Ein kleiner Rest ihres Ichs betrachtete die Subhana, die sie einmal gewesen war, mit Kälte. Sie sah, wie sehr sie nach dem Erfolg gestrebt hatte, getrieben von ihrem Ego, sah ihre Sorgen über kleinliche Dinge, ihr begrenztes Verständnis. Sie war froh, daß sie endlich losgelassen hatte.

»Oh – aber hast du denn wirklich losgelassen?« kam ein anderer Ruf, diesmal mit der Stimme eines kleinen Kindes, unschuldig und heiter. Er gab ihr einen Ruck, zerstörte die Stille, sprengte die Dunkelheit und quälte ihre Neugier. Das Kind erschien ihr irgendwie bekannt, aber ihr fiel nicht ein, wer es sein konnte. Sie sah sich selbst als Kind. Noch unverletzt, ungebrochen und unschuldig. Keine Gedanken an den Tod oder das Leben, noch friedfertig, vertrauensvoll, freundlich. Da erkannte sie Gesicht und Stimme ihres eigenen Kindes, noch ungeboren, ja, nicht einmal empfangen, aber sie wußte, daß sie dieses Kind dereinst gebären und großziehen würde. Es winkte ihr voller Licht und Anmut zu, und sie begriff, daß die Unendlichkeit kein Schicksal für sie bereithielt, das sich mit dieser Aufgabe vergleichen ließ.

Subhanas Herz begann eine Wandlung zu erfahren. Wunsch und Willen hatte sie verloren und verfolgte nun mühelos die Bilder. Andere Gesichter tauchten auf. Gesichter, die Heilung brauchten – die sich nicht gegen den Tod wehrten, sondern ihn herbeisehnten, trotzdem aber weiterlebten, weil ihre Zeit noch nicht gekommen war. Subhanas Gesicht war darunter, jetzt ruhiger, zufrieden.

Und noch weitere Gesichter erschienen ihr. Gesichter voller Licht, auf denen eine andere Art Friede lag. Sie sah Kerzenflammen, die die milden Züge von Freundinnen und Lehrerinnen erhellten, die sie liebte; sie riefen ihren Namen. Sie waren hell und glücklich, nicht dunkel und tot, und Widerstreben stieg in ihr hoch und entzündete einen neuen Lebensfunken in ihrer kalten Stille. Ein silberner Faden erschien und wurde breiter und glänzender. Er umhüllte sie mit Wärme und Liebe, und sie spürte, wie er sie fortzog, wie sie durch viele Zeitschichten schwebte und endlich irgendwo – sie wußte nicht, wo – wieder auftauchte. Sie war zu keinem Widerstand fähig.

Aus den Kerzenflammen wurden Feuer, die ihren erfrorenen und tauben Körper wärmten. Langsam kehrte die Empfindung zurück – zuerst das Gefühl des Schmerzes, so daß sie zurückfliehen wollte; aber sie wurde mühelos durch die Feuer hindurchgezogen, und ihr Körper reagierte, wie er selbst es wollte. Silberfäden verbanden sich zu einem Gewebe, das sie hielt und einem ganz anderen, kleineren Schicksal entgegentrug.

Ganz ruhig lag sie im Kerzenschimmer da, voll von neuer, heiterer Gelassenheit und Ganzheit. Ihr war immer noch kalt, aber ringsum spürte sie Wärme und zog daraus Kraft, wie sie es in ihrer Ausbildung zur Heilerin so gründlich gelernt hatte. Sie brauchte die Augen nicht zu öffnen, um zu wissen, daß sie von ihren Freundinnen umgeben war, daß sie sie riefen, daß sie den Tod bekämpft und überwunden hatte – überwunden, nur weil sie sich ihm ergeben hatte und nur weil die Liebe und Kraft anderer sie zurückgeholt hatten. Sie fühlte sich zugleich gehoben und voller Demut.

»Du mußt dich stärken und ausruhen, um heilen zu können. Du mußt nehmen, damit du geben kannst. Du mußt sterben, um das Leben zu verstehen. Du hast bewiesen, daß du selbstlos bist, und hast dadurch dein wahres Selbst gefunden. Nun bist du reif, diesen Ort zu verlassen und ein eigenständiges Leben draußen zu führen. Du hast die letzte Lektion gelernt und hast es gut getan. Wir segnen dich, Schwester.«

Subhana hob endlich den Kopf. Sie sah die liebevollen Gesichter ihrer Freundinnen und schloß sie in ihr Inneres. Sprechen konnte sie nicht.

Dann schaute sie zu Susan hinüber, ihrer Patientin, die noch immer auf dem Bett lag, schweigend und still. Sie konnte erkennen, daß Susans Zeit noch nicht gekommen war, daß die Ranken ihrer Lebensfäden noch fest und deutlich waren, wenn auch ganz und gar still. Sie wußte jetzt, daß sie die Freundin wiederherstellen konnte, aber weder Patientin noch Heilerin hatten bisher die dafür so dringend erforderliche Ruhe ganz gefunden.

Erfüllt von neugewonnenem Frieden lächelte Subhana und entspannte sich. Sie war bereit abzuwarten.

POLLY B. JOHNSON

Polly Johnson war viele Jahre Nonne in einem anglikanischen Orden. Sie schreibt schon lange, aber ihre phantastischen Werke beschränkten sich weitgehend auf Kindergeschichten. Als sie mir die folgende Erzählung schickte, wollte ich sie zuerst gar nicht lesen; eine der unangenehmsten Aufgaben eines Herausgebers ist die Ablehnung von Arbeiten guter Freunde, und was ich von Polly gelesen hatte, ließ mich bezweifeln, daß etwas von ihr für diese Bände in Frage kommen konnte.
Aber schon die ersten Sätze reizten mich: »Ihr Fuß hatte die Erde nie berührt. Nicht einmal die kleinen Goldsandalen hatten sie betreten, so wenig wie die Fußböden, auf denen die Sterblichen wandelten.«
Ich konnte den Blick nicht von den Seiten losreißen, und als ich fertiggelesen hatte, bat ich meine zweite Lektorin, Lisa Waters, die mir als Sekretärin hilft, den Text zu lesen und mir ihre Meinung zu sagen; war ich vielleicht voreingenommen, weil es um eine Freundin ging?
Lisa las die Geschichte in einem Zug durch, ohne auch nur Luft zu holen. Als sie endlich wieder ansprechbar war, gab sie mir das Manuskript wieder und erklärte: »Kaufen! Jetzt siehst du, wieso ich Polly seit zwei Jahren quäle, etwas für uns zu Papier zu bringen.«
Polly lebt in San Antonio, Texas, und möchte später einmal Bilderbücher für Kinder schreiben. – M. Z. B.

POLLY B. JOHNSON

Frisches Blut

Ihr Fuß hatte die Erde nie berührt. Nicht einmal die kleinen Goldsandalen hatten sie betreten, so wenig wie die Fußböden, auf denen die Sterblichen wandelten. Wohin sie auch ging, überall eilten Sklaven, ihr Matten aus gewobenem Gold unter die Füße zu breiten. Nur in ihren Privatgemächern konnte sie sich frei bewegen. Allerorten waren Zeremoniell und Ritual ihre ständigen Begleiter. Sie war die Herrschende Prinzessin von Tlascan und eine der Unsterblichen. Denn der Geist der Herrscher von Tlascan ging von einem auf den nächsten über und starb niemals.

Aber was half das? dachte Naila mehr als einmal. *Man stirbt ja doch. Großvater starb hier im Palast. Und Vater starb in der Schlacht, man hieb ihm den Kopf ab.*

Nun, da die Herrschaft auf ein Mädchen-Kind übergegangen war, mußte sie ihren Vetter heiraten, um Kinder vom reinen Blut zu bekommen. Obwohl sie ständig Fragen stellte, erkannte Naila das an. Nur die *Person* des Mannes, den sie zur Ehe nehmen sollte, machte sie wütend und verwirrt. Ihr Vetter war ein Jahr jünger als sie, erst dreizehn, ein Knabe, schwach an Körper und Geist.

Wie konnte er herrschen? überlegte sie ärgerlich. Er lächelte sie immer nur unsicher an oder schrak zurück, wenn sie eine schnelle Bewegung machte, denn er fürchtete sich vor ihr. *Er fürchtete sich,* dachte sie verächtlich, *eigentlich vor allem.* Während der langen Zeremonien saß er ruhelos und quengelnd da oder rutschte auf dem Drachenthron hin und her und zog mit dem Finger die Schnitzereien nach. Das eine Mal, als er einem Opfer beigewohnt hatte, bekam er einen hysterischen Anfall, so daß Naila seither den Vorsitz immer allein innegehabt hatte.

Jetzt stand sie in ihrem Gewand aus Quetzalvogelfedern da, machte das Zeichen der Reinigung über ihrer Stirn und ließ sich von ihren Frauen den Kopfputz aufsetzen. Er war drei Fuß hoch und sah aus, als wäre er viel zu schwer für einen so zarten Hals; aber das stimmte nicht, weil er überwiegend aus Federn bestand. Sie senkte die Hand und schüttelte sie, bevor sie sie zur Faust geballt wieder hob und öffnete, um den Quetzalfächer entgegenzunehmen. Sie schloß die Hand um den Jadegriff und bewegte ihn auf und nieder, wobei sie sich langsam drehte und die Dienerinnen eine nach der anderen mit dem Fächer berührte. Sie verneigten sich und berührten mit dem Daumen die Lippen. Alle ihre Frauen trugen Holzpantoffeln, damit ihre gewöhnlichen Füße Nailas Gemächer nicht verunreinigten. In der Tür machte sie das Zeichen der Öffnung, das Zauber verscheucht, und schritt dann hindurch, sorgsam auf die Goldmatten tretend.

Manchmal fragte sich Naila, was wohl geschehen würde, wenn sie einmal einen Schritt auf den Boden machte. Würde wirklich irgend etwas passieren? Die Sklaven würden für ihre Nachlässigkeit zum Altarstein geschickt werden, aber sonst? Manchmal dachte sie darüber nach, auf welche Weise sie sich tatsächlich von den Sterblichen unterschied. Die alte Maruha war sterblich, und sie war so klug. Es war Maruha, die ihr immer alles erklärte. Naila hatte schon längst gelernt, die Priester nicht um Erklärungen zu bitten. Allerdings waren auch Maruhas Antworten, ganz gleich auf welche Fragen, oft die gleichen wie die der Priester:

»Der Gefiederte Jaguar hat es so bestimmt, Prinzessin. Diese Dinge haben die Götter geordnet. Wir können sie nicht wissen. Wir können uns nur an das Ritual halten, im tiefsten Innern unserer Herzen nach seinem Sinn forschen und ein Stückchen der Wahrheit begreifen, wie sie sich im Ritual offenbart.«

Naila kannte die Worte auswendig, aber sie befriedigten sie nicht.

Maruha, eine Sklavin aus dem benachbarten Netz-Atal, hatte schon Nailas Mutter gedient und der sterbenden Königin versprochen, sich um ihre neugeborene Tochter zu kümmern. Sie schätzte den Jaguar und seinen blutigen Kult wenig, aber sie verstand, daß

Naila darin aufwachsen mußte, und tat ihr Bestes, das Mädchen damit zu versöhnen. Das freilich wurde mit der Zeit immer schwieriger.
Die Umgebung der Prinzessin lernte, daß es üble Folgen hatte, wenn man der alten Frau in die Quere kam – es konnte bis zum Altarstein führen. Maruha mißbrauchte ihre Macht nicht – es genügte, andere gelegentlich daran zu erinnern, daß sie ihr zu Gebote stand. Sie wußte nur allzu gut, daß das Kind, das sie liebte, das erste gewesen wäre, das unter den Händen der allmächtigen Jaguarpriester zu leiden gehabt hätte, wenn sie irgendeine Ketzerei im Herzen der Prinzessin genährt hätte. Manchmal aber sah sie der aufrechten kleinen Gestalt in den Schleppengewändern nach und schüttelte den Kopf.
Später wußte niemand, warum Königin Nailasihuatl sich als Wappen ein galoppierendes Pferd gewählt hatte – mit Ausnahme von Anole, denn sie hatte ihm einmal von dem Anblick erzählt, mit dem vielleicht alles angefangen hatte.
Auf dem Weg zum Mittmonatsopfer überquerte Naila die obere Terrasse und gelangte zu den Unteren Stufen des Tempels. Da hörte sie am Fuß der Mauern einen schrillen Ruf. Die Straße entlang, die im Bogen am Tempel vorbeiführte, kam eine Pferdeherde, getrieben von drei nackten, hart reitenden Jünglingen. Naila blieb stehen und schaute ihnen zu. Auch ihr Gefolge mußte stehenbleiben; wäre sie von den Pferden nicht so gebannt gewesen, hätte sie die Mißbilligung spüren müssen.
Das Ausgreifen der Beine, der Wirbel von Mähnen und Schweifen entzückten Naila und trieben ihr Tränen in die Augen. Es war, als läge so viel Schönheit und Freude darin, ein Pferd zu sein und zu galoppieren, daß ein bloßer Mensch es sich gar nicht vorstellen konnte. Plötzlich wünschte Naila, sie wäre einer jener Hirten. Sie hörte die Dame Horta zischeln, ein Wort voll tadelnder Ungeduld. Sie wußte ganz genau, daß es ihre Aufgabe war, jetzt die Stufen zum Tempel hinaufzusteigen, aber sie starrte der Älteren absichtlich gerade ins Gesicht und drehte sich dann um, um weiter die Pferde zu beobachten. Erst als sie außer Sicht und ihre donnernden

Hufe nicht mehr zu hören waren, setzte sie sich in Bewegung. Inzwischen hatte sie die Dame Horta vergessen.
Im Tempel schritt sie geistesabwesend auf ihren Platz, in Gedanken noch immer bei den galoppierenden Pferden. Sie entbot dem knienden Opfer den Gruß. Es war herrlich gekleidet, wie sie selbst, in Federgewand und Goldsandalen, nur daß der Mann unter dem Gewand nackt war. Als sie den Kuß auf seine Stirn hauchte, die Worte der Ermahnung rezitierte und dann zurücktrat, schaute sie ihn an und merkte, daß er keinen Haarknoten trug, also ein Fremder war, kein Verbrecher aus der Stadt. Sie hätte gern gewußt, woher er kam, wer er war und ob es in seinem Volk Menschen gab, die Gedanken hatten wie sie.
Sie stellten ihn mit dem Rücken vor den Stein. Die ganze Zeit über, während sie ihm Gewand und Sandalen abnahmen, wünschte sich Naila, sie könnte mit ihm sprechen, was für eine Herrschende Prinzessin natürlich völlig undenkbar war. In der betäubten Gelassenheit des Holatl-Saftes, den man ihm zu trinken gegeben hatte, stand er still da; ohnehin hätte er ihr keine Antwort gegeben. Mit der Geschicklichkeit langer Übung warfen sie ihn rücklings über den Stein, zu viert; jeder hielt ein Handgelenk oder einen Knöchel. Es gab keine Möglichkeit, sich zu wehren, und der Mann schrie auch nicht auf, obwohl das ab und zu vorkam. Der alte Tascoc hob das Obsidianmesser und stieß zu. Auch er arbeitete schnell und geschickt, und als er das Herz hochhielt, schlug es noch. Manche der jüngeren Priester waren nicht so säuberlich. Naila sah zu, wie das Herz zwischen die Steinzähne des Jaguars gelegt wurde, und als der Gesang anschwoll, kehrte ihre aufsässige Ungeduld zurück.
Warum? Was fing der Jaguar damit an? Nichts. Er war aus Stein. Als sie den Tempel verließ, wünschte Naila sich von neuem, sie hätte mit dem Mann sprechen können.
Der verbleibende Gedanke an diesen vergeblichen Wunsch weckte in Naila ein perverses Verlangen, irgend etwas Ungewöhnliches anzustellen. Sie beschloß, sich die Pferde anzuschauen. Ihr Wort, das Wort der Herrschenden Prinzessin, war Gesetz, aber vor sich

selbst gestand sie sich, daß der alte Cacmool, ihr Kämmerer, das wirkliche Gesetz darstellte. Diesmal allerdings zog er zwar ein saures Gesicht, erhob jedoch keinen Einwand. Von ihren Damen und wie immer von Maruha begleitet, Cacmool an ihrer Seite, mit vier Sklaven, die vorausliefen und Matten ausbreiteten, betrat sie die Stallungen. Cacmool hatte den obersten Stallknecht bereits wissen lassen, daß die Prinzessin die im Kampf erbeuteten Pferde zu besichtigen wünschte. Der Stallknecht war ein betagter Gnom von Mann, der ihr aus hellwachen Augen zuzwinkerte und sich dann umdrehte, um seinen Helfern kurze, bissige Anweisungen zuzurufen. Sie ließen die Pferde für sie paradieren, ritten sie im Kreis und ließen sie einschwenken, so daß sie in einer Reihe vor ihr standen. Zuletzt führten zwei Stallburschen einen Hengst heraus. Er war klein und wirkte so sauber und scharf wie aus einem Jaspisblock geschnitten. Er war dunkelrot, mit einem weißen Fleck zwischen den Augen. Er tanzte, wenn er sich bewegte, und Naila fand ihn ganz und gar wundervoll.

»Ja, er ist eine Schönheit, Prinzessin«, sagte der Gnom, als er ihr Entzücken bemerkte. »Ein bißchen frisches Blut, das brauchen unsere Pferde.«

Nailas Blick wanderte von dem Pferd zu dem Stallknecht. »Frisches Blut?«

»Jawohl, Prinzessin. Frisches Blut wird den Fohlen, die er uns bringt, neue Kraft geben. Es geht nichts über frisches Blut, wenn man die Qualität von Zuchttieren verbessern will.«

Naila kehrte mit ihrem Gefolge zum Palast zurück und trat dabei sorgsam auf die Matten.

Wir brauchen auch frisches Blut.

Das war es, was mit dem armen, schwachköpfigen Cooscan nicht stimmte – zu viele Generationen lang das gleiche Blut. Und die gleichen Rituale und die gleichen Ideen, fügte sie in Gedanken hinzu und dachte gleich darauf, ob der alte Cacmool wohl überhaupt noch Ideen hatte.

Aber wenn ich regieren soll, wenn ich die Prinzessin bin, muß ich auf solche Dinge achten. Das Wohl des Volkes – das war die Aufgabe der Herrscher, oder etwa nicht?
Die Pferde waren auf dem Schlachtfeld gewonnen worden. Man hatte irgendein anderes Reich überfallen; die Pferde waren ein Teil der Beute. Auch die Opfergefangenen gehörten dazu – das erklärte den Mann, den man heute dargebracht hatte. Aber man konnte nicht in den Kampf ziehen und neue Ideen erobern, so wie man Männer und Pferde einfing. Ein neuer Gedanke kam ihr: warum hatte ihr niemand etwas davon berichtet? Sie war die Herrschende Prinzessin, aber es konnte eine Schlacht stattfinden, bei der man Männer und Pferde ergriff, und sie wußte nichts davon. Sie befand sich in ihrem heiligen Gemach, nun aber ging sie zur Tür und ließ die Sklaven verzweifelt hin und her rennen, um bis zu dem Gong im Vorzimmer die goldenen Matten vor ihr auszubreiten. Sie schlug mit der kleinen, entschlossenen Faust gegen den Gong, mehrfach, und zog sich dann in ihr eigenes Zimmer zurück, wo sie vor ihrem Prunksessel auf und ab ging. Sie war so in Gedanken versunken, daß sie, als Cacmool eintrat und sich vor ihr zu Boden warf, ihn nur flüchtig ansah, stehenblieb und ganz vergaß, ihn zum Aufstehen aufzufordern.
»Woher kam der Mann für das heutige Opfer, edler Kämmerer?«
»Er war ein Gefangener, Erhabene.«
»Das weiß ich. Habe die Güte, meine Frage zu beantworten.« Beim gebieterischen Klang der eigenen Stimme wurde es Naila einen Augenblick unbehaglich zumute. Dann hob sie das Kinn und wartete.
»Es war ein Stamm – ein Königreich, das unsere Grenzen unsicher macht...«
»Sein Name?«
»Netz-Atal nennt man es, Erhabene.«
»Netz-Atal? Aber das –« Naila unterbrach sich, weil sie einsah, daß es den Kämmerer wenig beeindrucken würde, daß Maruha, eine von vielen Palastsklaven, aus dem überfallenen Land stamm-

te. Sie entließ den Kämmerer und entfernte sich, um Maruha rufen zu lassen, wodurch sie den Edlen Cacmool dazu zwang, auf Händen und Knien aus dem Zimmer zu kriechen, weil sie in ihrer Erregung vergessen hatte, ihn mit dem Fächer zu berühren. Die stattliche alte Dienerin berührte die Türpfosten und deutete die Geste des Öffnens an, bevor sie niederkniete. Naila strich mit dem Fächer über sie hin und begann zu reden, bevor Maruha sich noch erhoben hatte. Aber diese fiel ihr ins Wort.

»Schickt es sich für eine Herrschende Prinzessin, sich unhöflich zu ihrem Kämmerer zu benehmen? Man hat es mir bereits zugeflüstert. Es gehört sich nicht für eine Unsterbliche, einen alten Mann auf Händen und Knien kriechen zu lassen.« Mit weicherer Stimme fügte sie hinzu: »Und es ist auch gefährlich für dich, meine Blume, den Edlen Cacmool zu demütigen. Er ist eine alte Schlange und kann stechen, Kind.«

»Ich – es tut mir leid. Ich werde mich bei ihm entschuldigen, aber – ach, Maruha – die Gefangenen – sie sind aus Netz-Atal. Aus deinem Land!«

»Weiß ich das denn nicht?« Das alte Gesicht zeigte die zurückhaltende Würde eines Menschen, dem man vor langer Zeit sein Erbe geraubt hat, der aber immer noch stolz ist; und auf einmal erkannte Naila hinter der aufmerksamen Dienerin eine Frau, die einmal frei gewesen und es im Herzen immer noch war, mit einer verbissenen Liebe zu ihrer Heimat. Naila saß stumm da und staunte ihre Freundin mit Augen an, die immer größer wurden, als ihr innerer Blick sich schärfte. Maruha, weise über die Weisheit des Gefiederten Jaguars hinaus. Frisches Blut. Gefangene aus Netz-Atal, aus Maruhas Heimat, Männer, die vielleicht die gleiche Weisheit besaßen. Frisches Blut. Frische Gedanken.

»Mara, ich will die Gefangenen sehen.«

»Das ist unmöglich, Erhabene.« Die Antwort kam schnell und bestimmt, noch unterstrichen dadurch, daß Maruha den Titel gebrauchte.

»Aber Maruha, hör mir zu. Hast du gehört, was der Stallknecht heute gesagt hat? Von den Pferden, die frisches Blut brauchen?

Nun gut – auch wir brauchen frisches Blut. Ich meine, frisches – frisches *Leben*. Ein paar frische Gedanken! Sie wollen mich mit Coscaan verheiraten, aber er ist wie ein kleines Kind, Mara, und er wird immer ein kleines Kind bleiben. Und meine Brüder. Sie waren wie Coscaan. Darum habe ich sie auch immer geneckt, weil sie so dumm waren, obwohl sie die Älteren waren.«

Maruha setzte sich mit gekreuzten Beinen auf den Boden. Sie mußte nur wenig den Kopf heben, um dem Blick des Mädchens zu begegnen, das auf einem niedrigen Stuhl saß. Sie sah Naila streng an.

»Der Edle Herr Sassoo würde Herrschender Prinz geworden sein, wäre er am Leben geblieben, Prinzessin. Weil er tot ist, ist es um so wichtiger, mit Respekt über ihn zu sprechen.« Sie ließ ihre Stimme ernst und streng klingen, aber es machte keinen Eindruck auf Naila.

Sie beugte sich zu Maruha hinunter und sprach mit wirklichem Ernst.

»Das ist es ja gerade, Mara. Herrschender Prinz! Er konnte ja nicht einmal mich beherrschen – wieviel weniger ein Königreich! Und was seinen Tod betrifft – Remmi hat mir gesagt, wie er wirklich gestorben ist – blind ist er geworden und verrückt, weil er sich in den Keller geschlichen hat, um gewürzten Honigwein zu trinken; und ihr mußtet ihn im Bett festbinden. Ja, und sie opferten dem Jaguar fünfzig Herzen, und er ist trotzdem gestorben.«

»Der Gefiederte Jaguar handelt, wie es ihm beliebt, und er tut, was er will«, zitierte Maruha, aber Naila hörte Unsicherheit in ihrem Ton und fuhr eilig fort: »Und welchen Sinn hat es dann, ihm Herzen zu opfern? Er will, was Tlascoc und Cacmool wollen.«

»Sei still, Kind! Laß nicht einmal die Wände solche Worte hören!«

Naila glitt vom Stuhl und setzte sich mit über den Knien verschränkten Händen vor Maruha hin. Trotz ihrer Erregung hinderte die eingewurzelte Gewohnheit, niemals einen gewöhnlichen Menschen anzufassen, es sei denn bei einem förmlichen Ritual, sie daran, Maruha zu berühren.

»Mara«, begann sie, »du bist der klügste Mensch, den ich kenne. Cacmool denkt nur das, was er immer schon gedacht hat. Das, was man ihn gelehrt hat, als er mündig wurde. Du bist es, die mir beigebracht hat, wie man Dinge begreift.«

»Ich zittere bei dem Gedanken, was ich dich habe begreifen lassen.«

Naila achtete nicht auf diese Worte. »Vielleicht ist einer unter den Gefangenen, der mir berichten kann, wie sie in Netz-Atal leben. Wie sie herrschen. Mara« – sie hielt inne –, »verehrt man in Netz-Atal den Jaguar?«

»Nein, Erhabene.«

»Verehrst du ihn?«

»Nein, Erhabene.«

»Warum nicht?«

»Erhabene, darauf darf ich nicht antworten. Es ist nicht erforderlich – es kommt nicht darauf an, was eine Sklavin anbetet.«

Naila hämmerte sich mit den Fäusten auf die Knie und suchte in ihrem Kopf nach Worten, um auszudrücken, was sie fühlte.

»Aber unsere Anbetung macht uns zu Sklaven des Jaguars. Wir gehorchen ohne Grund, nur weil man es uns sagt. Sie geben ihm Menschenherzen, aber danach sind die Menschen tot. So viele Menschen, und vielleicht hatten sie ein weises Herz, jeder einzelne – und es wäre alles verschwendet. Mara, ich muß die Gefangenen sehen, bevor man sie opfert.«

»Und was willst du mit ihnen anfangen, Prinzessin?« Die Stimme klang hölzern.

»Mit ihnen *reden*!« Naila schrie beinahe. »Kannst du es denn auch nicht begreifen? Ich möchte mit ihnen reden, möchte herausfinden, ob sie Weisheit besitzen!«

Maruha saß ganz still und sah auf ihre gefalteten Hände nieder. Sie hatte wenig Zutrauen zu der Weisheit, die bei übel zugerichteten, besiegten Gefangenen zu finden sein mochte. Aber vielleicht war das der Weg, ein Versprechen einzulösen, das einst einer sterbenden Königin gegeben worden war. Endlich hob sie den ruhigen, dunklen Blick und betrachtete das Mädchen scharf.

»Erhabene, laß mich darüber nachdenken. Wenn du so etwas tust, muß es vorsichtig und im geheimen geschehen. Erlaube, daß ich mich zurückziehe.«
Noch weit besser als Naila wußte Maruha, daß es Naila war, die hier beherrscht wurde. Zwar nannte man sie Erhabene, Verkörperung des Heiligen, aber sollte das Kind Naila nur einmal gegen die Vorstellung von der Prinzessin verstoßen, so würde man sie nicht schonen. Andererseits stand Maruha Nailas Wunsch wohlwollend gegenüber. Sie hatte sich bemüht, dem Kind klares Denken beizubringen, und es sah so aus, als hätte sie damit Erfolg gehabt. Das Königreich brauchte eine aufgeklärte Herrscherin. Die Priester des Jaguarkultes herrschten durch Angst, eine wirksame, aber gefährliche Waffe. Langsam begannen die Menschen zu begreifen, daß niemand, so vorsichtig er auch lebte, vor dem Jaguar sicher war. Geopfert mußte werden, und wenn Verbrecher und fremdländische Gefangene knapp waren, mußte man die Opfer eben im eigenen Volk suchen. Die Möglichkeit einer Revolution bestand. In der Vergangenheit hatte sich derartiges bereits ereignet, das wußte Maruha. Aber war die Zeit reif dafür, die kleine Prinzessin auf einen so gefährlichen Weg zu führen? Mara dachte an die Königin, Nailas Mutter, und das Wagnis, das diese auf sich genommen hatte, um das Kind zu bekommen. Was sie damals erreicht hatten, durfte nicht umsonst gewesen sein.
Abends, als die Lichter gelöscht waren, kam Maruha leise an die Tür der Prinzessin und wurde zum Eintreten aufgefordert. Naila saß, halb im Schneidersitz, auf ihrem Bett. Das Mondlicht fiel durchs Fenster, und in ihrem losen Baumwollgewand sah Naila so klein und jung aus, daß der Entschluß der alten Frau um ein Haar ins Wanken gekommen wäre. Sie begann, als sei das bereits geschehen.
»Erhabene, ich kann nicht zulassen, daß du so etwas tust. Zu den Gefangenen ins Verlies zu gehen, würde die geweihte Person der Verkörperung des Heiligen entweihen.«
Naila schwieg, und Maruha wartete, selbst unsicher, was sie eigentlich erhoffte.

Sehr ruhig und bestimmt sagte Naila: »Also gut, Mara. Ich muß es tun. Wenn du mich nicht führen willst, gehe ich allein.«
Maruha seufzte. »Du bist entschlossen, meine Prinzessin?«
»Ja, das bin ich. Ich bin die Herrschende Prinzessin. Ganz gleich, was Cacmool von mir verlangt – ich muß herausfinden, was das Richtige ist. Wußtest du, daß sie, wenn nicht genügend fremdländische Gefangene oder Verbrecher zur Verfügung stehen, das – das einfache Volk nehmen? Sie versuchen ihnen einzureden, daß der Jaguar sie beschützt, aber das Volk braucht jemanden, der es vor dem Jaguar selbst behütet. Ich muß es versuchen.«
»Nun denn«, erwiderte die alte Frau, »dann bin auch ich entschlossen. Wenn ich dich nicht davon abbringen kann, werde ich dich begleiten. Meine Prinzessin, wenn du die Gefangenen sehen willst, mußt du *jetzt* gehen.«
Naila schrak zusammen. »Jetzt? Aber – im Dunkeln?«
Maruha lächelte grimmig. »Wo sie sind, meine Blume, ist es immer dunkel. Ich habe Fackeln.«
»Aber – aber es ist nach dem *Auslöschen der Lichter.*«
Bei diesen Worten trat Maruha auf sie zu, nahm Naila bei der Hand und zog sie ans Fenster, wo das Mondlicht auf die beiden fiel. Dort legte sie dem Mädchen die Hände auf die Schultern und sah ihr voll ins Gesicht. Die Person eines Unsterblichen zu berühren, bedeutete für einen gewöhnlichen Menschen den Tod. Wenn ihre Frauen sie ankleideten, hielten sie ihr die Gewänder hin, damit sie sie überstreifen konnte. Nur eine Verwandte aus demselben, reinen Blut hätte das Kind Naila liebkosen dürfen. Aber es hatte niemanden gegeben, der das hätte tun können. Sie war vielleicht das einsamste Kind im ganzen Königreich, ohne es zu wissen. Jetzt verharrte sie in benommenem Schweigen, betäubt von der Berührung und von dem, das darin lag: Liebe und Anteilnahme und Zärtlichkeit eines anderen menschlichen Wesens. Sie stand ganz still und starrte mit großen Augen angespannt in das im Schatten liegende Gesicht über ihr.
»Naila«, sagte Maruha mit voller Absicht, »meine Herzblume, mein kleiner Quetzalvogel, wenn du wirklich vorhast, in die Ver-

liese zu gehen, um dir Gefangene anzuschauen, die für den Altarstein bestimmt sind, allein, nur von einer Sklavin begleitet, dann sorge dich nicht um Kleinigkeiten wie das Herumlaufen nach dem *Auslöschen der Lichter* oder die Berührung einer Sklavin oder daß man dir Namen gibt, mit denen eine Amme ihr liebstes Kind ruft.« Ihre Stimme zitterte ein wenig, und die Hände auf Nailas Schultern bebten. »Auch brauchst du nicht daran zu zweifeln, daß eine Prinzessin des königlichen Hauses, die sich so entwürdigt, selbst zum Altarstein geschleppt werden kann – aber erst, nachdem sie gezwungenermaßen, durch Drogen betäubt und in Fesseln, das Bett ihres Vetters geteilt und ein Kind geboren hätte, das dann geopfert worden wäre.«

Als sie verstummte, machte Naila zunächst keine Bewegung und sagte kein Wort, sondern starrte sie nur mit derselben angespannten Ruhe an. Dann: »Ich muß es tun, Mara. Ich muß. Du brauchst nicht zu versuchen, mich abzuschrecken.«

»Das tue ich auch nicht, Herzblume. Aber ich muß dich warnen, was geschehen kann. Wenn die Jaguarpriester – wenn Cacmool – davon erführen, könnte dich nichts davor – vor dem, was ich gesagt habe – retten.«

Naila schloß die Augen und schluckte. Tränen quollen unter den Lidern hervor und glitzerten auf ihren Wangen.

»Ich weiß«, flüsterte sie. »Aber ich muß es trotzdem tun. Es geht nicht nur um Cooscan. Sie erzählen mir nicht einmal, wenn es eine Schlacht gegeben hat. Ich bin keine Herrscherin. Ich – ich bin eine Puppe, die sie mit den richtigen Kleidern herausputzen.«

Sie streckte den Arm aus und griff halb schüchtern nach der Hand der alten Frau.

»Ich weiß nicht, warum, aber mir ist, als liege ein Geheimnis über diesen Gefangenen, das ich erfahren muß.«

Plötzlich standen auch Maruhas Augen voller Tränen. Sie kniete nieder, nahm Nailas Hand und küßte sie.

»So ehren wir in Netz-Atal unsere Herrscher«, rief sie mit heiserer Stimme. »Jetzt erst bist du wirklich meine Herrin und Gebieterin. Ich will tun, was du wünschst, Gekröntes Haupt.«

Naila empfand neue Würde und ein wenig Furcht: nicht vor dem Abenteuer, das vor ihnen lag, sondern davor, daß sie sich der Ehre, die man ihr erwies, nicht würdig bezeigte.
»Erhebe dich nun, Maruha. Du bist jetzt meine Kämmerin. Was tun wir?«
Das Volk von Tlascan steckte so tief im Aberglauben, daß man nachts durch den ganzen Palast laufen konnte, ohne einer Menschenseele zu begegnen. Nach dem *Auslöschen der Lichter* lag selbst der Jaguartempel stumm und verlassen. Aber die Dunkelheit dient dunklen Taten, und es gab solche, die im geheimen ihren eigenen Interessen nachgingen. Das hatte Maruha bedacht, als sie ihren Weg wählte. In dunklen Mänteln durchquerten sie lautlos die Hallen und Gänge und gelangten endlich in den Tempel, wo die Treppe hinab ins Verlies führte. Der Mond gab so viel Licht, daß Maruha erst am Ende des Ganges, als sie sich an einer rauhen Steinwand entlanggetastet hatten, die Fackeln anzündete. Naila hielt sie in der Hand, während Maruha die Riegel an der schweren Tür beiseite schob. Sie schlüpften hindurch. Naila rang nach Luft.
»Mara! Dieser Geruch! Das ist ja entsetzlich. Was ist das?«
»Das ist der Geruch der Gefängnisse, meine Blume. Dort, wo die Männer stecken, wird er noch schlimmer sein. Wenn du es nicht aushalten kannst...«
»Geh weiter«, sagte Naila und schluckte hart.
Der Gestank war so massiv, als atme man Schmutz in Nase und Mund. Er war aus Tod und Angst und den Ausscheidungen so vieler eng zusammengepferchter Männer zusammengesetzt und hatte in diesem Loch gehangen, seit es den Palast gab, während sich Könige und Priester in der Sonne auf den Terrassen ergingen.
Am Ende dieses Ganges entriegelte Maruha eine zweite Tür. Sie traten ein und hoben die Fackeln. Naila wünschte sofort, sie hätten es nicht getan. Da war ein Gewirr von Beinen und Armen, zusammengedrängt, übereinandergeschichtet. Es gab auch Köpfe und Leiber, aber der erste Eindruck war, daß keine Verbindung zwi-

schen ihnen bestand, als gehöre kein Glied zum andern. Da war ein Bein, dem der Fuß fehlte.
Aus den Leibern erhob sich ein Mann. Die anderen regten sich kaum, hoben die Hände oder wandten den Kopf ab, um die vom plötzlichen Licht gepeinigten Augen zu schützen. Der Stehende war groß, dunkel, nackt wie alle. Er hatte Ketten an den Hand- und Fußgelenken und einen zornigen, trotzigen Blick. Seitlich im Gesicht, auf den Schultern und an den Flanken zeigten sich Striemen, aber er hielt den Kopf hoch und sprach, kurz und grimmig, heiser vor Durst.
»Hier sind Verwundete. Sie brauchen Pflege, auch wenn ihr sie eurem Jaguar vorwerft. Was glaubt ihr, wie lange wir in diesem Loch am Leben bleiben können?«
Naila hatte schon überlegt, ob sie ihn verstehen können würde, und stellte nun fest, daß es ging, denn seine Aussprache war die Maruhas.
Maruha sagte: »Die Herrschende Prinzessin wünscht mit dir zu reden. Sag mir deinen Namen.«
Er richtete sich noch gerader auf und schüttelte ungeduldig den Kopf, um sich den dicken, wirren Haarschopf aus der Stirn zurückzuwerfen. Seine Stimme war stolz und immer noch zornig.
»Ich bin Anole, Kronprinz von Netz-Atal.«
In Maruhas Hand zitterte die Fackel. Naila packte sie an der Schulter.
»Mara, er – sie – müssen in den Inneren Hof. Wo mein Vater damals Remeque gefangengehalten hat. Sie können hier nicht bleiben, oh, sie *können* nicht. Ich werde einen Weg finden, mit ihnen zu reden. Kronprinz, ich muß mit dir sprechen.«
Seine Augen musterten sie mit ruhigem Blick, und ein Winkel des breiten Mundes verzog sich zu etwas, das wie ein grimmiges Lächeln aussah.
»Ja, Prinzessin«, antwortete die heisere Stimme. »Und wird danach euer Gefiederter Jaguar mit mir sprechen?«
»Nein.« Sie klang verwirrt. »Ich brauche dich – du mußt heraus aus dieser Finsternis. Ich brauche dich.«

Maruha mischte sich ein. »Gekröntes Haupt, der Kämmerer muß den Befehl geben. Niemand darf wissen, daß du hier warst.«
In ihrem Eifer, die Männer von diesem Ort wegzuholen und selbst von dort wegzukommen, hatte Naila alles vergessen. Sie mühte sich, im Grauen jener Stätte klare Gedanken zu fassen, und nickte.
»Ganz recht. Ich werde den Edlen Kämmerer auffordern, festzustellen, ob es Männer von Rang unter den Gefangenen gibt. Er – der Kronprinz – kann einfach nicht hierbleiben.«
Bei diesen Worten begann der angekettete Prinz von neuem zu reden. »Schaff uns alle hier heraus, Prinzessin. Nimm meine Männer mit, oder ich sage kein Wort, nicht unter den Schwarzen Messern.«
»Es soll geschehen, Hoheit«, erwiderte Maruha anstelle ihrer Herrscherin. »Wir werden einen Weg finden. Hab noch ein wenig Geduld. Die Prinzessin vergißt nicht.«
»Zwei von uns sind schon tot. Laß uns nicht zu lange geduldig sein.«
Er sah, wie sich die alte Frau vor ihm verneigte, sah, wie sich die Prinzessin noch einmal umblickte; dann schloß sich die Tür, und das dumpfe Geräusch des ins Schloß fallenden Riegels machte Licht und Tönen ein Ende. Wieder waren sie in einer Welt aus Nacht: Nacht und Stille und Gestank, und nur das Stöhnen der Leidenden war Wirklichkeit.
Anole dachte an das Gesicht des Mädchens und wußte, daß es nicht lange dauern würde, bevor er es vergaß, wie er in der Dunkelheit, so schien es ihm, alles vergaß. Auf irgendeine seltsame Weise begrüßte er den Schmerz in seiner Seite und die Entzündung in seiner ausgedörrten Kehle; durch sie wußte er, daß er noch am Leben war. Er hing am Leben, selbst im Grauen dieses Abgrunds. Er hatte immer noch gestanden. Jetzt fühlte er eine Bewegung neben sich. Er ließ sich auf seinem Platz neben Pau nieder und legte seine Hand auf die des Jungen, die sein Knie berührte.
»Anole«, flüsterte Pau, »was wird geschehen?«
Sie schienen immer zu wispern, als hätte die Finsternis Ohren.

»Ich weiß nicht, Brüderchen.« Das war nicht der Trost, den Pau brauchte, aber Anole konnte nicht denken. Plötzlich war er müde, betäubt von Müdigkeit, als der Eindruck des kurzen Besuchs, des Lichts und die aufkeimende Hoffnung und der Zorn ihn überwältigten. Aber der Junge wollte nicht still sein, und Anole zwang sich, auf die geflüsterten Fragen zu antworten.
»Warum sind sie heruntergekommen? Wer waren sie?«
Er wußte, daß Pau seinen eigenen Sinnen mißtraute und sicher sein wollte, daß der Anblick Wirklichkeit gewesen war. In der Finsternis fing man an, seltsame Dinge zu sehen.
»Ich weiß nicht, Brüderchen«, sagte er nochmals. »Die Kleine wurde Prinzessin genannt. Aber –« er runzelte die Stirn dabei und fragte sich verwundert, warum eine Prinzessin, nur von einer Sklavin begleitet, in den Verliesen herumschlich. Noch dazu einer Sklavin, die so sprach wie sie, nicht im verschliffenen Näseln des Tlascano-Dialekts.
»Sie hat gesagt, sie wollte uns hier herausholen. Hoffentlich tut sie es.«
»Uns herausholen«, meinte Pau, »zu – zu ihrem Opfer?«
»Vielleicht nicht. Sie sagte, sie wollte mit mir reden.«
Ihre Worte fielen ihm ein, fast ein Hilfeschrei: »Kronprinz, ich muß mit dir sprechen.«

Am Morgen, von dem sie nicht wußten, daß es Morgen war, lagen zwei weitere Männer tot. Aber die Wächter peitschten und traten alle, die noch lebten, auf die Füße und trieben sie nach draußen, die Treppe hinauf in einen Hof, wo die Luft süß war wie frische Äpfel und das blasse Dämmerungslicht grausam zu ihren Augen. Ein alter Mann stand dort, grau, gebeugt, bucklig unter einem Gewand, das steif war von Stickerei. Er hatte eine riesige Nase und kein Kinn, wie eine Ratte, und winselte: »Wer von euch ist der Kronprinz?«
Und als die anderen zur Seite wichen und Anole vortreten ließen, redete er ihn mit einer Unterwürfigkeit an, von der Anole sofort wußte, daß sie nur eine Maske für das Gift dahinter war. Man gab

ihnen Wasser und später auch zu essen. Als Anole Wasser zum Waschen verlangte, brachte man es ihnen nach kurzer Zeit ebenfalls, dazu saubere Baumwollgewänder, lose, blaubestickte Ponchos, die sie über den Kopf werfen konnten; denn ihre Hände blieben in Ketten. Anole erhielt eine Wohnung und verlangte, daß Pau sie mit ihm teilen durfte. Es gab nur eine Tür, und dahinter standen Wachen. Sie konnten nicht entkommen, aber sie konnten Atem holen und das Licht sehen. Pau sah seinen Bruder an und sagte: »Sie können dich nicht opfern. Du bist der *Prinz.*«

Aber Anole erwiderte: »Wenig schert sich der Jaguar um unsere Prinzen, Brüderchen«, und er ging auf dem Fußboden auf und ab, obwohl ihn der Kopf schmerzte wie wahnsinnig.

Pau beobachtete ihn. Er sorgte sich mehr um seinen Bruder, als er für sich selber Angst hatte. Vierzehn Jahre war er alt, zwei Jahre jünger als Anole, ein sanfter Junge, der zufrieden war, seinem heldenhaften großen Bruder zu folgen und ihn zu verehren. Pau war ein Krieger, aber nur, weil Anole einer war und weil man es von einem Prinzen aus königlichem Hause erwartete.

Sie schliefen beinahe den ganzen Tag. Es wurde Anole nicht gestattet, seine Männer zu sehen, aber man brachte ihnen abends etwas zu essen. Danach schlief Pau zu Anoles Erleichterung ein; er selbst lag wach und sagte sich, daß er ein Narr wäre, weil er sich den Kopf darüber zerbrach, wie er wohl fliehen könnte; aber er quälte sich trotzdem damit herum.

Endlich übermannte auch ihn der Schlaf, denn er erwachte erst wieder vom Geräusch aneinanderknirschender Steine. Er richtete sich auf und merkte, daß auch Pau wach war.

Dieses Mal brachte die alte Frau Wein und Maiskuchen, und das Mädchen trug eine hohe silberne Krone mit daran baumelnden Silberstücken, die ihr Gesicht einrahmten und bis auf die dunkle Woge ihres Haares herunterhingen. Sie war ein winziges Ding und sah noch aus wie ein Kind; sie hätte ihn verzaubert, wäre er imstande gewesen zu vergessen, daß sie Priesterin des Gefiederten Jaguars war. Sie führte den Vorsitz bei den Opfern und schaute ruhig zu, wie man Männern die Brust aufschlitzte und das Herz herausriß. Wäre sie eine alte Frau gewesen, sichtbar im Dienst des Bösen ergraut, hätte sie ihm weniger grauenvoll geschienen als dieses Geschöpf, das einen so sanften Eindruck machte. Er stand starr und wortlos da, während die alte Frau Wein und Becher auf das steinerne Sims setzte und einen Hocker heranzog – für ihn, denn die junge Prinzessin hatte sich bereits auf das Sims gesetzt. Pau hatte weise Augen, und er vergaß zum erstenmal in seinem Leben, erst nach seinem Bruder zu sehen, bevor er etwas tat. Er konnte nur starren. Die Prinzessin bemerkte es nicht, wohl aber die alte Sklavin.

Die Fackel, die in einem Wandhalter steckte, verbreitete einen rauchigen Schein und verwandelte Naila in eine Gestalt halb aus Licht, halb aus Finsternis. Sie schaute zu dem Prinzen aus Netz-Atal auf und sah ihn ganz ähnlich geteilt, halb Schatten, halb Licht. Schweigend ragte er vor ihr auf, ohne eine Spur der demütigen Haltung, die die Menschen gewöhnlich vor ihr einnahmen. Aber er war ihre Quelle der Weisheit, und sie wollte sich nicht einschüchtern lassen.

»Du – auch du bist ein Herrscher«, begann sie ein wenig scheu und setzte dann, mit einer Anstrengung zu größerer Selbstsicherheit, hinzu: »Willst du dich nicht setzen?«

»Ist es nicht Brauch, daß ein Gefangener steht, wenn man ihn verhört?« fragte er kalt.

Wieder zögerte sie. »Aber ich will dich nicht als Gefangenen verhören. Dann hätte ich dich zu mir vor den Rat bringen lassen. Ich möchte von dir lernen, wie – wie von einem alten Mann.«

Er blieb unnachgiebig und zerbrach sich den Kopf, worauf das alles hinauswollte.

»Und was könnte eine Jaguarprinzessin von einem Mann lernen, der schon bald ein Gegenstand ihres eigenen Opfers sein wird?«

Sein Ton verweigerte sich ihr und ihrer Bitte, und er sah, wie sich ihre Augen mit Tränen füllten. Die alte Frau gab kein Zeichen. Das Mädchen beugte sich vor, schluckte und sprach mit sonderbar ernster Demut.

»Aber das ist der einzige Weg, den ich kenne. Darum möchte ich ja wissen, wie man in deiner Heimat alles regelt. Ich weiß nicht, wie man herrscht, und will von dir lernen, weil auch du ein Herrscher bist. Ich befehle dir, mir Antwort zu geben.«

Der letzte Satz war ein Fehler.

Er hob den Kopf und stieß ein kurzes, unfrohes Lachen aus. »Du befiehlst mir, Jaguarherrin? Und wenn ich mich weigere?«

Sie wollte antworten, aber seine zornige Stimme traf sie wie eine Peitsche.

»Mit was willst du mir drohen, das schlimmer wäre als das, von dem ich längst weiß, daß es mich erwartet?«

Sie erwiderte: »Aber so ist es Sitte bei uns. Auch ihr müßt Sitten haben, die uns genauso merkwürdig scheinen würden. Ich möchte etwas über eure Sitten lernen. Warum kannst du mir nicht sagen, was ich wissen will?«

Einen langen Augenblick war er sprachlos, außerstande, etwas von dem zu sagen, was in ihm tobte. Sie sprach von Menschen, die auf eine Art und Weise geopfert wurden, wie man in Netz-Atal nicht einmal ein Schaf darbringen würde. Dort hatte selbst der niedrigste Bauer das Recht, beim König Gehör zu verlangen, wenn er anderswo keine Gerechtigkeit fand. Über das Leben dieses Mädchens regierte kein Verlangen nach Wahrheit, sondern nur das ununterbrochene Ritual. Die tlascanische Redensart »Ritus ist Recht« wurde in Netz-Atal mit spöttischem Unterton gebraucht. Sie konnte Antworten von ihm fordern, aber sie würde sie nie begreifen, weil ihr Verständnis nur aus dem Jaguarkult kommen konnte. Als er endlich sprach, war seine Stimme nicht mehr rauh.

»Prinzessin, Herrin – es gibt nichts, was ich dir erzählen könnte. Eure Art ist anders als unsere. Ihr –«

»Aber das ist es ja, was ich wissen will!« fiel sie ihm erregt ins Wort. »Ich weiß, daß eure Art anders sein muß. Ich *brauche* eine andere Art, wenn ich ein Volk regieren soll, das in Angst vor dem Jaguar lebt.«

Er kannte die Macht der Priester so gut wie Maruha.

»Der Weg des Jaguars ist der Weg deiner Herrschaft, Prinzessin«, erwiderte er sanft, und in seinen Augen stand Mitleid.
Naila kam zu ihm, die Hände ausgestreckt, als sei er im Begriff, in der Finsternis zu verschwinden, und sie müßte im trüben Nebel nach ihm tasten.
»Der Jaguar!« rief sie aus. »Ja, es ist immer nur der Gefiederte Jaguar. Ich habe den Vorsitz im Tempel, wenn man ihm Menschenherzen und die Weisheit in diesen Herzen vorwirft. Man legt sie ihm in den Mund, aber er tut nichts damit. Die Priester essen sie, aber auch sie sind nicht weise.« Sie hielt inne, stemmte die Hände in die Seiten und fuhr dann fort, leise aber eilig, eine Art stiller Verzweiflung in der Stimme: »Als ich zwölf Jahre alt war, gleich nach meiner Krönung, versuchte ich immer, im Tempel seine Stimme aus seinem Mund zu hören. Ganze Nächte habe ich dort gewartet, viele Nächte, wenn man ihm Herzen gegeben hatte. Ich befahl, daß er noch mehr Herzen bekam. Aber er blieb stumm. Er –« sie zögerte, denn der Aberglaube in ihr saß tief, auch wenn sie sich dagegen wehrte; aber dann hob sie das Kinn und brach in die Worte aus: »Er ist nur ein Stück Stein!« Sie verhüllte das Gesicht und weinte.
Noch nie hatte sie die Wahrheit offen ausgesprochen, die sie im Herzen schon längst spürte, so tief drinnen, daß sie es selber kaum ahnte. Inzwischen wußte sie, daß der Gott, dem sie vertraut hatte, sie betrogen hatte, und in ihr war eine dunkle und leere Stelle.
Alle schwiegen. Pau sah seinen Bruder an, und seine Augen flehten; aber Anole starrte auf die zusammengesunkene kleine Gestalt und zog ein finsteres Gesicht. Auch wenn Pau dem Mädchen gern geholfen hätte – Maruha wußte, wenn Naila nicht selbst damit fertig werden konnte, gab es auch von anderen keine Hilfe für sie.
Anole seufzte. Er war immer noch skeptisch, aber mit dem Zeh zog er den Hocker heran und setzte sich vor sie. Er faßte sie sanft bei den Schultern und richtete sie auf. Mit dem Saum seines Ponchos wischte er ihr die Augen. Maruha reichte ihm einen Becher Wein, den er nahm und Naila hinhielt. Er forderte sie zum Trinken auf.

Pau stand mit geballten Fäusten daneben und verschlang Naila mit den Augen.
Anole erzählte ihr von der Verehrung der Sonne, der Spenderin von Leben und Wachstum, die sich in ihrer Weisheit bei Nacht zurückzog, um ihren Kindern Ruhe zu schenken, und sie so den Wert der Gegensätze lehrte, der Dinge-die-Sind und der Dinge-die-nicht-Sind, die Notwendigkeit von Sonne und Schatten, von Tod und Wiedergeburt. Vieles von dem, was er berichtete, klang vertraut: die Kriegerkaste, die Bauern, die die Felder bestellten.
»Aber wir halten den Bauern für ebenso wichtig wie den Krieger, denn ohne den Mann, der den Acker bebaut, hätte der Mann, der kämpft, nichts zu essen.«
Naila nickte, stellte Fragen und verstand.
Sie redeten die ganze Nacht, bis Maruha ihnen ins Bewußtsein zurückrief, wo sie sich befanden, und daran erinnerte, daß die Prinzessin bei Tagesanbruch in ihren Gemächern zu finden sein mußte. Anole leerte den Becher Guavenwein, der die ganze Nacht unberührt neben ihm gestanden hatte, und Naila beobachtete die Schluckbewegungen seiner Kehle. Er hatte den Becher gehoben und daraus getrunken, ohne vorher ein Zeichen zu machen, und er legte auch nicht die Hand darüber, als er ihn wieder hinstellte.
»Macht ihr das so in Netz-Atal?«
»Was?«
»Daß ihr vor dem Trinken kein Schutzzeichen macht?«
»Was würde das nützen?«
»Es reinigt den Becher von Gift oder bösen Dingen.«
Er lachte. »Wenn du den Wein vergiftet hättest, und ich hätte ihn getrunken, so würde ich mich jetzt in Todesqualen winden, ob ich nun ein Zeichen gemacht hätte oder nicht. Außerdem, weshalb solltest du mich vergiften, wenn du mir doch alle diese Fragen stellen wolltest?«
Sie lächelte schüchtern. Diese Art Wortwechsel war ihr fremd. »Trotzdem könnte ich es tun.«
»Aber es wäre sinnlos.«
Naila seufzte. »Hat in Netz-Atal alles einen Sinn?«

»Nicht alles, Prinzessin«, versetzte er ernsthaft. »Aber weißt du, wenn beinahe alles einen Sinn hat, ist der Unsinn um so vergnüglicher.«
Sie dachte ebenso ernsthaft darüber nach und schüttelte endlich den Kopf.
»Ich verstehe das nicht. Du wirst es mir erklären müssen.«
Er lachte leise. Als sie sich erhob und gehen wollte, faßte er sie beim Arm. Von der Berührung erschreckt, streckte sie ihm die Hand entgegen, wie um ihn abzuwehren, und fühlte dabei unter ihrer Handfläche seinen Herzschlag.
Sein Herz.
»Oh!« keuchte sie. »Nein! Nie sollen sie dein Herz haben!«
Sie machte kehrt und verschwand durch die verborgene Tür, gefolgt von Maruha, die die Steinplatte hinter ihnen wieder zurückschwingen ließ.

In dieser letzten Woche seines Lebens war Cacmool, Edler Kämmerer von Tlascan, davon überzeugt, daß seine Prinzessin verhext war. Sie verlangte Berichte. Berichte über alles – über die Pferde, die Gefangenen, den Zustand der Märkte, das Wasser in den Zisternen. Sie verbot alle Arten von Ausfällen über die Landesgrenze hinaus. Als er einwendete, man brauche Opfer für die Zeremonien, wies sie ihn darauf hin, daß bis zum Ritual des Vollen Mondes kein Opferfest mehr stattfinden würde und sie dafür über mehr als genügend Gefangene verfügten, nachdem diese jetzt nicht mehr im Kerker starben, bevor man noch von ihnen Gebrauch machen konnte. Sie ordnete an, das Wasser zu rationieren. Damit verstieß sie gegen die Tradition, nach der, wenn das Wasser auf einen bestimmten Stand gefallen war, das gemeine Volk einfach nichts mehr davon bekam. Denn die Trockenheit war inzwischen groß. Jaguare, die der Durst aus den Bergen trieb, waren in der Stadt gesehen worden. Sie fragte, warum man sie nicht erlegte, obwohl sie bereits drei Menschen getötet hatten; und als man sie in entsetztem Ton darauf aufmerksam machte, daß sie heilig waren, fauchte sie nur: »Das ergibt keinen Sinn!«

»Ist die Herrschende Prinzessin die Beschützerin ihres Volkes?« fragte sie eines Tages Cacmool.
»Jawohl, Prinzessin.«
»Und warum darf ich es dann nicht vor den Jaguaren beschützen?«
»Es ist der Gefiederte Jaguar, der alle schützt, selbst die Person der Verkörperung des Heiligen«, erwiderte er ihr streng.
»Aber wer schützt mich und mein Volk *vor ihm*?« beharrte Naila. »Es ergibt keinen Sinn.«
Nachts ging sie mit Maruha zu den beiden Prinzen. Naila stellte Anole Fragen, hörte zu und sagte dann: »Das ergibt einen Sinn.« Manchmal verstand sie nicht, und er erklärte geduldig. Nur in einem Punkt konnten sie sich nicht einigen.
»Es ergibt keinen Sinn!« wiederholte sie standhaft, nachdem er ihr zum zehntenmal erklärt hatte, daß in Netz-Atal niemals eine Frau Herrscherin werden könnte. »Du sagst, ich könnte mein Heer nicht in der Schlacht anführen – aber bestimmt könnte ich dafür einen General ernennen. Du hast gesagt, das ist die Arbeit eines Herrschers: Menschen einzusetzen, die auf unterschiedlichen Gebieten begabt sind, damit sie ihn bei der Regierung unterstützen. Abgesehen davon könnte ich genausogut ein Heer führen wie jeder andere, wenn ich auf einem Pferd säße.«
Er schüttelte den Kopf. »Nach der Überlieferung hat immer ein Mann –«
»Ach was, Überlieferung!« griff sie ihn an. »›Ritus ist Recht‹ – also doch. Sagt man *das* in Netz-Atal?«
Und auch wenn sie beide lachten, nahm Naila diese Sache ernst, und Anole wußte keine Antwort.
Maruha und Pau spielten bei diesen Gesprächen Nebenrollen. Maruha wies auf Schwierigkeiten hin, und Pau sorgte für Begeisterung. Denn Naila wollte den Jaguarkult stürzen, lieber heute als morgen, und Pau war bereit, es notfalls ganz allein für sie in Angriff zu nehmen. Anole jedoch hatte Bedenken, und Maruha erklärte unverblümt, daß es ohne ein Ereignis, das das Volk genügend rebellisch machte, aussichtslos wäre. Außerdem erkannte sie

mit wachsendem Unbehagen, daß die Gefahr einer Entdeckung wuchs, je öfter solche Treffen zwischen ihnen stattfanden.
»Woher stammt eigentlich diese Tür?« fragte Naila nach einem ihrer späten Besuche nachdenklich.
»Niemand weiß es, Gekröntes Haupt. Sie wurde zusammen mit dem Palast gebaut, und das ist länger her, als sich noch jemand zurückerinnert. Ich habe aber gehört, daß diese Räume früher einmal der Privataudienz-Saal des Königs waren, und wahrscheinlich hat er die Tür als ganz persönlichen Zugang zum Inneren Hof benutzt.«
»Wußte meine Mutter davon?«
Maruha schwieg. Naila hätte nicht sagen können, warum sie, halb müßig, danach gefragt hatte. Jetzt aber drehte sie sich um und blickte Maruha an; denn sie merkte, daß ihre Frage die Ältere erschreckt hatte. In ihrer neuen, gebietenden Art blieb Naila stehen und starrte die Dienerin an; sie forderte eine Antwort.
»Jawohl, Prinzessin.«
»Hat sie Gebrauch davon gemacht? Zu wem ist sie gegangen?«
»Zu Remeque, dem Gefangenen.«
»Remeque?« rief Naila. »Wer war er nur? Mein Vater hielt ihn viele Jahre im Inneren Hof gefangen. Selbst ich erinnere mich an ihn. Wer *war* Remeque?«
»Er – er war ein Prinz von Netz-Atal, den dein Vater gefangennahm und als Geisel hierherbrachte, als Netz-Atal Tlascan mit Krieg bedrohte und ihr ihnen keinen Widerstand leisten konntet.« Sie sah Naila scharf an, schien einen Entschluß zu fassen und fügte hinzu: »Er war mein Sohn, Prinzessin.«
»Maruha! *Dein* Sohn?«
»Jawohl, Prinzessin.« Der dunkle Blick hielt Nailas Augen. »Und – er war dein Vater.«
Eine Weile stand Naila wie betäubt da, mit erstarrtem Gesicht und weitaufgerissenen Augen.
Ein Mann aus Netz-Atal. Das reine Blut der Unsterblichen. Tlascoc, Cacmool, alle glauben es – Cooscan! Der Grund dafür, daß ich nicht schwach im Kopf bin wie Cooscan: ich trage das Blut von

Netz-Atal in mir. Meine Mutter gab mir frisches Blut. Das Blut Maruhas und Anoles. Anole. Der fremde, dunkle Prinz, den sie immer nur im Dunkeln sah. Plötzlich stand sie da, noch immer mit starrem Gesicht, aber, dachte Maruha, mit den Zügen einer Frau und nicht mehr eines Kindes.

»Ich will eine Versammlung abhalten. Heute früh, wenn es hell wird. Laß den Edlen Kämmerer rufen. Und meine Frauen.«

Sie brachten ihr das Audienzgewand, schwarz mit Purpurborte, aber sie warf einen ablehnenden Blick darauf und machte ein Zeichen, es fortzunehmen. Für dieses Gespräch wollte sie nichts Dunkles um sich haben.

»Bringt mir das Regengewand.«

Sie sahen sie und einander betroffen an, aber sie brachten es. Es war erdrot und mit Silbermünzen, so groß wie Taubeneier, über und über besetzt – die bewässerte Erde. Maruha setzte Naila die dazugehörige Silberkrone auf den Kopf und glättete die langen, silbernen Regenquasten mit einem Elfenbeinkamm. Naila hielt die Hand auf, der Türkisfächer wurde hineingelegt, und sie machte das Zeichen über allen und wandte sich zur Tür. Maruha zupfte ihr eine Reihe von Silbermünzen auf der Schulter zurecht und flüsterte: »Schönste, hast du dir gut überlegt, was du tun willst?«

Naila antwortete: »Ich habe es wohl bedacht«, und trat mit festem Schritt auf die Goldmatten.

Schweigend und furchtsam folgten sie ihr in den Offenen Hof.

Das Regengewand war majestätisch, aber es lag etwas in Gesicht und Haltung der Prinzessin, das mehr war als das Gewand. Cacmool sah es, als er sich vor ihr niederwarf, und kannte den Grund dafür, oder wenigstens glaubte er es. Denn er hatte in den Räumen der gefangenen Prinzen Asche streuen lassen, nur einen Hauch, und hatte die Spur eines kleinen Fußes in Sandalen darin erspäht.

Als darum Naila, obwohl es die letzten sechs Monate nicht geregnet hatte, im Regengewand erschien, war Cacmool nicht erstaunt. Sie war entweiht, von den Unsterblichen abgefallen, man mußte mit allem rechnen. Sie berührte seinen Kopf mit dem Fächer, und er wollte sich erheben, aber sie legte ihm den Fächer auf die Schulter, so daß er bleiben mußte, wie er war.

»Der Edle Kämmerer hat in der letzten Zeit große Dienste für mich geleistet«, erklärte sie mit wohllautender, klarer Stimme. »Es ist nicht unbeachtet geblieben.«

Während sein Kopf hastig nach einem Doppelsinn in diesen Worten suchte, legte sie eine Falte ihres Mantels über seine Schulter. Selbst diese Ehre, noch dazu vor dem ganzen Hof, konnte ihn jetzt nicht mehr umstimmen. Und hätte sie ihm sogar den Rand des Fächers unter das Kinn gelegt, die Geste, mit der der Herrscher jemandem, der für eine ganz besondere Ehrung auserwählt war, »den Kopf hob« – nicht einmal dann hätte er vergessen können, daß sie unrein war und ihre Ehrungen wertlos waren. Sie war keine Prinzessin mehr. Er mußte sich nur noch mit dem alten Priester treffen und mit ihm entscheiden, was zu tun war.

Die messinggelbe, erbarmungslose Sonne blitzte trotzig auf den Silberplättchen, die man sonst nur sanft im Regen schimmern sah, und Naila schritt über den Hof zu ihrem Sessel. Sie nahm Platz und ließ den Blick durch die Halle schweifen.

»Schickt nach dem Hohepriester.«

Cacmool gab den Befehl und lächelte ein heimliches Lächeln. Dieses empörende Verhalten würde ihm sein Werk bei dem alten Priester, der manchmal starrköpfig sein konnte, erleichtern. Als er ihn erblickte, wie er blinzelnd und mit zusammengekniffenen Augen aus der Dunkelheit des Tempels auftauchte, lächelte Cacmool wieder. Die Sonne brannte heiß, aber im Westen stand eine schwarze Wolkenwand, und die Luft war drückend und still. Cacmool schaute zu, wie Tlascoc sich zu Boden warf, und empfand ein boshaftes Vergnügen, als zwei Diener seinem betagten Kollegen beim Aufstehen helfen mußten.

Die Prinzessin fing an, Fragen zu stellen – über die Wasserversorgung (hatte man rationiert, wie sie es angeordnet hatte?) – über die Jaguare. Tlascoc deutete an, der Gefiederte Jaguar sei zornig und

fordere vielleicht ein Sonderopfer. Cacmool nickte. Der alte Narr spielte ihm den Ring genau ins eigene Feld.
Die Prinzessin sagte: »Es ergibt keinen Sinn.«
Dann befahl sie, den Gefangenen hereinbringen zu lassen – den Prinzen Anole. Cacmool leitete auch diesen Befehl weiter, beobachtete Tlascoc und lächelte sein heimliches Lächeln.
Als der Gefangene erschien, befahl die Prinzessin, ihm einen Hokker hinzustellen. Sie stellte ihm Fragen. War die Dürre in Netz-Atal auch so schlimm? Sie trieben Ackerbau und züchteten Pferde, nicht wahr? Wie beschafften sie sich das Wasser dafür? Aha, Brunnen. Er mußte ihr die Brunnen erklären.
Sie sagte: »Das ergibt einen Sinn.«
Der Gefangene sagte »ja, Erhabene« oder »nein, Erhabene« oder »so ist es, Erhabene«, aber sein Benehmen ihr gegenüber und seine Haltung waren geradezu und ohne die Demut, die sich geziemte, wenn man eine Unsterbliche anredete. Nicht einmal beugte er auch nur den Kopf. Tlascoc war empört, aber Cacmool lächelte.
»Ihr verehrt den Jaguar nicht in eurem Land?« leitete die Prinzessin jetzt eine neue Reihe von Fragen ein.
»Nein, Erhabene.«
Maruha wurde starr. Das alles hatten sie bei ihren geheimen Treffen schon erörtert. Naila konnte nur die Absicht haben, dem ganzen Hof davon Mitteilung zu machen.
»Wie betet ihr dann zu den Göttern?«
»Wir verehren die Sonne, Erhabene.«
»Bringt ihr ihr Opfer?«
»Nein, Erhabene.« Und als sie nicht sofort weiterfragte, fuhr er fort: »Unsere alten Männer verbringen ihre Tage damit, zu beobachten, wie die Sonne aufgeht und untergeht, und sie lernen daraus, zu welcher Zeit man säen und ernten muß. Die Sonne schenkt uns allen Leben, das Licht, um darin tätig zu sein, die Dunkelheit, um darin auszuruhen. Sie beherrscht unseren Lebenslauf, die Jahreszeiten, die Kälte, die Hitze, den Regen –«
Ein Donnerschlag ließ ihn verstummen. Der Himmel hatte sich verfinstert. Von Westen her wehte ein kalter Wind. Ein blauer

Blitz, dann ein zweiter Donnerschlag. Die Prinzessin erhob sich und streckte dem Gefangenen den Türkisfächer hin. Sie berührte ihn damit und legte ihm den Fächerrand unter das Kinn.
»Ich danke dir für deine Höflichkeit, Prinz Anole«, sagte sie klar, und diese Worte und ihre Geste erhöhten noch das Erstaunen, das den ganzen Hof erfaßt hatte, als der Regen zu strömen anfing. Nailas Gewand wehte um sie her, und die Münzen klimperten, als sie mit dem Fächer zum Himmel wies und den Regen auf ihr nach oben gewendetes Gesicht prasseln ließ. Man sah, wie ihre Lippen sich bewegten.
»O Mutter, Sonne. Geist des Lebens«, murmelte Naila. »Erlöse mein Volk von der Dürre. Laß mich die Menschen von dem Jaguar befreien. Und laß mich den Prinzen Anole retten.«
Sie senkte den Fächer, machte die Gebärde des Entlassens und verließ, gefolgt von ihren Damen, den Offenen Hof.

Sobald sie fort war, befahl der Kämmerer, den Gefangenen zu ergreifen und in den Inneren Hof zurückzubringen. Dort stand er in der Tür und musterte die beiden Prinzen.
»Diese hier sollen beim Ritual des Vollen Mondes geopfert werden. Sucht noch drei andere aus und schafft sie zu mir, wenn ich es befehle.«
Zu Tlascoc bemerkte er: »Sag ihr nichts. Laß sie dem Opfer beiwohnen wie immer. Sie soll zusehen, wie er stirbt. Dann verheirate sie mit dem Prinzen Cooscan. Es hätte längst geschehen sollen.«
In ihren Gemächern ließ Naila sich das durchnäßte Regengewand ausziehen und sah Maruha mit glänzenden Augen an – mit Augen voller Triumph. Nachdem sie ihre Frauen entlassen hatte, erklärte sie: »Das Regengewand. Siehst du, es hat wirklich den Regen gebracht.«
»Es hat uns die Gelegenheit gebracht, die wir brauchen, meine Blume«, nickte die alte Frau mit einem Anflug grimmiger Entschlossenheit. »Wir haben noch zwei Tage bis zum Ritual des Vollen Mondes. Laß mich den Männern, denen ich vertrauen kann,

ein Wort sagen, und vielleicht gelingt es uns, zu erreichen, was du dir wünschst.«

»In zwei Tagen?« Naila lächelte ihr zu, erregt, aber überrascht von Maruhas plötzlicher Zuversichtlichkeit. »Jetzt bist du ja ungeduldiger als ich.«

Maruha lächelte nicht. »Nicht ungeduldig, Prinzessin. Eher verzweifelt. Cacmool kennt unser Geheimnis. Aber ich bin nicht müßig gewesen.«

Naila war nicht beunruhigt. Der Regen und ihre Überzeugung, daß sie auf dem Wege dazu war, eine wirkliche Herrscherin zu werden, hatten ihr Mut gemacht. Sie würde für ihr Volk tun, was einem Herrscher geziemte, und war sicher, daß nichts sie dabei aufhalten konnte. Cacmool war eine Kleinigkeit.

Maruha wußte es besser. Sie ging durch den Palast und redete mit dem einen oder anderen – über die Prinzessin, die den Regen brachte, und über den Jaguar, der nichts weiter tat als zu morden, wenn das Volk in Not war. Sie verbot Naila, die Geheimtür zu benutzen, aber sie selbst sprach mit den Prinzen.

»Sie werden euch zum Altarstein schleppen, Gekrönte Häupter. Zusammen mit der Prinzessin müßt ihr sie so lange aufhalten, bis ich meine Pläne ins Werk setzen kann. Trinkt nichts von dem, was man euch morgen geben wird – es wird Betäubungsmittel enthalten.«

Naila gab sie deutlichere Erklärungen. Das Mädchen hörte zu und nickte. Sie war sehr ruhig.

»Wir werden es schaffen, Maruha. Es muß gelingen. Der Jaguar verschlingt mein Volk. Irgendwie werde ich es schaffen.«

Maruha war weniger optimistisch, gab sich aber zuversichtlich.

»Ich verlasse dich jetzt, Gekröntes Haupt. Trag morgen das Regengewand unter dem Opfermantel, aber laß es niemanden sehen.«

Naila lag im Nachtgewand auf ihr Lager geschmiegt. Als Maruha gegangen war, schlüpfte sie aus dem Nachthemd und streifte ein fließendes, besticktes Kleid von roter und weißer Farbe über. Einer Truhe entnahm sie einen goldenen Kopfputz, einfach im Vergleich

zu den zeremoniellen Kronen; aber er rahmte ihr Gesichtchen in einen weiten Kreis glitzernder Blütenblätter ein. Einen Augenblick hielt sie inne und lauschte, dann glitt sie zu der Geheimtür hinüber. Statt der Fackel nahm sie eine winzige Lampe mit.
Sie sah die Bewegung, als er sich aufrichtete. Langsam und absichtsvoll trat sie auf ihn zu und hielt die Lampe so, daß ihr und sein Gesicht beleuchtet wurden.
»Prinzessin?« fragte er, und dann: »Naila. Was...«
Sie hob die Hand und preßte die Fingerspitzen an seine Lippen. »Wir haben keine Zeit«, flüsterte sie. »Hör mir zu. Vielleicht muß ich dich morgen töten.« Sie hörte Pau nach Luft schnappen, kümmerte sich jedoch nicht um ihn. »Wenn wir nicht so viel Zeit gewinnen, daß Maruha das Volk in den Tempel führen kann, werde ich es tun müssen. Ich werde mit dir sterben wollen, aber das darf ich nicht. Ich bin die Herrscherin. Du hast mir gesagt, daß ein Herrscher, wenn es sein muß, in der Schlacht sein Leben geben muß – für das Volk. Ich aber werde für das Volk leben müssen, weil ich die Weisheit anwenden muß, die du mich gelehrt hast.«
Sie sprach wie ein Kind, aber ihr Gesicht sah alt aus.
»Wenn ich aber herrsche, will ich nicht, daß Cooscans Kind mir nachfolgt.«
Sie trat zurück, setzte die Lampe auf das steinerne Sims, das sie trennte, und legte das rotweiße Gewand ab.
»Ich will dein Kind, so wie meine Mutter Remeques Kind hatte.« Und sie nahm den goldenen Kopfputz herunter und ließ ihn auf das Gewand fallen.
Anole holte tief Atem und machte einen Schritt auf sie zu. Er legte die Hände an ihr Gesicht und sah in die Augen, die im Schatten lagen.
»Ja«, sagte er leise und rauh. »Du bist wahrhaft eine Königin.«
Er streifte den Poncho ab und stand vor ihr, wie sie ihn im Verlies das erste Mal gesehen hatte.
»Ich hatte recht«, sagte Naila. Sie legte ihm die Arme um den Hals und preßte sich an ihn.
Pau blieb stumm, und sie achteten nicht auf ihn.

Am Tag des Rituals nahm Naila wie gewöhnlich auf ihrem hohen Thron Platz, sorgfältig in den Federmantel gehüllt. Ihre Frauen hatten den ungewöhnlichen Befehl ohne Zaudern ausgeführt. Schon einmal hatte sie gegen alle Überlieferung das Regengewand getragen und damit den Regen gebracht. Sie befahl den Himmeln; ganz gewiß durfte sie denen befehlen, die ihr dienten.

Die Opfer, alle in Goldsandalen und prachtvollen Federmänteln, standen in einer Reihe vor ihr. Naila hielt sich ganz still und hatte eine Würde angenommen, die ihren Bewegungen größte Bedächtigkeit erlaubte. Ihr Herz klopfte schwer, als sie darauf wartete, welches Opfer man als erstes heranführen würde.

Cacmool hatte Tlascoc überredet, den Prinzen als letzten zu opfern, damit er zusah, wie seine Männer und sein jüngerer Bruder starben, bevor er selbst an die Reihe kam. Cacmool haßte Naila, weil sie sich weigerte, weiter seine Marionette zu sein; er haßte den fremden Prinzen, dessen Rat sie dem seinen vorzog. Jetzt wurde ein Mann nach vorn geführt, und die Prinzessin stieg die Stufen hinab, um das Gebet anzustimmen und den Kuß auf seine Stirn zu hauchen. Zwei Priester hielten ihn. Naila sah, daß er sie ausdruckslos anstarrte und die Drogenbetäubtheit vortäuschte, die der Holatl-Saft hervorrief. Der Gedanke, daß die Männer vielleicht wirklich betäubt waren, schoß ihr durch den Kopf. Sie stand vor ihm und wartete darauf, daß der Gesang der Priester endete. Dann aber, anstatt mit der Ermahnung zu beginnen, drehte sie sich um und betrachtete die anderen Opfer.

Maruha brauchte Zeit. Darum mußte Naila die Männer in Anoles und Paus Gefolge opfern und Gesang und Gebete dabei so weit wie nur irgend möglich in die Länge ziehen, damit *er* nicht zum Stein geführt wurde. Als sie aber die Reihe der Gesichter entlangschaute, begegnete sie Anoles Blick und erinnerte sich an das, was er bei ihrer ersten Begegnung im Verlies gesagt hatte.

»Nimm meine Männer mit, oder ich sage kein Wort, nicht unter den Schwarzen Messern.«

Wenn sie seine Männer opferte, um ihn zu retten, würde sie ihm nie wieder unter die Augen treten können. Ein Herrscher war für das Wohl des *ganzen* Volkes verantwortlich. »Prinzessin, die Sonne scheint auf die Sklaven genauso wie auf den König«, hatte er ihr geantwortet, als sie ihn fragte, wie man herrschen müßte. *Er* würde sterben, um sein Volk zu retten, auch wenn es nur diese vier waren. Nun würde sie alle retten müssen, nicht nur ihn. Aber ihr Herz wehrte sich dagegen – er war es, den sie brauchte, und sicher durfte sie doch zulassen, daß diese anderen für das Volk den Tod fanden, wenn nur er gerettet wurde. Aber sie konnte es nicht.

Sie hob den Fächer und deutete auf den hochgewachsenen Prinzen.

»Diesen dort.« Ihre Stimme war rauh, oder vielleicht überschlug sie sich nur ein bißchen, eine Kinderstimme. »Bringt diesen dort.«

Die beiden alten Männer schauten einander an, aber Cacmool nickte. Es wäre erfreulich gewesen, bedeutete aber im Grunde keinen Unterschied; und Tlascoc würde Ärger machen, wenn man sein Ritual störte.

Die Priester führten Anole nach vorn. Als sie ihn auf die Knie zwangen, fiel er vornüber auf das Gesicht, und sie waren gezwungen, ihn aufzurichten und vor die Priesterin hinzustellen.

Naila intonierte mit klarer Stimme das Gebet. Absichtlich ließ sie die Gnadentöne genau an der richtigen Stelle zittern, gab dem Opfer die Anweisungen, befahl ihm, dem Jaguar, dem Furchtbaren, dem Majestätischen, sein Leben zu geben – sie kannte die Worte auswendig und hörte gar nicht zu, während sie in langgezogenen Tönen weitersang. Sie hauchte den Kuß auf seine Stirn und trat zurück. Der Federmantel wurde ihm abgenommen, und Anole bewegte sich so schnell, daß sie den Hieb, der einen Mann wie einen Sack gegen den Altarstein schleuderte, überhaupt nicht bemerkte.

Die Priester waren im Nachteil, weil sie ihn lebendig ergreifen mußten. Drei schlug er nieder, ehe die übrigen ihn überwältigten. Wieder schleppen sie ihn zum Altarstein, und auch die anderen drei Gefangenen hatte man wieder gepackt. Anole hing schlaff im Griff der Wächter, den Kopf gesenkt, nach Luft ringend. Der Mann zu seiner Linken stolperte in der düsteren Beleuchtung über das Bein eines gestürzten Kameraden; sofort hob der Gefangene ruckartig den Kopf und traf den Wächter damit unter dem Kinn. Dem anderen Wächter trat Anole auf den Fuß, rammte ihm die Faust in den Bauch, und das Ganze begann von neuem. Als sie ihn diesmal bezwangen, war er wirklich erschöpft. Noch einen Blick warf er Naila zu, dann zerrte man ihn auf den Stein hinunter.

Jetzt näherte sich der alte Tlascoc dem Altar. Naila wartete, bis er sich unmittelbar vor ihr befand, machte dann einen Schritt an ihm vorbei und stieg gelassen die Stufen bis an die Seite des Opfers hinauf. Von seinem Platz nahm sie das uralte Obsidianmesser. Wieder spürte sie, daß die beiden alten Männer Blicke tauschten. Es war das Recht der Herrscherin, das Opfer selbst darzubringen. Nie zuvor hatte sie es getan, aber der Überlieferung nach gab es keinen Grund, es ihr zu verbieten. Allerdings, wenn sie schon ernstlich mißtrauisch waren – wenn sie sich fragten, warum die Gefangenen nicht betäubt waren – Naila biß die Zähne zusammen und starrte den alten Priester an. Er machte keine Bewegung, sondern blinzelte sie nur an. Naila sah, daß er nachgeben würde, und nickte leicht.

Anole lag stumm da. Noch immer hob und senkte sich seine Brust in verzweifelten Atemzügen; das einzige Geräusch im Tempel, denn der Gesang war beendet.

Wie würde es sich anhören, wenn man das Messer hineinstieß? Naila überlegte und lauschte. Sie horchte auf Stimmengemurmel, das Scharren von Füßen, irgend etwas, aus dem sie schließen könnte, Maruhas Aufstand hätte begonnen. Was geschah, wenn sie keine ausreichende Verzögerung erreichte, wenn sie Anole doch noch töten mußte, um Zeit zu gewinnen?

Ich kann nicht. Ich werde mit ihm sterben. Mich selbst werde ich töten, nicht ihn.

Nichts ließ sich vernehmen. Sie konnte nicht länger zaudern. Wenn man Verdacht schöpfte, daß sie die Dinge absichtlich hinzog, wäre Maruhas Werk gefährdet. Das konnte sie nicht zulassen. Aber sie mußte handeln, ein Herrscher mußte handeln, um das Volk zu retten. Sie blickte zu den anderen Gefangenen hinüber und senkte das Messer.

»Bringt die anderen her. Sie müssen ganz nah herankommen. Laßt sie zuschauen, wie das Opfer vor sich geht.«

Sie wartete, bis man sie in einer Reihe aufgestellt hatte, und befahl den Wachen dann, Pau nochmals auf einen anderen Platz zu schleppen. In Paus Augen lag wildes, mühsam beherrschtes Grauen, aber darum konnte Naila sich jetzt nicht kümmern. Wieder musterte sie die Männer und suchte nach Unregelmäßigkeiten, deren Beseitigung sie hätte anordnen können. Anole lag auf dem Stein, als wäre er selbst zu Stein geworden.

Naila konnte nicht länger warten. Wenn Maruhas Plan fehlschlug, dann... Wieder griff sie nach dem Messer, hob steil den Arm, blickte auf die Vertiefung zwischen den Rippen, in die die Klinge eindringen mußte, und strengte alle Willenskraft an, das Geräusch von Stimmen, von rennenden Füßen zu vernehmen. Es blieb nur ein Weg, Verdacht zu vermeiden und Cacmool von der Vorstellung abzubringen, es sei ein Umsturz gegen seine Macht geplant: sie mußte tatsächlich ein Opfer bringen, das Ritual mußte reibungslos ablaufen, so lange, bis Maruha das Volk zusammengetrommelt hatte, sich für die Freiheit von dem Jaguar zu erheben. Nur darauf kam es an. Nicht auf Anoles Leben. Wenn sie ihn töten mußte, wollte sie selbst nicht weiterleben. Sich das Messer ins eigene Herz zu stoßen, nachdem sie ihm das seine herausgerissen hatte, wäre ein Leichtes. Aber sie verstand, daß sie das nicht tun durfte. Sie war die Herrschende Prinzessin, sie hoffte sein Kind zu tragen. Sie mußte am Leben bleiben und herrschen. Sie selbst hatte gesagt, daß das ihr Wunsch war, und so zu handeln, war Aufgabe des Herrschers. Aber sie würde ihn dem Jaguar nicht opfern. Sie würde sein Herz nicht zwischen diese steinernen Zähne legen. Er würde in einem Ehrengrab liegen, und wenn sie starb, sollte ihr Herz neben ihm beigesetzt werden.

Naila stach mit dem schwarzen Messer zu.

Tlascoc schrie auf. »Frevel!«
Obwohl er gesehen hatte, wie die Prinzessin, aller Tradition zum Trotz, das Regengewand getragen hatte, und obwohl Cacmool ihm berichtet hatte, sie treffe sich mit den Gefangenen und sei entweiht, hatte er selbst an ihrem Verhalten, nachdem sie den Tempel betreten hatte, keine Verfehlung entdecken können. Sie hatte sogar befohlen, daß man denjenigen, von dem Cacmool behauptet hatte, sie besuche ihn, zum Stein brächte, und sie hatte das Recht beansprucht, ihn eigenhändig zu opfern. Tlascoc war auf Cacmools Befehlsgewalt ein wenig eifersüchtig und wachte sorgsam über seinen eigenen Vorrang im Tempel. Wenn der Kämmerer ihm, dem Hohepriester, hier Anweisungen erteilen wollte, wie man das Ritual des Vollen Mondes feierte, würde ihm Tlascoc zeigen, daß er sich nicht in Panik versetzen ließ, nur weil der andere irgendeinen Verdacht hegte. Er selbst hatte nichts Ungebührliches wahrgenommen.
Bis zu dieser Sekunde. Ihr Arm hob das schwarze Messer, und Tlascoc, der ihr am nächsten stand, sah, wie sich der Opfermantel aus Federn öffnete und das Regengewand darunter sichtbar wurde – das Gewand, das nie in diesem Tempel getragen werden durfte, weil es einem anderen gehörte – Tlascoc war beinahe von Sinnen. Sie würde den Tempel entweihen. Sie *hatte* ihn entweiht. Das Entsetzen über dieses Sakrileg, verbunden mit der Wut über die Verächtlichmachung seiner eigenen Autorität, raubten Tlascoc fast den Atem. Er stürzte sich auf sie und packte sie am Arm. Dabei stolperte er über sein Gewand, fiel gegen sie und verfehlte den Griff nach dem schwarzen Messer.
Naila erkannte nicht gleich, was sie getroffen hatte. Sie hatte mit verzweifelter Kraft zugestoßen, entschlossen, Anole schnell zu töten, wenn sie ihn schon umbringen mußte, als sie plötzlich spürte, wie sie vorwärts und über ihn geschleudert wurde. Das Messer prallte gegen den Altarstein, und sie fühlte mehr, als sie es sah, wie es zersprang. In der vagen Absicht, Anole zu befreien, damit er kämpfen konnte, nachdem sie es nicht geschafft hatte, ihm zu einem sauberen Tod zu verhelfen, warf sie sich auf den Priester,

der ihren rechten Arm umklammert hielt. Von Tlascocs Aufschrei und Nailas Nägeln, die sich in sein Gesicht krallten, erschreckt, ließ er los. Naila rollte über seinen Kopf hinweg auf den Boden und verlor ihren Kopfputz.

Ganz in ihren Gewändern verfangen, das Haar über dem Gesicht, voller Prellungen und atemlos, konnte Naila zuerst nur still liegenbleiben und sich fragen, woher der Lärm kam. Dann begriff sie. Sie hatte es nicht geschafft, Anole zu töten; nun kämpfte er um sein Leben, und sie mußte ihm helfen. Sie setzte sich mühsam auf. Ein seltsamer Anblick bot sich ihr.

Der Tempel war voll von miteinander ringenden Männern und Frauen. Auf der anderen Seite des Altarsteins standen Maruha und Anole, die leise miteinander sprachen. Maruha redete, und Naila sah Anole nicken. Maruha reichte ihm ein Schwert, für das er ihr anscheinend mit großem Ernst dankte, bevor er sich umdrehte und in das Getümmel stürzte.

Noch immer benommen, versuchte Naila auf die Füße zu kommen. Maruha bemerkte es. Naila schaute zu ihrer Kinderfrau und Großmutter hinüber und achtete nicht auf die Gestalt, die sich ihr näherte.

Taumelnd und geduckt, mit wahnsinnigen Augen und mit einem dünnen Messer in seiner Klaue aus alten Knochen, hatte Cacmool nur noch einen einzigen Gedanken: den Tod der verhexten Prinzessin, die den Tempel und das Ritual entweiht und den Versuch gewagt hatte, ihm die Macht zu entreißen, die er sein ganzes Leben lang besessen hatte, er, der wahre Herrscher von Tlascan. Nichts weiter als ein wertloses Weibsstück war sie, und so sah sie auch aus, mit dem Haar, das ihr über das heilige Gewand fiel, die Augen auf ihre Sklavin geheftet, dieses alte Weib, das schon allzulange seine Pläne vereitelt hatte, o ja, er wußte es, ihre hinterlistige Art konnte ihn nicht täuschen. Und dieses Mädchen, dieses Kind, das seinem Rat hätte folgen sollen, sah mit einem Blick zu dieser Sklavin auf, wie sie ihn niemals angesehen hatte, und ihre Augen waren voller Tränen. Sie mußte sterben, sie war...

Naila sah, wie Maruhas Augen groß wurden, erkannte Furcht darin, die sie nie zuvor erblickt hatte, sah, wie Maruha mit dem Finger zeigte, erkannte Cacmool und schrak zurück. Sie stieß auf Stein, fühlte das gemeißelte Steinbild mit dem offenen Maul, in das man die Herzen legte. Sie wich zurück, als Cacmool auf sie eindrang, und es war weniger das Messer, als vielmehr der glühende Haß, der ihn die wenigen Zähne blecken ließ und seinen ganzen Körper verkrampfte, der ihr vor Entsetzen die Kehle zuschnürte und sie ersticken wollte. Sie war allein. Maruha stand auf der anderen Seite des Altars, durch das Kampfgetümmel und den blutigen Stein, der Naila schon von so vielen anderen Dingen im Leben abgeschnitten hatte, getrennt. Anole war irgendwo unter den kämpfenden Aufständischen. Cacmools Arm hob sich. Gebannt beobachtete Naila das Messer und spürte seine knochige Hand, die ihre Schulter umklammerte. Instinktiv hob sie beide Hände und wich zurück, glitt fort von dem Steinjaguar, der sie fangen wollte. Ihre Hände packten Cacmools Arm, und sie ließ sich fallen, den Blick auf das Messer gerichtet, mit steif ausgestreckten Armen, um es von ihrem Hals fernzuhalten.

Er war kaum kräftiger als sie, aber langsamer; ihr Fall war wie ein Ringertrick – sie zog Cacmool mit und ließ ihn über ihren Kopf weg auf den Steinboden stürzen. Naila fühlte, wie sein Griff sich löste, und tastete in plötzlicher, verzweifelter Hoffnung nach dem Messer. Sie erwischte es an der Klinge, bekam endlich den Griff zu fassen und kroch von Cacmool weg. In ihren Gewändern eingewickelt wie in einen Kokon, kam sie mühsam auf die Knie und bemerkte, daß Cacmool blinzelnd und keuchend auf dem Rücken lag. Und auch er sah sie. Der Sturz hatte ihn einen Augenblick betäubt, aber jetzt regte er sich und versuchte aufzustehen, genau wie sie von den Gewändern behindert. Naila rutschte auf den Knien zu ihm hin. Sie mußte verhindern, daß er sich erhob. Ein Leben lang hatte er sie in jeder Weise gehemmt, mit Fragen, die er nicht beantworten wollte, Befehlen, die auszuführen er nur vorgab. Wenn er irgend konnte, würde er sie, Maruha und Anole töten. Sie kniete sich auf seinen Bauch – und sie hatte das Messer.

An ihrer Schulter hörte sie Anoles Stimme: »Prinzessin, ich werde es...«
»Nein!« Bei dem Wort brach ihre Stimme.
Cacmool starrte zu ihr hinauf, die Augen jetzt kalt; er mochte besiegt sein, aber er haßte weiter. Hätte er Furcht gezeigt, hätte sie ihn vielleicht bemitleidet. Sie wollte nicht, daß ihr Anole diese Aufgabe abnahm. Sie dachte nicht daran, was Maruha sagen würde. Wegen dieses Geschöpfes dort, das sie so haßte, war sie noch vor wenigen Minuten bereit gewesen, den Mann zu opfern, den sie liebte. Dieses Wesen war ohne Liebe. Sein Herz kannte nur Haß. *Cacmool war selbst der Jaguar.* Naila wußte nicht, daß sie schluchzte, als sie ihm das Messer in die Brust stieß. Er gab einen dünnen Schrei von sich und wehrte sich. Sie hackte auf das mit Federn benähte Leinen ein, riß es mit Messer und Fingern auseinander. Sie hörte nicht, wie Anole ihr zurief, aufzuhören, und fühlte nicht, wie er sie bei der Schulter faßte. Sie fand die graue, runzlige Haut, die knochige Stelle in der Mitte, dort nicht, mehr seitlich, zwischen den Rippen, so. Dann das zähe Stück durchsägen, wo war es, sie mußte es finden, da, es schlug noch und war schlüpfrig und heiß und stinkend, aber sie hielt es in der Hand und legte es zwischen die Steinzähne. Und dann war es Maruha und nicht Anole, deren Gesicht vor ihr stand, voll ernsten Mitgefühls, und Naila sank wild schluchzend an ihre Brust.
Minutenlang hielt Maruha sie so, ließ sie etwas von dem Grauen herausweinen, umschlang sie schweigend. Als sie endlich sprach, war ihre Stimme sanft, aber eindringlich.
»Du bist die Herrscherin, Gekröntes Haupt. Dein Volk erwartet dich.«
Naila sah zu ihr auf. Es war, als wären sie allein, diese drei, die bei der Leiche des Kämmerers standen. Ein atemloses Mädchen kam herauf, in der Hand die silberne Regenkrone, und Maruha nahm sie und setzte sie auf Nailas Kopf. Naila öffnete ungeschickt die Schnalle des Federmantels und ließ ihn zu Boden fallen. Anole betrachtete sie, und als sie ihn anblickte, konnte sie den Ausdruck seiner Augen nicht deuten.

»Ich mußte es selber tun«, erklärte sie ihm. »Er war mehr mein Feind als deiner.«
Einen Augenblick zauderte er. Dann salutierte er mit dem Schwert.
»Ich will heute dein Feldherr sein, Gekröntes Haupt.«
Sie antwortete mit »Ja«. An mehr konnte sie nicht denken.
Er mischte sich wieder unter die kämpfende Menge. Maruha machte eine Bewegung, als wollte sie Naila auf den hohen Steinsitz vor dem Altar ziehen, aber Naila trat zurück.
»Nein, Mara! Nicht dort. Ich werde nie wieder dort sitzen.«
»Wohin möchtest du dann, Erhabene?«
»In den Offenen Hof. Man soll meinen Sessel dort aufstellen.«
Als Naila den Tempel verließ, lagen die goldenen Matten bereit.
»Nehmt sie fort«, befahl die Prinzessin. »Ich will auf die Erde treten, wo der Regen fällt«, und sie schritt über die Steine.

Im Pferdemonat, im dreiundzwanzigsten Jahr nach dem Erdbeben, wurde Königin Nailasihuatl die erste Herrschende Königin des Reiches Tlascan. Sie ließ die Jaguarpriester hinrichten, das letzte Opfer, das dem Gefiederten Jaguar in Tlascan dargebracht wurde, und führte die Anbetung der Gütigen Sonne nach dem Vorbild von Netz-Atal ein. Und sie vereinte ihr Reich durch eine Eheschließung mit dem Königreich Netz-Atal.
Anole und Pau erschienen mit den siegreichen Rebellen, um nach der *Schlacht im Tempel* die Königin zu grüßen. Anole legte ihr sein Schwert zu Füßen und berührte im tlascanischen Gruß die Lippen mit dem Daumen.
»Anole von Netz-Atal grüßt die Regenprinzessin und wünscht, daß sie seine Gemahlin wird und so unsere Königreiche und unsere Herzen miteinander vereint.«
Von ihrem erhöhten Sessel konnte ihm Naila gerade ins Gesicht sehen, als er so vor ihr stand. Sie betrachtete ihn im Sonnenlicht und freute sich an dem glatten, glänzendschwarzen Haar, dem Körper des Kriegers, schlank und kraftvoll, am meisten aber an seinen Augen, die von tiefem, warmem Braun waren und sie anlä-

chelten, so wie sein breiter Mund ihr zulächelte. Ihr Feldherr und Geliebter. Er war als tlascanischer Krieger gekleidet, im kurzen Baumwollrock und ledernem Brustpanzer.
Sie blickte an ihm vorüber zu Pau und sah, wie der Junge sie anschaute. Das Herz lag ihm in den Augen – kein Knabe mehr, er war so alt wie sie, seit zwei Jahren ein Krieger. Wie Anole hatte er ihren Aufstand unterstützt und in den Diskussionen mit Anole und Maruha stets Nailas Standpunkt vertreten. Ihre Augen kehrten zu Anole zurück.
»Nein, Prinz. Ich will den Herrschenden Prinzen nicht heiraten. Tlascan soll nicht zum Untertanen Netz-Atals werden. Aber ich bitte dich um eine Gunst.«
Anole, tiefbetroffen, erwiderte: »Was?«, ohne an etwas anderes denken zu können als daran, daß sie nein gesagt hatte.
»Gewähre mir die Erlaubnis, deinen Bruder zu heiraten.«
Sie sah, wie Paus Gesicht zu strahlen anfing, als er zu ihr kam, eifrig wie ein Fohlen, das die Trompete hört. Naila erhob sich und stieg von ihrem Thron herab. Anole, der noch immer betäubt aussah, ergriff ihren Arm.
»Naila, ich liebe dich. Und du liebst mich. Ich weiß, daß es so ist.«
Der Ausdruck seiner Augen tat ihr weh, aber sie erinnerte sich an einen anderen Blick, im Tempel, als sie Cacmool getötet hatte.
»Ich werde dich immer lieben. Aber du bist der Herrscher von Netz-Atal und würdest auch über Tlascan herrschen wollen, denn du selbst hast mir gesagt, daß eine Frau nicht Herrscherin sein darf.
Ich liebe dich«, wiederholte sie. »Aber ich werde dich nicht heiraten. Es ergibt keinen Sinn.«

DIANA L. PAXSON

Leserinnen und Lesern von ›Schwertschwester‹ und ›Wolfsschwester‹ braucht man Diana L. Paxson nicht mehr vorzustellen; sie und ihre Heldin Shanna sind in allen drei Bänden vertreten.
Shannas neues Abenteuer basiert lose auf einem bekannten nordischen Sagenstoff, aber Diana hat etwas Neues und Originelles daraus gemacht und ihn nicht nur einfach aus weiblicher Sicht nacherzählt.
Diana wohnt in Berkeley und hat zwei Romane über ein Fabelland namens Westria veröffentlicht. Ihr neuestes Buch, »Brisingamen«, ist eine Phantasie aus unserer Zeit und handelt von nordischen Göttern in Berkeley. Es ist ein tolles Buch, das Sie wirklich lesen sollten.
Ein dritter Westria-Roman ist in Vorbereitung. – M.Z.B.

DIANA L. PAXSON

Der Nebel im Moor

Nebel flatterte über den Pfad wie ein zerfetztes Leichentuch, benahm den Atem, blendete die Augen. Shanna fluchte und zügelte ihr Pferd, zu scharf – Calur rutschte auf dem nassen Fels und wäre um ein Haar gestürzt, blieb dann zitternd stehen. Das Falkenweibchen Chai sträubte wild flügelschlagend das Gefieder und ließ sich dann mit heiserem Schimpfen wieder auf dem Sattelbogen nieder.

»Ach, sei still«, erklärte Shanna. »Wir müssen vor Sonnenuntergang wieder aus diesem Ödland heraus sein.« Sie erlaubte sich selbst nicht, darüber nachzudenken, was geschehen würde, wenn sie es nicht schafften. Sie gestattete sich nicht, die Tatsache auszusprechen, daß sie sich längst verirrt hatten und den Weg nur deshalb fortsetzten, weil sie das immer tat, ob sie nun wußte, wie es weiterging, oder nicht.

Chai erwiderte mit erneutem Protest, dann falteten sich ihre rötlich gefleckten Federn wieder zu glänzender Glätte, und die mächtigen Krallen gruben sich von neuem in das zerkratzte Sattelleder. Immer noch hörte Shanna tief in der Kehle des Vogels ein unterdrücktes Grollen und war sekundenlang froh, daß die Falkin nicht mehr die Macht besaß, ihre menschliche Gestalt anzunehmen.

Der Fluch eines Kaisers hatte Chais Sippe zum Tode verurteilt, und Shanna fürchtete, daß der Verrat eines anderen Kaisers die Ursache für das Verschwinden ihres Bruders war. Nachdem die Eskorte, mit der sie ihre Reise begonnen hatte, getötet worden war, hatte Shanna geglaubt, es könnte ein gewisser Trost darin liegen, ihre Suche gemeinsam mit Chai fortzusetzen, aber im Augenblick war die Last ihres eigenen Schicksals fast mehr, als sie ertragen konnte. Chai, gefangen in ihrer Vogelgestalt, war nur stumme Mahnung

an zusätzliche Verantwortung. *Nicht denken*, sagte sich Shanna, *durchhalten...*
Sie hob sich in den Steigbügeln und versuchte nach vorn zu spähen, aber der Nebel hatte die Welt verschluckt. Sie setzte sich im Sattel zurecht, ergriff die Zügel und preßte mit ihren langen Beinen die Flanken der Stute, um sie zum Weitergehen zu bewegen. Calur wieherte unglücklich, machte einen schwankenden Schritt geradeaus und hielt dann an.
»Scheiße!« Shanna schwang sich fluchend aus dem Sattel. Schnell strich sie mit schwieligen Fingern über das Bein der Stute, fühlte, wie sie zusammenzuckte, als Shanna die Fessel betastete, und richtete sich mit einer weiteren häßlichen Bemerkung wieder auf. Ihr Verstand wehrte sich gegen die Furcht, hier in einer Falle zu sitzen, während sie sich anstrengte, mit den Blicken den Nebel zu durchdringen, der sie umgab.
Sie mußten weiter, sagte sie sich und zupfte ganz leicht am Zügel. Das Moor konnte nicht endlos sein. Noch immer hinkend – wenn auch ohne Reiter nicht ganz so stark – folgte ihr die Stute. Shanna biß sich auf die Lippen und weigerte sich, der Panik, die in ihr aufstieg, Beachtung zu schenken. Sie war eine Prinzessin von Sharteyn und hatte geschworen, diese Reise zu einem Ende zu bringen. Das war das einzige, woran sie jetzt überhaupt noch denken durfte.
»Heilige Yraine«, murmelte sie, »zeig mir den Weg.«
Sie zog den Schwertgurt höher und rieb sich die schmerzenden Muskeln unten am Rücken. Dann schritt sie weiter aus. Noch immer wogte und wallte der Nebel um sie her. Das silberne Licht blieb unverändert – sie konnte nicht sagen, wieviel Zeit vergangen war, wenn es hier denn Zeit gab. An einem ihrer Stiefel war eine Naht geplatzt und ließ bei jeder Pfütze, in die sie trat, Feuchtigkeit eindringen. Shannas Fuß rutschte in dem nassen Leder, und sie glitt aus, ließ die Zügel fallen, um das Maul der Stute nicht zu verletzen, und stürzte der Länge nach in den Schlamm.
»Verdammter Dreck!« Einen Moment blieb sie liegen, wo sie hingefallen war, zornig und erschöpft. Dann spürte sie, wie der

Schlamm sie hinabzog, und richtete sich entsetzt auf. Calur machte einen hinkenden Schritt auf sie zu, senkte den Kopf und gab Shanna einen besorgten kleinen Stoß.
»Es ist deine Schuld, du rotes Biest!« Shanna schlug nach ihr. Die Stute wieherte traurig und scheute zurück, und Shanna fühlte, wie ihre Wut von Verzweiflung erstickt wurde. Seufzend blickte sie sich um. Unten am Boden verschleierte der Nebel eine Wildnis von Heidekraut, dessen Blütenglocken die Luftfeuchtigkeit mit kleinen Perlen besetzt hatte. Aber sie konnte ihre Schönheit nicht würdigen. Sie zitterte und nahm alle Kraft zusammen, um wieder auf die Füße zu kommen. Es war kalt für Spätsommer; wenn sie weiterlief, würde sie das wenigstens warmhalten.
Noch halb gebückt, verharrte sie plötzlich, starrte auf den Boden und richtete sich dann erst zu ihrer vollen, mageren Größe auf. Chai rief fragend.
»Hast du es auch gesehen?« fragte sie die Falkin. »Wenn du doch nur reden könntest!« Die Falkin veränderte ihre Stellung auf dem Sattelbogen, und Shanna, die noch immer zu Boden schaute, streichelte sanft die bronzenen Federn.
Nein, es war keine Einbildung – vor ihr im Schlamm sickerte Wasser in den Abdruck eines menschlichen Fußes. Sie hatte niemanden gesehen, aber im dichten Nebel konnte alles mögliche verborgen sein, und die Fußspur war frisch... Ihr Blick verschwamm, und sie strich sich eine schwarze Haarsträhne aus den Augen. Aber das half auch nicht viel. In ihrem Herzen flatterte Hoffnung wie ein gefangener Vogel, als sie versuchte, wieder mit festerer Stimme zu sprechen.
»Komm, Mädchen, von wem dieser Abdruck auch stammen mag – weit kann er nicht sein. Wir werden ihn finden, damit er uns den richtigen Weg zeigt.«
Sie zog an den Zügeln und stolperte den Pfad entlang, immer den Spuren nach. Und schon wenige Augenblicke später wußte sie, daß sie endlich etwas Richtiges getan hatte, denn sie roch den Rauch eines Holzfeuers.
Aber es war schwer zu erkennen, wo der Nebel aufhörte und der

Rauch anfing. Vor ihr ragte ein Gebilde auf, sie setzte sich in Trab und stieß sich die Zehen an einem vorspringenden Steinblock. Am Ende waren es nicht ihre eigenen Sinne, sondern Calurs hoffnungsfrohes Wiehern, das ihr mitteilte, sie hätten schließlich das Haus erreicht, nach dem sie suchte.

Es wäre sehr leicht gewesen, den Ort zu verfehlen – verwitterte Bretter und ein von Gras überwachsenes Dach aus gestochenem Torf ließen das Haus aussehen wie ein Stück Moor. Aber ringsum war der Boden ebener, und das Hin- und Herlaufen von Menschenfüßen hatte das drahtige Gestrüpp ein wenig zurückgedrängt. Im Hintergrund deutete sanftes Glucksen die Anwesenheit von Geflügel an.

Shanna warf die Kapuze ihres roten Mantels zurück und holte tief Atem. Dann zupfte sie an Calurs Zügel, zuckte zusammen, als ihr ganzes Gewicht auf den verletzten Zehen landete, und ging um die Mauer herum, um die Eingangstür zu suchen. Von innen war kein Laut zu hören. Auf ihr Klopfen antwortete niemand. Aber sie roch, daß hinter der schief herunterhängenden Tür etwas kochte, und plötzlich erlaubte ihr Magen keinen weiteren Aufschub mehr. Sie ließ Calurs Zügel los, streckte den Arm aus, so daß Chai daran entlanglaufen und sich auf ihre Schulter setzen konnte, und stieß die Tür auf.

Eine alte Frau stand über einen gewaltigen Topf gebeugt, der auf drei Beinen über dem Torffeuer stand, und rührte darin. Auf der anderen Seite der Hütte, so weit von ihr entfernt, wie es überhaupt im selben Raum noch möglich war, saß in einem grobgezimmerten Stuhl ein Mann. Er kehrte der Tür den Rücken zu, und alles, was Shanna von ihm erblicken konnte, waren ein ausgestrecktes Bein und die Oberseite eines halbkahlen Schädels. Sein Fuß hatte etwa die Größe der Abdrücke, die sie gefunden hatte. Sie überlegte verwundert, was diese beiden alten Leute allein hier draußen anfingen.

Sie hüstelte und machte zwei Schritte in den Raum hinein. Fast gleichzeitig schlug hinter ihr die Tür zu, und der alte Mann und die

Frau drehten sich um und betrachteten sie mit glänzenden Blicken wie aus gierigen Vogelaugen. In diesen Augen lag nicht der stolze Ausdruck von Chais Volk, sondern etwas der ein wenig boshaften Intelligenz eines Raben oder Schwans Verwandtes. Chai bewegte sich unruhig auf Shannas Schulter, und sie fragte sich, was die Falkin wohl von ihren Gastgebern hielt. Ihr Ausdruck war in einem Menschengesicht seltsam beunruhigend, aber Shanna hatte schon schlimmeren Dingen gegenübergestanden. Sie zwang sich zu einem Lächeln.

»Mein Pferd lahmt, und ich brauche einen Platz, an dem es sich ausruhen kann. Dürfen wir eine kleine Weile unter eurem Dach bleiben?«

Eine Weile sagte die alte Frau gar nichts. Dann drehte sie den Kopf nach dem Mann.

»Yod, du Narr! Ich habe dir gesagt, daß so etwas geschehen würde, wenn du heute ausgingst!« Sie wischte sich an den abgetragenen schwarzen Falten ihres Kleides die Hände ab.

»Du hast mich doch selbst weggeschickt, alter Besen – hast es mir selber aufgetragen! Deine stinkenden Kräuter waren es, die ich sammeln gegangen bin, oder etwa nicht? Da liegen sie, gerade hier in diesem Korb, über den noch jemand fallen wird, wenn du ihn nicht fortnimmst!« Der Stuhl scharrte, als er ihn herumschob, so daß er nach dem Herd sah. Der weiße Bart floß über seine Brust wie das Fell eines Tiers.

»Die Kräuter wachsen am Bach, nicht oben im Hochmoor, und das weißt du sehr wohl, Alter!« Die Frau drohte ihm mit dem Finger. Unter den grauen Fäden war ihr Haar noch dunkel, während das des Mannes die Farbe reinen Silbers hatte. Aber als sie sich umdrehte, leuchtete der Feuerschein ihr voll ins Gesicht, und Shanna sah, daß es faltig und runzlig war wie die Blätter vom letzten Herbst.

»Was hattest du dort oben zu schaffen – Fußspuren zu hinterlassen, denen jeder folgen konnte, der zufällig vorbeikam? Bestimmt war es irgendein Unfug, davon bin ich überzeugt!« fuhr sie fort.

Shanna riß die Augen auf. Woher wußte die Alte, daß sie dem

Mann oben vom Moor gefolgt war? Nach dem ersten Blick auf sie schien die alte Frau kaum noch wahrzunehmen, daß sich noch jemand im Raum befand.

»Ich weiß, mit wem du dich dort oben getroffen hast, du alter Lüstling!« Die Frau rührte energisch in ihrem Topf. »Genieße es, solange du kannst, denn der Winter kommt, und sie wird mit der übrigen Herde fortziehen!«

Shanna fröstelte wieder. »Verzeih, Großmutter, aber der Tag vergeht – wenn ich nicht hierbleiben kann, muß ich mich auf den Weg machen. Darf ich deine Gastfreundschaft in Anspruch nehmen?«

»In Anspruch nehmen?« Endlich sah die alte Frau ihr ins Gesicht. Ihre Augen glühten wie dunkle Kohlen. »Du kannst gar nichts in Anspruch nehmen, Kind, aber du darfst bitten ...«

»Dann bitte ich dich.« Mühsam krümmte Shanna sich zu einer höfischen Verneigung. »Herrin, um deiner Barmherzigkeit willen erflehe ich deinen Schutz!«

Die alte Frau grinste, und ihr Gesicht runzelte sich zu tausend Falten, wie eine Karte vertrockneter Wasserläufe in einem ausgedörrten Land. »Aha – die guten Manieren sind bei der Jugend doch nicht ganz ausgestorben! Das freut mich sehr. Stell dein Pferd in den Schuppen hinter der Hütte«, fügte sie ohne Übergang hinzu. »Und du, meine Tochter, kannst hier bei mir bleiben.«

Shanna wandte den Kopf und begegnete Chais starrem, goldenem Blick. Es lag eine Aussage in diesem Blick, aber der Fluch, der über der Sippe der Falkin lag, hinderte sie daran, sie auszusprechen. Da Chai jedoch durchaus willig auf den Arm der alten Frau kletterte, mußte Shanna daraus schließen, daß das, was die Falkin von ihrer Gastgeberin gespürt hatte, nichts Gefährliches war.

Als Shanna Calur untergebracht hatte und wieder hereinkam, hockte Chai auf dem Kaminsims und plusterte ihr bronzenes Gefieder. Dampfende Schüsseln standen auf dem einfachen Tisch, und der alte Mann saß bereits davor und löffelte geräuschvoll seinen Eintopf. Es hörte sich an, als filtere er ihn durch seinen Bart, aber wie durch ein Wunder blieb die weiße Matte fleckenlos.

Die Frau machte eine Handbewegung, und Shanna ließ sich neben dem Mann nieder. Die Luft war voll vom Duft der dicken Suppe, die reich war an Zwiebeln und Huhn und einem Gewürz, das Shanna nicht einordnen konnte. Sie nahm sich vor, zuerst nur ein paar Löffel zu versuchen; es gab hier zuviel Seltsames, als daß sie dem, was aus dem Mund der alten Frau oder auch aus ihrem Kessel kam, ohne vorherige Prüfung vertrauen konnte. Aber ihr Magen erinnerte sie daran, wie lange es her war, daß sie gegessen hatte, und nach dem ersten Bissen schon merkte Shanna, daß sie genauso gierig schlang wie der alte Mann.

Shanna stierte auf den Boden der Schüssel und begriff, daß sie das schon eine ganze Weile getan hatte, ohne wirklich etwas zu sehen. Vielleicht hatte sie auch die Augen gar nicht offengehabt – sie zwinkerte hastig und versuchte, wieder einen klaren Kopf zu bekommen. Eine ganze Schüssel hatte sie leergegessen, vielleicht auch mehr, sie konnte sich nicht recht erinnern, und der Raum war sehr warm. Sie war nicht daran gewöhnt, so gut zu essen, und das Verdauen erforderte ihre ganze Energie. In der unbestimmten Wärme schwand selbst der Schmerz wunder Füße und vom ungewohnten Laufen überanstrengter Muskeln.

Der Kopf fiel ihr auf die Brust, und sie richtete sich mit einem Ruck wieder auf. Warum war sie nur so schläfrig? Chai hockte noch immer auf dem Sims, die Augen verschleiert, als schlummere sie bereits. Shanna überlegte, was die alte Frau ihr wohl zu fressen gegeben hatte. Der alte Mann war nicht mehr da, aber sie glaubte nicht, daß er sich weit entfernt hatte, denn an der Wand neben der Tür lehnte noch sein Stab. Als sie sich so umschaute, kam die alte Großmutter durch eine Tür, die Shanna vorher gar nicht bemerkt hatte, auf den Armen einen großen Stapel Dekken.

»Hier, Kind, du kannst dir am Feuer dein Bett richten. Wir alten Leute brauchen Ruhe, darum mußt du mir verzeihen, wenn ich dir nicht Gesellschaft leiste. Wir reden weiter, wenn es Morgen wird.«

Shanna starrte sie an und witterte Spott – im Augenblick schien die alte Frau wesentlich munterer zu sein als sie. Aber die Alte war schon dabei, die Decken vor dem Kamin auszubreiten. Die graue Naturwolle sah aus wie gekämmte Wolken. Weiche Wolken – so weich – Shanna kniete nieder, um das Gespinst zu fühlen, und auf irgendeine Weise lag sie plötzlich auf einer der Decken, und die alte Frau breitete eine zweite über sie.

»Danke«, murmelte sie, »danke – wie soll ich dich nennen?« Müdigkeit lähmte ihr die Zunge.

»Du kannst mich Ama nennen.« Die Stimme der alten Frau war weicher, als Shanna es für möglich gehalten hätte, aber ihr blieb keine Zeit, sich darüber zu wundern. Schlaf umfing sie, wie der Nebel die Moore eingehüllt hatte, während ihr die alte Ama noch angenehme Träume wünschte.

Und als ob ihre Worte Zauberkraft besessen hätten, begann Shanna zu träumen – wirre Szenen aus Erlebnissen auf ihren Wanderungen, untermischt mit Szenen aus ihrer Vergangenheit, die kamen und wieder vergingen, wenn sie eben kurz davor war, ihre Bedeutung zu erkennen. Sie erblickte ihren Bruder Janos, so wie er ausgesehen hatte, als er aufbrach, um dem Kaiser in Bindir Treue zu schwören, mit leuchtenden Augen wie ein junger Gott. Aber da war etwas, das sie ihm sagen mußte, bevor er Sharteyn verließ – es lag ihr auf der Zunge, aber noch ehe sie sprechen konnte, hatte die Szene gewechselt. Jetzt kniete sie im Schlamm neben ihrem Diener Hwilos, versuchte das Blut zu stillen, das aus seiner Brust strömte, damit er nicht starb, wie die anderen Männer ihres Gefolges gestorben waren. Er mühte sich, ihr etwas mitzuteilen, aber bevor sie ihn verstehen konnte, veränderte sich die Szene, und sie stand allein in einer trüben Einöde, in der Geister ziellos umherschwebten. Sie trieb mit ihnen dahin, ohne Heimat, Gefährten oder Ziel.

Und wieder wechselte der Traum. Noch immer durchwanderte Shanna die Einöde, aber jetzt war etwas hinter ihr her. Schneller und schneller rannte sie, und immer noch folgte es ihr mit dem heftigen Schlag schwarzer Schwingen, bis sie mit schweißüber-

strömtem Gesicht aufwachte und ihr Herz so laut hämmerte wie der Schlag von Calurs Hufen.
Shanna riß die Decken herunter und setzte sich auf. Noch immer schaudernd holte sie tief Atem. Es war sehr still in dem dunklen Raum. Draußen konnte sie den Wind wispern hören, dann das dreimal wiederholte Krächzen eines Raben. Innen bewegte sich nichts, und das einzige Licht kam von den letzten Kohlen im Feuer. Nein – das war nicht das einzige Licht. Als sie sich umschaute, bemerkte Shanna ein schwaches Leuchten, das von dem Stab ausging, den der alte Yod neben die Tür gelehnt hatte.

Shannas Kopf fühlte sich an, als hätte ihn jemand als Pauke benutzt; er erinnerte sie schmerzhaft an das Kopfweh, das sie gehabt hatte, als sie zum erstenmal zuviel Landbier getrunken hatte. Nach ihren Träumen hätte sie schwören können, niemals wieder ein Auge zutun zu können; aber ihre Augen waren so schwer, wie man sie hat, wenn man verschläft, und das Licht, das durch das geölte Leder sickerte, mit dem das Fenster verhängt war, erschien ihr ungemein hell.
Amas Stimme durchdrang peinvoll den Nebel, der an der Stelle herumwirbelte, wo Shannas Gehirn hätte sitzen müssen.
»Ich brauche frische Binsen – frische, hörst du, und ich werde an ihrer Farbe und Beschaffenheit sehen, wo du sie herhast, Meister Yod – also versuch nicht, mir einen Streich zu spielen!«
»Jawohl, jawohl, du bist hier die Herrin, und ich bin nur dazu da, dich vorn und hinten zu bedienen, nicht wahr?« Er hatte sich in einen flauschigen grauen Mantel gehüllt, der ihn umflatterte, während er mit dem Arm herumfuchtelte.
Shanna zog die Stiefel an und stand auf. Ihr tat alles weh.
»Und warst du es nicht, der sich gerade beschwert hat, es sähe hier nachgerade aus wie im Schweinestall, und du wolltest ein bißchen Ordnung? Entschließ dich, Alter, wenn in deinem Kopf nicht so wenig Hirn ist, wie Haare auf deinem Schädel wachsen.« Sie ging, mit dem Besen gestikulierend, auf ihn los.
Shanna schlich vorsichtig zur Tür und vergaß ihre Kopfschmerzen

über der inbrünstigen Hoffnung, daß Epona, die Rossegöttin, gnädig gewesen war und eine gute Nachtruhe ausgereicht hatte, Calur wieder reisefähig zu machen.
»Du hängebrüstige alte Hexe!« rief der Alte. »Ich werde dir den kahlen Schädel geben – deinen Kessel werde ich dir umrühren – warte nur!« Er packte seinen Stab, und Shanna nutzte diese Bewegung, um durch die Tür zu schlüpfen.
Als Shanna am vorigen Abend die Stute in den Stall geführt hatte, hatte sie Calurs Huf gereinigt und, so gut sie konnte, untersucht. Im schwindenden Licht hatte sie im Huf keinen Fremdkörper feststellen können, und sie hoffte, daß sich die Stute vielleicht nur an einem Stein gestoßen hatte. Aber als sie die Tür des Schuppens öffnete, hob Calur den Kopf, machte einen wackligen Schritt auf sie zu und blieb dann stehen, wobei das rechte Vorderbein kaum den Boden berührte. Ihre Augen waren trübe, und das Fell schien an Glanz verloren zu haben.
Mit einem flauen Gefühl im Magen ging Shanna auf die Stute zu und kniete neben ihr nieder. Behutsam hob sie den Fuß und klopfte mit dem schweren Griff ihres Dolches auf Sohle und Innenhorn des Hufs, um festzustellen, wo es eine empfindliche Stelle gab. Plötzlich zuckte Calur zusammen und riß dem Mädchen den Fuß aus den Händen.
»Scheiße!« murmelte Shanna. Sie griff wieder nach dem Fuß, drehte den Dolch um und kratzte vorsichtig an dem festgetretenen Schlamm, der am Abend vorher ausgesehen hatte, als sei er ein Teil des Innenhufs. Jetzt konnte sie in Hufwand und Fessel auch Hitze spüren. Sie reinigte den Huf vollständig und wusch ihn, konnte aber immer noch nichts sehen. Wenn sich Kies hinter die Hufwand gesetzt hatte, würde sie warten müssen, bis er sich nach oben gearbeitet hatte, wo sie ihn dann herausholen konnte. Sie würde heißes Wasser brauchen, um den Huf weichen zu lassen, und reinigende Kräuter. Wieder fluchte sie, als ihr klar wurde, daß Ama wahrscheinlich alles Nötige im Schrank hatte, und daß sie die alte Frau um Hilfe bitten und hierbleiben mußte, während sie die Stute behandelte.

Sie sah, daß Calur das ihr am Vorabend hingelegte Gras kaum berührt hatte, und begriff, wie krank das Tier sein mußte. Sie fluchte wieder und ging ins Haus.

»Ich werde die Stute behandeln.« Amas Worte duldeten keinen Einwand. »Ich habe die Kräuter und auch die Zaubersprüche, die ihnen Wirkung verleihen. Aber wenn ich den ganzen Tag dein Roß pflege, mußt du mir auch bei meinen Arbeiten helfen.«
»Ja, natürlich«, antwortete Shanna. Die alte Frau hatte ihr einen schmackhaften Brei mit gedörrtem Obst sowie einen Kräutertee vorgesetzt, der ihr einen fast klaren Kopf zurückgab, und alles sah sehr viel ermutigender aus als am Morgen, als sie aufgewacht war. »Was brauchst du?«
Einen Augenblick leuchteten die Perlaugen auf, die in die ihren starrten. »Mehr als du mir geben kannst, Enkeltochter, aber genug für mich, um es dir zu geben.« Dann wurden die dunklen Augen hart. »Ich muß eine besondere Arznei für die Stute brauen. Du wirst Wasser vom Bach holen müssen, um meinen Kessel zu füllen.«
Sie reichte ihr einen Holzeimer, und Shanna nickte. In den Eimer gingen rund acht Liter, und der Kessel sah aus, als könnte er vierzig Liter fassen. Wenn sie fünfmal zum Bach ging, mußte das reichen, um ihn zu füllen. Sie rannte fast los.
Als sie von ihrem ersten Gang den Hügel hinab zurückkehrte, war Ama nicht mehr da. Shanna schüttete das Wasser in den Kessel und machte einen Abstecher in den Stall, um nach Calur zu sehen. Die Fessel der Stute war säuberlich verbunden, und obwohl sie sich immer noch mühsam bewegte, schien sie sich doch schon etwas wohler zu fühlen. Shanna schüttelte den Kopf. Ama hatte ihren Teil des Handels erfüllt, jetzt mußte sie das restliche Wasser holen. Die Stute gab ihr einen sanften Stoß gegen die Brust, und Shanna umarmte sie einen Augenblick. Calur war alles, was ihr von ihrem früheren Leben übriggeblieben war – wenn ihr etwas zustieß, wer würde Shanna dann noch erinnern, wer sie einmal gewesen war?

Sie ging hinaus und zum Bach hinunter, um neues Wasser zu holen. Aber als sie zum zweitenmal Wasser in den Kessel goß, hörte sich das Geräusch, das es dabei gab, merkwürdig an. Sie drehte sich wieder um und sah in den Kessel – das Wasser schien niedrig zu stehen, aber sie hatte nicht weiter darauf geachtet, wie hoch es war, nachdem sie den ersten Eimer hineingeschüttet hatte. Ihr Magen zog sich vor Angst zusammen – eine Angst, der sie keinen Namen geben wollte –, und sie lief wieder zurück an den Bach.

Als Shanna mit dem dritten Eimer zurückkehrte, stellte sie ihn neben den Kessel und schaute hinein, bevor sie das Wasser auskippte. Der Boden des riesigen Topfes war schwarz und leer. Sie blickte sich um. Ama war immer noch fort, und in den Binsen gab es keine Spuren, die darauf hindeuteten, daß jemand den Kessel bewegt hatte. Selbst wenn die alte Frau das Gefäß selbst hätte heben können, so doch nicht, ohne die Binsen in Unordnung zu bringen. Es mußte eine Erklärung dafür geben. Es mußte einfach. Sehr sorgfältig neigte Shanna den Eimer über die Kesselwand und ließ das Wasser hineinfließen.

Es sprudelte die gewölbten Seiten hinunter. Anstatt sich aber am Boden zu setzen, sprudelte es weiter und strömte trichterförmig durch eine unsichtbare Öffnung. Immer im Kreis herum – ihr Blick folgte ihm, bis ihr schwindlig wurde. Dann war es mit einem letzten Gurgeln verschwunden.

Nein – sie schüttelte den Kopf. Das konnte nicht sein! Sie griff nach unten und betastete den Boden, der hart war und kalt. Ihre Kehle war wie zugeschnürt und fing an weh zu tun, als sie verständnislos vor sich hinstarrte.

Sie hatte getan, was die alte Frau von ihr verlangt hatte – sie hatte das Wasser in den Kessel gegossen – aber es war nichts darin! Wie ihr Leben, dachte sie stumpfsinnig. Sie hätte längst auf dem Rückweg vom Hof des Kaisers in Bindir sein müssen, ihren Bruder neben sich, so wie sie es ihrem Vater versprochen hatte. Es hatte ausgesehen wie ein Ziel, das sich lohnte, aber ein Jahr war vergangen, und Bindir lag immer noch in weiter Ferne. Wäre sie bei Graf

Roalt geblieben, hätten sie inzwischen vermutlich geheiratet, vielleicht wäre sogar ein Kind unterwegs. Statt dessen hatte sie nichts – gar nichts! Alle ihre Mühe war so erfolglos geblieben wie ihr Versuch, den Kessel zu füllen.
Aber der Kessel mußte gefüllt werden, sonst konnte Ama ihre Arzneien nicht brauen und Calur mußte sterben.
Tränen brannten unter ihren Lidern, aber die Augen blieben trokken. Mit leerem Blick starrte sie auf den Kessel.
»Weine«, sagte eine sanfte Stimme hinter ihr. Sie drehte sich um und erkannte Yod, der sich auf seinen Stab lehnte. Am Abend zuvor hatte er eher komisch gewirkt, aber jetzt war nichts Lustiges an ihm.
»Ich kann nicht weinen«, gab sie zur Antwort. »Ich muß stark sein.«
»Weine«, wiederholte er. »Selbst der stärkste Baum bricht, wenn die Wurzeln keine Nahrung erhalten.«
»Nein«, erwiderte sie. »Ich bin eine Prinzessin von Sharteyn.«
»Laß deine Tränen fließen«, gab er zurück. »Bist du zu stolz, den Kummer zu teilen, der allen Menschenkindern gemeinsam ist?«
Und als strömten die Bilder aus seinem Kopf unmittelbar in den ihren, sah sie ein kleines Mädchen, das an der Leiche seiner Mutter weinte; Tränen der Wut in den Augen eines Bauern, der zuschaute, wie kämpfende Heere seine Felder zertrampelten; die Verzweiflung einer liebenden Frau, die ihrem Geliebten Lebewohl sagte. Mit einer seit Jahren nicht gekannten Klarheit fiel ihr die Bestattung ihrer eigenen Mutter ein und der verständnislose Kummer des Kindes, das sie damals gewesen war. Und schließlich sah sie Calurs hängenden Kopf mit den glanzlosen Augen, und ihr tat das Herz weh, als ahnte sie einen drohenden Verlust.
Ihre Augen brannten wie offene Wunden, und auf einmal begannen die Tränen zu fließen. Sie hinterließen glänzende Spuren an den gewölbten Kesselwänden und sammelten sich auf dem Boden. Viel schneller, als sie es je für möglich gehalten hätte, bedeckten sie ihn. Das Wasser stieg, bis sie dunkel gespiegelt ihr eigenes Gesicht erblickte, starke Knochen, die nach Monaten harten Lebens

scharf hervortraten, braune Augen, die ihre Verletzlichkeit noch nicht völlig verloren hatten. Und immer noch weinte sie – bis der Kessel voll war.

»Versuche das Wasser«, sagte Yod.

Sie starrte ihn an. »Es wird salzig sein.«

Er reichte ihr die Kelle, und sie ließ sie unter die schimmernde Oberfläche der Flüssigkeit im Kessel gleiten, hob sie heraus und nippte vorsichtig.

Es schmeckte süß, aber als sie sich umdrehte, um es Yod zu sagen, war er gegangen.

Am nächsten Morgen erklärte Ama Shanna, daß sie mehr Wolle spinnen müßte, um für Calurs Fuß neue Verbände herzustellen.

»Yods Schafe grasen im Moor«, sagte sie. »Hol einen Sack von ihrer Wolle und bring ihn mir.«

Shanna nickte mißtrauisch. Sie hatte derartiges schon gesehen, die zwischen die Beine des Schäfers geklemmten, sich wehrenden Schafe, denen man große Hände voll langfasriger, starkriechender Wolle ausrupfte. Es sah nicht schwer aus, aber sie war in der Nacht zu lange wachgeblieben, hatte still in ihren Decken gelegen und sich angestrengt, zu begreifen, was hier mit ihr geschah; und sie wußte es immer noch nicht. Sie begegnete Amas Blick, aber die schwarzen Augen waren so undurchsichtig und schweigsam wie Steine.

Als Shanna aus der Hütte trat, sah sie, daß auf den Hängen und in den Senken Nebelschwaden hingen wie Wollsträhnen, und lächelte über den Vergleich. Ama hatte gesagt, sie würde die Schafe auf dem Hügel hinter dem Haus finden, wo die Sonnenwärme das wilde Gras zu Heu gedörrt hatte. Shanna wünschte sich, gestern abend ihren Stiefel noch repariert zu haben. Sie nahm den Hanfsack über die Schulter und kletterte los.

Sie seufzte erleichtert, als sie die Herde fand, an einem Ende des Feldes zusammengedrängt, als hätten die Wolken im Vorüberziehen schmutzige Fetzen hinterlassen, die nun an der Heide klebten. Sie begann den Abhang zu überqueren. Die Schafe hoben den

Kopf, betrachteten sie mißtrauisch und zerstreuten sich weiter bergan. Shanna blieb stehen. Sie musterten sie noch ein Weilchen und fingen dann von neuem an, das harte Gras abzuweiden.

Ein vertrautes Gefühl von Wut und Enttäuschung begann sich in Shannas Magen zusammenzuziehen, als jede Bewegung, die sie machte, die Schafe weiter fortscheuchte. Sie versuchte, den Hang über ihnen zu erreichen, damit sie sie wenigstens bergab treiben konnte, aber als sie oben war, hatte die Hälfte sich auf irgendeine Weise noch nach weiter oben zurückgezogen, während die grauen Felle der Schafe unter ihr so mit dem Nebel verschmolzen, der noch immer in den Senken lag, daß man sie kaum noch erkennen konnte.

Ich brauche einen Hund oder Chai! dachte sie zornig. Aber sie hatte die Falkin im Hause bei Ama gelassen. Sie verstand, daß auch das eine Prüfung war. Sie wußte nicht, warum die alte Frau ihr diese Aufgaben stellte, aber sie war überzeugt, daß das Leben ihres Pferdes davon abhing, ob sie bestand oder nicht. Sie dachte weiter: *Ich bin immer noch verirrt. Wenn ich mich doch nur zurechtfinden könnte!*

Verzweifelt suchte sie den Hügel ab, und als ihr Blick zum zweitenmal den Kamm streifte, erkannte sie Yod, der zu ihr hinabsah, so still wie ein stehender Stein. Shanna hob grüßend die Hand.

»Meister Yod, kannst du mir helfen? Ich muß die Schafe einfangen, um Wolle für deine Frau zu holen, und sie wollen nicht stehenbleiben.«

»Bleibt eine treibende Wolke stehen?« fragte er und kam den Berg hinunter auf sie zu. »Wenn du sie nicht rupfen kannst, mußt du sie sich selbst rupfen lassen.« Er zeigte auf die Vertiefung im Abhang, in der ein kleiner Bach das aus dem Moor abfließende Wasser fortführte. »Schau, dort sind sie –«

Shanna sah die Schafe trinken, die Füße im Wasser. Sie nickte und suchte sich sorgfältig einen Weg durch die Heide. Als sie den Bach erreichte, waren die Schafe fort, aber ihr Herz wurde leichter, als sie erkannte, was Yod gemeint hatte; denn dort, wo sie vorbeigekommen waren, hatten sich Flocken und Strähnen grauer Wolle in den drahtigen Zweigen verfangen und flatterten in der leichten Brise. Sie öffnete den Sack und fing an zu ernten.

Ama spann. Wie durch Zauber verwandelte die schnelle Drehung der knotigen Altfrauenfinger die wolkige Wolle in einen kräftigen Faden. Als der Faden länger wurde, schwang die Spindel wie hypnotisch hin und her. Shanna merkte, daß sie daraufstarrte, und zwang den Blick zurück zum Feuer.

Von dem eisernen Kaminhaken hing ein kleiner Topf herunter. Sie konnte den scharfen Duft der Kräuter riechen, die darin schmorten. Wenn alles gutging, würde bis zum Morgen die neue Arznei für Calur fertig sein. Es ging dem Fuß der Stute schon besser – das neue Gebräu würde sie in Kürze wieder reisefähig machen.

»Achte auf das Feuer. Du mußt dafür sorgen, daß es stetig weiterbrennt. Das ist alles, was du zu tun hast«, hatte Ama zu ihr gesagt. Shanna warf einen Blick unter den runden Topfboden und griff nach einem neuen Holzscheit, um die Flammen zu füttern. Auf der anderen Seite des Raums saß Yod in seinem großen Stuhl und machte sich Notizen auf den Rand einer zerfetzten Handschriftenrolle, die auf seinen Knien lag. Ausnahmsweise hatten die beiden ihr Gezänk eingestellt. Das Kratzen von Yods Feder auf dem Pergament vermischte sich mit dem Wispern des Feuers.

Ama summte beim Spinnen ununterbrochen vor sich hin, ein Geräusch, das ebenso einschläfernd war wie die Bewegungen ihrer Hände. Shanna merkte, wie ihr Blick verschwamm, und schüttelte den Kopf, um wieder klar zu sehen. In der trockenen Wärme des Feuers fiel es schwer, sich an die Gefahr, in der Calur schwebte, und an die eigene Verzweiflung zu erinnern. Sie starrte in glühende Flammenhöhlen, folgte ihren Windungen...

»Kind – schläfst du? Schau nach dem Feuer!«

Shanna schoß in die Höhe und blinzelte. Der Raum war auf einmal sehr dunkel. Hatte sie geschlafen? Ganz außer sich riß sie Brennmaterial aus dem Korb und stieß es in den Kamin.

Das Feuer loderte auf, als sei in dem Brennstoff etwas verborgen

gewesen, das besser brannte als Holz; es verhüllte den Topf und wogte hinaus ins Zimmer. Mit heftigem Flügelschlagen fuhr Chai von ihrem Platz auf dem Kaminsims in die Höhe. Instinktiv packte Shanna ihren Mantel und schlug auf die Flammen ein, aber das Flattern hatte nur die Wirkung, sie noch stärker anzufachen.
Während sie noch damit beschäftigt war, bemerkte sie plötzlich eine dunkle, glänzende Gestalt, die ein Schwert aus Flammen zückte. Sie ließ den Mantel fallen und riß ihr eigenes Schwert von der Wand. Sie zerrte es aus der Scheide, und im selben Augenblick stürzte sich der feurige Krieger auf sie. Dann war das Schwert frei. Sie hob die Klinge und nahm die ausgewogene Kampfhaltung ein, um die die Übungen mit Graf Roalt die Ausbildung bereichert hatten, die der Schwertmeister ihres Bruders ihr gegeben hatte. Ihr Herz brannte vor Begeisterung – endlich gab es etwas, gegen das man kämpfen konnte, einen Weg, aller Wut, Enttäuschung und Unsicherheit einen Schlag zu versetzen!
Ihr Schwert schien sich von selbst zu bewegen, als sie sich umdrehte, rückwärts und wieder vor, mit einem glatten Hieb nach dem verhüllten Haupt hinter der glühenden Klinge. Aber ihr Hieb prallte auf die Klinge des Gegners, und als die Waffen aneinanderstießen, lief Feuer vom Schwert des Fremden auf ihr eigenes über und durchdrang sie.
SCHMERZ! Sie hatte vergessen, was Schmerz sein konnte! Sie strengte sich an, aufzustehen und weiterzukämpfen. Aber ihre Nerven waren wie gelähmt. Als sie dalag und nach Luft rang, flüsterte eine wortlose Stimme ihr ins Ohr: »Das ist kein Feind, den du im Kampf besiegen kannst – ergib dich den Flammen!«
Alle ihre Nerven zuckten, als es Shanna schließlich gelang, sich auf Händen und Knien aufzurichten. Das Schwert hielt sie noch in der Hand. Sie blickte auf und versuchte, durch den Flammenschleier hindurchzuspähen, der ihren Gegner verbarg. So wie sie nicht gewußt hatte, wie man weint, wußte sie jetzt auch nicht, wie sie sich ergeben sollte. Sie konnte sich nur erinnern, wie sie sich bei dem Kampf, in dem sie ihr Schwert errungen hatte, dem Tanz des Todes hingegeben hatte.

Unklar begriff sie, daß auch dies eine Prüfung war. *Für Calur,* sagte sie in die Verwirrung ihres Herzens hinein, *um Calur zu retten!*
Mit einem Seufzer setzte sie sich auf ihre Fersen, hob grüßend die Klinge und öffnete damit voller Absicht ihre Deckung.
Die flammende Klinge fuhr herab und versetzte jeden Nerv in glühende Ekstase; Flammen umwogten sie wie ein sich öffnender, leuchtender Mantel. Und hinter all diesem Glanz sah sie die Gestalt einer Frau und ein Gesicht mit Augen, die wie Zwillingssterne strahlten.
›Meine Tochter‹, sprach eine Stimme in ihrer Seele, *›warum bekämpfst du mich?‹*
Shanna hob ehrfürchtig die Hände, und ihr Gruß war ein Gebet: »Yraine....«
Als sie den Namen der Göttin aussprach, verwandelte sich das Licht in Dunkelheit. Shanna blinzelte und versuchte, ihr Sehvermögen zurückzufinden. Als sie wieder etwas erkannte, stellte sie fest, daß nicht nur das Licht, sondern auch die Hütte und alles, was darin war, verschwunden waren. Nach allen Seiten dehnte sich, in Bodennebel gehüllt, das Moor, aber es wehte ein kalter Wind, der die Sterne sichtbar werden ließ. Neben sich entdeckte sie ihren Mantel und zog ihn vor Kälte zitternd an.
Dann hörte sie das melodische »kiaar, kiaar« eines Falkenrufs, blickte auf und sah Chais anmutigen Umriß vor den Sternen. Die Falkin kreiste über ihr und flog dann voraus. Shanna stand auf und folgte ihr, in der Hand immer noch das blanke Schwert.
Sie konnte nicht sagen, wie weit sie in dieser trüben Einöde gelaufen war, denn sie fühlte sich nicht müde. Sie war nicht einmal sicher, daß es die gewöhnliche Erde war, über die sie dahinschritt, denn obwohl es an Licht fehlte, strauchelte sie nicht. Sie wußte nicht, wohin sie ging oder wo sie gewesen war, nur daß sie Chai folgen mußte, solange die Falkin vorausflog.
Der Boden begann anzusteigen, und vor ihr ragte im Nebel ein Gewirr von Steinen auf. Als Shanna in diese Richtung zu klettern begann, schrie Chai auf und ging im Sturzflug nieder. Shanna

blieb erschreckt stehen, denn nicht alle Gebilde vor ihr waren aus Stein. Jemand saß dort. Ihre Nerven spannten sich, als sie die alte Frau und den alten Mann aus der Hütte erkannte.
»Meister Yod, Herrin Ama – was tut ihr hier?«
Langes Schweigen. Shanna fühlte, wie es ihr kalt den Rücken hinunterlief.
»Du wirst es erfahren, wenn du weißt, wer wir sind...«
Ein neues Rätsel, so wie die Prüfungen, die die alte Frau ihr in den letzten Tagen auferlegt hatte. Wie konnte Shanna sie unter anderem Namen kennen als dem, den sie ihr genannt hatten?
»Wer seid ihr?« Die Worte überrannten ihre Vorsicht.
»Schau uns an und sieh...«
Das Wispern des Windes wiederholte die Worte, eine Unendlichkeit von »sieh«, »sieh«, »sieh« rauschte durch die Heide. Verblüfft sah Shanna sich um und musterte dann erneut die alte Frau und den Mann, die sie so unverwandt anschauten. Sie hatte sich gesagt, daß das alles bestimmt ein Traum war. Wie aber, wenn die Welt, in der sie zu leben geglaubt hatte, der Traum war und das hier die wahre Wirklichkeit? Sie blinzelte und versuchte, ihre Sicht zu verändern; aber die finstere Welt um sie herum blieb, was sie war. »Ich habe sie satt, diese Rätsel ohne Antwort und diese Spiele, die ich nie spielen wollte!« rief sie. »Jetzt sollt ihr mir antworten! Warum konnte ich den Kessel nicht füllen?«
»Wie konntest du darauf hoffen? Der Kessel enthält alles Wasser des Meeres.«
»Und was war mit den Schafen? Warum waren sie so schwer zu fangen?«
»Hast du schon einmal versucht, eine Wolke einzufangen?« Diesmal klang es wie die Stimme des alten Mannes.
»Und das Feuer?«
»Das Feuer ist ein Geschenk der Sonne, das dienen kann oder töten. Es gibt Kräfte, die man nicht bezwingen, sondern nur begreifen kann.«
Shanna nickte, richtete sich gerade auf und zückte ihr Schwert.
»Meine Göttin hat mich zu euch geschickt. Wer seid ihr?«

Der Wind umrauschte sie wie Stimmengewirr, aber Shanna konnte nicht auf das achten, was die Stimmen sagten, denn ihre Sicht verwandelte sich. Vielleicht waren es aber auch die Gestalten vor ihr, die wuchsen, bis sie wie Säulen zu den Sternen aufragten.
Und während sie wuchsen, veränderten sie sich. Die Haut der alten Frau wurde glatt, und ihr Körper straffte sich, bis sie in furchtbarer Schönheit glühte; die Farbe ihres abgetragenen Gewandes vertiefte sich zur Schwärze des Meeres in einer Nacht ohne Sterne. Sie trug eine Kapuze, und Shanna war ihr dafür dankbar, denn sie wußte, daß sie beim Anblick des ganzen Gesichtes vor Angst gestorben wäre.
Schnell wandte sie sich dem Mann zu, aber die Reinheit seines Angesichtes war auf ihre Weise genauso furchtbar wie die unversöhnliche Schönheit der Frau. Sein Bart glänzte wie Silber, und seine wallenden Gewänder leuchteten im selben bleichen Schimmer, wie sie ihn schon an seinem Stab gesehen hatte.
»Du nimmst uns, Sterbliche, in einer Gestalt wahr, die deine Augen ertragen. Hast du nun deine Antwort?«
Die Stimme schien von überallher zu kommen.
»Ich habe meine Antwort«, fand sie den Mut zu sagen.
»Dann sollst du uns mitteilen, was du hier tust und was dein Wunsch ist.«
Von irgendwo in ihrem tiefsten Innern stiegen die Worte des Rituals in Shanna auf:
»Ich bin verirrt und suche meinen Weg.
Ich bin hungrig und suche Speise.
Ich sterbe und suche nach Wiedergeburt ...«
Und während sie es sagte, begriff sie, daß es die Wahrheit war. Auf ihren Wanderungen hatte sie die Richtung völlig verloren. Es war nicht der Nebel des Moores, der sie gefangenhielt, sondern die Verwirrung ihres eigenen Herzens.
»Wie dein Geist gesprochen hat, so soll es sein«, kam die Erwiderung. »Du hast die Fragen beantwortet und die Prüfungen bestanden. Dein Weg wird niemals leicht sein, aber wenn du weißt, was du wirklich suchst, wird es sich auch finden lassen.«

Das Strahlen, dunkel und hell zugleich, nahm zu, und die Luft hallte wider.

Ich suche meinen Bruder, kam mechanisch die Antwort. Aber dann unterbrach sich Shanna – war das wirklich die Antwort? Ihr Geist durchforschte ihr Herz, suchte nach Wahrheit, und die Gesichter vor ihr verschmolzen mit dem Gesicht, das sie im Feuer gesehen hatte, und verwandelten sich dann in eine Herrlichkeit, die so groß war, daß ihr Bewußtsein sie nicht mehr fassen konnte.

Dann löste sich alles um sie her auf. Sie fühlte, daß sie fiel, und wußte nichts mehr.

Shanna erwachte und klammerte sich noch an den Rocksaum eines Traums, in dem sie den Sinn aller Pein, die sie litt, verstanden hatte. Die Morgendämmerung verwandelte den Nebel in Schleier aus rosigem Gold, und sie lag in ihren Mantel gehüllt neben der Asche eines Lagerfeuers mitten im Moor. Die Einzelheiten ihres Traums waren schnell verweht, aber das Gefühl einer freundlichen Gegenwart, warm glühend wie eine Flamme in der Dunkelheit, und der Friede, mit dem diese Gegenwart sie erfüllt hatte, blieben ihr.

Sie war immer noch allein in der Wildnis, aber sie empfand die Verzweiflung nicht mehr, von der sie bisher getrieben worden war. Zweifellos würde sie auf ihrer Reise noch manchen Kampf bestehen müssen, aber sie brauchte nicht die ganze Welt in die Schranken zu fordern. Shanna setzte sich auf, staunte, daß sie sich nach einer solchen Nacht nicht völlig steif und lendenlahm fühlte, und schaute sich um.

Sie konnte sich nicht entsinnen, ein Lager aufgeschlagen zu haben, aber ihr Gepäck lag neben einem verwitterten Felsblock, der auf einen dunklen Teich blickte. Calur trank daraus, ihr Maul blies Wellen in das dunkle Gewässer. Calur! Die Stute war in ihrem Traum vorgekommen – irgend etwas war mit ihr nicht in Ordnung gewesen – mit einem leisen Ruf streckte Shanna die Hände nach ihr aus.

Die Stute sah die Geste des Mädchens, hob den Kopf und lief leichtfüßig um den Teich herum. Sie stieß mit der weichen Nase gegen Shannas ausgestreckte Hand, und einen Augenblick lang waren Pferd und Mädchen vom Licht der aufgehenden Sonne wie mit Gold gezeichnet.

ELIZABETH MOON

Es gehört zu den Freuden eines Herausgebers, wenn er in den Strömen unverlangten Mistes, die ihn überschwemmen, eine gute Story findet. Ich gebe mir Mühe, keine Arbeit, die auch nur ein Körnchen von Begabung zeigt, völlig zu verreißen, weil sich selbst ein zunächst hoffnungslos erscheinender Autor mit einem bißchen Ansporn durchaus verbessern kann.

Es stimmt aber auch, daß ein Schriftsteller, der die Hitze wohlmeinender Kritik nicht vertragen kann, die Küche verlassen sollte. Nur allzu oft schreibt mir jemand mit mehr Zartgefühl als grauen Zellen einen tiefbeleidigten Brief, wenn ich seine oder meistens ihre Geschichte abgelehnt habe, und wendet ein, ich hätte sie eben einfach nicht verstanden. *(Kinder, wie oft soll ich es noch sagen? Es ist nicht meine Aufgabe, die Geschichten zu verstehen, es ist Aufgabe der Verfasser,* mir *zu vermitteln, was ihre Story interessant macht beziehungsweise interessant machen sollte – wenn sie nämlich ihre Hausaufgaben ordentlich gemacht haben.) Wenn ihnen das mißlungen ist, versuche ich, konstruktive Kritik zu üben; aber ich bin schon oft in Versuchung gewesen, ihnen mitzuteilen, wenn sie Schriftsteller werden wollten, müßten sie eben arbeiten. Sonst sollten sie, wenn sie schon ein Hobby suchten, lieber nähen oder Cabbage-Patch-Puppen sammeln und mich mit ihren Elaboraten verschonen – und mit ihrem Gekränktsein.*

Elizabeth Moon schickte mir insgesamt sechs Erzählungen. Die ersten fünf konnte ich aus verschiedenen Gründen nicht verwenden. Als ich die vierte oder fünfte zurückgab, erwähnte ich, daß ich eigentlich noch etwas Kurzes und am liebsten Heiteres gebrauchen könnte.

Daraufhin schickte sie mir ›Gute Geschäfte‹. Der Text gefiel mir – und ich bewunderte ihre Beharrlichkeit und ihre Bereitwilligkeit, sich wohlmeinende Kritik auch zunutze zu machen.

M. Z. B.

ELIZABETH MOON

Gute Geschäfte

Der Pferdehändler winkte seinen Gehilfen beiseite und wendete sich Rahel zu. »Herrin, Ihr könnt selber sehen, daß dieses Pferd als Marrakai durchgehen könnte –, Euch jedoch – denn jedermann kann sehen, daß Ihr etwas von Pferden versteht – Euch will ich die Wahrheit sagen. Sein Vater war ein Marrakai; seine Mutter war eine Valchai-Marrakai-Kreuzung.«

Rahel sagte gar nichts und starrte auf das Pferd, von dem sie immer geträumt hatte. Ein stämmiger Fuchs, nicht zu schwer, mit kurzem Rücken und langem Unterstrich. Harte schwarze Hufe, die leichtfüßig auf den Pflastersteinen tanzten. Große dunkle Augen schauten sie an. Wachsame Ohren, eine gute Schulter, ein Widerrist, auf dem der Sattel im Kampf oder auf Gebirgspfaden guten Halt fand. Gerade Bewegungen, ein kraftvoll massives Sprunggelenk, Spannkraft auch in den Fesseln. Rahel schluckte.

»Wieviel?«

»Nun gut. Für Euch – seht, Herrin, dies ist ein besonderes Pferd.«

Generationen pferdezüchtender Ahnen erhoben ein Geschrei in ihrem Kopf. Rahel achtete nicht auf sie. »Er braucht einen Reiter, das muß man sagen.«

»Wie steht es mit seiner Ausbildung?«

Der Händler zuckte die Achseln. »Er hat eine Grundausbildung – trägt einen Sattel – ich habe ihn auf der Straße von hier nach Cestin Var gehabt. Aber er braucht einen Reiter, einen wirklichen Reiter, Herrin – jemanden wie Euch.«

»Also – wieviel?«

»Für Euch, Herrin – Ihr seid für dieses Pferd gemacht, Herrin – für Euch: nur achtzig.«

Der Preis war niedrig.

»Hier – probiert ihn aus.« Bevor sie antworten konnte, hatte er ihr den Sattel von der Hüfte genommen und dem Fuchs über den Rükken geworfen. Das Pferd stand ruhig. Rahel beobachtete mit schmalen Augen, wie der Mann den vorderen Sattelgurt anzog und das Kampfgeschirr abmachen wollte.
»Macht es fest.«
Er glotzte sie an. »Aber, Herrin, auf dem Markt braucht Ihr doch kein ...«
»Ich kann kein Pferd gebrauchen, das sich aufbläst, wenn man ihm einen Schwanzriemen anschnallt. Macht es fest.«
Der Mann hob die Schultern und widmete sich seiner Aufgabe. Das Pferd duldete Schwanzriemen und hinteren Sattelgurt. Sie reichte dem Händler das Zaumzeug, das sie auf der Schulter trug, noch ehe er danach griff und beobachtete, wie das Pferd die Gebißstange ruhig annahm. Dann hielt der Händler ihr die Zügel hin und winkte.
»Versucht es jetzt, Herrin Rahel. Das einzige Pferd auf dem ganzen Markt, das Eures Vergnügens wert ist. Vielleicht solltet Ihr im Kampf ein anderes Gebiß verwenden – eine Kinnkette –«
»Woher wißt Ihr meinen Namen?« fragte sie und drehte den Bügel, um aufzusteigen.
»Jedermann kennt die Herrin – und ihre Freundin.«
Er schaffte es, sich zu verbeugen, ohne die Zügel loszulassen. Rahel schwang sich hinauf, prüfte die Steigbügel und nickte. Das Pferd stand, aufmerksam, aber regungslos. Sie stieß es an; das Pferd bewegte sich vorwärts. Rund um den Platz, hinein in den Ring in der Platzmitte. Sie malte sich aus, wie es sein würde, diesen elastischen Schritt auf allen ihren Reisen unter sich zu wissen, und sie unterdrückte ein Grinsen. Hinter ihr donnerten Hufe; sie lenkte das Pferd mit den Beinen zur Seite, als ein Pferd, das sich losgerissen hatte, vorbeirannte. Ihr Pferd – so dachte sie schon von ihm – hatte nicht gescheut.
Achtzig Natas. Pir würde hingerissen sein. Und genau das Pferd, nach dem sie gesucht hatte.

Pir wartete am Westtor, eine zierliche, verschleierte Gestalt, die neben ihrem weißen Maultier stand. Sie erkannte Rahel erst, als der Fuchs anhielt; dann riß sie die Augen auf.
»Rahel! So ein Pferd – du bist dein ganzes Geld los!«
Rahel grinste zu ihr hinunter. »So schlecht im Handeln bin ich dann doch nicht, Kamerad. Es ist genug übriggeblieben, um meine Taschen mit Lebensmitteln zu füllen – wenn du also soweit bist...«
»Ich bin fertig.« Pir schwang mit der Leichtigkeit langer Übung ihre Schleier über die Kruppe des Maultiers und saß auf.
»Ich dachte, du wolltest noch Ersatz für verschiedene Sachen besorgen...«
»Pssst. Das habe ich ja auch.« Pir stupste das Maultier, und es setzte sich in Marsch. Rahel ritt mit gerunzelter Stirn hinterher. Als sie die Tore hinter sich gelassen hatten, kam sie an Pirs Seite.
»Du hast doch gesagt, es könnte den ganzen Tag dauern.«
»Aber es hat nicht. Ich habe nämlich auch ein gutes Geschäft gemacht.« Pir blickte sich um und zog dann aus ihrem Ärmel ein kleines Stück von einem schmalen schwarzen Stäbchen. »Siehst du? Feuerkugeln.«
»Wirklich?« Rahel glotzte. »Und was ist mit dem Heilzauber?«
»Noch besser. Ich habe zwei Sätze *Klarkopf* und einen *Pferdefang*-Ring.« Sie sah sehr zufrieden mit sich selber aus, drehte sich um und betrachtete die Gegend. Ihr Weg führte durch ein immer enger werdendes Tal hinauf in die Westberge. Als sie die Abzweigung nach Horngard erreichten, war kaum noch jemand auf der Straße. Rahel warf einen Blick zurück und sah den Staub einer Karawane, an der sie kurz vor Pliuni vorbeigekommen waren. Außerdem waren ein paar Fußreisende zu erkennen, die ostwärts wanderten. Sie lenkte den Fuchs auf den Weg nach Horngard und lockerte das Schwert in der Scheide.
»Wie hast du denn das alles gekauft, Pir? Bist du sicher, daß das Zeug echt ist?«
»O ja – ich kann genausogut feilschen wie die Tochter eines Pferdehändlers.«

»Pferde*züchters*«, berichtigte Rahel.
Der Pfad wand sich eine Bergflanke hinauf. Der Fuchs schritt unbeschwert aus, und Rahel entspannte sich. Bald hatten sie die Hauptstraße aus den Augen verloren. Rahel hörte ein Murmeltier pfeifen – dann ein zweites. Der Fuchs wurde langsamer und blieb stehen. Rahel klemmte die Beine zusammen.
»Komm schon«, sagte sie energisch.
Das Pferd schüttelte sich wie ein nasser Hund. Pir kicherte ironisch, und Rahel drehte sich um und warf ihr einen Dolchblick zu, während sie das Pferd von neuem anstieß und die Zügel kürzer nahm. Das Pferd machte ein paar trippelnde Schritte, und Rahel lächelte.
Dann machte der Fuchs unter ihr einen Satz und raste schnurgerade den Berg hinunter, mitten in das fürchterlichste Gebüsch, das Rahel je vorgekommen war, seitdem sie ihre Heimat verlassen hatte. Hinter sich hörte sie Pirs Aufschrei; hinsehen konnte sie nicht. Sie hatte beide Füße fest eingestemmt, aber das Pferd kümmerte sich nicht darum, wie sehr sie auch an den Zügeln zerrte. *Braucht vielleicht wirklich ein anderes Gebiß*, dachte sie zornig und riß an einem Zügel, um den Kopf des Fuchses herumzuziehen. Er rannte weiter, halb seitwärts. Sie galoppierten krachend durch einen Dornbusch. Über den nächsten sprang er schief hinüber, landete mit einem Aufprall, der Rahel vorwärtsschleuderte, und donnerte weiter. Sie sah nach vorn. Mehr Dornen, jede Menge, und Dornbäume mit niedrigen Ästen. Das Pferd kümmerte sich nicht um Stimme oder Zügel. Rahel duckte sich zur Seite; Dornen zerkratzten ihr Lederwams und rissen ihr den Arm vom Ellenbogen bis zur Schulter auf.
Das Pferd durchbrach eine Wand aus Dornen und landete auf einer Lichtung, so groß wie zwei nebeneinanderstehende Planwagen. Weiter vorn war ein noch steilerer Abhang, übersät mit großen Felsbrocken, die in ein trockenes Flußbett hinabrollten. Fluchend trat Rahel die Steigbügel zur Seite und schwang sich vom Pferd. Sie rollte sich aus dem Bereich der schlagenden Hufe. Das Pferd fuhr herum, rannte am Rand der felsigen Böschung entlang und

wandte sich wieder bergauf. Sie stolperte auf die Füße, untersuchte ihr Schwert und spähte zurück in das Dornendickicht. Es würde eine elende Kletterei werden, bis sie den Hornbergpfad wieder erreichte.

Sie hatte erst die halbe Strecke zurückgelegt, als sie Stimmen hörte. Pirs Stimme, wütend und trotzig. Andere, gewichtig und amüsiert. Sie zog das Schwert und schlich näher. Zwei Männer hielten das weiße Maultier. Ein anderer hatte ihren Fuchs. Zwei weitere hatten Pir gegen einen Dornbaum gedrängt. Pir deutete mit dem schwarzen Stab auf sie.

»Feuerkugeln«, sagte Pir. »Ich werde euch rösten wie Stockfisch, wenn ihr nicht mein Maultier und dieses Pferd hier anbindet und geht.«

Die Männer lachten wieder. Pirs andere Hand schoß unter den Schleiern hervor und begann zu gestikulieren; Rahel duckte sich. Dann wurden ihre Augen groß. Aus dem Ende der schwarzen Rute kam eine orangefarben glühende Kugel, die langsam durch die Luft rollte, bis einer der Männer zur Seite wich; sie färbte sich dunkler orange und verschwand. Pir murmelte wild vor sich hin und wedelte mit der Hand, bis eine zweite Kugel aus Orangenlicht erschien, diesmal etwas heller und schneller. Ein Mann trat zurück, aber die Kugel berührte seine Brust und platzte wie eine Seifenblase. Er brach in nervöses Gelächter aus und ging mit seinem Kumpan auf Pir zu.

Rahel stürmte mit gezücktem Schwert aus dem Dornbusch hervor und stürzte sich auf den Mann, der ihr Pferd festhielt; sie war nicht überrascht, als sie ihn erkannte – es war der Gehilfe des Händlers. Der Fuchs schnaubte und klapperte davon. Als nächstes kamen die Männer mit dem Maultier. Einer von ihnen war herumgewirbelt, um ihren Angriff abzuwehren; sie wich aus und sprang über das Maultier weg, um dem anderen das Schwert in den Hals zu stoßen. Der erste Mann wollte hinter dem Maultier vorbei. Auf Rahels Befehl trat ihm das weiße Maultier mit beiden Hinterfüßen gegen die Brust und warf ihn rückwärts in die Dornen.

Als sie sich umsah, verhüllte eine bösartig aussehende grüne Wolke die andere Seite der Lichtung. Irgend jemand würgte; Rahel schüttelte den Kopf und wandte sich wieder den dreien zu, mit denen sie gekämpft hatte. Der eine war tot, der Gehilfe des Händlers bewußtlos, mit einem Stück lose herabhängender Kopfhaut; und der dritte stöhnte erbarmungswürdig von seinem dornigen Lager herüber. Sie vernahm Schritte und blickte hinter sich. Pir trippelte vorsichtig über den unebenen Boden, die Schleier vor den Dornen sorgsam zusammengerafft, in der Hand eine wohlgerundete Börse.

»Ein gutes Geschäft, dein Pferd«, meinte sie fröhlich.

»Ein gutes Geschäft, deine Feuerkugeln«, erwiderte Rahel. »Hast du irgend etwas, das auch funktioniert?«

»Das hier.« Pir holte den *Pferdefang*-Ring heraus und rieb ihn mit dem Daumen. Gleich darauf erschien mit großen Augen der Fuchs und kam so nahe, daß Rahel die schleifenden Zügel fassen konnte. Sie stiegen auf und ritten von neuem bergan; wieder griff der Fuchs stetig aus.

Einige Zeit später hielten sie an, um den Rest ihrer Beute zu zählen: alles Gold, das sie in Pliuni ausgegeben hatten, und mehr.

»Woher wußtest du, daß der *Pferdefang*-Ring funktionieren würde?« fragte Rahel und steckte die Pfeife ein, die dem Fuchs das Zeichen gegeben hatte.

»Ach, das. Bei wichtigen Sachen gehe ich kein Risiko ein. Du hattest gesagt, daß sie für diesen Trick ein gutes Pferd benutzen, das es wert ist, wenn man dafür Geld ausgibt. Für den Ring habe ich den vollen Gildenpreis bezahlt.« Pir ordnete ihre Schleier. »*Unser* Geschäft ging vor, Kamerad.«

ELISABETH WATERS

Als ich ›Frauenvorrecht‹ zum erstenmal las, fand ich, es wäre eine der originellsten Geschichten, die mir je untergekommen waren; aber wie ich schon so oft gesagt habe, handeln Geschichten nicht von originellen Einfällen, sondern von interessanten Leuten. Also quälte ich Lisa durch zwei Umschreibungen, was einfach war, weil sie meine Sekretärin ist.
Aber es gibt nichts Neues unter der Sonne. Eine Woche, nachdem Lisa mit viel Schweiß die endgültige Neufassung ihrer Erzählung hinter sich gebracht hatte, traf die Geschichte einer guten Bekannten ein, die buchstäblich das gleiche Thema hatte: ein Zwillingspaar und einen höchst ungewöhnlichen Schwertzauber. Es tat mir aufrichtig leid, die zweite Story ablehnen zu müssen, weil ich wußte, daß hier von einem Plagiat oder unseriöser Zusammenarbeit nicht die Rede sein konnte. Lisa und die andere Autorin kannten einander zwar, aber nicht so gut, daß sie Themen ausgetauscht oder ihre laufenden Arbeiten miteinander besprochen hätten. Manchmal scheinen Ideen wirklich in der Luft zu liegen ... und wenn Leigh schneller gearbeitet hätte, wäre ihre Erzählung vielleicht als erste an die Reihe gekommen.
Lisa Waters veröffentlichte ihre erste Arbeit mit der Titelgeschichte der Anthologie ›Der Preis des Bewahrers‹. Weiteres erschien in ›Schwert des Chaos‹ und ›Geschichten aus dem Haus der Träume‹. Wir betrachten sie heute als selbständige Autorin, denn sie hat inzwischen zum erstenmal etwas »außerhalb der Familie« verkauft, und zwar für den von Andre Norton und Robert Adams herausgegebenen Band ›Magie in Ithkar‹. – M. Z. B.

ELISABETH WATERS

Frauenvorrecht

Acila summte leise vor sich hin und rührte im Takt dazu in ihrem Kessel. Ihr Vater und der größte Teil der Schloßbesatzung waren fort, und sie hatte es endlich geschafft, mit ihrer Aufgabe, alles im Schloß zu beaufsichtigen, so weit voranzukommen, daß sie ein bißchen Zeit für eigene Experimente abzweigen konnte. Dieses hier versprach interessante Ergebnisse, wenn sie es erfolgreich abschließen konnte, aber der Trank erforderte noch eine weitere Stunde pausenlosen Umrührens. Es waren noch etwa drei Stunden bis zum Abendessen, also hatte sie gute Aussichten...

»Acila!« Ihren Zwillingsbruder Briam hörte man durch den halben Korridor. »Ein Heer kommt das Tal hinauf!« Er hielt sich am Türrahmen fest und starrte zu ihr hinüber. »Was machst du denn da?«

»Was für ein Heer? Ist Vater dabei?«

Briam sah verwirrt aus, und Acila seufzte innerlich und bemühte sich, ruhig zu bleiben. Sie liebte Briam von Herzen, aber niemand konnte mit ruhigem Gewissen behaupten, er hätte seinen ganzen Verstand beisammen. Ihre Mutter war bei der Geburt gestorben, und Briam hatte zwar überlebt und war zu einem stattlichen jungen Mann herangewachsen, aber sein Verstand war der eines Kindes. Zwei Fragen auf einmal waren zuviel für ihn. Sie fuhr fort, sorgfältig ihren Kessel umzurühren, und versuchte es noch einmal. »Was hast du gesehen?«

»Ich habe es dir doch gesagt. Ein Heer. Männer, Pferde – du weißt ja wohl, was ein Heer ist!«

Sie würde selbst nachschauen müssen. »Briam, komm herein und verriegle die Tür.« Er gehorchte mit besorgtem Gesicht. »Gut. Jetzt hör mir aufmerksam zu. Ich werde mir dieses Heer ansehen,

und ich will, daß du inzwischen hierbleibst und den Kessel umrührst. Wenn jemand an die Tür kommt, gibst du keine Antwort und rührst nur immer weiter den Kessel um. *Nichts* anderes. Ist das klar?«
»Aber ich möchte mit dir das Heer ansehen!«
»Briam, es ist wichtig, daß dieser Trank ununterbrochen umgerührt wird, und wenn du das nicht tust, verwandle ich dich in eine Waldtaube und verwende dich zu Jagdübungen. Ist *das* klar?«
»Ja«, erwiderte er mürrisch, nahm ihr den Spatel ab und begann zu rühren.
Sie sah ihm zu, während sie das Tuch löste, mit dem sie ihr Haar zurückgebunden hatte, und anfing, ihr Kleid aufzunesteln. »Gut, so ist es richtig, nur immer so weiter. Ich bin so schnell wie möglich zurück.«
Sie streifte das Kleid ab und legte es auf die Tischkante, danach ihr Unterhemd und die Strumpfhosen. Nackt ging sie hinüber zum Fenster und hockte sich auf das breite Fensterbrett. Vor langer Zeit hatte sie sich diesen Raum ausgesucht, seiner Lage wegen; er befand sich am hintersten Ende des Schlosses, dort, wo der Steilhang mehrere tausend Fuß nach unten in die Schlucht abfiel. Diese Schlucht schützte die gesamte Rückseite und den größten Teil der Flanken des Schlosses, und der Aufstieg vom Tal zur Vorderfront hinauf war auch nicht einfach. Der Ort wäre durchaus gut zu verteidigen gewesen – *wenn* er über ausreichend Proviant verfügt hätte, was aber nicht der Fall war. *Zum Teufel mit Vater – mußte er denn mitten im Winter diese vielen Söldner herbringen, die wir jetzt durchfüttern müssen!*
Sie sprang aus dem Fenster, konzentrierte sich auf das Gefühl des Windes, der ihre Haut umbrauste, die daunigen Brustfedern aufplusterte und an den Steuerfedern zupfte... sie breitete die Schwingen ganz aus und schlug damit, um Höhe zu gewinnen. Dann schwenkte sie zur Südseite des Schlosses hinüber und fand einen Aufwind.
Wie Briam gesagt hatte – es war ein Heer. Männer, Pferde, in der Nachhut Troßwagen und Belagerungsmaschinen; offensichtlich

war man zu allem entschlossen. Der Anführer war nicht schwer zu entdecken, er ritt mit einer Anzahl seiner Unterführer voran. Sein Haar war dunkel, aber die Kriegerzöpfe zeigten weiße Strähnen, und die gerunzelte Stirn zog Falten in das blaue, kreisförmige Rangabzeichen zwischen seinen Brauen, als er auf etwas antwortete, das einer seiner Männer gesagt hatte. Vielleicht lohnte es sich, das Gespräch zu belauschen.

Acila landete weiter vorn auf einem Baum und suchte zwischen den Zweigen Schutz, während sie ein zweites Mal ihre Gestalt veränderte. Diese Verwandlung war schwieriger, weil sie sich kleiner machen mußte, als sie wirklich war, und ihre Verwandlungsgabe ließ nicht zu, daß sie ihre Körpermasse veränderte. Aber es gelang ihr, zu einer kleinen, eher unauffälligen und ungemein schweren Krähe zu werden. Sie hüpfte vorsichtig auf einen niedrigeren Zweig und lauschte aus Leibeskräften.

»Aber ihr macht Euch unnötige Sorgen, Herr. Der Mann ist tot, und von seiner Wache ist keiner entkommen, der eine Warnung hätte überbringen können, das schwöre ich bei meinem Leben. Es können nicht viele Männer übrig sein, und wer soll die Verteidigung anführen?«

Acila wurde es vor Schreck ganz schwach, nur die Kräheninstinkte hielten sie auf ihrem Ast. Ihr Vater tot, und mit ihm alle seine Männer? Und alle Söldner?

»Aber er hatte Kinder, die inzwischen fast erwachsen sein müssen. Glaubt Ihr, daß so ein listiger alter Fuchs seinen Welpen nicht ein paar von seinen Schlichen beigebracht hat?«

»Nur zwei Kinder, Herr.« Diese Stimme kannte sie. Acila wurde steif vor Wut. Sie hatte sich bemüht, ihrem Vater klarzumachen, daß es kein guter Einfall von ihm gewesen war, fremde Söldner anzuheuern und in sein eigenes Schloß zu bringen. Natürlich hatte er das sofort als feiges Weibergeschwätz bezeichnet und sie aufgefordert, sich um ihre Vorratskammer zu kümmern. Das immerhin hatte sie mit einigem Nutzen getan – wenn Briam ihr nicht den Trank verdarb. Sie hoffte, er würde es nicht tun; das hier hörte sich an, als würden sie den Trank bald brauchen.

Die Stimme fuhr fort: »Es ist doch ganz einfach – Ihr tötet den Jungen, heiratet das Mädchen und seid damit unbestrittener Eigentümer eines gut zu verteidigenden Schlosses, einer beträchtlichen Menge Land und aller Hörigen, die den Kampf überleben.«

»Und die Plünderung danach? Ich habe es Euch schon gesagt, Stefan, und ich meine es auch so: haltet Eure Männer in Zucht. Ich will nicht, daß meine Ehre durch Eure Taten noch weiteren Schaden leidet.« *Ehre?* dachte Acila verwundert. *Was kann er damit meinen?*

Ein paar Minuten herrschte unbehagliches Schweigen. Mittlerweile kamen die Reiter in Acilas Sichtweite. Stefan blickte auf, bemerkte sie und griff nach dem Bogen.

Bei der Bewegung drehte sich der Anführer katzenhaft schnell im Sattel um. »Was habt ihr vor?«

Stefan machte eine Gebärde. »Die Krähe, Herr.«

Acila spannte alle Kräfte zur Flucht – nicht daß sie mit diesem Gewicht im Verhältnis zur Flügelspanne weit gekommen wäre.

»Laßt sie in Ruhe«, knurrte der Anführer. »Es sei denn natürlich, *Ihr* wolltet nach der Schlacht die Toten fressen.« Stumm ritten sie weiter.

Acila gestattete sich einen Seufzer der Erleichterung, bevor sie sich auf einen oberen Zweig zurückzog und wieder Falkengestalt annahm, um fortzufliegen.

Auf dem Rückweg zum Schloß ging sie im Geiste alle Möglichkeiten durch, die sie hatte – viele waren es ganz sicher nicht. Sie war nicht so töricht, sich einzureden, es gäbe einen Weg, dieses Heer zu besiegen; das Problem war vielmehr, wie man sich besiegen ließ und dabei so wenig Leben verlor, wie nur irgend machbar. Sie landete auf ihrem Fensterbrett, nahm wieder Menschengestalt an und schlüpfte hastig in ihre Kleider.

Briam schaute fragend vom Kessel auf. »Du hattest recht, Bruder, es ist ein Heer.« Eilig prüfte sie den Trank. »Das sieht gut aus, Briam. Du kannst jetzt aufhören zu rühren. Stell ihn nur zum Abkühlen ans Fenster.«

Während er das tat, nestelte sie ihr Kleid zu, bedeckte ihre Haare und schob den Türriegel zurück. Dann gingen sie gemeinsam hinaus und auf die Mauer. Dort drängten sich alle noch vorhandenen Bewaffneten zusammen und redeten besorgt auf den Kastellan ein. Er sah erleichtert auf, als die Zwillinge näherkamen.
»Herr – Herrin.« Er verneigte sich. »Was sollen wir tun?«
Acila wählte ihre Worte sorgfältig. Wäre sie ein Junge gewesen, hätte man ihre Befehle als rechtmäßig erteilt angenommen, so aber war es erforderlich, stets den Schein zu wahren, die Anweisungen kämen von Briam – obwohl alle Anwesenden wußten, daß es in Wirklichkeit ganz anders war.
»Wir halten es für das Beste, alle Hörigen und was sie nur irgend schleppen können, in die Mauern zu bringen.«
»Aber Herrin«, protestierte der Oberste der Bewaffneten, »wir können diese vielen Leute doch bestimmt nicht mehr als ein paar Tage ernähren.«
»Die anderen können wir auch nicht mehr als zwei Wochen verpflegen; aber wenn wir die Hörigen aufnehmen, glaubt der Feind vielleicht, wir verfügten über mehr Vorräte, als der Fall ist.« *Wenig wahrscheinlich*, dachte sie grimmig, *zweifellos weiß dieses Stinktier von Stefan genau, wie es um unseren Proviant bestellt ist.* »Und ich bin entschlossen – wir sind entschlossen –, bei diesem Überfall möglichst kein einziges Leben zu verlieren, wenn wir es irgend vermeiden können – keinen Bewaffneten, keinen Hörigen, kein Schaf, keine Ziege, kein Huhn. Wir hoffen, daß ihr gegen diesen Plan nichts einzuwenden habt?«
»Nein, Herrin«, versicherte der Mann ihr hastig. »Ich werde sofort Leute ausschicken, um die Hörigen hereinzurufen.« Schnell verließ er die Mauer.
Acila und Briam folgten ihm langsamer, zusammen mit dem Kastellan, dem Acila Anweisungen gab, wie Hörige und Tiere untergebracht und wenigstens scheinbare Verteidigungsmaßnahmen eingeleitet werden sollten. ... »Pechnasen und Ölfässer, und es macht nichts, wenn die Fässer leer sind – es muß nur aussehen, als seien wir verteidigungsbereit.«

Zufrieden, daß der Kastellan verstanden hatte und ihre Anordnungen ausführen würde, schleppte sie Briam zurück in ihr Zimmer, um ihm seine Rolle bei der Verteidigung einzudrillen. Es war sinnlos, ihm zu erklären, daß er von allen am meisten gefährdet war; er würde nicht verstehen, daß jemand seinen Tod wollte. Am besten, sie ließ ihn im Glauben, er handelte zu ihrer Verteidigung; er hatte genügend Geschichten von tapferen Rittern und schönen Damen gehört, um so etwas reizvoll zu finden.

Als das Heer da war, waren sie bereit. Hörige und Vieh befanden sich wohlbehalten in den Mauern; das Schloß war verrammelt und wirkte äußerst beeindruckend; und Briam stand in frischpolierter Rüstung auf der Zinne, auf der Schulter einen mächtigen Falken. Man hockte da recht unbequem, aber Acila tröstete sich damit, daß es imposant aussah – und sie war so nahe bei Briam, daß sie telepathischen Kontakt mit ihm halten konnte, ohne daß jemand merkte, daß er Anweisungen von seiner Schwester bekam.

Stefan ritt dem Heer als Unterhändler voran. *Gut,* dachte Acila, *sie finden ihn entbehrlich. Wenigstens haben sie einen vernünftigen Geschmack.*

»Herr Ranulf von den Bergen kommt, um sein neues Schloß zu besichtigen. Öffnet ihm sofort die Tore.«

Briams Stimme war hervorragend geeignet, von Zinnen herunterzubrüllen: ein schöner, voller, dröhnender Baß. »Ich bestreite Herrn Ranulfs Anspruch auf mein Schloß, und mit Abschaum wie dir rede ich nicht.«

»Er erhebt Anspruch auf dein Schloß durch den Tod deines Vaters, Knabe.« Stefan zerrte aus seiner Satteltasche einen Kopf und hielt ihn an den Haaren in die Höhe.

Einer der Bogenschützen auf der Mauer schoß einen Pfeil ab. Der Kopf stürzte zu Boden. Stefan ließ hastig die Haarlocke fallen, die er noch in der Hand hielt, und prüfte, ob er noch alle Finger besaß, begleitet vom grölenden Gelächter der Männer auf beiden Seiten.

Herr Ranulf ritt vor und schickte Stefan mit einer Handbewegung zurück ins Glied. Seine finstere Miene furchte den blauen Kreis auf seiner Stirn zu einem Oval.
»Herr Ranulf«, rief Briam laut. »Die Auswahl Eurer Männer ist keine Empfehlung für Euch, so wenig wie Euer Heiratsantrag an die Herrin Acila.«
Ein Vorteil der Falkengestalt, überlegte Acila, waren die scharfen Augen. Sie konnte sehen, wie Ranulfs Augenbrauen sich erschreckt hoben. Wenn sie sehr viel Glück hatten, würde er Briam für einen Hexenmeister halten und abziehen. Statt dessen jedoch schaute er nachdenklich zu ihr herüber. Kein lebender Mensch außer Briam wußte, daß sie eine Wandlerin war, aber Herr Ranulf hatte bestimmt gehört, daß man sich im Volk erzählte, daß es Menschen gab, die über ein solches Talent verfügten. Wenn er genügend Phantasie und einen Blick für Federmuster hatte und sie ihm aufgefallen war, als sie sein Heer überflog... nein, das hieß den Zufall allzuweit auslegen. Er konnte nichts wissen, und allein der Verdacht wäre wahnsinnig. Aber jedenfalls schien er nicht bereit zu sein, wieder abzuziehen. »Herr Briam« rief er höflich, »Ihr könnt nicht hoffen, mir lange Widerstand zu leisten. Ich habe viele Männer und eine Menge Vorräte; selbst wenn ich Eure Mauern nicht brechen kann, so kann ich Euch doch gewiß aushungern, und das habe ich mir auch vorgenommen. Gebt nach und erspart uns allen Ärger und Kummer.«
»So zahm werde ich mein Volk und meine Schwester nicht in die Sklaverei verkaufen«, versetzte Briam. »Ich fordere Euch zum Zweikampf. Verliere ich, ist das Schloß Euer; und gewinne ich, so übergebt Ihr mir jenen verräterischen Söldner, auf daß ich ihn der Gerechtigkeit überantworte, und zieht in Frieden ab.«
»Ein etwas ungleicher Handel, Herr Briam«, erwiderte Herr Ranulf. »Warum sollte ich im Zweikampf das Schloß aufs Spiel setzen, wenn ich es mit Waffengewalt einnehmen kann?« Er dachte einen Augenblick nach. »Ich mache Euch folgenden Vorschlag: Kämpft mit Stefan, wenn er es ist, dem Ihr nach dem Leben trachtet; siegt Ihr, so habt Ihr freien Abzug.«

»Und meine Schwester mit mir?« fragte Briam.
»Was für ein Leben hätte die edle Dame, wenn sie mit Euch umherstreifte? Ich verpfände mein Wort, sie in allen Ehren zu ehelichen; sie wird ihre Heimat behalten und eine angesehene Stellung haben.«
Willige ein, Briam, dachte Acila zu ihm hinüber.
Du willst ihn heiraten? Der Gedanke klang verletzt und ungläubig.
Nein, aber ich werde mich schon herauswinden. Stimme seinen Bedingungen ruhig zu.
»Ich erkläre mich mit den folgenden Bedingungen einverstanden: morgen früh werde ich dem Söldner Stefan im Zweikampf gegenübertreten. Siege ich, so kann ich mit Rüstung und Waffen, Roß und Falken gehen, wohin ich will; töte ich Stefan nicht, so werdet Ihr ihn aus Eurem Dienst weisen und ihn für immer von diesem Grund und Boden verbannen. In beiden Fällen wird Euch das Schloß übergeben, wobei Ihr Eurerseits versprecht, den Hörigen und anderen Schloßbewohnern Milde zu bezeigen und sie gut zu behandeln.«
»Ich gehe auf Eure Bedingungen ein, jedoch mit zwei Ausnahmen: Erstens mögt Ihr Pferd, Waffen und Rüstung behalten, nicht aber Euren Falken.« (*Aber er* kann *es nicht wissen!* dachte Acila. *Oder doch?*) »Und zweitens werde ich Eure Schwester zur Gemahlin nehmen.«
»Wenn sie Euch nimmt!« versetzte Briam.
»Nun wohl – wenn ich ihre Zustimmung erlangen kann.« Herr Ranulf hörte sich für Acilas Geschmack entschieden zu zuversichtlich an. »So sind wir uns über die Bedingungen einig?«
»Ja«, sagte Briam langsam, »wir sind uns einig.«
»Dann also bis morgen früh.« Herr Ranulf verbeugte sich im Sattel und richtete sich dann wieder auf. »Übrigens versucht nicht, Botschaften auszusenden. Meine Männer haben Befehl, auf jedes lebende Wesen zu schießen, das die Gegend verlassen will.«
Er ritt zu seinem Heer zurück, das zu lagern begann.
Briam befahl den Bewaffneten, Wache zu halten, und schritt dann

majestätisch in Acilas Zimmer, wo er die Tür verriegelte und den Falken vorsichtig auf das Fenstersims setzte, damit seine Schwester sich zurückverwandeln konnte. Die letzten Strahlen der sinkenden Sonne wärmten das Sims noch, aber die Luft kühlte bereits ab, und Acila war froh, wieder in die Kleider schlüpfen zu können, die sie am Feuer liegengelassen hatte.

»Acila«, sagte Briam besorgt, »kannst du dich in ein Pferd verwandeln?«

»Vielleicht in ein Fohlen, aber nichts, das groß genug wäre, dich zu tragen.«

»Ich könnte dich am Zügel führen und laufen.«

Acilas Augen füllten sich mit Tränen, und plötzlich konnte sie das Weinen nicht zurückhalten. Briam hob sie hoch, setzte sich auf das Fensterbrett und nahm sie auf den Schoß. »Wein nicht, Acila, bitte wein nicht!«

»Ich bin einfach übermüdet, Briam«, schluchzte sie. »Komm, zieh die Rüstung aus und laß uns in einer Stunde das Abendessen hier heraufbringen, ja? Nein, verdammt, das können wir nicht tun – wenn wir uns heute abend nicht auf dem Hochsitz sehen lassen, geraten das ganze Schloßvolk und die Hörigen in Panik.« Sie setzte sich gerade hin und rieb sich mit dem Saum ihres Kleides energisch das Gesicht ab.

»Mußt du dich denn auch im Hochsitz zeigen, wenn ich dort bin?« fragte Briam. »Ich könnte dir das Abendessen heraufschicken lassen, und du könntest dich ausruhen.«

Sie überlegte sorgfältig. »Ich glaube, das ginge. Schau einfach zuversichtlich drein, und nach dem Essen nimmst du deinen Wein und kommst wieder zu mir.«

»Das mache ich.« Briam gab ihr einen Kuß auf die Wange und setzte sie auf den Boden. »Mach dir keine Sorgen. Ich bin auch ganz brav.«

Als sie endlich allein war, weinte Acila sich in aller Ruhe richtig aus. Sie war so müde, so kalt und so hungrig... Sie zwang sich, zu der Truhe hinüberzukriechen, in der sie ihre Vorräte an Honigkuchen mit Trockenfrüchten aufbewahrte, und würgte unter

Schluchzen zwei davon hinunter. *Zuviel Verwandlungen und zu wenig gegessen,* sagte sie energisch zu sich selbst.
Schritte in der Halle warnten sie vor der mit dem Abendessen eintretenden Magd. Hastig drehte sie sich nach dem Kessel um und untersuchte seinen Inhalt, um ihr tränenüberströmtes Gesicht zu verbergen, während sie die Frau anwies, das Tablett auf den Tisch zu stellen. Sobald sie wieder allein war, schaute sie nach, was auf dem Tablett stand; Briam hatte gut für sie ausgesucht, eine Menge guter, warmer Speisen und eine große Schüssel dicke Suppe. Sie verzehrte alles bis auf den letzten Bissen und fühlte sich dann wesentlich besser. Wahrscheinlich war es gut, wenn sie sich jetzt ausruhte; sie wußte, daß ihr eine lange Nacht bevorstand. Sie legte sich auf ihr Bett, versetzte sich in Ruhe-Trance und wachte erst wieder auf, als Briam mit dem Wein eintrat.
»Besser?« fragte Briam.
»Viel besser.« Sie nahm den Pokal, den er ihr reichte, und nippte daran. »Trink nicht zuviel; denk daran, daß du morgen kämpfen mußt.«
»Aber im Zweikampf gewinnt immer der, der das Recht auf seiner Seite hat«, protestierte Briam.
»Nur in den Geschichten«, seufzte Acila. »Hast du Stefan schon einmal fechten sehen?«
»Ja. Ich habe zugesehen, wie die Bewaffneten übten. Er ist nicht besonders gut.«
»Nun, das ist ein Trost. Aber morgen wird er um sein Leben kämpfen, da strengt er sich mehr an.«
»Wenn ich verliere, bin ich tot«, meinte Briam langsam. Offenbar begriff er das erst jetzt. »Tut es weh, wenn man tot ist?«
Acila fühlte, wie ihr das Essen hochkam. Sie ermahnte sich streng, daß jetzt nicht der Augenblick war, sich über das, wozu sie ihren Bruder gezwungen hatte, Gewissensbisse zu machen – wenn er es nicht tat, brachten sie ihn sowieso um, ohne weitere Umstände. Ach, wenn sie ihn nur in eine Waldtaube verwandeln könnte, oder in irgend etwas sonst – aber ihre Verwandlungskünste beschränkten sich auf die eigene Person, und sie konnte sich auch nur in ein

Tier verzaubern. Allerdings, wenn der Trank, an dem sie so mühsam gearbeitet hatte, wirkte... er sollte ihr die Fähigkeit verleihen, sich in *alles* zu verwandeln, was sie wollte. Und es wäre gut, wenn er wirkte.

»Acila?«

Was hatte er gefragt? »Nein, tot zu sein, tut nicht weh. Sterben tut weh, aber wenn man tot ist, hört der Schmerz auf. Aber du wirst morgen nicht sterben, nicht, wenn ich es verhindern kann.«

»Und dann verwandelst du dich in ein Pferd und kommst mit mir?«

»Das geht nicht.« Acila runzelte die Stirn. »Ich weiß nicht, wie, aber ich könnte schwören, daß es Herrn Ranulf bekannt ist, daß ich eine Wandlerin bin. Erinnere dich, daß er gesagt hat, kein lebendes Wesen dürfte das Schloß verlassen.«

»Aber was willst du tun? Ohne dich gehe ich nicht fort.«

Acila holte tief Luft. »Ich werde mich in ein Schwert verwandeln.« Es war das erste Mal, daß sie es wagte, die Worte laut auszusprechen, und sie hoffte, daß sie nicht so bange klangen, wie ihr zumute war. »Und du wirst mich im Kampf führen und dann fortgehen, mit mir an deiner Seite.«

Briam schaute sie an, als wäre sie verrückt. »Du kannst dich doch nicht in ein Schwert verzaubern. Ein Schwert ist kein Tier. Ein Schwert ist nicht einmal lebendig. Wie kannst du dich zurückverwandeln, wenn du nicht lebendig bist?«

»Der Trank wird es mir ermöglichen, mich in ein Schwert zu verwandeln.« *Wenn ich ihn richtig gebraut habe und den Zauber ordnungsgemäß ausführe,* dachte sie grimmig. »Und wenn du hier herauskommst, bringst du mich ans Meer und tauchst mich ins Wasser, und das wird mich entzaubern.«

»Das Meer ist weit weg von hier.« Briam war völlig überwältigt.

»Das weiß ich.« *Süße Königin des Lebens, was tue ich da?*

»Also gut.« Briam hatte sich abgefunden. Er vertraute ihr. »Was soll ich tun?«

»Geh ins Bett und schlaf. Wenn du morgen aufgestanden bist, komm hierher. Du müßtest dann ein Schwert vorfinden, den Kessel und dieses Pergament.« Sie nahm eine Rolle aus der Truhe und zeigte sie ihm. »Verbrenn dann das Pergament, gieß alles, was von dem Trank vielleicht noch im Kessel ist, aus dem Fenster, und nimm dir das Schwert. Laß dein Pferd satteln und von einem der Bewaffneten während des Kampfes halten. Töte Stefan. Dann steig aufs Pferd und reite zum Meer. Wenn du dort bist, tauch das Schwert ins Wasser. Verstehst du?«

»Pergament verbrennen, Kessel ausleeren, Schwert nehmen, Pferd holen, Stefan töten, Schwert ins Meer tauchen. Ja, ich verstehe.«

»Gut.« Sie reichte ihm das Päckchen mit den Trockenfrüchtekuchen. »Nimm das mit; du wirst es unterwegs brauchen.«

Sein Gesicht erhellte sich; er hatte immer eine Schwäche für Dörrobstkuchen gehabt. »Danke.«

Sie unterdrückte die Tränen und umarmte ihn. »Gute Nacht, Briam. Schlaf gut.«

»Mach dir keine Sorgen, Acila. Ich werde gut auf dich aufpassen. Gute Nacht.« Er erwiderte die Umarmung und ging.

Sie schloß die Tür hinter ihm und achtete sorgsam darauf, sie nicht zuzuriegeln. Morgen früh mußte er eintreten können. Vorsichtig breitete sie das Pergament auf dem Tisch aus und las den Zauberspruch. Die Worte tanzten ihr vor den Augen. Sie war unfähig, sich zu konzentrieren; alles blieb sinnlos. *Aber es muß einen Sinn ergeben; ich muß den Zauber durchführen.*

Warum mußt du? fragte eine Stimme in ihrem Kopf. *Ich will kein Schwert sein.*

Willst du, daß Briam getötet wird? fragte sie ihr zweites Ich.

Das nicht gerade. Aber warum muß ich das Schwert sein? Warum kann er nicht eines aus der Waffenkammer nehmen?

Weil ich ihm als Schwert beim Kampf helfen kann. Ich stecke in seiner Hand und kann mit ihm Kontakt halten. Außerdem, hast du ihn nicht gehört? Ohne mich will er das Schloß nicht verlassen. Und so, wie Herr Ranulf vorgeht, glaube ich nicht, daß ich mich in einen Vogel verwandeln und ihm nachfliegen kann.

Du könntest ihm ein Schwert hinlegen und dich irgendwo verstek-

ken. Ist dir schon jemals eingefallen, daß er Stefan vielleicht auch allein besiegen könnte? Briam kann recht gut mit einem Schwert umgehen – es gibt durchaus Dinge, von denen er etwas versteht. Nur weil er dein »kleiner Bruder« ist, heißt das nicht, daß er völlig hilflos ist. Erinnere dich an seinen Vorschlag wegen des Abendessens; er hatte ganz recht. Du hast dir bloß angewöhnt, ihm alles abzunehmen.

Da hast du schon recht. Aber sogar wenn Briam selber mit Stefan fertig würde, weißt du genausogut wie ich, daß er nicht ins Exil gehen kann, ohne daß jemand da ist, der sich um ihn kümmert. Und ich sehe niemand anderen, der das tun würde.

Und wer paßt auf Briam auf, wenn du ein Schwert bist? Kannst du dich dann überhaupt noch telepathisch mit ihm verständigen? Sieh den Dingen ins Auge – als Schwert bist du ganz und gar hilflos. Woher weißt du, daß Briam dich nicht irgendwo liegenläßt? Und was ist, wenn er den Kampf verliert, obwohl du ihm hilfst?

Dann bleibe ich für immer ein Schwert – immer vorausgesetzt natürlich, daß ich es überhaupt noch schaffe, mich in eines zu verwandeln, obwohl du es mir dauernd ausreden willst!

Auf dem Fenstersims bewegte sich etwas und beendete das innere Zwiegespräch. Acila erstarrte vor Entsetzen, als eine klaftergroße Spinne über das Fensterbrett zu kriechen begann. Zum Glück währte die Lähmung nur eine Sekunde, dann riß sie eine Fackel aus der Wand, stieß sie ins Feuer und hinderte mit der Flamme das Untier am weiteren Vordringen.

Es verharrte auf dem Fenstersims, flackerte im Feuerschein und formte sich zu einer neuen, menschlichen Gestalt. Herr Ranulf!

»Herrin Acila.« Er machte eine höfliche Verbeugung und störte sich augenscheinlich nicht im geringsten daran, daß er nackt war.

Vorsichtig. Denk daran, daß du ihm noch nicht begegnet bist. »Ich fürchte, Ihr habt mir etwas voraus, edler Herr. Darf ich fragen, wer Ihr seid und was Ihr in meinem Gemach zu suchen habt?«

Seine Augen durchsuchten den Raum, und Acila ging einen weiteren Schritt auf ihn zu, wobei sie ihm zugleich die Sicht auf das Pergament mit dem Zauberspruch verstellte. Den Trank freilich konnte sie nicht verbergen; wenn er vom Fensterbrett herunterstieg, würde er direkt hineintreten. Er schien jedoch keine Lust zu verspüren, der Fackel in ihrer Hand näher zu kommen. Seine Augen wanderten von der Flamme zu ihrem Gesicht, und er lachte amüsiert. »Ihr wißt recht wohl, wer ich bin, o Herrin mein.« Es lag etwas sonderbar Liebkosendes in seiner Stimme. »Und darf ich sagen, daß Ihr als Dame noch lieblicher seid als in Falkengestalt – oder als Krähe?«

»Da ich weder ein Falke noch eine Krähe bin, vermag ich in dieser Unterhaltung keinen Sinn zu erkennen. Und ich muß Euch wirklich auffordern, mich unverzüglich zu verlassen. Es wäre unziemlich, wollte ich ohne Gesellschaftsdame einen fremden Mann empfangen – selbst wenn Ihr anständig bekleidet wärt. Ist Euch nicht kalt?«

»Und darum verwendet Ihr das Feuer als Anstandsdame? Wie zuvorkommend von Euch. Gewiß ist doch keine Förmlichkeit zwischen uns vonnöten – zwischen einem verlobten Paar?« Seine Miene war noch immer erheitert, aber er hielt ein wachsames Auge auf die Flammen geheftet.

»Ihr seid also Herr Ranulf.« Wenigstens brauchte sie jetzt nicht mehr so zu tun, als wäre sein Name ihr unbekannt. »Laßt Euch erinnern, Herr« – *ich werde diesen Mann nicht* meinen *Herrn nennen ...*, »daß ich dieser Verlobung nicht zugestimmt habe. Außerdem verspüre ich bei den derzeit so unruhigen Umständen im Schloß keine Neigung zu Geselligkeit. Darum verwandelt Euch nur schnell wieder in eine Spinne und klettert die Steilwand hinunter.« Wieder machte sie einen Schritt auf ihn zu und hielt die Fackel vor sich.

»Aber Ihr werdet in die Verlobung einwilligen«, erwiderte er zuversichtlich. »Denkt doch nach – wo sonst wolltet Ihr einen Menschen finden, der Euch so gut versteht? Und Ihr seid just die Frau, die ich als Gefährtin brauche – denkt an die Kinder, die wir haben werden. Bis morgen denn, meine Gemahlin.« Wieder ein Schim-

mern und Flackern, dann kroch die Spinne vom Fensterbrett und die Schloßmauer hinunter.
Hinter ihm sperrte sie die Läden zu – wenigstens schien er den gleichen Beschränkungen wie sie unterworfen, was Größe und Gewicht anging –, lehnte sich dagegen und zitterte. *Nun, was möchtest du lieber sein: ein Schwert oder eine Gebärmutter für Wer-Spinnen?*
Ein Schwert, und bete zur großen Herrin, daß er es nicht herausfindet.
Das wohl kaum. Vermutlich gibt es keine fünf Leute, die am Leben sind und von dem Zauberspruch auch nur gehört haben. Und der Trank ist ja auch nicht leicht herzustellen.
Diesmal ergab der Zauberspruch einen Sinn. Sie streifte ihre Kleidung ab, faltete sie ordentlich zusammen und legte sie in ihre Truhe, wobei sie sorgfältig nachsah, ob sie noch andere Pergamente darin vergessen hatte. Als sie sich überzeugt hatte, daß die Truhe nichts als Kleider enthielt, machte sie säuberlich ihr Bett, verbrannte die wenigen Papiere, die sie hatte, außer dem mit dem Zauberspruch, und suchte den Raum nach allen anderen Sachen ab, von denen sie nicht wollte, daß sie in falsche Hände gerieten.
Als sie zufrieden war, alles erledigt zu haben, was in menschlicher Gestalt getan werden mußte, legte sie den Zauber auf das Fensterbrett neben das Pergament, stieg in den Kessel – nicht ohne Schwierigkeiten, denn er saß ihr recht eng –, badete jeden Zoll ihres Körpers in dem Trank – der sehr kalt war – und intonierte den Zauberspruch, konzentriert, aber sehr leise, für den Fall, daß eine Spinne vor dem Fenster saß. Als sie die letzte Silbe aussprach, fühlte sie, wie ihr Körper sich verfestigte, schrumpfte, unfaßbar dicht und so kalt wurde, wie sie es nie für möglich gehalten hätte. Aber zu ihrem Entsetzen wurde sie gleichzeitig auch blind, taub und telepathieblind. Ihr letzter Gedanke war: *Ist es das, was man »kaltes Eisen« nennt?*

Sie war mit warmer, klebriger Flüssigkeit bedeckt und sah auf Stefans Körper hinunter, als ihre Füße – nein, ihre Spitze – nein, ihre *Füße* aus seiner Brust glitten. *Süße Herrin, es hat gewirkt! Aber ich sollte mich doch jetzt noch nicht zurückverwandeln?* Sie versuchte die Verwandlung aufzuhalten, aber ihr war zu kalt, und sie war zu schwach. Gleich darauf lag sie nackt und blutig der Länge lang ausgestreckt auf dem Feld – dort, wo Briam sie fallen gelassen hatte.

Er zog seinen Waffenrock aus und wickelte sie hinein. »Aber du hast doch gesagt, du würdest dich nicht gleich zurückverwandeln!«

»Ihr habt einen merkwürdigen Geschmack, was Eure Waffen angeht, Herr Briam.« Herr Ranulf, der Stefans Körper auf Lebenszeichen untersucht hatte, erhob sich und trat zu ihnen. Acila versuchte mühsam aufzustehen; vor diesem Mann würde sie nicht liegenbleiben!

»Ist er tot?« fragte sie.

»Vollständig tot.« Herr Ranulf hob die Brauen, was den blauen Kreis beinahe in ein Dreieck verwandelte. »Was hatte er für eine Chance gegen zwei so entschlossene Gegner?«

»Etwa die gleiche wie unser Vater gegen einen Trupp verräterischer Söldner«, gab Acila zurück. Leider begannen ihre Zähne genau in diesem Augenblick laut zu klappern und beeinträchtigten die beabsichtigte Wirkung ein wenig.

Herr Ranulf griff in den Beutel an seinem Gürtel und zog einen Riegel von etwas heraus, das nach Nüssen und Samenkörnern aussah, die mit Honig zusammengeklebt waren. »Eßt das, es wäre sinnlos, wenn Ihr jetzt vor Schreck in Ohnmacht fielt. Was den Tod Eures Vaters angeht, so habe ich ihn nicht befohlen. Ich wäre ihm in ehrenhaftem Kampf entgegengetreten.«

Acila kaute achtsam und schluckte. »Als was?« erkundigte sie sich liebenswürdig und nahm einen weiteren Bissen.

»Als Mensch«, erwiderte er gelassen. »Ich habe keine so geschickte Hand wie die Eures Bruders, um mich zu schwingen, wenn ich ein Schwert wäre. Wie habt Ihr das bewerkstelligt?«

Acila hatte den Mund voll, so daß Briam antwortete. »Sie hat einen Zauberspruch benutzt. Ich habe geholfen, den Trank umzurühren«, fügte er stolz hinzu.
»Daran habt Ihr wohlgetan«, bemerkte Herr Ranulf höflich, und Acila verschluckte sich an einem Samenkorn.
»Irgend etwas muß ich aber falsch gemacht haben«, erklärte Briam verwirrt. »Sie sollte sich erst dann zurückverwandeln, wenn ich sie ins Meer tauche.«
Diesmal brauchte Acila keine Falkenaugen, um die Verblüffung in Herrn Ranulfs Gesicht zu erkennen. »Aber dieser Zauber ist doch seit Urzeiten verschollen! Die meisten halten ihn für eine bloße Legende!«
»Warum sie sich nur zurückverwandelt hat?«
Manchmal, dachte Acila bitter, hat Briam doch einen sehr beschränkten Verstand.
»Salzwasser und Blut haben die gleichen Bestandteile«, murmelte Herr Ranulf geistesabwesend und betrachtete Acila. »Mir scheint, ich wählte besser, als ich wußte, da ich Euch zu heiraten beschloß.«
Acila schluckte das letzte Tröpfchen Honig hinunter und entschied, daß sie es überleben würde. »Darf ich darauf hinweisen, Herr Ranulf, daß ich Euch nicht ehelichen werde? Stefan ist tot, und mein Bruder und ich haben unsere Freiheit gewonnen.«
»Ich habe gesagt, ich würde Euch zur Gemahlin nehmen.«
»Wenn ich einwilligte. Ich willige *nicht* ein.«
»Ob Ihr nun einwilligt oder nicht – Ihr seid keines der Dinge, die mitzunehmen Eurem Bruder erlaubt wurde.«
»O doch.« Nun wußte Acila, daß sie gesiegt hatte. »Eure Worte lauteten ›Pferd, Waffen und Rüstung‹ – und Ihr selbst habt gesagt, ich wäre eine Waffe.« Sie stand auf und hüllte sich enger in Briams Waffenrock. »Ihr werdet Euch mit dem Grund und Boden, den Hörigen und dem Schloß begnügen müssen – es sei denn natürlich, Ihr hättet vor, Euer Ehrenwort zu brechen.«
»Ich halte auf meine Ehre«, versetzte Herr Ranulf grimmig. »Ich werde mich mit Eurer Bibliothek trösten – wenigstens eine Zeit-

lang. Aber ich versichere Euch, Acila, *Herrin mein*, daß ich Euch nicht vergessen werde. Mein Angebot bleibt bestehen, falls Ihr Euren Sinn ändern solltet – doch achtet darauf, daß es wirklich nur Euer Sinn ist, den Ihr ändert.«

»Komm, Briam.« Acila trat zu seinem Pferd. »Wir wollen fort.«

Briam schwang sich nach echter Heldenart in den Sattel, hob Acila vor sich hinauf, und sie ritten den Pfad hinunter.

J. EDWIN ANDREWS

Die meisten Erzählungen dieses Bandes stammen von Autoren, die ich in den fünf oder sechs Jahren meiner Herausgebertätigkeit recht gut kennengelernt habe. Es ist selten, daß die Geschichte eines völlig Unbekannten bei mir eintrifft. Aber von J. Edwin Andrews weiß ich nichts, außer daß er als Beruf angibt »Drehbuchautor« und seine Story mich erreichte, als ich diese Anthologie abschließen wollte, weil ich eigentlich genügend Erzählungen zusammenhatte.
Ich freue mich, daß ich für diese kleine Geschichte noch Platz gefunden habe. Sie kam mir ein bißchen gruselig vor, aber vielleicht muß man auch dem Gebiet der Horror-Fantasy, das sich gelegentlich mit dem der ›Schwert-und-Zauberei‹-Literatur überschneidet, ab und zu seine Reverenz erweisen. – M.Z.B.

J. EDWIN ANDREWS

Talla

Die Drachenmeisterin Talla schob die Hände tiefer in die weitläufigen Ärmel des blauen Gewandes, das ihre Gestalt verhüllte. Sie wartete geduldig neben dem dunklen Solamarier, dessen Aussehen noch immer stark und kraftvoll war, auch wenn Haar und Bart silberne Strähnen zeigten. Er warf ihr einen Blick zu, seufzte und schüttelte den Kopf über die beiden Vagabunden vor ihnen. Sie waren jung, schmal um die Mitte und sichtlich hungrig auf leichtverdientes Geld. Als sie aus den Schatten auf sie losgesprungen waren, hatten die beiden wohl kaum damit gerechnet, sich einer Heilerin und einem Wüstenkrieger gegenüberzusehen.
Der Solamarier stützte den Handballen auf den Elfenbeingriff seines Krummsäbels und lehnte sich dagegen, so daß der Griff nach vorn gedrückt wurde und gut zu erkennen war.
»Seid nicht töricht«, meinte er. Das war auch alles, was er sagen mußte. Widerwillig glitt das junge Paar in den Schatten der Gasse zurück.
»Du hast dich gut in der Hand«, sagte Talla. Der Wüstenkrieger grunzte nur.
»In meinem Alter habe ich festgestellt, daß eine gute, schnelle Einschüchterung genauso wirksam ist wie ein Schwert.«
Die beiden setzten ihren Weg durch die kalte Nacht fort, bis sie die Herberge zum Kreischenden Kobold erreichten. Die kleine Schenke lag auf der Grenze zwischen dem Teil der Stadt, der als ehrbar galt, und dem Teil, den man das Netz nannte. Das Netz war kein Ort, den Talla sonst bei Nacht betreten hätte, aber sie wurde gebraucht. Der Krieger war zwei Tage geritten, um sie zu finden, und so sehr sie auch den Winter verabscheute, mehr noch haßte sie die Vorstellung, nicht zu helfen, wenn man sie rief. Schließlich war es

ja auch ihre Pflicht, und ihr Lohn würde ihr den Winter schneller vergehen lassen.
Das Innere der Herberge war warm und dunkel. Der Geruch nach altem Braten und vergorenem Wein lag schwach in der Luft. Schwere Tische und Bänke füllten den Raum mehr als Gäste. Nicht mehr als ein Halbdutzend Männer und Frauen, der Kleidung nach Reisende, saßen um ein kräftiges Feuer herum. Alle warfen der offenen Tür böse Blicke zu und versuchten, sich noch dichter zusammenzukauern, als die Kälte von außen hereindrang. Doch es war einer darunter, der den Kälteeinbruch nicht scheute. Er stand auf und kam auf sie zu.
Als der Feuerschein ihn erfaßte, glänzten die Zwillingsschwerter an seinen Hüften stumpf auf. Er war groß, ohne erdrückend zu wirken, und aus den dunklen Ringen unter seinen Augen und den Stoppeln des unrasierten Bartes erkannte die Drachenherrin, daß er zumindest in den letzten drei Tagen den Kopf mit anderen Dingen voll gehabt hatte. Es lag ein Drängen in seinen Augen und noch etwas anderes, etwas beinahe Gewinnendes und doch zugleich Furchterregendes. Er tauschte ein Nicken mit dem Wüstenkrieger und sagte dann:
»Ich danke dir, daß du so schnell gekommen bist.« Seine Stimme war flüssig und tief. Höflichkeit war diesem Mann nichts Fremdes, und Talla fand das reizvoll.
»Mein Freund hat erklärt, warum es nötig war, dich bei diesem Wetter herzuholen?«
»Er hat nur erklärt, daß man mich braucht«, erwiderte sie. Die Geschichte, aufgrund deren sie gekommen war, bedeutete ihr nichts, aber sie wußte, daß die Leute, die ihre Hilfe suchten, solche Dinge wichtig nahmen. Sie wartete.
»Wir waren zu dritt«, begann er. »Ich heiße Barak; Khassen, dein Begleiter, und unsere Freundin Hartman haben Mondspinneneier gesammelt.«
Talla runzelte die Stirn. »Warum habt ihr eine solche Gefahr auf euch genommen?«
Barak räusperte sich. »Wir gehörten einmal zum Kreis der

Schwertträger; das bedeutet, daß wir in letzter Zeit versuchen mußten, uns durchzuschlagen.«
Sie nickte. Der Kreis, dessen Mitglieder einst dem König den Frieden wahrten, war vor vier Wintern aufgelöst worden.
»König Tredan bot für jedes gesammelte Ei eine fette Belohnung – er brauchte sie für irgendein Fest für seine Zauberer oder Konkubinen oder wen auch immer.« Er machte eine Gebärde, als wollte er den Grund beiseite wischen. »Auf dem Rückweg schlüpfte eines der Eier in Hartmans Mantelsack aus, und sie wurde gebissen.«
Talla schüttelte den Kopf. Der Biß einer Mondspinne war äußerst schmerzhaft – vor dem Tod.
»Und wo ist diese Hartman jetzt?«
Barak forderte sie mit einer Handbewegung auf, ihm nach oben in die Zimmer zu folgen. Er öffnete die erste Tür und ließ sie eintreten. Innen ruhte auf einem einfachen Bett Hartman. Helm und Rüstung lagen neben ihr auf dem Boden. An der Hautfarbe und dem exotischen Schnitt der Züge konnte Talla sehen, daß die Frau eine Lytrenierin war. Trotz ihrer Qualen war sie schön. Das schweißnasse Haar war voll und lang, außer oben auf dem Schädel, wo sie es kurzgeschoren trug. Obwohl sie im Fieberschlaf lag, war das Gesicht bleich und schmerzverzerrt. Die Muskeln an Armen und Beinen, stark und schön ausgeprägt, zitterten.
Die Drachenmeisterin studierte die Frau einen langen Augenblick, wandte sich dann um und führte Barak hinaus auf den Gang.
»Was bedeutet dir diese Frau?«
»Sie ist eine Schwertschwester, eine Kameradin.«
»Du weißt, daß ich einen hohen Lohn fordere?«
»Ich weiß, was du als Bezahlung verlangst«, antwortete er. Seine Nackenmuskeln traten leicht hervor. In seinen Augen lag noch immer dieses Etwas, das sie nicht lesen konnte, eine Verletzung, ein Zorn, der in ihm kochte.
»Wenn du weißt, was du bezahlen mußt, frage ich dich nochmals: Was bedeutet dir diese Frau?«

Baraks Gesicht verzog sich zu einer häßlichen Maske. »Verdammt, Heilerin, was oder wer diese Frau für mich ist, geht dich nichts an. Ich werde deinen Preis bezahlen, nur rette sie!«

Bevor sie das Zimmer wieder betrat, sah Talla Barak nach, wie er die Treppe hinunterging. *Was oder wer.* Noch kein Mann, noch keine Frau hatten ihr so geantwortet. Sie sah auf die Schlafende hinab. Eine einzige Öllampe beleuchtete ihre Züge.

»Nun denn, meine Liebe«, flüsterte sie. »Wir wollen herausfinden, wer du bist.«

Aus den Taschen ihres Gewandes nahm Talla Fläschchen mit Öl und Pulver. In einem kleinen Porzellantiegel rührte sie eine Mixtur an und flößte sie Hartman ein. Die Drachenmeisterin fuhr mit den Fingern durch das feuchte Haar der Kriegerin und lächelte traurig. Dann drehte sie sich um und löste die Schnur um ihren Hals.

Ihr Gewand fiel zu Boden. Das einsame Licht warf tausend Funken über ihre glänzende, schuppige Haut. Sie war keine zierliche Frau, ihr Körper war genauso hart und scharf umrissen wie der der Frau neben ihr. Tallas Gesicht war sehr eckig und voller Reiz. Blasses Haar von der Farbe des Mondes wuchs wie eine Mähne von der Mitte der Stirn bis auf die Schultern. Die Augen waren Schlangenaugen, starr, ohne Blinzeln, zugleich furchterregend und verführerisch. Kniend bereitete sie eine zweite Mixtur. Davon gab sie Hartman nur die Hälfte und trank den Rest selber. Dann erhob sie sich wieder und glitt auf das Bett. Ihre Hände liebkosten Hartmans Gesicht, und sie konzentrierte ihren Geist auf die fiebernde Frau unter ihr. Talla küßte die Kriegerin sanft und nahm die Kraft, die in Hartman lag, in sich auf, teilte die eigene mit der anderen, wo es nötig war. Ganz langsam durchdrang ihr Geist Hartmans Geist. Die beiden verschmolzen, zerflossen und umschlangen einander, und die Flammen der Leidenschaft und des Giftes flackerten auf und beleckten sie mit brennendem Fieber.

Keine der beiden wollte loslassen.

Barak schnallte den Sattelgurt fest, und Khassen reichte ihm einen Weinschlauch, den er daran festband.
»Ich fürchte, das ist alles zu seltsam für mich, Freund«, sagte Khassen. Barak seufzte und klopfte dem Pferd die Kruppe. In den drei Tagen, während die Drachenmeisterin Hartman behandelte, hatte er kein Auge zugetan.
»Das Gift der Mondspinne wirkt nicht nur auf den Körper, sondern auch auf den Geist. Nur die Drachenmeisterin kann beides heilen.«
»Aber der Preis –«
»War es wert.«
Khassen zuckte die Achseln. »Muß wohl. Aber fünf Jahre getrennt sein? Du rettest sie und verlierst sie im selben Augenblick.«
»Aber das ist der Preis. Für das, was sie getan hat, muß ich der Drachenmeisterin fünf Jahre dienen.«
»Warum?«
Barak starrte in die Ferne. »Ich vermute, diese Art von Ritual laugt die Heilerin so aus, daß sie dann jemanden braucht, der sich um sie kümmert, bis sie sich wieder erholt hat.«
Khassen rieb sich die Hände, um sie zu wärmen. Über der Stadt begann Schnee zu fallen. »Trotzdem, fünf Jahre ohne Hartman –«
»Werden eine Ewigkeit sein.« Barak klopfte seinem Kameraden auf die Schulter. »Aber sie ist am Leben, Freund, es geht ihr gut.«
Die Tür zum Kreischenden Kobold öffnete sich, und Talla, die Drachenmeisterin, kam auf sie zu. Ihr Gesicht war im Dunkel der Kapuze verborgen. Sie sah Barak an, dessen Gesicht voller Trauer war. »Die Pferde sind bereit.«
Talla nickte. »Sie schläft jetzt. Wahrscheinlich wird sie drei Tage schlafen. Sie ist stark, aber ihre Genesung wird lange Zeit brauchen.«
Barak schwang sich in den Sattel. Er sah zu Khassen hinunter.
»Paß auf sie auf, aber sag ihr auf keinen Fall, wohin ich gegangen bin.«

»Was soll ich ihr dann sagen?«
»Sag ihr, daß ich sie vermissen werde.«
Die beiden Männer blickten einander an, dann schwenkte Barak hinter Talla ein, und die beiden ritten aus der Stadt hinaus.

»Glaubst du, daß uns der Sturm am Weiterreiten hindern wird?« Talla wies auf das dichte Schneetreiben.
»Unwahrscheinlich. Schnee zu trocken, Wind zu schwach«, erwiderte Barak teilnahmslos.
»Vergießt du stille Tränen?«
»Du würdest es nicht verstehen.«
»O doch. Ein Stück von deiner Hartman ist noch in mir. Ich habe das, was ihr als Freunde, Schwertgefährten und Liebende erlebt habt, gesehen und gefühlt. Ihr teilt etwas ganz Besonderes. Dieses Besondere möchte ich eines Tages auch für mich besitzen.«
»Ich hoffe, daß du es eines Tages haben wirst«, sagte er, und sie wußte, daß er es ehrlich meinte.
»Inzwischen bist du es, mit dem ich es zu tun habe. Vor uns liegen fünf gemeinsame Jahre. Ich möchte, daß du glücklich bist, Barak.«
Talla schob die Kapuze zurück und lächelte ihn an. Barak kannte dieses Lächeln und mehr noch, auch das Gesicht. Unter dem Glanz anmutig zusammengefügter Schuppen war es Hartmans Gesicht. Barak blinzelte und starrte. »Wie mein Freund Khassen sagen würde: ich verstehe nicht.«
»Es ist eine Folge des Heilungsrituals. Ich habe etwas von ihr angenommen, sie hat etwas von mir. Wenn die Erinnerungen verblassen, vergeht es – was ist?«
Barak lächelte ein warmes, aber unsicheres halbes Lächeln und sah zurück nach der Stadt. »Plötzlich kommt es mir ein bißchen wie Betrug vor.«
»Nun, es wäre ja nicht das erste Mal, oder? Vergiß nicht, ich weiß genausoviel über dich wie Hartman.«
Barak legte die Hand auf die Brust. »Ich? Ich habe immer nur Hartman im Herzen getragen!«

»Und die kleine Tänzerin in Fredesh?«
»Das war meine Kusine.«
»Die Tochter des Silberschmieds in Lashar?«
»Das war völlig harmlos.«
»Und was war mit den fünf Schwestern, alles Tierbändigerinnen aus Spragel?«
»Das war eine Katastrophe!«
Talla lachte. »Ich freue mich, etwas von der Wärme zu sehen, die du mit deinen jeweiligen Freundinnen teilst, selbst wenn sie zum Schabernack neigt.«
»Ach ja? Und warum?«
»Schließlich muß ich ja die nächsten fünf Jahre mit dir teilen.«
Barak senkte den Kopf und gab seinem Pferd die Sporen, aber das Lächeln blieb auf seinem Gesicht. Talla wußte, was Hartman für diesen Mann empfand, und wußte, wie sie unter seiner Abwesenheit leiden würde. Aber die Heilerin konnte sich keine ernsthaften Sorgen über die genesende Kriegerin machen. In den kommenden fünf Jahren würde sie selbst alles das erleben, was sie von Hartman – sozusagen aus zweiter Hand – erfahren hatte. Sie wollte dieses Feuer teilen.
Und wenn durch irgendeinen Zauber ihre gemeinsame Zeit mit Barak zu etwas Bindendem würde – wer wußte schon, wie lange fünf Jahre dauern konnten?

TERRY TAFOYA

Terry Tafoya, von seinen Verwandten in Warm Springs als traditioneller Erzähler von Geschichten amerikanischer Ureinwohner ausgebildet, ist ein Taos-Pueblo-Indianer, der als Berater für Eingeborenen- und Zweisprachen-Programme überall in den westlichen Staaten der USA und in Kanada gearbeitet hat. Er ist Familientherapeut an der Klinik für zwischenmenschliche Psychologie am Harborview-Community-Center für geistige Gesundheit und arbeitet dort zugleich als Personalausbilder für die U.W.-Medizinische Bildungsstätte, wo er Grundlagen der Familientherapie lehrt. Er ist außerdem National-Humanities-Stipendiat und war einer der vom amerikanischen Nordwesten Nominierten für das 1984er Verzeichnis von Führungspersönlichkeiten von nationaler Bedeutung unter 40 Jahren des Magazins »Esquire«.

Das Geschichtenerzählen setzt er als Bestandteil der Heilbehandlung ein und hat sich durch Übertragungen und Erläuterungen aktiv um die Anwendung traditioneller Rituale der amerikanischen Ureinwohner bei der Behandlung sowohl indianischer als auch nicht-indianischer Patienten bemüht. Seine ursprüngliche Tätigkeit erstreckte sich auf den Bereich der klinischen Psychologie, aber im Lauf der Zeit wechselte er zur Erziehungspsychologie, weil er sein Interesse daran weiterverfolgen wollte, wie Menschen Sprache benutzen, um die Realität zu strukturieren.

Ich kann das verstehen; als ich mich bei der Universität von Berkeley am Institut für klinische Psychologie bewarb, flehte mich mein Psychologiedozent an, mich doch lieber bei der Erziehungspsychologie vorzustellen; er sagte, das Institut für klinische Psychologie »hat mir sechs oder sieben meiner besten Studenten weggeschnappt und karrieregeile Fachidioten aus ihnen gemacht«. Wir freuen uns, daß Terry Tafoya dieses Schicksal erspart geblieben ist. – M.Z.B.

TERRY TAFOYA

Tupilak

»Es ist ein Schamanending... das Tupilak. Ein Machwerk, zusammengestückelt aus Knochen und schwarzer Magie: die Feder eines Schneehuhns, damit es fliegen kann; ein Stück Menschenschädel, damit es denken, und ein Seehundknochen, damit es schwimmen kann; ein Rabenknochen, damit es geschwind am Boden dahinhuschen, und der Zahn eines Eisbären, damit es beißen kann. Das Tupilak wirft einen langen Schatten, der die Haut mit tausend Nadeln prickeln läßt wie der Westwind, wenn der Mond sich vor dem Himmel versteckt.«

Er sagte nichts und starrte sie aus schmalen Augen an, die Hand voller Tabak, den er ihr angeboten hatte. Sie war kaum alt zu nennen, obwohl die Linien zwischen Nase und Mund tiefe Furchen bildeten und im nachtschwarzen Haar sanft eine silberne Strähne schimmerte. Das eine Auge war wie milchiger Quarz, blicklos oder vielleicht nach innen gerichtet.

»Es ist häßlich«, bemerkte er endlich, strich mit dem Finger über die kleine Elfenbeinschnitzerei und schob ihr mit der anderen Hand den Tabak hin, immer ängstlich darauf bedacht, sie nicht wirklich zu berühren.

»Nicht mehr als ein Spielzeug.« Sie lachte rauh. »Wer das hier gemacht hat, der hat noch nie ein Tupilak gesehen – wenige haben das getan und sind am Leben geblieben. Es ist eine Arbeit von Egulik, aus einem Dorf zwei Tage von hier. Manche glauben, daß ein geschnitztes Tupilak Glück bringt, als ob sich das Schicksal eines Menschen von etwas, das man feilt und schmirgelt, beeinflussen ließe. Mach dir ein kleines Abbild, und du hast über die Sache selbst Macht! Aber in Wirklichkeit sind es das Blut und die Macht des Schamanen, die den Bestandteilen und Einzelstücken des Tupilaks Leben einhauchen ... die es öffnen für einen Geist, der einziehen will, so wie der Lemming sich in sein Loch schmiegt.« Sie fing an, den Tabak fest in ihre kleine Steinpfeife zu stopfen, und schickte milden blauweißen Rauch und ein Gebet zum Himmel.

Ein leichter Wind blies einen Anflug von Salz herüber, der sich mit dem Rauch vermischte, und Tingmiak strich sich nervös das dichte Haar glatt.

»Nun stell mir die Frage, wegen der du tatsächlich gekommen bist«, meinte sie ruhig, so ruhig, daß die Worte sekundenlang in der Luft hingen wie Rauch, so ruhig, daß er einen Augenblick überlegte, ob er sie wirklich reden gehört hatte.

»Was für eine Frage?« platzte er schließlich heraus. Seine Stimme war rauh, als hätte er die Nacht mit kehligem Gesang verbracht.

»Es ist ein Geruch von Macht an dir, der stärker ist als der Geruch des Tabaks. Du glänzt wie nasses Eis. Nur die Erwählten haben diese Eigenschaft. Warum solltest du sonst auch eine Schamanin aufsuchen – mit einem Spielzeug, warm von deiner Hand, und Tabak unter den Fingernägeln, weil du die Hand so fest zugedrückt hast? Wenn du dem Pfad folgen willst, der jetzt offen vor dir liegt, mußt du lernen, ohne Umschweife zu reden und zu fragen.«

»Dann darf ich dir Fragen stellen?«

Tingmiaks Augen wurden vor Erstaunen weit. Sein ganzes Leben lang hatte er gelernt, daß alles Wissen der Schamanen ein Geheimnis wäre, das man während jahrelanger Lehrzeit in geizig zugemessenen Dosen weitergereicht bekam.

»Jeder Mann, jede Frau kann fragen«, erwiderte sie, und blauweißer Rauch hüllte ihre Worte in Nebel. »Ob ich bereit bin, Antwort zu geben, ist meine Sache. Tingmiak... Tingmiak... kleiner Meeresvogel. Erzähl mir, Grünschnabel, erzähl mir, was du auf deinem ersten Flug gesehen hast.« Sie blies Rauch über ihn, und es war unfaßlich, daß ihr kleiner Körper so viel davon enthalten konnte, daß sie immer weiterblasen konne ohne einzuatmen. Der Rauch umgab ihn, und er entspannte und erinnerte sich.

»Tingmiak, Tingmiak.« Er dachte daran, wie ihn seine Mutter geschüttelt und er das Gefühl gehabt hatte, auseinanderzubrechen,

bis er die Augen öffnete und sich von den Gesichtern seiner Familie umgeben sah.
»Geht es dir gut?« fragte sie, und schnelle Tränen wie bei einem Seehund rannen ihr über das runde Gesicht. Dann die Frage, die sie fürchtete und der er gern ausgewichen wäre: »Hast du gesehen?« In der Betonung, die sie dem Wort gab, hatte das Verb mit dem Sehen von Augen nichts zu tun.
»Hast du gesehen?« Die Frage, die man jemandem stellte, der nicht danach strebte, sondern den die Mächte dazu auserwählt hatten, Schamane zu werden... oder etwas noch Schlimmeres. Schamane: Elik... *»einer, der Augen hat«.*
»Ein Kajak«, flüsterte er, obwohl es in seinen eigenen Ohren klang wie Gebrüll, »von hochgehenden Wogen hin und her geschleudert, verirrt, bis vor mir eine Möwe landete. Sie drehte das Gesicht dem Wasser zu, und der Ozean wurde still wie eine frische Eisfläche, und wir segelten. Die Möwe sah nach vorn, ab und zu aber hielt sie den Kopf schief und drehte sich nach mir um. Ein Auge war rot und das andere milchig wie schmutziges Eis.«
Er erwachte wieder und sah erschreckt in ein dunkles Auge und ein weißes Auge, die ihn anstarrten. »Und so beginnt es«, sagte sie, die Worte schwer von Rauch. Sie klopfte den Pfeifenkopf aus, und die Asche fiel ihr in die Hand. »Blas in meine Asche, das soll deine erste Lektion sein. Die törichten Menschen sehen uns Krankheiten aussaugen und halten es für ein Stück unserer Macht, aber in Wahrheit kommt die Stärke beim Blasen. Hauch deinen Atem auf meine Hand und laß uns fortfahren.«
Er blinzelte verwirrt und blies leicht über die Asche hin, als wollte er die Glut anfachen. Er blies nur leicht – aber die Asche zerstob, als habe ein Nordsturm sie gepackt, und sank mit schwerem Aufprall zu Boden wie die Bleigewichte, die die Händler bei ihrer letzten Reise mitgebracht hatten.
Schwarze und graue Asche grub sich in die Karibufelle, die den Boden ihres Schneehauses bedeckten.
»Osten«, sagte sie und zog an ihrer Pfeife, aus der jetzt neuer

Rauch quoll, obwohl Tingmiak nicht gesehen hatte, daß sie sie wieder gestopft hätte.
Er wartete, daß sie fortfuhr, aber es kamen keine Worte; er sah auf und dann wieder hinab auf das Muster der Asche in den Karibufellen, nur um festzustellen, daß der zottige Pelz sauber war, ohne jede Spur.
Sie lächelte mit spitzgefeilten Zähnen. »Hast du geglaubt, sie würde liegenbleiben? Deine zweite Lektion: Botschaften an einen Schamanen bleiben nicht geduldig liegen wie Eis im Winter oder die schwarzen Bücher der Händler. Ein Augenzwinkern, und du könntest genausogut blind sein.« Sie atmete aus, und Rauch stieg auf, kräuselte sich über ihrem Kopf, und für einen winzigen Augenblick kam es ihm vor, als forme sich der Umriß eines Eisbärenschädels darin.
»Was ist Osten?« fragte er, und sein Herz klopfte heftig; er erinnerte sich jetzt ganz deutlich, daß er das gleiche Geräusch gehört hatte, als er im Kajak saß und die Möwe sich vor ihm niederließ. Er hatte es für ein stetiges Trommeln gehalten, nun aber begriff er, daß es sein eigener Herzschlag war.
»Für manche ein Ort neuer Anfänge. Glaubst du, Schamane zu werden bedeutet, zu meinen Füßen zu sitzen und so zu tun, als hörtest du mir zu? Deine eigene Macht ist deine wahre Lehrerin... die Möwe, die Mitleid mit dir hatte und dich wieder aufrichtete. Du hast die Macht nicht gesucht, aber die Macht fand dich. Einmal erwählt, hast du nicht viele Möglichkeiten, dich zu entscheiden. Du kannst deine Pflicht erfüllen, indem du der Richtung folgst, die man dir gezeigt hat, und handelst, wie man dich lehrt; du kannst zuerst folgen und dann versagen; oder du kannst nach Hause gehen und Netze auswerfen und versuchen, für den Rest deines Lebens taub und blind für die Welt zu sein, wie sie wirklich ist. Jede Entscheidung hat ihren Preis«, erklärte sie und legte ihre Pfeife in einer aus Walknochen geschnitzten Schale ab; die unregelmäßige Oberfläche der Schale lag im Schatten. »Versage, und du wirst etwas Halbes, das nicht hierhin und nicht dorthin gehört. Der Platz eines Menschen ist unter anderen Menschen und nicht

nur immer in der Welt der Geister. Manchen, die versagen, fehlt es an der Disziplin, sich zu entscheiden, wo sie bleiben möchten, und so treiben sie von der wirklichen Welt fort und wieder zu ihr zurück, ohne Warnung, ohne Wunsch.« Sie stellte Schale und Pfeife beiseite und griff nach getrocknetem Fisch, den sie ihm ohne irgendein Ritual reichte. »Geh von hier fort und blicke nicht zurück, und du wirst ein farbloses und kaltes hohes Alter erreichen und niemals fähig sein, Verantwortung zu tragen. Die Entscheidung steht bei dir.«

»Und wenn ich es schaffe?« fragte er, kaute, schmeckte nichts.

»Dann bist du ein Schamane«, antwortete sie nur und machte eine so lange Pause, daß er dachte, sie sei mit ihrer Rede fertig. »Du wirst dir deine eigenen Regeln geben. Du wirst die Richtung deines Lebens bestimmen. Manche werden dir aus Dankbarkeit Geschenke bringen, andere aus Angst. Nie wieder wirst du in einer menschlichen Behausung willkommen sein, außer in deiner eigenen oder der eines anderen Schamanen. Aber wenn du rufst, werden die Menschen kommen ... oder sterben.«

Im Morgengrauen führte sie ihn hinaus, um die Sonne zu grüßen. Sie gingen an einen Ort, wo das Meer so hart war, daß sie darauf laufen konnten, und schritten hinaus in den Morgen. »Hier wirst du warten«, bedeutete sie ihm und drückte seine Schultern nach unten, bis er auf die Knie sank. »Vier Tage«, zischelte sie, »nichts zu essen. Soviel Wasser, wie du im Mund schmelzen kannst, wenn die Sonne aufgeht. Wenn du dich so leer machen kannst, daß ein Geist dich füllen kann, wirst du überleben. Hol Eis in dein Herz, und du wirst leben. Sei eins mit der Kälte und sträube dich nicht gegen sie. Nur so kannst du am Leben bleiben. Versage – und der Preis ist dein Leben, das jetzige und drei zukünftige Leben. Mach dich ganz leer und prüfe furchtlos den Grund, weshalb du nach Macht strebst.«

Bevor er sich noch recht versah, war sie gegangen, und Kälte und Hunger begannen, ihm nach und nach das Bewußtsein zu rauben. Er erwachte und sammelte einen Mundvoll Schnee, den er auf die Zunge legte. Die Eiskristalle zerbissen ihm die Kehle, und er zitterte. Er schloß die Augen und fühlte, wie er ins Meer schmolz, aus sich herausglitt, während das Licht immer stärker wurde. Das Strahlen wuchs, ohne Wärme zu bringen, und er fiel, langsam, Eis im Herzen...

›Als Suchender kommst du, und ich habe Mitleid mit dir.‹ Die Möwe drehte den Kopf. Ihr Gefieder schimmerte wie Perlmutter, den Körper erhellte ein inneres Glühen, das Tingmiak den letzten Rest seiner menschlichen Wärme entzog und verschluckte. Die Möwe war größer als das Umaiak, *das Boot, mit dem man Walrosse jagt. Ein Auge war rot und das andere Auge milchig blau wie das Innerste eines Gletschers.*

›Blut suchst du, das Blut von ihr, die dich hierhergeführt hat, der einäugigen Hexe.‹ Der Geistervogel sprach nicht wie ein Mensch, sondern es war, als erinnere sich Tingmiak der Worte, anstatt sie zu hören.

»Sie hat meinen Vater getötet«, erzählte er dem Schnee.

›Laß den Schnee ihr Blut trinken.‹

»Meine Mutter hat mich mit der Geschichte seines Todes großgezogen und mich gelehrt, was meine Pflicht ist. Wie soll ich mein Schicksal vollbringen? Wie kann ich sie töten?«

›Du hast versucht, sie zu töten, so wie sie deinen Vater getötet hat. Sie ist mit dem Eisbären verbündet. Selbst ich, so klug ich auch bin, kann es im Kampf nicht mit ihm aufnehmen.‹

»So gibt es keine Hoffnung?«

›Keine Hoffnung mit deinem ursprünglichen Plan, ein Schamane zu werden, um eine Schamanin zu vernichten. Sie muß als Frau sterben. Warte, bis sie einen Zauber beginnt, der Leben einhaucht. Warte, bis sie ein Stückchen von sich selbst löst, um Leben zu spenden. Dann ist ihre Verbindung zu ihrem Körper am schwächsten, und du kannst sie mit einem zugespitzten Knochen oder dem dunklen Eisen der Händler töten.‹

Die Möwe drehte sich um, und ihre Federn verdunkelten sich und zogen sich zusammen. Flügel verdickten sich zu Armen, und die runden Augen wurden schmal, bis Tingmiak in sein eigenes Gesicht schaute.

»Es ist Zeit, dein Lied zu lernen«, sagte Tingmiak/Möwe. Und bis die Sonne wieder aufging, sang Tingmiak und lauschte den Lehren des Vogelgeistes.

Durst machte ihm bewußt, daß eine neue Dämmerung graute und er Schnee brauchte, um ihn auf der Zunge schmelzen zu lassen. Als die eisigen Tropfen seine Kehle besänftigten, spürte er das Nahen einer Macht, die dem Feuer glich, und er wendete den Kopf, um sie herankommen zu sehen.

»So, Grünschnabel«, rief sie, »aus der Eierschale eines zitternden Jungen brüte ich einen Schamanen aus. Steh auf und folge mir.«

Ohne zu warten machte sie kehrt und ging zu ihrem Schneehaus zurück. Sie hörte seine schweren Schritte, die sich von der Oberfläche des Meeres entfernten.

Mit einem einzigen scharfen Blick darauf entzündete sie eine Seehundstranlampe, und eine fettige Flamme machte kleine, tanzende Bewegungen und streifte die Felle mit Schatten und Licht. Sie kochte Tee und bewirtete ihn mit rohem, in frischen Seehundstran getauchtem Fleisch.

»Es ist wenig glücklich, daß die Möwe dich erwählt hat«, sagte sie und zog ihm die Stiefel zum Trocknen aus. »Die Möwe ist sogar noch unzuverlässiger als der Rabe. Eine Schwindlerin. Du erfährst nie, ob sie dich anlügt oder dir die Wahrheit sagt. Sie lügt zum Vergnügen. Wenigstens«, meinte sie und schnitt mit schnellen Bewegungen mehr Fleisch auf, »hat sie ein recht hübsches Lied.«

Sie setzte seinen Unterricht fort, während er seine Messer und seine Geduld schärfte.

Eines Tages bat er sie: »Zeig mir, wie man ein Tupilak macht.«

Sie saß auf ihren Pelzen und antwortete nicht, und sein Herz hämmerte so, daß er sich schon Sorgen machte, sie müßte seine Angst riechen.

»Ja«, sagte sie dann, und die Seehundstranlampe ging beinahe aus, »es ist wohl Zeit, daß du es lernst. Alles andere hast du recht schnell gelernt.« Sie kramte in runden Körben und zog kleine Bündel roten Händlerstoff hervor, die sie lange in der Hand hielt.

Mit ihren spitzgefeilten Zähnen lächelte sie ihm zu. »Und was suche ich?« fragte sie ihn.
»Ein Stück Menschenschädel, damit es denken kann«, antwortete er, und sie warf ihm einen weißen Splitter zu, geformt wie ein Blütenblatt mit einer rauhen Kante. »Einen Rabenknochen, damit es geschwind am Boden dahinhuschen kann.« Sie lachte und hatte plötzlich einen hohlen Knochen in der Hand, der an eine Feder gebunden war, so schwarz wie Gier; und sie blies die Feder in die Luft, bis sie träge durch das Schneehaus und in seine Hände schwebte. »Schneehuhnfeder, damit es fliegen kann... Seehundsknochen, damit es schwimmen kann.« Und eines nach dem anderen sprangen die Dinge in seine Hand und wanden sich dort wie Würmer.
»Und was noch?« lächelte sie. Die Worte gefroren in der Luft.
Er zitterte. Sein Gehirn war leer, und er wußte, daß er versagt hatte; aber ihr Grinsen wurde noch breiter, als sie sein Unbehagen sah. Da antwortete er: »Den Zahn eines Eisbären, damit es beißen kann.«
»Genau das«, erwiderte sie, und ihr Lächeln war verschwunden. Sie griff in ihren Mund und zog einen gewaltigen Bärenzahn hervor, den sie vorher geschickt hineingesteckt haben mußte.
»Stückwerk«, seufzte sie, »nur Stückwerk ohne das Blut und den Geist eines Schamanen. Gib mir dein Messer.« Er reichte es ihr, und sie drehte es langsam hin und her. Das trübe Licht der kleinen Lampenflamme spiegelte sich darin. Sie bannte seine Augen mit ihrem starren Blick und zog das Messer quer über ihre Hand. Mit unfaßlicher Langsamkeit wuchsen auf ihrer Handfläche eine Reihe roter Perlen, und sie schmierte ihr Blut auf das, was er in den Händen hielt. Die ersten Stücke des Tupilaks fügten sich zusammen, verbanden sich zu einem Ganzen und sanken auf die Felle.
»Ohne daß der Schamane es zusammenfügt, wird nichts daraus. Ein Splitter Lebenskraft, dünner als ein Fetzen rohes Fleisch. So trennt man einen Splitter von sich selbst ab. Schau zu und lerne.« Sie atmete aus, und ihre Gesichtsmuskeln entspannten sich und wurden flach, als sie sich in sich selbst zurückzog.

Sein Herz donnerte ihm immer lauter in den Ohren, wie Felltrommeln, die zum Wahnsinn treiben. Er sah, wie ihre Lebenskraft flackerte, und zog mit zitternden Fingern das zweite Messer aus der Scheide. Er holte Eis in sein Herz, lehnte sich über die Pelze und versenkte die Schärfe in ihrer Brust. Er traf den Knochen, und das Messer glitt ab. Ihre Augen sprangen auf, und er starrte in schwarzes und altes, milchiges Eis.

»Für den Tod meines Vaters«, keuchte er. »Ein Leben als Vergeltung für ein Leben.«

»So viele Väter«, sagte sie, und ihre Stimme war rauh und leicht, das gute Auge langsam so wolkig wie sein Gefährte. »Keine Ahnung, welcher deiner war.«

Aber ehe er noch antworten konnte, schwand das Bewußtsein aus ihrem Blick, und er sah ihre Lebenskraft zittern und vergehen wie die Flamme der Seehundstranlampe.

»Egulik«, fauchte er und fühlte sich betrogen. »Es war Egulik, und du hast ihn ermordet. Aber nun kann er endlich Ruhe finden, weil er weiß, daß ein Leben mit einem Leben bezahlt ist.« Tingmiak hob das rotgefärbte Messer auf, mit dem sie ihr Blut vergossen hatte; aber die zweite Klinge ließ er in ihrem Körper stecken. Er säuberte das Messer, indem er es an ihren Pelzen abwischte.

Dann suchte er hastig seine Sachen zusammen und trat hinaus in die dämmrige Kälte. Er hatte nur noch den Wunsch, nach Hause zurückzukehren und seiner Mutter und den anderen die Botschaft zu bringen, daß er seinen Vater gerächt und die Familie gereinigt hatte. So lief er immer weiter, ohne etwas zu essen oder mehr als eine Handvoll Schnee zu trinken.

Als die letzten Lichtfetzen verschwanden, wurde ihm kalt, und er hüllte sich enger in seine Pelze. Sein Atem brannte in der ausgedörrten Kehle.

Ihm war, als hörte er etwas, aber es war nichts zu sehen. Er hob seinen Sack auf die andere Seite, um die Schulter zu entlasten, und ging weiter; fast rannte er. Wieder vernahm er ein Geräusch, blieb stehen und sandte sein Bewußtsein aus, wie sie es ihn zuvor gelehrt hatte. Nichts. Er drehte sich im Kreis, und diesmal hörte er einen Laut, als husche etwas am Boden dahin, geschwind wie ein Rabe.

Er ließ das Bündel vom Rücken fallen und fing an zu rennen, betäubt von namenloser Furcht. Er rannte, bis das Eis seines Herzens schmolz und verblutete. Er rannte, bis seine Beine sich verkrampften und er hinstürzte, bis sein Atem rauh und heiß war. Er wollte aufstehen und merkte, daß er nicht länger allein war.

»Also hat er Klauen, mein Grünschnabel«, rief sie von oben herunter, die Stimme fast bis zur Unkenntlichkeit verzerrt. Er sah auf und erstickte fast vor Furcht. Es war jetzt so groß wie eine Sattelrobbe. Ungeheuerlich, fast grellfarbig, grub sich das Tupilak in den Schnee und lächelte ihm mit den geschärften Zähnen zu. Die längst vergessene Elfenbeinschnitzerei war in der Tat nur ein Spielzeug, verglichen mit diesem widerwärtigen Gebilde. Zwei Drittel des Gesichtes bestanden aus Kiefer und Zähnen. Die Augen waren leere Höhlen, und es stand auf vier pelzigen Bärenfüßen.

»Eine gute Lehrerin bringt ihrem Schüler nicht alles bei. Die Möwe muß dir geraten haben, meinen Körper anzugreifen, denn ihre geringe Macht hätte der meinen niemals standhalten können. Hat sie dir gesagt, du solltest mir den Stahl ins Fleisch stoßen, während ich ein Tupilak schuf? Hat sie dich betrogen, oder waren es deine eigene Dummheit und Rachsucht, die dich veranlaßten, den einzigen Zauber auszusuchen, um deinen Streich zu führen, bei dem ich meine eigene Seele einsetzte, um Platz für einen Geist zu schaffen, damit er in das Tupilak einfuhr und ihm Leben einhauchte? Egulik hast du deinen Vater genannt. Der erste Mann, der je mein Bett zurückwies. O ja, ich erinnere mich an Egulik. Und ich werde mich auch an seinen Sohn erinnern.«

Sie lächelte ihr tödliches Lächeln, und der aufgehende Mond ließ die gefeilten Zähne funkeln wie frisches Eis. Es war das letzte, was er sah.

Zum Hintergrund von »Tupilak«

Ich habe zwei Jahre in Alaska als Außendienst-Spezialist für das National Bilingual Training and Resource Center der Universität Washington gearbeitet und die Zweisprachen-Arbeit mit den dortigen Ureinwohnern durch Ausbildung und technische Hilfen unterstützt. Darum forderte die kanadische Regierung mich auf, in den Nordwest-Territorien ähnliche Programme für die Innuit und Athabaska einzurichten, weil es sich dabei um die gleichen Sprachen handelte wie die, mit denen ich in Alaska gearbeitet hatte, wenn sich auch die einzelnen Dialekte unterschieden. Etwas, was mich bei der Arbeit mit den Eskimostämmen faszinierte, war ihre Einstellung zu ihren Schamanen.

Wir Indianer empfinden für unsere Medizinmänner und -frauen großen Respekt. Wir trennen ganz scharf zwischen Medizinleuten und Hexen – ihre Fähigkeiten sind zwar ähnlich, ihre Ziele jedoch unterschiedlich. Die Medizinleute unterstreichen alles Harmonische, während ein Hexer oder eine Hexe für eigene, selbstsüchtige Interessen arbeitet. Die Überlieferung der Eskimos macht die Grenze zwischen beiden fließend, und die Menschen fürchten ihre Schamanen aus offenbar gutem Grund. Unzweifelhaft hat es mehr als einen Schamanen gegeben, der seine Stellung mißbrauchte. Zumindest gibt es diese Vorstellung bei allen Eskimos, die ich interviewt habe und die übrigens alle glücklich zum Christentum bekehrt und sehr froh darüber sind, daß der Schamanismus nur noch etwas ist, von dem man erzählt, daß es bereits zu Zeiten ihrer Großeltern ausstarb.

Bei den seltenen Anlässen, wenn traditionelle religiöse Hilfe benötigt wird, bitten die Eskimos ihre indianischen Nachbarn darum, bei denen die »Medizin«-Tradition noch lebendig ist.

Wenn ich auch von einer gewissen »dichterischen Freiheit« Gebrauch gemacht habe, so habe ich doch versucht, die Überlieferungen der Eskimos so exakt wie möglich wiederzugeben. Allerdings enthält die Erzählung eine Mischung verschiedener Innuit-Glaubensvorstellungen und Gebräuche und nicht die einer bestimmten Gruppe. Was das Thema der Erzählung angeht, so erwähnt Arima, daß »... der Wunsch der Rache der Beweggrund für mehr Taten ist als jedes andere Gefühl (in den Mythen der Eskimos), und daß der Eskimo-Held vor allem ein Rächer ist«.

Terry Tafoya

MERCEDES LACKEY

Ich habe ›Misty‹ Lackey bei ein paar von unseren Fantasy-Worlds-Festival-Cons als ›Mutter der Kompanie‹ kennengelernt; als geschickte Näherin, Schöpferin wunderschöner Stickereien und Kostüme und als Freundin, die uns Tonbänder von Opern besorgen konnte, die im Bereich der Bucht von San Francisco nicht gesendet werden. Ich wußte nicht, daß sie auch Schriftstellerin war, bis sie mir eine Story für das Buch ›Free Amazons Of Darkover‹ schickte.
Als sie bei Fantasy Worlds 1985 auftauchte, ertrank ich gerade in einer Flut von Manuskripten für das vorliegende Buch und machte mich ohne große Begeisterung daran, ihre Arbeit zu lesen. Ich war der Meinung, ich hätte schon genügend etwas längere Geschichten für den Band, und zerbrach mir den Kopf über einen höflichen Weg, einer sehr geschätzten Freundin beizubringen, daß ich mit Erzählungen dieses Umfangs ausreichend versorgt war. Ich brüllte »zum Henker mit dir, Misty!« – weil mir tatsächlich kein Grund einfiel, ihre Story zurückzuschicken. Sie war viel zu gut. Ich konnte gar nicht aufhören zu lesen. Eine starke Handlung, eine mitreißende, sympathische Hauptgestalt, glaubhafte Schwertkämpfe und echte, überzeugende Magie – eine unschlagbare Mischung. Was als gewöhnliche Vergewaltigung-und-Rache-Geschichte anfängt, entwickelt sich zu einer höchst ungewöhnlichen Erzählung von übernatürlicher Vergeltung und dem Heranwachsen einer Persönlichkeit. – M.Z.B.

MERCEDES LACKEY

Schwertverschworen

Die Luft im Versammlungszelt war heiß, obwohl die abendliche Brise, die ab und zu durch die heruntergelassene Zeltklappe drang und Tarmas Rücken streifte, kalt war wie die Schneide eines Schwertes an ihrer Wirbelsäule. Das hochgelegene Wüstenland kühlte nachts schnell ab, anders als die Weidegründe des Stammes unten in den Grasebenen. Tarma erschauerte; um es sich bequemer zu machen, hatte sie längst ihr Hemd ausgezogen und war, wie die meisten anderen im Zelt, nur noch mit Unterhemd und Hosen bekleidet. Im Lampenlicht wirkten Tarmas Stammesangehörige wie eine lebendige Darstellung der farbenfrohen Muster, die sie in ihre Teppiche webten.

Ihr Bruder-Onkel Kefta näherte sich in der Mitte des Zeltes dem Ende seines Schwerttanzes. Er führte ihn nur selten, bei ganz besonderen Gelegenheiten, vor, aber heute gab es einen Grund zum Feiern. Nie zuvor waren die Männer des Stammes vom Sommer-Pferdemarkt mit so viel Gold beladen heimgekehrt – fast dreimal soviel wie erwartet. Irgendwo braute sich ein Krieg zusammen, und als Folge davon erbrachten Pferde mehr als hervorragende Preise. Die Shin'a'in hatten sich nicht gegen ihr Glück gesträubt. Nun glitzerte der neue Reichtum im Licht der Öllampen, lag als schimmernder Haufen in der Zeltmitte, damit der ganze Stamm vom Herabstürzenden Falken sich daran weiden konnte. Morgen würde sich alles sehr schnell in Salz und Kräuter, Getreide und Leder, Metallwaffen und Stäbe aus gutem, schöngemasertem Holz für Webstühle und Pfeile (alles Dinge, die die Shin'a'in nicht selbst herstellten) verwandeln; aber heute abend wollten sie ihren kurzzeitigen Wohlstand bewundern und ein Fest feiern.

Nicht alles, was die Männer eingenommen hatten, lag auf dem

glänzenden Haufen. Jeder, der die Reise mitgemacht hatte, hatte sich einen Extraanteil verdient, und die meisten hatten Geschenke heimgebracht. Tarma streichelte die Kette an ihrem Hals, während sie den Geruch nach sauberem Schweiß, Weihrauch und dem Sandelholzparfüm, mit dem der größte Teil des Stammes sich gesalbt hatte, einatmete. Dabei warf sie auch, erstaunt über die eigene plötzliche Schüchternheit, einen verstohlenen Blick nach rechts. Dharin schien seine ganze Aufmerksamkeit auf die herumwirbelnde Figur des Tänzers gerichtet zu haben, aber er begegnete ihrem Blick, als hätte er darauf gewartet, und sein sonst eher ernster Gesichtsausdruck machte einem breiten Grinsen Platz. Tarma errötete und schnitt ihm eine Grimasse. Er grinste noch breiter und senkte den Blick zielsicher auf die Halskette aus geschnitztem Bernstein, die sie trug. Gebogene Krallen wechselten mit vollendet gerundeten Perlen. Er hatte es ihr mitgebracht, ein Beweis für sein Geschick als Händler, weil es, wie er sagte, zu ihrer goldenen Haut paßte. Daß sie es angenommen hatte und heute abend trug, war ein Zeichen dafür, daß sie auch ihn angenommen hatte. Wenn Tarma mit ihrer Schwert-Lehre fertig war, würden sie sich einander angeloben. Das würde in zwei Jahren geschehen, vielleicht sogar früher, wenn sie weiter solche Fortschritte machte wie jetzt. Sie und Dharin vertrugen sich jedenfalls vorzüglich; sie ergänzten einander ideal. Sie waren langjährige Freunde und zugleich Liebende.

Der Tänzer beendete seine Darbietung mit einem wohlberechneten Zusammensinken, als wäre er erschöpft. Sein Publikum jubelte ihm zu, und er erhob sich vom teppichbelegten Boden des Zeltes, strahlend und schweißtriefend. Bei seinen Familienangehörigen ließ er sich nieder und nahm mit dankendem Nicken das feuchte Handtuch entgegen, das sein jüngster Sohn ihm reichte. Nach und nach ging der Applaus in allgemeines Schwatzen über. Als Letzter, der aufgetreten war, würde er nun den nächsten aussuchen.

Nach einem langen Zug vom Wein sprach er dann endlich, und seine Wahl überraschte niemanden. »Sing, Tarma«, sagte er.

Seiner Entscheidung wurde von allen Seiten Beifall geklatscht. Tarma stand auf, strich sich das lange, ebenholzschwarze Haar zurück und suchte sich einen Pfad durch die enggedrängten Körper ihrer Stammesgenossen, um den Platz in der Mitte einzunehmen.

Tarma war keine Schönheit. Ihre Züge waren zu scharf und falkengleich, ihr Körper war zu knabenhaft schlank; und das wußte sie auch. Dharin hatte, wenn sie zusammenlagen, oft gescherzt, daß er nie wüßte, ob sie es war, mit der er das Bett teilte, oder ihr Schwert. Aber die Göttin der Vier Winde hatte sie mit einer Stimme begnadet, die mehr als ein Ausgleich war, einer Stimme, die unter allen Stimmen nicht ihresgleichen fand. Die Shin'a'in, deren Geschichte vornehmlich in Lied und Erzählung überliefert wurde, schätzten eine solche Stimme höher als edle Metalle. So hoch war ihr Wert, daß der Schamane ihr die Kunst des Lesens und Schreibens beigebracht hatte, damit sie die uralten Lieder anderer Völker neben denen des eigenen Stammes noch leichter lernte.

Aus Schabernack hatte sie sich vorgenommen, es Dharin heimzuzahlen, daß er sie zum Erröten gebracht hatte, indem sie eine Ballade von zwei ganz und gar treulosen Liebenden sang, die im Stamm ungemein beliebt war. Sie hatte gerade erst angefangen, die Musikanten hatten die Tonart aufgenommen und wollten eben einfallen, als unerwartet Entsetzliches geschah.

Ihren Gesang übertönend, war das Geräusch zerreißender Leinwand hörbar, und mit Geheul strömten bewaffnete Männer, anscheinend zu Dutzenden, durch die zerfetzten Zeltwände, um über die vor Schreck wie gelähmten Nomaden herzufallen. Die meisten Mitglieder des Stammes waren so gut wie waffenlos – aber die Shin'a'in waren von jeher so gut Krieger wie Pferdezüchter. Keiner unter ihnen, der das neunte Jahr überschritten hatte, verfügte nicht zumindest über eine gewisse Grundausbildung. Sie schüttelten darum schnell ihr Entsetzen ab, und jeder griff nach dem, was er fand, und wehrte sich mit der grimmigen Wut eines in die Enge getriebenen wilden Tiers.

Tarma hatte ihre Zwillingsdolche und in einer Scheide am Handgelenk einen Wurfpfeil – den letzteren verlor sie sofort, als sie ihn mit tödlicher Genauigkeit durch das Visier des nächsten Banditen schleuderte. Er stieß ein Kreischen aus, ließ das Schwert fallen und griff sich ans Gesicht. Unter seinen Fingern strömte Blut. Einer von Tarmas Vettern riß das vergessene Schwert an sich und schlitzte ihn damit auf. Tarma hatte keine Gelegenheit zu sehen, was er weiter damit anfing; ein anderer Räuber stürzte sich auf sie, und sie hatte kaum Zeit, die Dolche zu ziehen, als er auch schon unmittelbar vor ihr stand.

Ein Dolch und sogar zwei davon sind selten eine gute Verteidigungswaffe gegen eine längere Klinge, aber im Zelt kämpften alle auf engstem Raum, und der Bandit befand sich in der drangvollen Enge im Nachteil. Zwar zitterten Tarma vor Erregung und Angst die Hände, aber sie behielt einen kühlen Kopf, und sie schaffte es, ihn so lange mit seinem eigenen Schwert zu behindern, daß sie ihm endlich einen der Dolche in die Kehle rammen konnte. Er gurgelte heiser und stürzte zu Boden, wobei er sie um ein Haar unter sich begraben hätte. Sie entwand seiner noch geschlossenen Hand das Schwert und suchte nach dem nächsten Feind.

Die Eindringlinge waren dabei, den ungleichen Kampf ohne große Anstrengung zu gewinnen; trotz tapferer Gegenwehr mit ihren improvisierten Waffen wie Teppichen und Haarpfeilen fielen Tarmas Stammesgenossen schnell. Die Banditen waren zudem gepanzert und die Shin'a'in nicht. Aus dem Augenwinkel sah sie, wie einige der Feinde die Waffen fallen ließen und nach Frauen griffen. Um sich herum konnte sie die Schreie der Kinder, die rauheren Rufe der Erwachsenen hören...

Ein weiterer Krieger stand vor ihr, das Gesicht blut- und schweißüberströmt; sie zwang sich, nichts mehr zu hören und nur noch an den Augenblick und an ihren Gegner zu denken.

Seinen Stoß parierte sie mit dem Dolch und versuchte einen Stich nach seinem Hals. Die Zahl der Kämpfenden war inzwischen geringer geworden; sie konnte nicht hoffen, mit der Taktik, die sich zuvor als nützlich erwiesen hatte, durchzukommen. Er wehrte sie fast lässig ab und verwandelte seine Abwehr mit sorgloser Leichtigkeit in einen Gegenschlag, der sie veranlaßte, sich eilig aus der Reichweite seiner Klinge zurückzuziehen. Aber sie war nicht schnell genug – er traf sie quer über sämtliche Rippen. Der Schnitt war weder tief noch gefährlich, aber er tat weh und blutete stark. Sie stolperte über einen Körper – Freund oder Feind, sie merkte es nicht – und entging ein zweites Mal seiner Klinge mit knapper Not. Er spielte mit ihr, ein häßliches Grinsen breit im Gesicht, als er sah, wie müde sie wurde. Jetzt zitterten ihr die Hände nicht mehr vor Furcht, sondern vor Erschöpfung. Sie war so müde, daß sie nicht merkte, daß die Räuber einen Kreis um sie gebildet hatten und sie die einzige Shin'a'in war, die noch kämpfte. Er machte einen Ausfall; bevor sie noch begriff, daß es eine Finte war, hatte er ihre Deckung durchbrochen und traf sie mit der flachen Klinge seitlich am Kopf, so daß sie zu Boden fiel. Die Schwertschneide ritzte ihre Kopfhaut und brannte wie glühendes Eisen. Er hatte die Klinge mit voller Kraft geschwungen – sie kämpfte gegen eine Ohnmacht, während ihre Hände reflexartig die Waffen losließen und sie zusammenbrach. Halbbetäubt, trotz Übelkeit und Schwindel, die sie zu überwältigen drohten, versuchte sie ihn mit den Fäusten fortzustoßen, zu treten und zu beißen. Er begann mit schweren Fäusten auf ihr Gesicht und den Kopf einzuschlagen.

Schließlich traf er sie einmal zuviel, und sie merkte, wie ihre Beine nachgaben und die Arme kraftlos heruntersanken. Er lachte und schleuderte sie auf den Zeltboden, nur wenige Zoll von der Leiche eines ihrer Brüder entfernt. Sie fühlte seine Hände, die ihr die Hose herunterrissen; sie versuchte, ihm das Knie zwischen die Beine zu rammen, aber der letzte Rest ihrer Kraft war längst erschöpft. Er lachte wieder, umspannte mit den Händen fast liebevoll ihren Hals und begann zuzudrücken. Sie zerkratzte ihm die Hände, aber er war zu stark; nichts von dem, was sie tat, brachte ihn dazu, seinen immer enger werdenden Griff zu lockern. Sie begann sich aufzubäumen; die Brust wurde ihr eng, und ihre Lungen schrien nach Luft. Ihr Kopf schien zu explodieren, und die Wirklichkeit schrumpfte auf den verzweifelten Kampf um einen einzigen Atemzug zusammen. Erst ganz zuletzt nahm gnädige Schwärze sie auf, während er mit brutalen Stößen in sie eindrang.

Der einzige Laut in dem verwüsteten Zelt war das stetige Summen von Fliegen. Tarma öffnete das rechte Auge – das linke war zugeschwollen – und starrte verwirrt an die Decke. Als sie zu schlucken versuchte, kam heulender Protest aus ihrer Kehle; sie würgte und wäre um ein Haar erstickt. Wimmernd rollte sie sich auf die Seite und starrte in die blicklosen Augen ihrer jüngsten Schwester. Fliegen fraßen gierig von der blutigen Lache, die unter dem Kopf des Kindes gerann.

Sie erbrach das Wenige, was sie im Magen hatte, und fand dabei fast den Tod. Ihre Kehle war beinahe völlig zugeschwollen.

Mühsam zog sie sich auf die Knie. In ihrem Kopf drehte sich alles in schwindligem Wirbel. Als sie sich umsah und langsam den Umfang der Katastrophe begriff, zerriß etwas in ihr mit einem fast hörbaren Geräusch.

Jedes einzelne Mitglied des Stammes, vom ältesten Grauhaar bis zum jüngsten Wickelkind, war brutal und systematisch hingeschlachtet worden. Der Anblick war mehr, als ihr verwirrter Kopf ertragen konnte. Am liebsten wäre sie schreiend davongerannt, um sich in einem sicheren, dunklen Winkel ihres Geistes zu verstecken; aber sie wußte, daß sie ihren Körper dazu bewegen mußte, aufzustehen.

Ein paar Fetzen ihres Unterhemds hingen ihr noch um die Schultern. An den Oberschenkeln lief Blut herunter, und in den Lenden stach ein scharfer Schmerz, Echo der hämmernden Schmerzen in ihrem Kopf. Die ganze eine Seite war von getrocknetem Blut bedeckt, das teils von dem Schnitt in ihre Rippen stammte, teils von ihren Feinden oder den Stammesangehörigen. Ihre Hand fuhr wie von selbst zur Schläfe und fand das lange Haar verklebt und hart von geronnenem Blut. Der Kopfschmerz und der Brechreiz, die zusammenzugehören schienen, drängten alle anderen Schmerzen in den Hintergrund; aber als ihre Hand gedankenlos ihr Gesicht streifte, fühlte es sich seltsam an, geschwollen und aufgedunsen. Hätte sie sich sehen können, sie hätte ihr eigenes Spiegelbild nicht wiedererkannt, so zerschlagen war ihr Gesicht. Das, was in ihr noch dachte, veranlaßte ihren Körper, nach etwas zu suchen, um ihre Blöße zu bedecken. Sie fand ein Paar Hosen – nicht ihre eigenen, diese hier waren viel zu groß – und ein Unterhemd, die in die Ecken geschleudert herumlagen. Ihre Augen glitten, ohne sie wirklich wahrzunehmen, über die verkrümmten nackten Körper. Dann hieß sie ihr innerer Wegweiser, das Stammesbanner herunterzuholen, das noch immer am Mittelpfosten des Zeltes hing.

Sie hielt es mit einer Hand umklammert, als sie sich draußen vor dem Versammlungszelt wiederfand. Lange Augenblicke stand sie stumpfsinnig in der Sonne und bewegte sich dann wie ein lebendiger Leichnam auf das nächste Familienzelt zu. Auch diese Zelte hatte man geplündert, aber wenigstens lagen keine Leichen darin. Die Räuber hatten wenig darin gefunden, was ihnen zusagte, mit Ausnahme von ein paar Schmuckstücken. Nur ein Shin'a'in würde sich für die Ausrüstung und persönlichen Habseligkeiten eines anderen Shin'a'in interessieren – und jeder, der solche Dinge verkaufte, ohne zu den Stämmen zu gehören, würde sich mit ein paar Zoll Shin'a'in-Stahl in den Eingeweiden wiederfinden. Das wußten offenbar auch die Banditen.

In einem der nächsten Zelte fand sie ein Halfter und ein Sattelpolster. Alles, was noch von ihr übrig war, kauerte in einer Ecke ihres Verstandes und lallte. Sie weinte lautlos, als es das Zaumzeug an der Handarbeit als Dharins erkannte.

Die Räuber waren nicht in der Lage gewesen, die Pferde zu stehlen. Die Shin'a'in ließen die Tiere frei herumlaufen, und die Pferde lernten praktisch von Geburt an, nur zu denen zu kommen, die sie ritten. Schafe und Ziegen hatten sich zerstreut, aber die Ziegen genügten als Wächter, um die Herden zusammenzuhalten und in Abwesenheit der Hirten zu schützen – und außerdem waren es die Pferde, um die es ihr jetzt ging, nicht die anderen Tiere. Mit ihren geschwollenen, aufgesprungenen Lippen brachte Tarma etwas zustande, das entfernt an ihren Pfiff erinnerte; Kessira kam eifrig herbeigetrottet und schnaubte angewidert, weil ihre Herrin nach Blut roch. Tarmas Hände, geschwollen, steif und schmerzend, kamen nur ungeschickt mit dem Geschirr zurecht, aber Kessira stand geduldig, während Tarma sich mit den Gurten abmühte, und warf nicht einmal den grauen Kopf in die Höhe, um dem Lederhalfter auszuweichen, was sie sonst immer tat.

Tarma quälte sich in den Sattel; weniger als einen Tagesritt entfernt lagerte ein anderer Stamm. Sie knüllte das Banner vor sich zusammen, lenkte Kessira in die richtige Richtung und gab ihr die Zeichen, die bedeuteten, daß ihre Herrin verletzt war und Hilfe brauchte. Danach verschwand der karge Rest von Verstand, der sie geleitet hatte, mit dem übrigen Teil ihres Ichs im Versteck. Den entsetzlichen Ritt ertrug sie in völliger Bewußtlosigkeit.

Sie wußte nie, wie Kessira in das Lager gekommen war, auf dem Rücken ihre halbtote, blutende, über dem Stammesbanner zusammengebrochene Herrin. Niemand erkannte sie – nur an ihrer Haar- und Hautfarbe und ihrer Tracht stellten die Menschen fest, daß sie eine Shin'a'in war. Sie wußte auch nicht mehr, daß sie eine Rettungsmannschaft in das zerstörte Lager zurückgeführt hatte, bevor sie auf Kessiras Hals endgültig umkippte. Die Schamanen und Heiler hoben sie vom Rücken der Stute. Von ihrer Pflege bemerkte sie nichts. Sieben Tage und Nächte lag sie stumm da, ohne Regung, die Augen entweder geschlossen oder stier ins Leere blikkend. Die Heiler fürchteten um ihr Leben und ihren Verstand, denn eine Shin'a'in ohne Stamm war ein Mensch, dessen Leben keinen Inhalt hatte.

Aber als am Morgen des siebten Tages der Heiler das Zelt betrat, in dem sie lag, drehte sie den Kopf, und im Blick, den sie auf ihn richtete, lag wieder klarer Verstand.

Ihre Lippen öffneten sich. »Wo –?« krächzte sie mit einer Stimme, die häßlicher war als Rabenschrei.

»Liha'irden«; antwortete er und stellte seine Last von Fleischbrühe und Arznei ab. »Dein Name? Wir konnten dich nicht erkennen, nur das Banner ...« Er zögerte und wußte nicht recht, was er ihr sagen sollte.

»Tarma«, erwiderte sie. »Was ist – mit meinem Stamm – o Sohn des Hirsches?«
»Vernichtet.« Am besten machte man es kurz. »Wir vollzogen die Riten, nachdem wir sie gefunden hatten, und brachten die Herden und Besitztümer hierher. Du bist das letzte von den Kindern des Falken.«
Also hatte ihr Gedächtnis sie nicht getrogen. Sie starrte ihn wortlos an.
Um diese Jahreszeit reiste der gesamte Stamm gemeinsam, niemand blieb auf den Weideplätzen zurück. Kein Zweifel, sie war die einzige Überlebende.
Sie nahm die Nachricht gefaßt auf – zu gefaßt. Wahnsinn lauerte in ihr, er konnte es mit den Sinnen des Heilers spüren. Sie schritt auf einem schmalen Grat geistiger Gesundheit dahin, und der kleinste Anstoß würde sie straucheln lassen. Er fürchtete sich vor ihrer nächsten Frage.
Es war nicht die erwartete. »Meine Stimme – was fehlt ihr?«
»Etwas, das man nicht heilen kann«, gab er voller Bedauern zurück, denn er hatte sie vor weniger als einem Monat singen hören.
»Ah.« Sie drehte den Kopf und starrte erneut zur Decke. Einen Augenblick fürchtete er, sie sei in Wahnsinn geflohen, aber nach einer Weile sprach sie weiter. »Ich rufe Blutfehde«, sagte sie tonlos. Als die Versuche des Heilers, sie davon abzubringen, fehlschlugen, führte er die Ältesten des Stammes zu ihr. Sie wiederholten alle seine Argumente, aber sie blieb stumm und schien taub für alles, das sie ihr vorhielten.
»Du bist ganz allein – wie kannst du hoffen, irgend etwas zu erreichen?« fragte die Stammesmutter endlich. »Die anderen sind zahlreich, erfahrene Kämpfer und listig. Was du vorhast, ist aussichtslos.«
Tarma stierte sie mit versteinerten Augen an, Augen, die die Tatsache, daß ihr Verstand in Gefahr war, nicht verbergen konnten.
»Das Wichtigste ist«, sagte eine Stimme vom Zelteingang her, »du hast gerufen, was zu rufen du kein Recht hast.«

Die Schamanin des Stammes, eine energische Frau Ende der mittleren Jahre, trat in das Heilerzelt und ließ sich geschmeidig neben Tarmas Lager nieder.
»Du weißt selbst, daß nur eine, die der *Kriegerin* schwertverschworen ist, Blutfehde ansagen darf«, erklärte sie ruhig und gleichmütig.
»Ich weiß es«, brach Tarma ihr Schweigen. »Und ich möchte den Eid leisten.«
Es war ein Grundsatz der Shin'a'in, daß niemand heiliger war als die anderen und daß jeder Priester sein konnte. Der Schamane oder die Schamanin konnte Zauberkraft besitzen, vielleicht mehr gelernt haben, als es dem durchschnittlichen Stammeskrieger seine Zeit erlaubte, aber wenn für einen Shin'a'in der Augenblick gekommen war, den Gott oder die Göttin um etwas zu bitten, ging er einfach in den entsprechenden Zelttempel und äußerte seine Bitte, ob er nun vorher den Schamanen befragt hatte oder nicht.
So geschah es, daß Tarma auf vor Schwäche noch zitternden Beinen im Heiligtum stand.
Die Weise Frau hatte sich anscheinend nicht weiter über Tarmas Wunsch gewundert, sich der *Kriegerin* zuzuschwören, und hatte sie gegen den Widerstand der Ältesten verteidigt. »Wenn die *Kriegerin* sie annimmt«, hatte sie folgerichtig dargelegt, »wer sind dann wir, daß wir uns gegen den Willen der Göttin wenden sollten? Und wenn nicht, so kann auch keine Blutfehde gerufen werden.«
Die Zelttempel aller Stämme glichen sich in ihrer spartanischen Einfachheit. Es gab vier winzige hölzerne Altäre, einen an jeder Zeltwand. Im Osten stand der der *Jungfrau*; ihr Symbol lag darauf – eine einzelne frische Blüte im Frühling und Sommer, ein brennendes Weihrauchstäbchen im Winter und Herbst. Im Süden war der Altar der *Kriegerin*, den eine ewige Flamme kennzeichnete. Der Westen beherbergte den Altar der *Mutter*, mit einer Korngarbe darauf. Der Norden war der Bereich der *Alten Frau* oder der *Uralten*. Dort lag ein glatter schwarzer Stein auf dem Altar.
Tarma trat in die Zeltmitte. Was sie vorhatte, war nichts Geringe-

res als Selbstfolterung. Alle Gebete der Shin'a'in wurden nicht gesprochen, sondern gesungen; außerdem mußte jeder, der vor die Göttin trat, ihr alle seine Gedanken offenbaren. Sie mußte darum nicht nur die körperliche Qual erdulden, ihre zerstörte Stimme zum Zerrbild einer Melodie zu formen, sondern sie mußte vorsätzlich jedes Gefühl, jede Erinnerung wieder heraufbeschwören, die sie dazu gebracht hatten, jetzt an dieser Stätte zu stehen.

Sie beendete ihren Gesang mit vor dem Schmerz dieser Erinnerung festgeschlossenen Augen.

Als sie geendet hatte, herrschte tiefe Stille; gleich darauf merkte sie, daß sie nicht einmal die kleinen Geräusche des Lagers jenseits der dünnen Zeltwände mehr hören konnte. Gerade, als ihr dies klar wurde, spürte sie den schwachen Hauch einer Brise...

Sie kam von Osten und war erfüllt vom Duft frischer Blumen. Sie umgab sie und schien mitten durch ihre Seele zu wehen. Bald gesellte sich eine zweite Brise dazu, die von Westen blies; ein robuster und kräftiger kleiner Wind, der den Duft reifenden Korns herantrug. So wie die erste Brise sie durchweht und ihren Kummer fortgeblasen hatte, erfüllte die zweite sie mit Kraft. Aber auch sie blieb nicht allein; ein bitterkalter Wind von Norden kam auf, scharf von Schneegeruch. Als der dritte Wind sie erfaßte, öffneten sich ihre Augen, obwohl sie weiterhin in Dunkelheit gehüllt blieb, Dunkelheit, die aus der Finsternis ihres eigenen Geistes stammte. Der Wind ließ sie erstarren, betäubte ihre Erinnerungen, bis sie in weiter Ferne zu liegen schienen, überzog ihr Herz mit einem Eispanzer, der die Einsamkeit erträglich machte. Ihr war zumute, als wäre ihre Seele in endlose Schichten weicher, schützender Verbände gewickelt. Jetzt sah sie auch, mit Augen, die sich zurückgezogen hatten, um eine Welt zu sehen, die gerade am Rande ihres Gesichtsfeldes lag.

Mittelpunkt eines Wirbelsturms war sie jetzt, stand unbeweglich, während die Winde der Wirklichkeit ihr Haar und ihre Kleider peitschten und die Winde der Unwirklichkeit ihren Zauber in ihr schufen.

Aber der südliche Wind, der Wind der *Kriegerin*, war nicht darunter.
Plötzlich erstarben die Winde, nichts blieb von ihnen. Eine Stimme, an der nichts Menschliches war, hallend, scharfgeschliffen wie eine feine Klinge, aber tönend wie eine Melodie, sprach ein einziges Wort. Ihren Namen.
Gehorsam wandte Tarma sich langsam nach rechts. Vor dem Altar im Süden stand eine Frau.
Sie war rabenschwarz von Haar und von bräunlichgoldener Hautfarbe, und die Züge ihres Gesichtes waren dünn und stark wie bei allen Shin'a'in. Ihre Kleidung war schwarz, von den Stiefeln bis an das Stirnband, das ihr die schulterlangen Flechten aus den Augen hielt. Selbst der Kettenpanzer, den sie trug, war schwarz, so wie das Schwert, das über ihren Rücken geschlungen war, und die Dolche in ihrem Gürtel. Sie sah auf, um Tarmas Blick zu begegnen, und in ihren Augen war nichts Weißes, keine Iris, keine Pupillen; ihre Augen waren der Widerschein eines wolkenlosen Nachthimmels, schwarz und übersät von Sternen.
Die Göttin hatte sich entschieden, als *Kriegerin* zu antworten, und in eigener Person.
Als Tarma durch die Zeltklappe trat, ging ein Seufzen durch die Reihen. Ihr Haar war auf knappe Schulterlänge geschoren; die Mitglieder des Stammes würden die abgeschnittenen Locken auf dem Altar der *Kriegerin* finden. Tarma hatte nichts in das Zelt mitgenommen, und in dem Heiligtum gab es nichts, womit sie ihre Haare hätte abschneiden können. Tarmas Eid war angenommen worden. Eisige Ruhe umgab sie, die mit nichts zu verwechseln und ganz und gar unmenschlich war.
Seit Menschengedenken hatte sich in diesem Stamm niemand schwertverschworen, aber alle wußten, was die Tradition von ihnen forderte. Nie mehr würde die *Verschworene* Kleidung in den hellen Farben tragen, die die Shin'a'in liebten; aus einer Truhe im Zelt der Weisen Frau, sorgsam für diesen Anlaß gehütet, kamen Kleidungsstücke in dunklem Braun und tiefstem Schwarz. Das Braun war für später, falls Tarma ihre Aufgabe überlebte. Das

Schwarz war für jetzt, für den rituellen Kampf oder für jemanden, der eine Blutfehde unternahm.
Sie kleideten sie an, bewaffneten sie, rüsteten sie mit Proviant aus. Als sie fertig waren, stand sie vor ihnen, der *Kriegerin* selbst nicht unähnlich, in allen ihren Waffen, zu ihren Füßen der Proviant. Das Licht der sterbenden Sonne verwandelte den Himmel in Blut, als sie ihr das jüngste Kind des Liha'irden-Stammes brachten, damit sie es segnete, einen Krabbler von noch nicht zehn Monaten. Sie legte die Hand auf sein weiches Mützchen aus Säuglingshaar, ohne ihn wirklich zu sehen – aber mit diesem Kind hatte es eine besondere Bewandtnis. Die Herden und aller Besitz der Kinder des Falken würden für sie versorgt und aufbewahrt werden, bis entweder Tarma zurückkehrte oder dieses jüngste Kind des Stammes vom Rennenden Hirsch alt genug war, selbst das Schwert zu führen. Wenn sie bis dahin nicht wiedergekommen war, gehörte alles denen, die es für sie gehütet hatten.
Tarma ritt hinaus ins Morgengrauen. Die Tradition verbot allen, ihrem Aufbruch zuzusehen. Ihren eigenen Sinnen schien es, als reite sie noch immer in der Betäubung eines Heilertranks. Alles um sie herum drang nur wie durch den Filter eines Tüllschleiers zu ihr; selbst ihre Erinnerungen kamen ihr vor wie aus zweiter Hand – wie eine Geschichte, erzählt von einem grauhaarigen Uralten.
Sie ritt zum Schauplatz des Gemetzels zurück. Der armselige Grabhügel weckte keine Regungen in ihr. Irgendeine von außen kommende Kraft wies ihre Augen auf die spärlichen Spuren der längst erkalteten Fährte hin. Niemand hatte sie zu verbergen gesucht. Sie ritt, bis das schwindende Tageslicht die Spurensuche unmöglich machte, und schlug dann ein Lager auf, indem sie sich und ihr Pferd im Windschatten eines Geröllhaufens versteckte. Dort sammelte sich nachts genügend Feuchtigkeit, um ein paar magere Gräser am Leben zu halten, über die sich Kessira gierig hermachte. Tarma verzehrte eine karge Mahlzeit aus getrocknetem Fleisch und Obst, noch immer eingehüllt in jene sonderbare Gelassenheit, und rollte sich dann in ihre Decke.
Vor Mitternacht wurde sie geweckt.

Eine Berührung an der Schulter ließ sie aus der Decke springen, den Dolch in der Hand. Vor ihr stand eine Gestalt, scheinbar ein Mann der Shin'a'in, gekleidet wie ein *Schwertverschworener*. Anders als bei ihr war sein Gesicht verschleiert.

»Bewaffne dich, *Verschworene*«, sagte er, und seine Stimme klang merkwürdig fern, als spräche er vom Grund eines Brunnens.

Sie hielt sich nicht mit Fragen oder Einwänden auf. Das war auch gut so, denn kaum hatte sie das leichte Kettenhemd und die Waffen angelegt, als er sie angriff.

Der Kampf dauerte nicht lange; er hatte den Vorteil der Überraschung und war ein viel besserer Fechter als sie. Tarma sah den Todesstreich kommen, konnte aber nicht verhindern, daß er fiel. Sie schrie in Todesqual, als das Schwert des Fremden sie fast in zwei Hälften spaltete.

Sie erwachte und starrte hinauf zu den Sternen. Der Fremde stellte sich zwischen ihre Augen und den Himmel. »Du bist besser, als ich gedacht habe«, meinte er mit grimmigem Humor. »Aber trotzdem immer noch so tolpatschig wie ein Pferd im Töpferladen. Steh auf und versuch es noch einmal.«

Noch dreimal tötete er sie – mit demselben tödlichen Ausgang, der doch kein Tod war. Nach dem dritten Mal wachte sie auf und sah den Sonnenaufgang. Sie lag in ihre Decke gerollt und fühlte sich völlig ausgeruht. Eine Weile überlegte sie, ob der seltsame Zweikampf nur ein Alptraum gewesen war – bis sie ihre Waffen und die Rüstung griffbereit und säuberlich neben sich aufgestapelt sah. Wie um über ihre Zweifel zu spotten, war alles anders angeordnet, als sie es getan hatte. Und wieder ritt sie wie im Traum. Irgend etwas beherrschte ihr Vorgehen so geschickt, wie sie selber Kessira lenkte, und hielt die wunden Stellen ihres Verstandes sorgsam verbunden und betäubt. Wenn sie die Spur verlor, fand das, was sie beherrschte, die Zeichen wieder und gönnte ihrem Körper so lange Pause, bis sie verstand, wie es gegangen war.

Sie lagerte, und wieder wurde sie vor Mitternacht geweckt. Schmerz ist ein geschwinder Lehrer; in dieser Nacht konnte sie die Gefechte so lange hinziehen, daß er sie nur zweimal tötete.

Es war ein eigenartiges Dasein, bei Tag folgte sie einer Fährte, nachts übte sie sich im Kampf. Wenn die Spur sich in einem Dorf verlor, merkte sie, wie sie geschickt die Bewohner ausfragte. Als ihr der Proviant ausging, fand sie in dem Beutel, der das Dörrobst enthalten hatte, Münzen – nicht sehr viele, aber genug, um neue Nahrungsmittel zu kaufen. Wenn man in anderen Dörfern ihre Fragen nur zögernd beantwortete, stahl sich ihre Hand wie von selbst in den Beutel und fand genügend Münzen, um ihrem Gegenüber die Zunge zu lösen. Immer, wenn sie etwas brauchte, fand sie es entweder beim Erwachen neben sich, oder sie fand mehr von den magischen Münzen, um es zu bezahlen; immer gerade genug und nie mehr. Ihre Nächte schienen klar und weniger traumhaft zu sein als ihre Tage, vielleicht weil das, was sie beherrschte, dann nachgab und die Geschicklichkeit, mit der sie focht, ihr ganz allein gehörte. Endlich »tötete« sie eines Nachts ihren Lehrer.
Er brach genauso zusammen, wie sie es von einem Mann mit durchbohrtem Herzen erwartet hätte. Unbeweglich lag er da.
»Ein guter Angriff, aber deine Deckung war schlecht«, sagte eine vertraute Stimme hinter ihr. Sie wirbelte mit gezücktem Schwert herum.
Er stand vor ihr, das Schwert in der Scheide. Sie wagte einen Blick zurück. Der Körper war verschwunden.
»Waffenstillstand. Du hast eine Pause und eine Belohnung verdient«, meinte er. »Frag mich, was du willst. Bestimmt hast du viele Fragen. Ich weiß, daß es mir damals so ging.«
»Wer bist du?« rief sie begierig. »*Was* bist du?«
»Meinen Namen kann ich dir nicht sagen, *Verschworene*. Ich bin nur einer der vielen Diener der *Kriegerin*; ich bin der erste von deinen Lehrern – und ich bin das, was du werden wirst, wenn du stirbst, solange du noch unter dem Eid stehst. Beunruhigt dich das? Die *Kriegerin* wird dich sofort freigeben, falls du jemals diesen Wunsch haben solltest. Sie will die Unwilligen nicht. Natürlich mußt du aber, wenn sie dich freigibt, auf die Blutfehde verzichten.«
Tarma schüttelte den Kopf.

»Dann halte dich bereit, *Schwertverschworene*, und paß auf deine nachlässige Deckung auf.«

Eine Zeit kam, in der ihre Gefechte immer unentschieden oder mit seinem »Tod« endeten. Als das drei Nächte hintereinander der Fall gewesen war, erwachte sie in der vierten Nacht und sah einen neuen Gegner vor sich – eine mit Dolchen bewaffnete Frau.

Inzwischen blieb sie ihrer Beute auf den Fersen, manchmal durch Gerüchte, manchmal durch Verheerungen, die die Männer hinterließen. Es sah aus, als handelte es sich bei den von ihr Verfolgten um eine umherschweifende Räuberbande, und Tarmas Stamm war nicht die einzige Gruppe von Menschen, die ihnen zum Opfer gefallen war. Sie wählten ihre Ziele sorgfältig und vergriffen sich nie an Menschen, für die die Machthaber des Landes vielleicht Vergeltung üben würden, oder an Leuten mit einflußreichen Freunden.

Als Tarma mit Schwert, Dolch, Bogen und Stock umzugehen gelernt hatte, erschienen ihre Lehrer nicht mehr einzeln, sondern zu mehreren; sie lernte die Kunst, allein gegen viele zu kämpfen.

Jedesmal, wenn sie siegte, erklärten sie ihr mehr von dem, was ihr Eid bedeutete.

Dazu gehörte auch, daß ihr Körper nicht den leisesten Hauch sexueller Wünsche mehr spürte. Die *Schwertverschworenen* waren so frei von Wollust wie ihre Waffen.

»Der Gewinn überwiegt den Verlust«, sagte ihr der erste Lehrer. Nachdem sie sie in den Übungen und Belohnungen der Meditationstrance, die sie »Die Mondpfade« nannten, unterwiesen hatten, stimmte Tarma zu. Danach verbrachte sie wenigstens einen Teil jeder Nacht damit, auf diesen Pfaden zu wandeln, und erneuerte in einer merkwürdigen Art Ekstase ihre Kräfte und die Verbindung zu ihrer Göttin.

Unausweichlich begann sie ihre Beute einzuholen. Als die Suche begann, hatte sie Monate zurückgelegen; jetzt waren es nur noch Tage. Und je näher sie kam, desto intensiver ließen sie die Geister, die ihre Ausbilder waren, das Gelernte üben.

Und dann kam eine Nacht, in der sie ausblieben. Sie erwachte von allein und wartete, wartete bis weit nach Mitternacht, wartete, bis sie überzeugt war, daß sie nicht mehr erscheinen würden. Einen Augenblick war sie wieder eingenickt, als sie fühlte, daß sie nicht allein war. Sie erhob sich mit einer einzigen schnellen Bewegung und zog das Schwert aus der Scheide auf ihrem Rücken.

Der erste Lehrer streckte leere Hände aus. »Ein Jahr ist vergangen, *Verschworene*. Bist du bereit? Deine Feinde haben ihr Quartier in der Stadt, keine zwei Reitstunden von hier entfernt; sie ist Höhle und Zuflucht für sie, denn sie haben dort die Macht übernommen.«

So nah? Seine Worte waren ein Schock, zerrissen den schützenden Zauber, der ihr Verstand und Herz verschleiert hatte, und ließen sie in die Knie brechen, überwältigt vom schrillen Schmerz und der tobenden Wut, die sie empfunden hatte, bevor die Winde der Göttin ihr Gebet erhört hatten. Sie war nicht länger abgeschirmt von ihren eigenen Gefühlen; die Wunden waren offen wie von Anfang an.

Er betrachtete sie nachdenklich. Mitleid lag in den Augen über dem Schleier. »Nein, du bist *nicht* bereit. Dein Haß wird dir den Untergang bringen, deine Verwundbarkeit dich entwaffnen. Aber dir bleibt kaum eine Wahl, *Verschworene*. Du selbst hast dir diese Aufgabe gestellt, von der du dich nicht befreien kannst. Willst du einen Rat von mir annehmen oder dich sinnlos dem Tod in die Arme werfen?«

»Was für einen Rat?« fragte sie ausdruckslos.

»Wenn dir jemand unaufgefordert Hilfe anbietet, dann verwirf sie nicht«, sagte er und verschwand.

Sie konnte nicht schlafen; im ersten Morgenlicht brach sie nach der Stadt auf und schlich um die Mauern herum, bis die Tore für die Nacht geschlossen werden sollten. Das gesträubte Gefieder der Wache besänftigte sie mit einer Münze, die sie dem Mann als »Bezahlung« dafür bot, daß er ihr den Weg zur Herberge wies.

Das Gasthaus war laut, heiß und überfüllt. Sie rümpfte die Nase über den ungewohnten Gestank alter Küchengerüche, verschütte-

ten Weins und ungewaschener Körper. Ein weitere kleine Münze verschaffte ihr einen Krug sauren Wein und einen Platz in einer dunklen Ecke, von dem aus sie so gut wie alles, was im Raum gesprochen wurde, hören konnte. Es dauerte nicht lange, bis sie beiläufig fallengelassenen Bemerkungen entnahm, daß die Horde der Räuber in der seit langem verlassenen Villa eines Kaufmanns, der bei ihren Übergriffen alles einschließlich seines Lebens eingebüßt hatte, ihr Hauptquartier aufgeschlagen hatte. Ihre Anwesenheit war unerwünscht. Sie betrachteten die Einwohner der Stadt als rechtmäßige Beute, und nachdem sie im vergangenen Jahr wenig von dieser Beute Gebrauch gemacht hatten, freute sich ihr »lebendiger Besitz« wenig über ihre Rückkehr.
Tarma brannte vor Verachtung über diese verweichlichten Stadtmänner. Es mußte doch genügend kräftige Erwachsene im Ort geben, so daß man dem Banditentrupp an Zahl mehrfach überlegen war. Die Männer der Stadt konnten sie allein durch ihre Überzahl besiegen, wenn sie es nur versuchten.
Sie richtete ihre Gedanken auf die eigene Aufgabe und begann einen Plan auszuarbeiten, mit dessen Hilfe sie so viele von den Feinden mit in den Tod nehmen konnte wie nur irgend möglich. Sie gab sich keiner Illusion hin, daß sie selbst überleben würde. Ein Frontalangriff, wie er ihr vorschwebte, würde ihr keinen Fluchtweg offenlassen.
Ein Schatten fiel zwischen Tarma und das Feuer. Sie sah auf, verblüfft, daß es jemandem gelungen war, so nahe an sie heranzukommen, ohne daß sie es gemerkt hatte. Der Umriß war der einer Frau im wadenlangen braunen Kapuzengewand der fahrenden Zauberin. Eines jedoch an dieser Frau war ungewohnt und beunruhigend – anders als alle anderen der Magie Verschriebenen, die Tarma bisher gesehen hatte, trug diese am Gürtel ein Schwert.
Sie griff nach oben und schob die Kapuze ihres Gewandes zurück, aber Tarma konnte ihre Züge trotzdem nicht erkennen. Der Feuerschein hinter ihrem Haar umgab das Gesicht mit einer Wolke aus leuchtendem Bernstein.
»Es wird nicht gehen, weißt du«, sagte die Fremde sehr leise, in

einem angenehmen, melodischen Alt. »Mit einem Frontalangriff erreichst du gar nichts, außer deinem eigenen Tod.«
Angst griff Tarma mit eisiger Hand an die Kehle; um ihre Furcht zu verbergen, zischte sie: »Woher weißt du, was ich vorhabe? Wer bist du?«
»Senke deine Stimme, *Verschworene.*« Unaufgefordert nahm die Zauberin neben Tarma Platz. »Jeder, der die Gabe und den Wunsch danach hat, kann deine Gedanken lesen. Auch unter deinen Feinden gibt es einen Zauberer; ich weiß, daß er für den Tod so manches Wachtpostens verantwortlich ist, der die Opfer der Räuber rechtzeitig gewarnt haben würde, damit sie sich verteidigen konnten. Du kannst dich darauf verlassen – wenn ich lesen kann, was du vorhast, dann kann er das auch, falls er zufällig in diese Richtung denkt. Ich möchte dir helfen. Mein Name ist Kethry.«
»Warum mir helfen?« erkundigte sich Tarma ohne weitere Umschweife. Sie wußte, daß die Zauberin ihr dadurch, daß sie Tarma ihren Namen genannt hatte, eine gewisse Macht über sich eingeräumt hatte.
Kethry wendete den Kopf und drehte ihr Gesicht dabei zum Licht des Feuers. Dabei sah Tarma, daß die Frau jünger war, als sie zuerst vermutet hatte; sie waren fast gleichaltrig. Die Zauberin war so hübsch wie eine Puppe. Aber Tarma hatte auch gesehen, wie sie sich bewegte, wachsam wie ein Raubtier; und der allzu weise Ausdruck der Smaragdaugen paßte schlecht zur Weichheit des Gesichts. Ihr Gewand war abgetragen bis zur Schäbigkeit und zwar sauber, aber staubig vom Wandern. Was immer diese Frau sonst sein mochte, um weltliche Güter kümmerte sie sich wohl kaum. Das allein empfand Tarma als gutes Zeichen – denn der einzige wirkliche Reichtum in dieser Stadt war zweifellos nur im Dienst der Räuber zu gewinnen. Aber weshalb trug sie ein Schwert?
»Mir liegt daran, selbst eine Angelegenheit mit diesen Räubern auszutragen«, erläuterte Kethry, »und es wäre mir lieber, wenn ihr Mißtrauen nicht vorher geweckt würde. Und ich habe noch einen anderen Grund...«

»Nämlich?«
Sie lachte ein wenig entschuldigend. »Ich stehe unter einem Gelübde, das mich verpflichtet, Frauen zu helfen, die in Not sind. Ich bin gezwungen, dir Beistand zu leisten, ob es dir oder mir gefällt oder nicht. Willst du freiwillig diese Hilfe annehmen?«
Tarmas erste Reaktion waren feindselig gesträubte Nackenhaare gewesen, dann aber kam ihr ungewollt die seltsame, wie aus einer anderen Welt klingende Stimme ihres Lehrers in den Sinn, der sie warnte, ungebetene Hilfe nicht zurückzuweisen.
»Wie du willst«, erwiderte sie kurz.
Die andere schien von ihrer Unfreundlichkeit nicht im geringsten entmutigt. »Dann wollen wir von hier fortgehen«, meinte sie und erhob sich ohne Hast. »Hier gibt es zu viele Ohren.«
Sie harrte aus, bis Tarma ihr Pferd geholt hatte, und führte sie durch ein Straßengewirr bis in eine von roten Laternen beleuchtete Sackgasse. Sie schloß auf der linken Seite ein Tor auf und winkte Tarma und Kessira hinein. Tarma wartete, bis sie wieder zugeschlossen hatte. Sie befanden sich in einem gepflasterten Hof, den an einer Seite ein alter, aber guterhaltener Stall begrenzte. Auf der anderen Seite stand ein Haus – strahlendes Licht aus allen Fenstern, Girlanden von roten Laternen. Aus dem Haus drangen das Geräusch von Musik, Gelächter und die Stimmen vieler Frauen. Tarma schnüffelte; die Luft war schwer von billigem Parfüm und tierhaftem Moschusgeruch.
»Ist das hier das, was ich denke?« fragte sie. Es fiel ihr schwer, das Bild, das sie sich innerlich von der Zauberin gemacht hatte, mit dem Haus in Einklang zu bringen, zu dem diese sie geführt hatte.
»Wenn du es für ein Hurenhaus hältst, hast du recht«, versetzte Kethry. »Willkommen im Haus der Scharlachroten Freuden, *Verschworene*. Kannst du dir eine weniger wahrscheinliche Unterkunft für zwei Frauen wie uns vorstellen?«
»Nein.« Tarma lächelte beinahe.
»Das ist das beste Versteck. Die Inhaberin dieses Unternehmens und ihre Zöglinge würden sich über eine Niederlage unserer gemeinsamen Feinde ungemein freuen. Trotzdem geht die Hilfe die-

ser Frauen nur so weit, daß sie uns Unterkunft und Nahrung gewähren. Der Rest liegt in unseren vier Händen. Wir wollen dein müdes Tier in den Stall bringen und dann in meine Gemächer gehen. Es ist noch eine Menge zu planen.«

Zwei Tage nach Tarmas Ankunft in der Stadt Bretherskreuzweg fiel einer der Räuber (vollgepumpt mit Alkohol und Drogen, weit über die Grenze dessen hinaus, was er sonst vertrug) in eine Pferdetränke und ertrank beim Versuch hinauszuklettern. Sein Tod leitete den Beginn einer Serie von Unglücksfällen ein, die die Reihen der Banditen so beharrlich lichteten wie eine Seuche.

Einer nach dem anderen starben sie, Opfer unheimlicher Mißgeschicke, Drogen-Überdosen oder Hinterhalten gerissener Diebe. Kein Todesfall glich dem andern – mit einer Ausnahme: Wer morgens vergaß, seine Stiefel auszuschütteln, überlebte den Tag nur selten, dank der Skorpione, die den Ort heimzusuchen begannen. Manche Männer starben von der Hand ihrer Kameraden, auf ungeklärte Weise zum Kampf aufgehetzt.

»Ich verabscheue dieses Lauern in Ecken«, knurrte Tarma und wetzte ihre Schwertklinge. »Es ist wenig befriedigend, diese Hunde mit Gift und Zauberei aus der Ferne zu erledigen.«

»Hab Geduld, Freundin«, erwiderte Kethry ohne Groll. »Wir müssen ihre Zahl verringern, bevor wir ihnen mit dem Schwert in der Hand gegenübertreten können. Dazu haben wir später noch genügend Zeit.«

Auch als es offenkundig war, daß Feinde an den Todesfällen schuld waren, fehlte jede Spur. Die von Pfeilen Getöteten fand man von Pfeilen unterschiedlichster Herkunft durchbohrt; die vom Schwert Erschlagenen schienen die eigene Klinge gegen sich gerichtet zu haben.

Tarma stellte fest, daß sie die Zauberin mit jedem Tag mehr bewunderte. Ihre Abmachung war eine Partnerschaft im wahrsten Sinne des Wortes, denn wenn Kethry keine magischen Kniffe mehr wußte, wendete sie sich ohne Stolz an Tarma und setzte deren Erfahrung im Waffenhandwerk ein. Dennoch nagte die Zurückhaltung an Tarma, die sie sich notwendigerweise auferlegen muß-

ten und die ihre Tätigkeit auf Hinterhalte und Meuchelmörderlist beschränkte.
»Nicht mehr lange«, rief Kethry. »Sie werden bald darauf kommen, daß das keine Serie reiner Zufälle war. *Dann* ist es Zeit für einen Frontalangriff.«
Es hieß, der Anführer habe befohlen, daß kein Mann mehr allein ausgehen durfte und alle Amulette gegen Zauberei tragen mußten.
»Siehst du?« sagte Kethry. »Ich habe dir gesagt, du würdest deine Gelegenheit bekommen.«
Ein Paar großmäuliger Schläger soff in der Schenke unbezahltes Bier. In ihrer Gegenwart wagte niemand den Mund aufzutun, denn sie hatten einen Bauern, der sie angeblich beleidigen wollte, bereits bewußtlos geprügelt. Sie waren auf eine Rauferei aus, und die Ängstlichkeit der mit ihnen in der Schenke eingesperrten Leute, die sich wie die Schafe benahmen, war nicht nach ihrem Geschmack. Als darum ein schlanker, schwarzgekleideter junger Mann, ein Schwert über dem Rücken, zur Tür hereintrat, leuchteten ihre Augen in wilder Freude.
Der eine streckte einen schlangenartig langen Arm aus und packte den jungen Mann am Handgelenk. Einige der Leute in der Schenke merkten, wie dessen Augen in höllischer Freude aufblitzten, die gleich darauf hinter einem Vorhang eisiger Verachtung verschwand.
»Nimm deine Hand da weg«, sagte er mit rauher Stimme, »du Haufen Hundescheiße.«
Das war alles, was die Räuber als Anlaß brauchten. Beide zogen ihre Waffen; der junge Mann ließ die seine mit einer einzigen fließenden Bewegung aus der Scheide gleiten. Sie drangen gemeinsam auf ihn ein, in einer Kampfart, die sie schon lange erfolgreich anwendeten, wenn es darum ging, einen einzelnen Gegner niederzustrecken.
Beide starben innerhalb weniger Herzschläge.
Der junge Mann reinigte seine Klinge sorgfältig an ihren Mänteln und steckte sie dann wieder in die Scheide. (Vielleicht bemerkten

ein paar scharfe Augen, daß der junge Mann, wenn seine Hände mit den Amuletten der Banditen in Berührung kamen, für eine flüchtige Sekunde zu einer jungen *Frau* mit hartem Gesicht zu werden schien.) »Das ist keine Stadt für einen Fremden«, sagte er zu niemandem und zu allen. »Ich werde lieber weiterziehen. Wer sich nach den Umarmungen der Dame Tod sehnt, mag mir folgen.«

Wie vorauszusehen war, folgte ein halbes Dutzend Räuber der deutlich sichtbaren Spur seines Pferdes in die Berge. Keiner kam wieder.

Als sich die Reihen seiner Männer so gelichtet hatten, daß mit ihm selbst und dem Zauberer nur noch fünf Mann übrig waren, schloß der Anführer der Banditen alle in der Festung ein.

»Warum gewähren sie uns eigentlich Schutz, diese – Damen?« fragte Tarma eines Tages. Der erzwungene Müßiggang ließ sie in Kethrys engen Gemächern hin und her wandern wie einen Panther im Käfig.

»Mutter Isa hatte es satt, ihre Mädchen mißhandeln zu lassen.« Tarma schnaubte verächtlich. »Ich hätte gedacht, daß man in diesem Beruf lernt, Mißhandlungen zu erwarten.«

»Wenn ein Kunde es liebt, anderen Leuten Schmerzen zuzufügen, und bereit ist, dafür zu bezahlen, daß jemand sie erträgt, ist das eine Sache. Es ist aber etwas ganz anderes, wenn er es ohne Bezahlung tut«, erwiderte Kethry mit grimmigem Humor. Tarmas Reaktion war etwas, das beinahe aussah wie ein Lächeln. Es war etwas an ihrer Komplizin – die längst dabei war, ihre Freundin zu werden –, das auch die bitterste Stimmung aufheitern konnte. Manchmal schaffte es die Zauberin sogar, die Shin'a'in für Stunden vergessen zu lassen. Und doch konnte sie keinen Augenblick wirklich aus ihrem Gedächtnis verdrängen, was sie hierhergetrieben hatte...

Zwei Monate später kamen Gerüchte auf, der Anführer werbe neue Männer an; die Nachricht wurde mit Hilfe des Zauberers in anderen Städten bekanntgemacht.

»Wir müssen etwas unternehmen, um wenigstens einen von ihnen herauszulocken«, sagte Kethry eines Tages. »Der Zauberer hat mindestens drei Leute in das Haus geschafft. Es können auch mehr sein – ich habe nicht feststellen können, ob es mit jedem Zauber einer oder mehrere waren, nur daß es sich eindeutig um Menschen handelte.«

Eine neue Kurtisane, die keinem der drei Häuser gehörte, fing an, bei denen, die noch einen Rest ihres Vermögens übrigbehalten hatten, ihr Gewerbe auszuüben. Man mußte wohlhabend sein, um sich ihre Dienste leisten zu können – aber wer ein paar Stunden in ihren kunstreichen Umarmungen zugebracht hatte, lobte sie über den grünen Klee.

»Ich dachte, eure Gelübde hinderten euch Zauberer am Lügen«, bemerkte Tarma, als sie zusah, wie Kethrys Kunde vor Lust stöhnend in der Traumtrance lag, die sie für ihn gezaubert hatte.

»Ich habe nicht gelogen«, gab Kethry zurück, und in ihren Augen glitzerte grüner Schabernack. »Ich habe ihm – und allen anderen – eine Stunde versprochen, die ihre kühnsten Träume übertreffen würde. Und genau das bekommen sie auch. Außerdem würde nichts, was ich je fertigbrächte, das erreichen, was sie sich selber ausmalen.«

Der Unterführer des Hauptmanns bekam sie zu Gesicht, als sie auf dem Markt eine Mußestunde vertändelte. Er hatte keine Frau mehr gehabt, seitdem der Anführer den Männern verboten hatte, die Freudenhäuser zu betreten. Er sah ein, daß das vernünftig war; zweifellos hatte es jemand auf die Bande abgesehen, und in einem Freudenhaus ließ sich nur allzu leicht eine Falle stellen. Diese Hure jedoch war allein bis auf ihren Kuppler, einen bartlosen Knaben, der nicht einmal ein Schwert, sondern nur Zwillingsdolche trug. Außerdem brauchte er keine seiner gehorteten Münzen für sie auszugeben, obwohl er sie ihr natürlich zeigen würde, um sie anzulocken. Wenn er genug von ihr hatte, würde er sie lehren, daß es besser war, wenn sie ihm *schenkte*, was sie zu geben hatte.

Sie führte ihn die Treppe hinauf in ihre Kammer über der Schenke und sah mit heimlichem Vergnügen zu, wie er sorgfältig die Tür

hinter sich verriegelte. Als er jedoch begann, Waffen und Kleidung abzulegen, unterbrach sie ihn, hielt ihm sanft von hinten die Arme fest und hauchte ihm verführerisch in den Nacken, während sie ihm ins Ohr wisperte:
»Zeit genug und übergenug, großer Krieger – gewiß hast du doch keine Lust auf gewöhnliche Bettspiele, die alles sind, was man sonst in diesem Provinznest finden kann.« Sie glitt um ihn herum und nötigte ihn auf den einzigen Hocker im Raum, in ihrer Hand einen mit Wasserperlen betauten Becher. »Erfrische dich zuvor, großer Herr. Der Jahrgang ist mein eigener – du wirst nichts Gleichartiges hier zu kosten bekommen.«
Aber Kethry hatte Pech. Er war in seiner als Sklave verbrachten Jugend der amtliche Vorkoster eines hochgestellten jungen Adligen gewesen. Gewohnheitsmäßig nippte er darum nur leicht, anstatt den Wein herunterzustürzen, und rollte das Getränk vorsichtig auf der Zunge – und entdeckte im Becher, was er eigentlich nicht hätte entdecken dürfen.
»Aas!« brüllte er, schleuderte den Becher von sich und packte Kethry an der Kehle.
Kethrys Aufschrei des Entsetzens warnte Tarma, daß der Plan schiefgegangen war. Sie verlor keine Zeit damit, gegen die Tür zu hämmern – der Mann war kein Dummkopf und würde sie hinter sich versperrt haben. Sie einzuschlagen, würde viel zu lange dauern. Statt dessen raste Tarma durch die vollbesetzte Schenke und hinten durch die Küche nach draußen. Ein zweiter Aufschrei, mehr ein ersticktes Gurgeln als ein Kreischen – gewisse Dinge wurden ihr scharf ins Gedächtnis zurückgerufen und verliehen ihr Kräfte, die aus Wut und Haß geboren waren –, drang aus dem offenen Fenster von Kethrys Zimmer hinunter in den Hof mit den Stallungen. Tarma sprang über die Stalltür auf das Dach des Gebäudes und setzte von dort aus durch das Fenster. Ihr Eindringen war ebenso unerwartet wie blitzartig.
Kethry lag auf dem Bett in ihrem gemieteten Zimmer und kam langsam wieder zu sich. Vom Scheitel bis zur Sohle tat ihr alles weh. Wenn man die Fähigkeit, Schmerzen zu bereiten, zu den

Künsten zählte, war ihr Angreifer fast künstlerisch vorgegangen. Merkwürdigerweise hatte er sie nicht vergewaltigt – damit hätte sie gerechnet und sich durch ihre Zauberei wehren können. Statt dessen war seine Antwort auf den vergifteten Trank gewesen, daß er sie zu Boden geworfen und erbarmungslos verprügelt hatte. Sie hatte keine Chance gehabt, sich auf magische Weise zu verteidigen, und ihr Schwert war auf Tarmas dringende Bitte im Bordell zurückgeblieben.

Tarma badete und versorgte ihre Wunden. Ein Blick in ihre erschreckten Augen, und Kethry erstarb jeder Vorwurf auf der Zunge.

»Es ist schon gut«, sagte sie durch geschwollene Lippen, so sanft sie konnte. »Es ist nicht deine Schuld.«

Tarmas Blick sagte, daß sie anderer Meinung war, aber sie erwiderte spröde: »Du brauchst eher einen Aufpasser als ich, Dame Zauberin.«

Das Lächeln tat weh, aber Kethry schaffte es trotzdem. »Vielleicht stimmt das wirklich.«

Vier Abende später marschierten alle Banditen bis auf drei in voller Stärke nach der Schenke, um an den Bewohnern der Stadt für die Taten des unsichtbaren Feindes in ihrer Mitte Rache zu nehmen. Auf halbem Wege begegneten sie zwei Frauen, die sie am Weitergehen hinderten. Die eine war eine bernsteinhaarige Zauberin mit Prellungen im Gesicht und einem blauen Auge. Die andere war eine Shin'a'in-Schwertkämpferin.

Nur die beiden Frauen überlebten das Treffen.

»Wir haben jetzt keine Wahl mehr«, verkündete Kethry grimmig. »Wenn wir abwarten, werden sie nur stärker, und ich bin sicher, daß der Zauberer uns überwacht. Sie sind gewarnt, sie wissen, wer und was wir sind.«

»Gut«, erwiderte Tarma. »Dann wollen wir *ihnen* jetzt den Krieg ins Haus tragen. Wir haben lange genug alles heimlich erledigt, und es ist höchste Zeit, daß ein Ende gemacht wird. Jetzt. Heute abend.« Ihre Augen waren nicht mehr völlig normal.

Kethry war nicht glücklich darüber, aber sie wußte, daß es keinen anderen Weg gab. Sie raffte ihre Zaubermittel zusammen, legte eine Hand auf die tröstliche Gegenwart ihres Schwertes und folgte Tarma in die Festung der Räuber.

Die drei letzten Banditen warteten im Hof. Vorn stand der Räuberhauptmann, ein Bulle von einem Mann, mit rotem Gesicht und schlauen Augen. Ihm zur Rechten hatte sein Unterführer sich aufgestellt, und Tarmas Augen wurden schmal, als sie die Halskette aus Bernsteinklauen, die er trug, erkannte. Er glich einem Bär wie sein Hauptmann einem Stier. Links war der Platz des Zauberers, der Kethry eine spöttische Verbeugung machte.

Kethry erwiderte die Verneigung nicht, sondern ging sofort zum magischen Angriff über. Etwas, das roten Blitzen sehr ähnelte, entströmte ihren ausgestreckten Händen.

Er parierte, aber nicht ohne Mühe. Vor Erstaunen weiteten sich seine Augen; ihre Lippen wurden schmal vor Genugtuung. Dann begann das Duell in tödlichem Ernst. Farbige Blitze und unheimliche Nebel umzuckten und umwirbelten sie, und manchmal konnte man ihre Schildränder sehen, die sich unter dem Anprall von Hexenpfeilen bogen. Wahnwitzige Alptraumwesen entstanden auf seiner Seite und warfen sich wutschnaubend auf die Zauberin, bevor sie von gewaltigen Adlern mit feurigen Schwingen oder unfaßbar schlanken und zierlichen Gestalten, in deren Visieren keine Gesichter waren, sondern ein Licht leuchtete, dessen Glanz niemand anschauen konnte, angegriffen und vernichtet wurden.

Mittlerweile hatte sich Tarma mit dem Kriegsruf ihres Stammes, dem Kreischen eines zornigen Falken, auf den Anführer gestürzt. Er bremste ihre Klinge wenige Zoll vor seiner Kehle und antwortete mit einem Hieb, der ein Stück von ihrem Ärmel abriß und den Arm unter dem Kettenpanzer prellte. Gleichzeitig mit ihm holte sein Kumpan aus; sein Schwert streifte lediglich ihr Bein. Sie fuhr herum, um seinen zweiten Streich zu parieren, und bewegte sich schneller, als die beiden fassen konnten. Sie zeichnete ihn wie er sie, ein heftig blutender Schnitt über den Augen, frei-

lich nicht bevor der Anführer ihr dort, wo das Kettenhemd aufhörte, eine tiefe Wunde schlug.
Hinter ihr gab es eine Explosion. Sie wagte nicht, sich umzudrehen, aber es hörte sich an, als ob einer der beiden Magier mit seiner Zauberkunst am Ende war – für immer.
Gerade noch rechtzeitig wehrte sie einen Stoß des Anführers ab, auf Kosten eines Schlags von ihrem zweiten Gegner, der ihr unzweifelhaft eine Rippe brach. Beide Männer waren gleich gut wie sie; zwei gegen eine, würden sie sie müde machen und bald töten. Es bedeutete ihr wenig. *Das* war das Ende der Geschichte, wie es sein mußte: die letzte der Tale'sedrin starb mit den Mördern ihres Stammes. Denn wenn sie alle tot waren, was blieb ihr dann noch zu tun? Eine Shin'a'in ohne Stamm war eine Shin'a'in ohne Lebenswillen.
Plötzlich merkte sie, daß ihr nur noch ein Mann gegenüberstand, der Hauptmann. Der andere focht mit Kethry um sein Leben. Sie war aus den magischen Nebeln aufgetaucht und führte das Schwert mit der gleichen Geschicklichkeit wie die Geister, die Tarmas Lehrmeister gewesen waren.
Tarma hatte genau eine Sekunde Zeit, darüber zu staunen. *Jeder* wußte, daß Zauberer nicht mit der Klinge umgehen konnten – sie hatten keine Zeit, sich solche Fertigkeiten anzueignen. Aber da war Kethry und schlitzte den Mann in kleine Streifen.
Tarma tauschte Hiebe mit ihrem Gegner und erkannte plötzlich ihre Chance. Um sie zu nutzen, mußte sie ihre Deckung weit öffnen, aber das war ihr inzwischen vollkommen gleich. Sie stieß zu – die Klinge fuhr ihm glatt in die Kehle. Sterbend schwang er sein Schwert, das ihr tief in die Seite drang. Sie stürzten beide.

Alles war grau um Tarma, ein grauer Nebel, in dem das Licht aus keiner bestimmten Richtung zu kommen schien, ein Grau von ganz besonders beruhigender Art. Ihre Wunden waren verschwunden, und sie fühlte weiter kein Bedürfnis, den Ort zu verlassen, an dem sie stand. Dann liebkoste sie ein warmer Wind, der Nebel teilte sich, und vor ihr erschien der erste ihrer Lehrer.

»So«, sagte er, die Hände – ausnahmsweise leer von Waffen – in die Hüften gestemmt, eine gewisse Heiterkeit im Blick. »Über alle Erwartungen hinaus hast du deine Feinde zur Strecke gebracht. Erstaunlich, *Verschworene*, und um so erstaunlicher, weil du auch so vernünftig warst, meinem Rat zu folgen.«
»Du kommst mich holen?« Es war weniger eine Frage als eine Feststellung.
»Ich dich holen?« Hinter dem Schleier lachte er herzlich. »Kind, Kind, allen Vorhersagen zum Trotz hast du nicht nur gesiegt, sondern auch *überlebt*! Ich bin gekommen, um dir zu sagen, daß die Zeit unserer Hilfe vorbei ist, obwohl wir dich weiter unterrichten werden wie bisher. Von jetzt ab bist du jedoch selbst dafür verantwortlich, deinen Mund mit Nahrung und deinen Beutel mit Münzen zu füllen. Ich würde dir vorschlagen, die Laufbahn des Söldners einzuschlagen, wie viele andere *Verschworene*, die stammlos waren. Und...« er begann sich im Nebel aufzulösen – »vergiß nicht, daß man Shin'a'in sein kann, ohne in die Stämme hineingeboren zu sein. Es ist lediglich der *She'enedran*-Eid erforderlich.«
»Warte!« rief sie ihm noch nach – aber er war nicht mehr da.
Sie hörte Vogelgesang, und in der Luft lag ein scharfer Geruch nach Medizin. Tarma öffnete vor Staunen schwimmende Augen und tastete vorsichtig nach den Verbänden, die einen Teil ihrer Gliedmaßen und die Brust bedeckten. Irgendwie, so unglaublich es war, lebte sie noch. »Es wird auch Zeit, daß du aufwachst«, kam Kethrys Stimme von ganz nah. »Ich habe es langsam satt, dir mit dem Löffel Fleischbrühe einzuflößen. Vielleicht fällt dir auf, daß hier *nicht* das Haus der Scharlachroten Freuden ist. Mutter Isa war nicht die einzige, die die Banditen loswerden wollte; die ganze Stadt hatte mich angeworben, sie zu vertreiben. Ursprünglich wollte ich sie verscheuchen, indem ich ihnen Furcht einjagte; aber dann kamst du. Übrigens liegst du im besten Bett der Herberge – ich hoffe, du weißt diese Ehre zu schätzen. Du bist jetzt eine richtige Heldin. Die Leute hier achten gute Arbeit mit dem Schwert weit höher als gute Zauberei.«

Tarma wandte langsam den Kopf; Kethry hockte auf dem Rand eines zweiten Bettes, ein paar Schritte von ihrem entfernt und näher am Fenster. »Warum hast du mich gerettet?« flüsterte sie heiser.

»Warum wolltest du sterben?« hielt Kethry ihr entgegen.

Tarma öffnete den Mund, und Worte sprudelten heraus. Im Gefolge dieses reinigenden Schmerzausbruchs kam Friede; nicht der lähmende, falsche Friede des Eispanzers, den der Nordwind brachte, sondern der wahre Friede, auf den Tarma nie zu hoffen gewagt hatte. Noch ehe sie zu Ende war, lagen die beiden einander in den Armen und weinten gemeinsam. Kethry hatte nicht geantwortet, aber Tarma las in ihren Augen die gleiche unerträgliche Einsamkeit, die auch ihr Schicksal war. Etwas, das über ihr eigenes Ich hinausreichte, trieb sie zum Sprechen.

»Meine Freundin...« Tarmas Anrede erschreckte Kethry; ihre Blicke begegneten sich, und Kethry erkannte, daß Einsamkeit und Einsamkeit einander gefunden hatten. »Wir sind beide ohne Stamm; willst du den Bluteid mit mir schwören?«

»Ja!« Kethrys eifrige Zustimmung ließ nichts zu wünschen übrig.

Ohne ein weiteres Wort schnitt Tarma in ihre Handfläche eine dünne gebogene Linie, ähnlich dem zunehmenden Mond; dann gab sie das Messer Kethry, die das gleiche tat. Tarma hob Kethry ihre Hand entgegen, die die ihre dagegenpreßte, Handfläche auf Handfläche.

Dann geschah etwas Unerwartetes: ihre vereinten Hände blitzten kurz und weißglühend auf, so hell, daß man den Blick abwenden mußte. Als die Hände sich voneinander lösten, zeigten sich dort, wo die Schnitte gewesen waren, silberne Narben.

Tarma warf ihrer *She'enedra* – ihrer Blutschwester – einen Seitenblick zu.

»Das war nicht ich«, sagte Kethry, Ehrfurcht in der Stimme.

»Dann war es die Göttin.« Tarma war sicher. Und mit dieser Sicherheit begann sich auch die große Leere, die der Verlust ihres Stammes in ihr zurückgelassen hatte, von neuem zu füllen.

»Wenn das so ist, sollte ich dir wohl auch mein letztes Geheimnis anvertrauen«, bemerkte Kethry und zog ihr Schwert unter dem Bett hervor. »Streck die Hände aus.«

Tarma gehorchte, und Kethry legte das bloße Schwert quer darüber.

»Schau auf die Klinge«, sagte sie und runzelte angestrengt die Stirn.

Eine Schrift, so fein wie nur die eines Schreibers, blitzte rötlich über die ganze Länge der Klinge. Zu Tarmas Verblüffung war die Schrift in ihrer eigenen Sprache.

»Wenn ich sie in der Hand hielte, wäre es in meiner Sprache«, beantwortete Kethry Tarmas unausgesprochene Frage und las vor:

»Frauennot ruft mich,
Frauennot schuf mich,
Frauennot folg ich,
so bin ich geschaffen.

Das ist mein Gelübde, von dem ich dir bei unserer ersten Begegnung erzählt habe. Diese Klinge ist der Grund, weshalb ich dir helfen konnte, obwohl meine Zauberkunst erschöpft war, denn sie wirkt auf sonderbare Weise. Wenn du sie benutzen würdest, wäre deine Geschicklichkeit im Schwertkampf durch sie nicht größer, aber sie würde dich gegen fast jede Form von Zauberei schützen. Wenn ich sie aber führe...«

»Hast du keine magische Unterstützung, aber du kämpfst wie ein Sanddämon«, beendete Tarma ihren Satz.

»Nur wenn ich zuerst angegriffen werde oder jemand anderen verteidige. Außerdem wirkt ihr Zauber nur bei Frauen. Einer meiner Wandergefährten hat das einmal auf wenig schöne Weise erfahren müssen.«

»Und der Preis für ihren Schutz?«

»Solange ich sie besitze, kann ich keine andere Frau, die in Schwierigkeiten ist, ohne Hilfe lassen. Sie hat mich schon meilenweit vom Weg abgeführt, um jemandem zu helfen.« Kethry betrachtete das Schwert so liebevoll, als wäre es ein lebendiges Wesen – was es ja vielleicht auch war. »Aber es hat sich gelohnt – sie hat uns zusammengebracht.«

Sie hielt inne, als wäre ihr etwas eingefallen. »Ich weiß nicht recht, wie ich fragen soll – Tarma, nachdem wir nun *She'enedrin* sind, muß ich mich ebenfalls *schwertverschwören?*« Sie schaute besorgt. »Denn wenn es dir nichts ausmacht, möchte ich lieber darauf verzichten. Ich habe einen gesunden Appetit auf alle möglichen Dinge, und den würde ich ungern verlieren.«

»Beim gehörnten Mond, nein!« Tarma kicherte, und ihre Gesichtsmuskeln verzogen sich zu einem ungewohnten Lächeln. Es war ein gutes Gefühl. »Ganz im Gegenteil, *She'enedra*, ich würde mich sehr freuen, wenn du dir ab und zu einen Liebhaber nähmst. Du bist jetzt alles, was ich an Stamm habe, und meine einzige Hoffnung auf eine größere Familie.«

»Nur eine Zuchtstute für Shin'a'in, hm?« Kethrys ansteckendes Lachen nahm den Worten den Stachel.

»Wohl kaum«, erwiderte Tarma und lächelte zurück. »Allerdings, *She'enedra*, werde ich dafür sorgen, daß du – wir – für unsere Aufträge bezahlt werden, in guten, soliden Goldmünzen; denn ich fürchte, so wie du aussiehst, daß das etwas ist, um das du dich zu wenig gekümmert hast. Schließlich haben die Shin'a'in neben der Pferdezucht auch eine lange Tradition darin, ihre Schwerter – oder, so wie du, ihre Zauberei – zu verkaufen. Und sind wir als Blutschwestern nicht auch Teilhaberinnen eines Geschäftes?«

»Wahr, sehr wahr, o meine Hüterin und Teilhaberin«, antwortete Kethry lachend, und Tarma stimmte in das Lachen ein. »Dann werden wir eben Söldner – und zwar von der allerbesten Sorte!«

MELISSA CARPENTER

Im ersten Band ›Schwertschwester‹ habe ich über das Thema ›Vergewaltigung und Rache‹ gesprochen, das in der Frauenliteratur immer wieder auftaucht; und weil es ein so häufiges Thema ist, müssen die Variationen besonders originell sein.
Dies ist vielleicht die seltsamste solche Erzählung, die ich je gelesen habe: die Geschichte einer Frau, eines Dämons, einer Vergewaltigung – und einer verblüffend einfallsreichen Rache.
M.Z.B.

MELISSA CARPENTER

Eine Geschichte aus Hendrys Mühle

Als Hendrys Wagen sich durch die Tintenwald-Berge schlängelten, folgte ihnen ein Fremder. Keiner der Fuhrleute sah ihn oder bemerkte in der schlammigen Fahrspur die Abdrücke seiner Stiefel.

Sie kamen mit weniger Tuchballen und Salzsäcken nach Hendrys Mühle zurück als im vorigen Frühjahr, obwohl die Wagen, mit Tintenholz hochbeladen, beim ersten Tauwetter aufgebrochen waren. Hendry begrüßte sie mit einem verkniffenen Lächeln und ihrem Kontobuch. Die ältere Tochter Trida hielt den Säugling auf der Hüfte fest und fragte nach einer Botschaft von ihrem Mann, der ein halbes Jahr in der Stadt bleiben sollte. Runa, die jüngere Tochter, bettelte mit den anderen Dorfbewohnern um Neuigkeiten aus dem Königreich. Der Fremde schlich ungesehen hinter der Mühle mit dem Wasserrad und den Schindelhäusern vorbei und wartete auf den Anbruch der Nacht.

In diesem Frühjahr hatten die Fuhrleute andere Geschichten zu erzählen als sonst, und in jeder davon kam der geheimnisvolle Maveth vor. In einigen hieß es, er sei der zweite Sohn des Königs; in anderen wurde er als Dämon bezeichnet. Manche behaupteten, ein einziger Blick auf ihn ätze seine Gestalt auf ewig in das Gehirn eines Menschen; andere schworen, er sei unsichtbar. Manche sagten, er habe sich die Hände verbrannt, als er den verbotenen Stab von Borning berührte; andere meinten, er habe keine Hände unter seinen Handschuhen.

Alle Geschichten stimmten darin überein, daß Maveth kein Blut vergoß. Er konnte lähmen oder töten, wie es ihm beliebte – durch eine einzige Berührung. Und seine Augen, hieß es, wären violett wie Drachenaugen.

»Ich hab mal einen Drachen gesehen, als Mädchen«, berichtete Hendry. Die Fuhrleute machten eine Pause und tranken in großen Schlucken ihren Dolbeerenwein. »Scheußliches, sabberndes Biest. Jedenfalls glaube ich darum an Drachen. Aber euer Dämon klingt mir doch ein bißchen zu phantastisch. Wenn ich ihn seh, glaub ich dran. Oder wenn ich ihn nicht seh, je nachdem. Und jetzt möchte ich wissen, was das Tintenholz für einen Preis gebracht hat und ob der Markt für Möbel immer noch nach unten geht.«

Sie füllte dem Anführer der Fuhrleute den Becher, setzte sich rittlings neben ihm auf die Bank und überschüttete ihn mit Fragen. Aber die anderen Fuhrleute erzählten alle Dämonengeschichten, die ihnen einfielen, während Hendrys Holzfäller und ihre Familien mit dem Staunen lauschten, das Nachrichten aus der Welt am anderen Ende der Straße vorbehalten war.

Runa trieb sich am Rand der Menge herum und horchte gespannt auf jedes Wort. Sie konnte sich nicht vorstellen, wie wirkliche Zauberei aussah, so wenig, wie sie sich ausmalen konnte, was Trida und ihr Mann in den Winternächten oben in ihrem Zimmer anstellten oder was für ein Gefühl es war, über ein ganzes Dorf zu herrschen wie Hendry. Aber sie sog die Erzählungen mit weitgeöffneten braunen Augen ein.

Abends, nachdem das Dorf sich an einem Festmahl aus Brottelfleisch-Eintopf und Rundnuß-Kuchen gütlich getan hatte, versammelte Hendrys Familie sich in der warmen Küche des großen Hauses. Hendry brütete mit krummem Rücken über ihren Kontobüchern. Trida säugte ihr Jüngstes, während die anderen vier Kinder hinter ihrem Stuhl Pflock-und-Tasche spielten. Runa scheuerte die hölzernen Becher und Schüsseln, stellte sich vor, sie könnte unter den hartnäckigen Düften von Brottelfleisch und Wein Dämonengeschichten riechen, und tat, als müßte sie nicht morgen wieder zum Zischen der Sägemaschinen und dem trockenen Sägemehlgeruch zurück.

Runa haßte das Tintenholz, das glatt wie schwarzes Eis durch die Sägeblätter glitt. Sie haßte die Fuhrleute und die Holzfäller, die am Tor der Sägemühle herumlungerten und ihr das Gefühl gaben, unbeholfen und mager und schüchtern zu sein. Eines Tages, versprach sie sich, würde sie den ganzen Weg bis in die Stadt wandern und dort einen schönen Fremden finden, der sie auf den ersten Blick lieben und sie stark und schön machen würde. Dann würde sie ein eigenes Geschäft und eine eigene Familie gründen.

»Und ich werde eine vornehme Stadthochzeit haben, wie sie immer in den Geschichten vorkommen«, sagte sie verträumt und strich sich mit der seifigen Hand das dünne braune Haar zurück.

Trida lächelte nachsichtig, aber Hendry schaute mit hochgezogenen Augenbrauen auf. »Ach ja? Hab noch keinen Mann bemerkt, der sich zweimal nach dir umgedreht hätte. Oder auch nur einmal. Wenn du dich nicht mehr anstrengst, Mädel, dich ein bißchen herrichtest und mal mit unseren jungen Männern sprichst, wirst du nicht einmal schwanger werden, viel weniger eine Ehefrau. Außer natürlich, dieser sogenannte Dämon kommt vorbei und pflanzt seinen Samen.«

Runa wurde rot und fand dann einen Punkt, dem sie widersprechen konnte. »Hast du nicht zugehört, Mutter? Die Frauen, die Maveth mit Gewalt nimmt, haben – wenn sie es überleben – immer Fehlgeburten, oder es geht sonst etwas schief. Er kann ebensowenig Vater sein wie... wie Liebender. Es liegt nicht in seiner Natur. Wie in der Geschichte von Maveth und der Fischersfrau. Er gibt niemals, sondern nimmt nur.«

»Humpf. Du mußt es ja wissen.« Hendry stach mit der Feder ins Tintenfaß. Unter ihren kurzen grauen Haaren war ihre Stirn immer noch gerunzelt.

»Und doch sagen sie, er sieht aus wie der König«, fuhr Runa fort, »bis auf seine Drachenaugen.«

»Und woher willst du wissen, wie der König aussieht?« erkundigte Hendry sich bissig. »Mädel, du tätest besser daran, dich mehr um die Mühle zu kümmern und weniger um irgendwelche Lügengeschichten, die uns nichts angehen.«

Runa knallte eine saubere Schüssel auf den Tisch. »Es ist sowieso ganz gleichgültig«, murmelte sie. »Maveth wird niemals herkommen. Niemand kommt je hierher.«

»Und dafür solltest du ewig dankbar sein. Wir brauchen keine Zauberei hier und auch keine fremden Leute.« Hendry beugte sich wieder über ihre Konten. »Möchte wissen, ob diese Dämonengeschichten irgendeinen Einfluß auf den Firnisverkauf haben. Die Leute sind so unvernünftig... obwohl du von allen am schlimmsten bist, Mädel. Ständig hängst du hier herum und träumst von Städten und Zauberei und der großen Liebe. Und nie hast du Augen für das, was vor deiner Nase liegt. Es ist hoffnungslos, dir Verstand beibringen zu wollen.«

Runa machte die Augen ganz fest zu. Natürlich hatte ihre Mutter recht. Sie würde nie anziehend für einen Mann sein oder etwas selbst in die Hand nehmen, wenn sie nicht mehr wie jemand wurde... wie jemand, der sie nicht war.

Sie wrang das Geschirrtuch aus und dachte daran, wie sie einmal in ihrer Verzweiflung versucht hatte, den jüngsten und dümmsten Fuhrmann zu verführen. Sie war nicht sicher, ob er es überhaupt gemerkt hatte.

Hendry klappte das Kontobuch zu. »Jetzt muß ich mir eine neue Verwendungsmöglichkeit für Tintenholz einfallen lassen, oder wir sitzen im Winter alle mit leerem Magen hier.« Sie stand auf. »Hast du den Abwasch noch nicht fertig? Warum läßt du denn schon wieder den Kopf hängen, Mädel? So ein Gesicht wirst du bei mir oder Trida nie sehen.«

Runa senkte den Kopf und kämpfte mit den Tränen, während sie die letzte Schüssel abtrocknete. Dann warf sie das Tuch in den Ausguß und rannte nach oben.

Als sie sich aus dem Fenster lehnte, war die Luft mild auf ihren heißen Wangen. Aber über den dunklen Bäumen waren die Sterne so kalt wie Schneeflocken. Runa zog das Fenster zu und legte die Läden vor. Draußen prägte der Fremde sich ein, wo ihr Gesicht gewesen war.

Wenn die Läden geschlossen waren und keine Lampe brannte, war Runas Schlafkammer schwarz wie Tintenholz. Sie entkleidete sich im Dunkeln und tastete sich zwischen die rauhen, sauberen Laken. Dann versuchte sie, sich mit ihrem ständigen Tagtraum von dem

Mann aus der Stadt, der ihr Leben verändern würde, in den Schlaf zu wiegen. Heute nacht wandte sich der schöne Fremde in ihrem Traum angewidert von ihr ab. Von hinten konnte sie mitten durch ihn hindurchsehen und wußte, daß er ein Dämon war.

Sie erwachte und fühlte Hände, die ihre Handgelenke zusammenpreßten. Runa kreischte, verstummte dann aber. Wer immer der Mann sein mochte, wenn sie ihn verscheuchte, würde sie nie erfahren, wie...

Dann merkte sie, daß seine Finger keine Schwielen hatten und glatter waren als ihre eigenen. Und sie waren kalt wie die Nacht,

»Wer bist du?« Mühsam quetschten sich die Worte an ihrer wachsenden Furcht vorbei.

Niemand antwortete.

Runa trat nach ihm, wand sich, zuckte und biß. Nichts erschütterte den Griff des Mannes. Von ihren Handgelenken drang Taubheit in Finger und Arme, in Schultern und Brust... Bald war sie für jede Bewegung zu schwach, zu schwach auch zum Schreien. Jeder Atemzug war Mühe. Ihr Herzschlag klang träge. In ihrem Kopf entstand ein Schrei, aber die gelähmte Kehle wollte ihn nicht herauslassen.

Dann bewegte er sich, und seine Berührung versengte sie. Als er fertig war, lag sie starr wie ein vom Blitz gespaltener Baum.

Plötzlich flackerte die Lampe auf. In ihrem Licht sah Runa das Gesicht des Fremden, mondlichtblaß, mit violetten Augen. Sie waren ausdruckslos. Sie versuchte wegzuschauen, konnte aber den Kopf nicht bewegen.

»Ich denke«, sagte er ruhig, »ich lasse dich wieder gesund werden. So gesund, daß du den andern sagen kannst, ich käme morgen nacht wieder.«

Dann verschwand er. Einen Augenblick später erlosch die Lampe.

Nach einer langen Zeit verging der wortlose Schrei in Runas Kopf. Sie lag reglos in der Dunkelheit und wünschte, es wäre ein Alptraum gewesen. Dann fiel ihr ein, daß gegen alle Erwartungen ein magischer Fremder gekommen war – wirklich gekommen war –

und sie verwandelt hatte. Es war wie eine der alten Geschichten, in denen ein Traum Wahrheit wird und die Träumerin es ihr ganzes Leben lang bereut.
Ekel würgte sie. Runa dachte, daß es das Beste wäre, jetzt zu sterben – nur daß sie Hendrys saubere Laken nicht mit ihrem Leichnam verunreinigen wollte. Sie wußte nicht, ob sie sich selber oder den Dämon mehr haßte.
Als die Dämmerung eine graue Linie zwischen die Läden zeichnete, hatte Maveths Lähmung ihre Wirkung auf sie verloren. Sie konnte langsam den Kopf drehen, die Finger biegen. Sie würde am Leben bleiben – wenigstens, bis er zurückkam.
Und es gab noch etwas für sie zu tun. Maveth wollte, daß sie den anderen erzählte, er werde wiederkehren.
Runa grübelte darüber nach und gab sich Mühe, zu vergessen, wie elend sie sich fühlte. Maveth wollte, daß sie es erzählte – ihrer Familie? Dem ganzen Dorf? Auf jeden Fall wollte er, daß sie die anderen auf ihn vorbereitete, damit sie den Tag in Angst und Schrecken zubrachten. So hatte er seine Opfer am liebsten.
Das erste, was sie darum tun konnte, war, sich zu benehmen, als ob in der Nacht nicht das geringste vorgefallen war.
Sonnenlicht strömte durch den Spalt zwischen den Läden, als Trida an die Tür hämmerte. Runa antwortete mit brechender Stimme auf ihren Zuruf, aber ihre Kraft reichte aus. Steif und mühsam zog sie die Beine an den Bettrand.
Ein vom Blitz gespaltener Baum war als Bauholz nutzlos, dachte sie, aber er konnte noch Früchte bringen.
Sie lächelte. Es war ein sonderbares, stolzes, ungewohntes Lächeln.
Heißer gewürzter Apfelwein hielt die Familie bis spät abends in der Küche zusammen. Runa konnte ihr Getränk kaum schlucken, aber sie zwang sich, mit den anderen zu lachen und zu schwatzen, während sie noch einen weiteren Vorwand suchte, damit alle beieinanderblieben. Tridas Jüngstes schlief bereits in ihren Armen. Die anderen Kinder fingen an zu quengeln, als ein Klopfen alle verstummen ließ.

Hendry öffnete die Tür. Ein Duft von Frühlingsblütenstaub, das Summen nächtlicher Insekten und eine murmelnde Stimme drangen herein. Runa holte tief Atem. Das konnte nicht der Dämon sein; nie würde er klopfen. Sie drehte sich auf ihrem Stuhl um.
Der Ankömmling trug schlammbespritzte Stiefel und graue Hosen, einen grauen Mantel und graue Brottellederhandschuhe. Sein Haar wehte lang und lose und erinnerte Runa an poliertes schwarzes Tintenholz. Sein Gesicht war blaß. Er hatte violette Augen.
Runa wartete. Aber nur die Kinder tuschelten und starrten. Weder Trida noch Hendry hatten irgendeinen Anlaß, auf die Augen des Mannes zu achten.
Er warf Runa einen Blick zu, und sie kämpfte gegen einen Anfall von Schwindligkeit. Als ihr Blick wieder klar wurde, sah sie, wie Maveths Gesichtsausdruck sich veränderte, als bereite er sich darauf vor, eine andere Art Spiel zu spielen. Er nahm den Becher Apfelwein, den Hendry ihm reichte, ohne die Handschuhe auszuziehen, und suchte sich in der dunkelsten Ecke der Küche einen Platz.
»Nun denn«, meinte Hendry, »darf ich fragen, wer Ihr seid und was Ihr hier tut, so weit entfernt von des Königs Landstraße?«
»Ich bin – äh – auf einer Erkundungsreise.« Der Fremde lächelte in den von seinem Apfelwein aufsteigenden Dampf. »Und ein Dämon bestimmt meine Route. Ich bin sicher, selbst hier habt Ihr von Maveth gehört?«
»Bis zum Erbrechen«, knurrte Hendry. »Sagt mir, seid Ihr zufällig durch die Stadt ...«
»Habt Ihr bemerkt«, unterbrach sie der Fremde, »daß alle Geschichten davon erzählen, wie Maveth ißt, trinkt, etwas in die Hand nimmt, an Türen klopft, mit einer einzigen Berührung tötet. Und doch heißt es, unter seinen Handschuhen habe er keine Hände.«
Er machte eine Pause. Trida sah zu ihm auf und biß sich, plötzlich bleich geworden, auf die Lippen. Hendry zog unbehaglich die Stirn in Falten. Der Fremde setzte den Becher ab und lehnte die behandschuhten Fingerspitzen gegeneinander. Er zog den Augen-

blick in die Länge. Runa schluckte. Ihr zerschundener Körper schrie ihr zu, fortzulaufen, sich zu verstecken, zu fliehen. Sie zwang sich zum Aufstehen und spannte krampfhaft alle Muskeln, um nicht zu zittern. Sie machte drei Schritte und riß dem Dämon die Handschuhe herunter.
Schock ließ Maveth auf seinem Stuhl erstarren. Runa wich zurück und hielt die Handschuhe weit von sich weg.
Hendry schnappte nach Luft. Ein Kind kreischte. Alle sahen Maveths Fingerspitzen und seine Handgelenke. Aber dazwischen, wo der verbotene Stab von Borning ihn gebrandmarkt hatte, war nichts.
Nur Runa schaute statt auf seine Hände in sein Gesicht. Sie begriff den Ausdruck nicht, der langsam in seine violetten Augen trat.
»Sagt mir Euren Namen«, forderte sie. Sie war erstaunt, daß ihre Stimme lauter war als ihr hämmerndes Herz.
»Ich bin der ...« Er zögerte. »Maveth.«
»Der Dämon oder König Mordans Sohn?«
»Beides.« Er befeuchtete seine Lippen. Dann schoß jähe Wut in seine Stimme. Mit einem Satz war er auf den Füßen und hob die unsichtbare Hand. Runa trat langsam zurück und hielt seine Handschuhe vor sich wie einen Schild.
»Du vergißt meine Zauberkraft, Weib. Letzte Nacht habe ich dich verschont. Aber du vergißt auch, daß ich Leben sammle. Heute nacht will ich ein Leben nehmen.« Sein Zorn schwand, und er lächelte gelassen. »Zu Ehren deiner – äh – amüsanten, wenn auch gänzlich unangebrachten Kühnheit, Runa, will ich dir die Entscheidung überlassen, welches von allen Leben im Raum es sein soll.«
Er beobachtete sie. Runa machte ihr Gesicht so ausdruckslos glatt wie abgeschmirgeltes Holz. Sie wußte, daß Maveth sich an ihr weiden wollte – an ihrem Grauen, wählte sie sich selbst, an ihrem Schuldgefühl, entschied sie sich für jemand anderen. Außerdem wußte sie genau, was von ihr erwartet wurde. In allen Geschichten war es immer der Held, der sich opferte.
Sie warf einen Blick zurück. Hendry saß steif wie ein Stock, kaum

fähig zu ermessen, was hier geschah. Und doch hing unter normalen Umständen das ganze Dorf von ihr ab. Trida umklammerte ihren Säugling, während die anderen Kinder an ihren Beinen hingen. Runa wußte, daß alle einander brauchten.
Sie brauchte niemand. Runa wußte, daß sie niemals mehr einen Liebhaber oder ein Kind haben würde; Maveth hatte sie dafür verdorben. Fast lohnte es sich nicht, daß sie sich rettete. Aber nun, da ihr Traum zu Asche geworden war, fühlte sie eine perverse Lust, weiterzuleben und zu sehen, was sie aus ihrem Dasein noch machen konnte. Sie wollte nicht sterben.
Und doch mußte sie für irgend jemanden im Raum den Tod wählen.
Runa atmete tief aus. »Ich habe mich entschieden. Nimm dein eigenes Leben, Maveth.«
Vor Erstaunen riß er den Mund auf. Dann fing er an zu lachen, ein wilder Laut, der Tridas Kinder zum Wimmern brachte. Als er ausgelacht hatte, zog er seine Handschuhe aus Runas Fingern. Eine Sekunde lang sahen seine violetten Augen müde und beinahe menschlich aus.
»Du hast gesiegt«, sagte er. »Du läßt mich wünschen, ich könnte heute abend auch einfach so nach Hause gehen. Wenigstens aber kann ich gehen. Ja. Es kommt nicht wirklich darauf an, ob ein einziges, winziges Dörfchen im Tintenwald den Dämon nur für eine Gutenachtgeschichte hält. Hendrys Mühle wird den Dämon nicht wiedersehen und seine Hand nicht mehr fühlen. Du hast das Wort des Königssohns.«
Maveth zog seine Handschuhe an. Er schaute Runa in die Augen, wendete den Blick ab und verschwand.
In der Küche herrschte Schweigen. Trida umschlang ihre Kinder. Hendry hatte es die Sprache verschlagen. Runa stolperte zum Küchenfenster und sah auf die Schneise hinaus, wo die Wagenspur den Wald zerschnitt. Ihr war, als sähe sie, wie die Sterne zwischen den Bäumen sich verdunkelten und dann wieder heller wurden. Aber sie war sich nicht sicher.

PATRICIA B. CIRONE

Das hier ist auch eine von den Geschichten, bei denen ich mir nicht ganz sicher war. Ich las sie mit Vergnügen und war von ihr gefesselt, sah aber zum Schluß ein, daß sie rein technisch gesehen nicht in Frage kam, weil sie in den Science-Fiction-Bereich gehört. Ich markierte sie mit »engere Wahl«, was bedeutete, daß ich sie nehmen würde, wenn noch Platz übrig war. Aber schließlich fand ich, daß Lesbarkeit wichtiger war als Klassifizierung.

Liebe hoffnungsvolle Autoren und Autorinnen für diese Reihe, bitte nehmen Sie das nicht als Einwilligung, mich nun mit Science-Fiction- oder Raumfahrt-Stories zu überschwemmen; wenn ich von vornherein weiß, daß es sich um Science Fiction handelt, werde ich es GAR NICHT ERST lesen. Wenn Sie es aber einschmuggeln können und ich davon so fasziniert bin, daß ich es nicht beiseite legen kann, dann entscheide ich mich vielleicht dafür, lieber auf die richtige Einordnung zu verzichten. Was ich jungen Schriftstellern immer sage: versuchen Sie nicht, es mir mit einem Begleitbrief aufs Auge zu drücken. ERKLÄREN SIE NICHTS, UND ERZÄHLEN SIE AUCH NICHT IN IHREM BRIEF DIE HANDLUNG; lassen Sie die Erzählung für sich selbst sprechen.

Patricia Cirone ist verheiratet und hat eine dreijährige Tochter. Sie hat Artikel über Sachthemen veröffentlicht, aber dieses ist die erste Story, die sie verkauft. Nachdem ihr Mann aus der Marine ausgeschieden ist, hofft sie, in Neu-England bleiben zu können. Sie arbeitet an einem Roman – wer nicht? – M. Z. B.

PATRICIA B. CIRONE

G.A.W.

Zoll um Zoll kroch Kit schräg die Wand hoch. Finger und Zehen ertasteten jeden Spalt in den rohbehauenen Steinen. Nach endlos langer Zeit erreichte sie die Nische, in der der gemeißelte Greif seine Wohnung hatte, und ließ ihre magere Gestalt in diesen Zufluchtsort gleiten. Dankbar preßte sie die Sohlen auf Sicherheit und versuchte den Krampf in ihren Fußballen zu lösen. Erst dann wagte sie es, zum erstenmal seit zwanzig Minuten, tief Atem zu holen. Sie warf einen Blick auf die stille, dunkle Straße unter ihr, dann einen zweiten auf das Gebäude gegenüber, das im kalten Licht des Mondes badete. Kein Laternenglühen milderte den Widerschein des Mondes auf den rautenförmigen Fensterscheiben. Gut. Sorgfältig schob sie das zusammengerollte Seil von der Schulter und griff nach dem dreizinkigen Haken am Seilende.

Mit einer fließenden Bewegung schleuderte sie den Enterhaken durch die Luft und auf das Dach des Hauses vor ihr. Ihre Ohren fingen ein leises Klirren auf, als er Halt fand. Sie holte wieder tief Atem, schwang sich in die Luft und glitt geschmeidig über die schmale Straße. Das Gebäude sauste auf sie zu. Vergeblich strampelte sie mit den Füßen, um sich an der glatten Wand festzukrallen. Sie rutschte ab und schwang seitwärts. Ihre Schultern prallten schmerzhaft gegen die Wand, und es gab einen unangenehmen Rückstoß. Wieder strampelte sie und schaffte es, die Fußsohlen gegen den Stein zu stemmen und abzubremsen. Sie atmete durch.

Ganz, ganz vorsichtig lehnte sich Kit gegen das Seil. Von neuem verkrampften sich alle Muskeln; sie versuchte sie zu lockern. Kit schaute hinunter auf die stille Straße, um zu sehen, ob jemand sie entdeckt hatte. Ein weiterer tiefer Atemzug. Die Zeit verging...

und sie hing hier im Mondlicht, auffällig wie eine Fliege beim Festbankett. Unwillig setzte sie sich in Bewegung, zog sich die restlichen vier Fuß bis zum Fenster hoch und freute sich, daß sie nicht die ganze glatte Gebäudewand hatte hinaufklettern müssen. Sie zwängte eine dünne Metallstange zwischen die Fensterflügel und schob den Riegel hoch. Er klickte auf. Leise schob sie das Fenster auf und schlüpfte durch. Sie war drinnen.
Eilig lehnte sie das Fenster wieder an und zog die schweren Vorhänge vor. Dann murmelte sie eine Verwünschung ... nachdem sie den Mond ausgeschlossen hatte, konnte sie kein verfluchtes Ding mehr sehen. Sie zog die Vorhänge wieder zurück, öffnete tastend den Beutel an ihrem Gürtel, schlug Feuer und zündete das Laternchen an, das sie darin gehabt hatte. Dann schloß sie von neuem das Mondlicht und alle neugierigen Augen aus. Kit schmiegte die abgerundete, reflektierende Rückseite des Laternchens in ihre Handfläche, steckte die Finger durch die Griffe und schloß die Vorderseite aus geschliffenem Glas, während sie sich im Raum umsah. Die Bibliothek. Sie grinste. Hier konnte man genausogut anfangen wie überall. Sie reckte die Schultern und genoß die Mischung aus Erregung und Nervosität, die sie durchströmte. Sie war wie das Hochgefühl, das sie immer vor einem Wettkampf empfunden hatte. Ihre Lippen wurden schmal, und sie konzentrierte sich mit einem Ruck wieder auf den Augenblick. Sie fing an, Bücher herauszuziehen und unter und hinter den Möbeln nachzusehen. Wo mochte Baldour seine Juwelen aufbewahren?
Sie ging ins Schlafzimmer und schnaubte verächtlich über die kunstvolle Decke auf dem gewaltigen Bett. Sie bückte sich. Unter dem Bett lag etwas. Eifrig stellte sie das Laternchen ab und streckte sich, um es hervorzuziehen. Ein Schwert! Warum riskierte es Baldour, wegen Waffenbesitzes innerhalb der Stadtgrenzen ins Gefängnis zu wandern? Wahrscheinlich wegen seiner Juwelen, dachte sie spöttisch und sah auf den Schwertgriff: die einzige Beute, die sie bisher entdeckt hatte ... und absolut unbrauchbar.
Plötzlich hörte sie das Geräusch von Stimmen und Gelächter. Baldour war zurückgekommen! Die Schlafzimmertür flog auf; im

Türrahmen, jäh ernüchtert, stand ein lachendes Paar. Kit verharrte, töricht, ertappt. Ihr Herz und ihr Hirn rasten; die Füße standen still und wußten nicht wohin. Sie mußte etwas *tun*. Ein flüchtiger Gedanke flüsterte ihr zu, daß es etwas gab, das sie tun konnte – aber so schnell, wie er gekommen war, war er auch wieder verschwunden. Sie packte das Schwert fester und fragte sich, ob sie wohl in den nächsten zehn Sekunden lernen könnte, wie man damit umging. Wenigstens war das etwas, das sie aktiv tun konnte. Ihr Kopf wurde schwindlig vor lauter Drang, noch etwas anderes zu unternehmen. Dann fühlte sie, wie sie fiel. Verwirrt wunderte sie sich, wie das möglich war. Sie befand sich doch in der Wohnung und nicht mehr draußen auf dem Seil, hoch über dem Nichts. Bevor sie den Gedanken zu Ende denken konnte, landete sie auf purpurfarbenem, geädertem Gras, das Schwert immer noch fest umklammert.

»UFF!«

»Süße Danu, es hat gewirkt!« rief hinter ihr eine Stimme voller Staunen und Dankbarkeit.

»Was?« Kit drehte sich um und sah vor sich eine Frau, die einen todmüden Eindruck machte. Ihr kurzgeschnittenes graues Haar war zerzaust, der rechte Arm und die Schulter steckten in einer behelfsmäßigen Schlinge. Kit glotzte.

»Es tut mir leid, Gottgesandte. Ich habe keine Zeit, dich willkommen zu heißen und dir zu danken. Mein Name ist Ragee. Bitte komm schnell; Langzorns Späher haben den Rauch meines Bittfeuers bestimmt gesehen.« Die Ältere stolperte mühsam auf die Füße und warf sich einen großen Proviantsack über die rechte Schulter.

»Bitte. Trag du Prinz Luewel. Beschütze ihn!«

Kit, in deren Kopf sich noch alles drehte, beugte sich über den Rucksack, auf den die andere gezeigt hatte. Darin lag ein kleines Kind, drei, vielleicht vier Monate alt. Ragee ergriff das Schwert, das neben ihr gelegen hatte, und packte es mit der unverletzten Hand. Blank. Einsatzbereit. Mit gerunzelter Stirn spähte sie links zum Horizont und eilte dann durch das kniehohe Purpurgras voraus. Kit, die sich der Situation nicht ganz gewachsen fühlte, aber nicht wußte, was sie sonst tun sollte, folgte ihr. Sie hatte keine Ahnung, wo sie sich befand, was aus Baldour geworden war ... sie wußte überhaupt nichts. Aber nach dem besorgten Blick, den die andere auf den Horizont geworfen hatte, war es vielleicht das Beste, schnell und ohne überflüssige Fragen hinter ihr herzulaufen.

Die grauhaarige Schwertkämpferin steuerte geradewegs auf die Kette wild zerklüfteter Vorberge zu, die den Rand des vor ihnen liegenden Gebirges bildeten. Dort angekommen, ließ sie in den vielen Pfaden, die sich durch und über die Felsen schlängelten, ihre Spur verschwinden. Als sie von der Stelle, an der sie die Ebene verlassen hatten, weit genug entfernt waren, sank Ragee an einem Aussichtspunkt zitternd zusammen. Schweiß lief ihr über das schmerzzerfurchte Gesicht. »Danke. Danke, Gottgesandte.« Sie hielt inne, um Atem zu schöpfen. »Danke, daß du mir zu Hilfe gekommen bist, und danke, daß du mir so schnell und ohne Fragen gefolgt bist.«

Kit nickte und setzte sich neben sie, wobei sie Baldours verflixtes Schwert ungeschickt vor sich auf den Boden plumpsen ließ. Ragee bemerkte ihr wenig elegantes Benehmen. Sie starrte unverwandt auf das Schwert und meinte: »Als ich die Hilfe der Götter erflehte, wagte ich nicht zu hoffen, daß sie mich mit einer Kriegerin segnen würden.«

»Einer Kriegerin? Ich bin keine Kriegerin!«

»Warum trägst du dann ein Schwert ... Gottgesandte?«

»Ich wollte es gerade stehlen, als ich hierherversetzt wurde.«

Die andere riß die Augen auf. »*Stehlen* wolltest du es?«

Kit nickte.

»Und einen anderen *hilflos* zurücklassen?«

»Nein! Das nicht. Ich meine, er würde nie ein Schwert brauchen, um sich zu verteidigen ... wahrscheinlich hat er keine Ahnung, wie man damit umgeht.« Kit verstummte vor dem Entsetzen im Blick der anderen und wunderte sich, warum sie so großen Wert darauf legte, ihr Verhalten zu rechtfertigen. Bisher war es ihr nicht als Unrecht erschienen; Baldour taugte so wenig, daß es ihr geradezu als gute Tat vorgekommen war, ihn zu bestehlen. Aber sie hatte das unbestimmte Gefühl, daß dieses Argument bei der grauhaarigen Frau nicht ziehen würde.

»Aber du weißt, wie man es führt«, stellte die andere nach einer kleinen Pause fest.

»Nein«, gab Kit widerwillig zu. »Es waren die Edelsteine am Griff...«

Ragee sah sie einen Augenblick nur starr an und warf dann einen Blick zum Himmel. »Ich frage mich nur, welche Gottheit ich beleidigt habe? Zuerst werde ich verwundet, als ich Saturs einziges Kind aus der Gefahr herausschmuggle, und jetzt schickt man mir eine Diebin, die von dem, was sie ohne Bedenken stiehlt, nicht einmal Gebrauch machen kann!« Sie schüttelte spöttisch den Kopf und zuckte gleich darauf zusammen, weil die Bewegung sie schmerzte. »Nun denn, was immer du bist und woher du auch kommst, die Götter haben dich gesandt, und ich werde dich einsetzen. Fern sei es von mir, etwas zu verschmähen, was die Götter mir schenken.« Sie warf Kit einen Blick zu, der so voller Verachtung und müder Resignation war, daß Kit die Zähne zusammenbiß, um den eitlen Schmerz zu unterdrücken, der sie drängte, sich zu rechtfertigen. Was wußte diese Frau von ihrem Leben? Davon, wie alle ihre Pläne zunichte geworden waren?

Ragee griff mit dem gesunden Arm zu ihr hinüber und packte Kit am Handgelenk. Erschreckt erwachte diese aus ihrer Träumerei. Die andere nickte nach der Ebene. Eine Schar von zehn Bewaffneten drängte sich um die Reste von Ragees kleinem Feuer. Vorsichtig und lautlos kam die Frau zum Stehen. »Komm fort von hier«, flüsterte sie.

»Geht es dir einigermaßen?« zischte Kit, die merkte, daß es von neuem rot durch Ragees Verbände sickerte.

Die andere schnaubte. »Es wird mir wesentlich schlechter gehen, wenn wir hierbleiben – sie werden Futter für Pik-Vögel aus mir machen.«

Kit nickte und griff nach dem Proviantsack, bevor die andere es tun

konnte. Sie würde dieser Frau zeigen, daß sie keine Drückebergerin war. Sie fuhr mit den Armen in die Schulterriemen und schwang sich den Sack auf den Rücken. Dann bückte sie sich und hob das Kind und Baldours Schwert auf. Ragee verzog angewidert das Gesicht, gab jedoch ihre Schwäche zu, indem sie nicht protestierte. Sie schritt voraus. Kit folgte. Ragee hielt sich an Felsvorsprünge und Geröllpfade und nahm, um keine Spur zurückzulassen, Erdwege durch das Unterholz nur dann, wenn es unvermeidlich war. Bald mußte sie ihr Schwert in die Scheide stecken; sie brauchte die Hand, um sich an Felsblöcken hochzuziehen, die ihr bis zur Mitte reichten. Dann drehte sie sich um und half der mit dem Kind beladenen Kit, hinter ihr herzuklettern, jedoch stets schweigend. Es war, als könnte sie sich nicht damit abgeben, mit Leuten zu sprechen, die so waren, wie sie Kit einschätzte. In diesem Schweigen maß Kit ihr Vorwärtskommen an den Schmerzlinien, die sich immer tiefer in Ragees Gesicht gruben; an dem immer größer werdenden Fleck auf ihrem Verband; an dem immer eingefalleneren Mund, während sie stetig bergan stapfte. Selbst Kits trainierte Muskeln begannen unter dem langen Marsch und der Last von Kind und Schwert – beides Dinge, an die sie nicht gewöhnt war – zu protestieren. Aber Ragees Schritt wurde nicht langsamer. Ihre grimmige Entschlossenheit erinnerte Kit an ihr eigenes Streben nach Vollkommenheit als Turnerin. Jahrelanges Üben, immer neues Versuchen und Wiederversuchen, verdrängte Schmerzen, hartnäckiges Weitermachen ohne Rücksicht auf kleinere Verletzungen – für nichts und wieder nichts. Als zweitklassig abgestempelt; für Profitouren ungeeignet; schließlich zu alt, um überhaupt noch vorzuturnen.
Kit verbannte die bitteren Gedanken aus ihrem Kopf und überlegte statt dessen verwundert, wie sie wohl hierhergeraten war. Und wie sie wieder nach Hause kommen sollte. Schließlich vergaß sie auch das und marschierte nur noch verbissen weiter, fand zu jenem Zustand der Gedankenleere zurück, in den sie sich so oft zurückgezogen hatte, seit sie zum letztenmal vorgeturnt und versagt hatte.

Es dämmerte schon, als sie endlich stehenblieben. Seit einiger Zeit schon hatte der Prinz unzufrieden gequengelt; Ragee sah grau vor Erschöpfung aus. Kit achtete nicht auf die eigene Müdigkeit und zündete in den Felsklippen, wo sie Schutz gesucht hatten, ein verborgenes kleines Feuer an. Sie fühlte die Billigung der anderen. Selbst deren Schweigen war ihr schon eine ganze Weile mehr als Folge von Ragees Müdigkeit als als Absicht erschienen. Als das Feuer brannte, schaute sie zu ihr hinüber und sah, wie Ragee sich ungeschickt mit dem Kind abmühte, das sie mit ihrer einen Hand frisch zu wickeln versuchte. Kit griff ein.

»Danke. Ich habe noch nie viel mit kleinen Kindern zu tun gehabt, und das hier hilft auch nicht gerade«, sagte Ragee mit einer Grimasse und nickte mit dem Kinn nach ihrer Schulter.

»Schon in Ordnung. Ich bin zwar keine Mutter, aber ich habe ab und zu die Kinder meiner Schwester gehütet.« Kit war froh, daß das Schweigen gebrochen war. Sie schaute auf und fand Ragees durchdringenden Blick auf sich geheftet.

»Wie ist dein Name?«

»Kit.«

»Warum hast du gestohlen?«

»Die Gefahr. Um mich zu beschäftigen«, erwiderte Kit beiläufig. Es paßte ihr nicht, ausgefragt zu werden, auch wenn die andere jetzt einen weniger mißbilligenden Eindruck machte. Sie fing an, einen Schlauch Milch für das königliche Bündel warmzumachen.

»Gefahr! Warum lernst du dann nicht lieber, das Schwert zu führen, das du da herumschleppst? Damit hättest du sowohl Gefahr als auch eine Menge Beschäftigung. Genügend körperliche Ausdauer dazu scheinst du zu haben. Wer mit dem Schwert gut umgehen kann, findet immer Arbeit.«

»In meiner Welt nicht.«

»Willst du zurück?«

»Ich weiß nicht. Ich weiß auch nicht, wie ich hierhergekommen bin.«

»Hmmm. Mein Bittfeuer hat alles durcheinandergebracht, und

der Rauch wehte in die falsche Richtung, wie? Tut mir leid, aber ich war verzweifelt und habe immer geglaubt, Gottgesandte wüßten, was sie täten.«

»Irgendwie kann ich mich nicht als Geschenk eines Gottes sehen«, versetzte Kit mit einem halb unwilligen Lächeln. »Vor allem nicht so, wie ich mich in letzter Zeit aufgeführt habe. Viel wahrscheinlicher ist, daß sie mich einfach loswerden wollten.«

Ragee lachte kurz und mitleidig auf. »Schon gut, reg dich nicht auf. Für mich warst du heute trotz allem eine Gottgesandte. Ich wäre nie bis hierher gekommen, mit dem Kind und dem ganzen anderen Zeug.«

»Freut mich, daß ich dir helfen konnte.« Kit zögerte und fuhr dann fort, wobei sie Ragee nicht anblickte, sondern sich an dem Proviantsack zu schaffen machte, den sie nach getrocknetem Fleisch durchsuchte: »Es tut gut, wenn man zu irgend etwas nütze ist. Ich wollte etwas ganz Bestimmtes werden, aber es hat nicht geklappt. Mein ganzes Leben lang habe ich dafür geübt, und als man mich dann nicht haben wollte – nun ja, da hatte ich das Gefühl, ich wäre zu gar nichts gut. Nicht einmal dazu, mit mir selber auszukommen.«

Ragee beugte sich vor und nahm schweigend einen Augenblick Kits Handgelenke. Als sie merkte, daß Kit entschlossen schwieg, wechselte sie das Thema und begann über ihre Route für den nächsten Tag zu sprechen.

»Noch ein Tag müßte genügen. Dann müssen wir durch die Stadt im Paß und hinunter in Gellis' Land«, schloß sie. »Er ist Saturs Bruder und wird den Prinzen gut hüten, bis Langzorns Männer geschlagen sind.« Kit nickte. Sie wußte nicht, worum der Krieg ging, und es war ihr eigentlich auch gleichgültig. Für den Augenblick reichte ihr, daß sie etwas zu tun hatte, ein Ziel, anstatt nur zu sehen, wie sich das Leben ziellos vor ihr ausdehnte.

»Kann ich dir helfen, den Verband zu erneuern?« fragte sie und betrachtete die Schulter der anderen.

Ragee verzog das Gesicht. »Ich weiß nicht, ob man es nicht besser in Ruhe läßt, bis ich einen Heiler finde.«

Kit musterte die grobgewickelten, rotfleckigen Binden. »Bist du sicher?«
»Vermutlich nicht«, seufzte Ragee. »Schreib es der Abneigung von Kriegern zu, sich mit Wunden abzugeben. Man gewöhnt sich nie richtig daran: man muß immer fest daran glauben, selbst keine zu erwischen. Hast du Erfahrung als Heilerin?«
»Du meinst, wie ein Arzt? Nein. Aber ich verstehe etwas von Erster Hilfe. Ich bin schließlich mit Knochenbrüchen und Muskelzerrungen aufgewachsen.«
Kit rutschte hinüber und wickelte vorsichtig Ragees Schulter aus. Sie versuchte nicht, die Wunde innen zu säubern; sie hatten dazu nicht genug reines Wasser. Außerdem wollte sie keinen weiteren Schaden anrichten. Statt dessen wusch sie die Ränder ab, packte ein paar saubere Windeln fest gegen die Wunde und verband Ragee dann, als hätte sie eine verrenkte Schulter. Ragees zusammengebissene Zähne lockerten sich, als Kit die Stelle nicht mehr berührte.
»Danke«, sagte sie kurz, um gleich darauf mit einem wärmeren Lächeln hinzuzufügen: »Danke, Kit. Es fühlt sich wirklich besser an, nachdem sich das, was unter dem Verband liegt, ein bißchen beruhigt hat.«
Kit nickte, packte alles wieder in den Rucksack und machte sich für die Nacht fertig. Als Ragee eingeschlafen war, lag Kit noch wach, und ihre Gedanken schweiften umher: Was zum Teufel war mit ihr passiert? Hatten Ragees Götter sie wirklich aus ihrer eigenen Welt geholt und hierherbefördert? Sie hatte immer etwas *tun* wollen... oh... nun ja, in ihren Träumen sollte es etwas Heroisches sein. Aber man mußte der Wirklichkeit ins Auge sehen. Es gab nicht viel Raum für Heldentaten, wenigstens nicht in ihrer Welt. Darum hatten ihre Träume sie dazu gebracht, als professionelle Turnerin nach Ruhm zu streben. Aber selbst dieses »reale« Ziel hatte sie nicht erreicht. Vielleicht war die plötzliche Versetzung in eine andere Welt eine Antwort auf die Wünsche ihrer Kindheit. Aber ihre Phantasien von verzweifelten Taten, Schwertern und Kindermärchenwelten waren nicht so lebendig gewesen, so echt,

wie dieser Ort hier zu sein schien. Hier fehlte es wirklich nicht an Aufregung – wenn man das juckende Gefühl im Rücken mochte, das sie spürte, seit sie die Schwerter gesehen hatte, die die Späher dort unten mit solcher Selbstverständlichkeit getragen hatten. Wie aber stand es mit der kristallenen Schönheit der Märchenwelten, wie die Kinderbücher sie malten? In Kits Kopf klang spöttisches Gelächter: wohl kaum. Nie im Leben war sie so schmutzig, staubig und verschwitzt gewesen, nicht einmal beim Training für einen Wettkampf. Und so wund und müde, dachte sie und zuckte vor Schmerz zusammen. Kit seufzte. Sie fragte sich, ob sie es schaffen würde, ihr Leben je in Ordnung zu bringen. Selbst wenn sie plötzlich wieder zu Hause landete, was konnte sie schon tun? Sie würde ganz neu anfangen, eine neue Ausbildung beginnen müssen. Und nicht die Klauerei, auf die sie sich so trotzig eingelassen hatte. Das war kindisch gewesen. Ach, was hatte das alles für einen Zweck? Sie steckte in einer Sackgasse. Gestrandet und nutzlos im großartigen Alter von fünfundzwanzig. Sie drehte sich um. Das atmende Glühen der Asche zeigte ihr auf Ragees Gesicht einen müden Frieden. Kit fühlte sich besser.

Am nächsten Morgen begannen die Klippen langsam nach innen und nach oben zu wachsen, dem Paß zu. Die beiden Frauen konnten ihr Ziel in der Ferne vor sich liegen sehen. Torta. Die Stadt im Paß. Sie erstreckte sich in Form eines unregelmäßigen Vs über die Paßhänge, preßte sich gegen die Wände, die sie einengten, und verlor sich dann zum Talboden hin. Ragee und Kit blieben stehen und betrachteten sie. Ragee mit abschätziger Grimasse, Kit voller Unbehagen.

»Es gibt keinen Weg um sie herum!«

»Nein«, bestätigte Ragee. »Wir müssen uns immer am Rand halten und so weit oben bleiben, wie es geht. Nachher müssen wir allerdings doch wieder hinunter und durch die Straßen der Stadt. Die steilen Felsen vor den Bergen sind unpassierbar, wenn man nicht über Seile und Kletterschuhe verfügt – und über sehr, sehr viel Erfahrung!«

»Wird es schwierig sein, durch die Stadt zu kommen?«

Ragee zuckte die Achseln. »Das hängt davon ab, wie viele von Langzorns Truppen sich dort eingenistet haben. Als ich mit Luewel das Schloß verließ, hatten wir keine Nachricht. Freilich, selbst wenn sie die Stadt nicht völlig in der Hand haben, werden sich Kundschafter dort aufhalten, die nach mir und anderen Schwertkämpfern, die Satur treugeblieben sind, Ausschau halten.«

»Was machen wir dann? Uns verkleiden?«

»Ich zweifle, daß das etwas nützen würde – ich mit dem Arm in der Schlinge, wir beide mit Schwertern und mein Haar nach Kriegerart geschnitten. Außerdem«, ergänzte sie mit wölfischem Grinsen, »ist mein Gesicht ihnen im Lauf der Jahre nur allzu vertraut geworden.«

»Großartig. Also gehen wir einfach hinein und hoffen, daß wir durchkommen.«

»Kein anderer Weg«, erwiderte Ragee und sah bei dieser Vorstellung durchaus erfreut aus. Kit war verblüfft, daß der Gedanke an Gefahr sie zu erregen schien, behindert, wie sie war. Aber Ragee hatte sich heute schon leichter bewegt. Sie besaß die schnelle Heilkraft, geboren aus Entschlossenheit und der Mißachtung der Kriegerin für Verletzungen, die anderen Leuten erheblich vorkommen würden. Dabei dachte sie bei aller Liebe zum aktiven Eingreifen aber doch auch praktisch: sie führte Kit an den Klippenrändern entlang und benutzte dabei Klüfte und Geröllhänge, die Kit für unpassierbar gehalten hätte, nur um den unvermeidlichen Abstieg in die Stadt hinauszuzögern. Als sie so weit gekommen waren, wie es ging, setzte sich Ragee an einer geschützten Stelle hin und deutete an, daß sie hier bis zum Anbruch der Nacht warten würden. Kit ließ sich nieder, um den kleinen Prinzen zu versorgen, der, eingesperrt in den beengenden Tragsack, immer unruhiger wurde. Kit war froh, daß er noch so klein war; sein Gewicht war keine schwere Last, und seine Unruhe erklärte sich eher daraus, daß er seinen gewohnten Tagesablauf vermißte, als aus dem Drang, umherzukrabbeln und alles zu erkunden. Mit einem nur wenige Mo-

nate Älteren wäre ein solcher Treck unmöglich gewesen. Kit halbierte die schon etwas alte Milch, um sie zu strecken. Ragee reichte ihr ein kleines Fläschchen.
»Einen Tropfen«, murmelte sie. »In den zweiten Schlauch, für später.«
Kit hob eine Braue.
»Das läßt ihn schlafen, ist aber zuwenig, um ihm zu schaden. Wir können nicht riskieren, daß er in der Stadt aufwacht und alle Leute auf uns aufmerksam macht.«
Kit zog ein Gesicht. Der Gedanke, ein Kleinkind zu betäuben, gefiel ihr nicht. Ragee beugte sich zu ihr und packte sie am Handgelenk.
»Wenn wir es nicht tun, stirbt er«, sagte sie ernst, und ihr Blick hielt Kit so hart wie ihre Hand Kits Arm. »Uns würde vielleicht jemand auslösen; man würde uns gefangennehmen; irgend etwas. Aber ihn würde man sofort töten.«
Kit nickte und ließ den Tropfen in den zweiten Milchschlauch fallen. Das Kind saugte den ersten Schlauch leer und schlief ein. Kit legte es in eine Kuhle des Proviantsacks und lehnte sich an einen Felsen. Warten. Sie sah hinauf zum blauen Himmel; nicht einmal eine Wolke unterbrach seine Eintönigkeit. Es würde heute nacht klar sein, Sternenlicht, das ihnen den Weg zeigte. Aber kein Mondlicht: einen Mond schien es hier nicht zu geben. Kit seufzte und bewegte sich rastlos, den Hals nach der Stadt gereckt. Aber sie konnte nicht einmal die äußersten Ränder sehen. Ragee hatte absichtlich einen Platz ausgesucht, wo sie weder selbst sehen noch gesehen werden konnten. Sie schaute hinüber, wo Ragee mit einer Hand emsig ihr Schwert polierte, dessen Griff sie zwischen die Knie geklemmt hatte. Die Ältere sah auf.
»Es dauert noch Stunden. Möchtest du nicht ein wenig schlafen?«
»Ich bin nicht müde«, gab Kit mürrisch zurück.
Ragees graue Augen musterten sie abschätzend. »Möchtest du lernen, wie man das Schwert, das du trägst, wenigstens anfaßt? Ich kann dir nicht beibringen, wie man kämpft, aber wenigstens wür-

dest du aussehen wie eine Kriegerin. Vielleicht schreckt das einen Gegner ab.«
»Sehr gern!« antwortete Kit, die erleichtert war, überhaupt etwas tun zu können.
Ragee nickte und stand auf. Kit folgte ihr.
»Hier«, sagte Ragee und streckte die Hand aus. »Sieh, wie meine Hand den Griff hält: der Daumen so, die Finger gespreizt, um ihn gleichmäßig und fest zu fassen. Du hältst ihn, als ob er dich gleich beißen würde. Paß auf.«
Ragee ließ das Schwert in ein paar leichten Schwüngen kreisen, um zu zeigen, wie ihre Hand sich mitbewegte. Selbst mit der Rechten schien sie völlig sicher. Kit versuchte den Griff mit ihrer Linken nachzumachen, aber das Schwert fiel herunter und schwankte hin und her, als hätte es einen eigenen Willen.
Ragee legte ihr Schwert hin und griff hinüber, um Kits Finger in die richtige Lage zu bringen und dort festzuhalten, während sie das Schwert vor- und zurückbewegte, um Kit zu zeigen, wie das Gefühl dabei sein mußte. »Versuch deine Hand so zu halten und mach das so lange, bis du es im Gefühl hast.«
»Nur festhalten?«
»Ich werde dir ein paar Anfängerübungen zeigen. Nicht daß du damit gegen jemanden kämpfen könntest, aber du gewöhnst dich an das Schwert.«
Kit übte mit ein paar Pausen den ganzen Nachmittag, froh darüber, daß sie eine Beschäftigung hatte. Sie malte sich aus, wie sie Ragee im Kampf zur Seite stand, sah, wie ihr Schwert wackelte, und lachte spöttisch über ihre Einbildung. Immer noch auf Ruhm versessen, schalt sie sich selbst.
»Überanstrenge dich nicht«, riet Ragee.
»Keine Sorge. Ich habe starke Arme, nach so vielen Jahren Turnerei. Es tut mir gut, wenn ich sie bewege; sie sind ganz lahm vom Kinderschleppen.« Ragee knurrte und zeigte Kit, wie die Übungen zusammengehörten, um damit einen Gegner zu blockieren und anzugreifen.
»Vielleicht hast du eine natürliche Begabung«, meinte sie lobend.

»Man könnte beinahe glauben, du hättest schon zwei Nachmittage geübt und nicht erst einen.« Ihre Augen zwinkerten.
Kit schnaubte.
»Nein, ernsthaft. Wenn du ein Schwert führen wolltest, würdest du es schaffen, glaube ich. Auch wenn du so spät anfängst. Ein paar Lehrjahre bei einer guten Meisterin, und du wärst durchaus brauchbar.«
»Vielen Dank«, bemerkte Kit trübe. Ragee hob die Schultern und setzte sich wieder hin. Kit hatte ihr nicht weh tun wollen. »Ich wünschte nur, ich wäre heute nacht einigermaßen brauchbar. Diese Stadt macht mir Sorgen.«
Ragee sah wieder auf, die Lippen zu einem halben Lächeln verzogen. »Man kann nicht alles haben. Wir schaffen es schon.« Aber Kit merkte, daß die Ältere einen nachdenklichen Eindruck machte.
Als die Dämmerung in Dunkelheit überging, begannen sie sich einen Weg über die Klippen nach unten zu suchen. Kit war froh, daß sie schon anderthalb Tage in diesen Felsen herumgeklettert war – und von Natur aus einen sicheren Tritt besaß. Es war kein Spaß, in dem wenigen schwachen Licht, das ihnen noch zur Verfügung stand, überhaupt voranzukommen. Übergangslos hörten die Felsen auf; sie waren in der Stadt, huschten durch stille Straßen.
Gelbes Licht und Gelächter drangen aus dem offenen Eingang einer Schenke. Schweigend bogen sie in eine Seitenstraße, um ihm auszuweichen. Die Stadt nahm kein Ende: schmale Gassen und kopfsteingepflasterte Gehsteige, Häuser, Läden... vertraute Bilder, aber mit ganz anderen, schiefen Winkeln, so daß Kit, die immer in einer Stadt gelebt hatte, es tiefer empfand als das purpurne Gras und den fehlenden Mond.
Sie hob den von der Milch und dem Schlafmittel benommenen Prinzen von einem Arm auf den anderen und eilte hinter Ragee eine steinerne Treppe zur nächsten Straßenebene hinauf. Wieder schlichen sie an Häusern vorbei, huschten steile Straßen entlang und glitten mit den Schatten weiter, immer höher. Sie blieben stehen, um eine Gruppe geschwätziger Stadtbewohner vorbeizu-

lassen, die die Frauen überhaupt nicht bemerkten, so still schmiegten sich die beiden in den dunklen Winkel eines Gebäudes. Als sie vorüber waren, nahm Kit das Kind wieder auf den anderen Arm, um den linken für das Schwert freizumachen. Ragee gab ein Zeichen, und sie liefen weiter bergauf. Sie waren fast oben, kaum eine Straße noch vom direkten Weg zur Grenze entfernt, als man sie entdeckte.

»Ho! Da sind zwei! Wachen, zu mir!« schrie ein Mann. Ragee machte einen Satz auf ihn zu; ihr Schwert blitzte im Schein der Fackel in seiner Hand. Das Klirren, mit dem ihre Schwerter aufeinandertrafen, schien die ganze Nacht zu durchdringen und die Schatten zu wecken. Von seiner Fackel gehindert, konnte der Mann Ragee nicht standhalten, obwohl sie ja nur mit der rechten Hand kämpfen konnte. Aber gerade als Kit erleichtert aufseufzte, hörte sie Schritte, die auf sie zugerannt kamen. Sie und Ragee flohen, liefen in verzweifelter Hast, verzichteten um der Schnelligkeit willen auf alles Versteckspielen.

Die Schritte kamen näher. Das Licht mitgeführter Fackeln schnappte nach ihren Fersen, erfaßte sie ganz. Der Weg wurde schmaler. Die Breite einer Straße. Der Paß lag unmittelbar vor ihnen. Von Gellis' Männern, die ihre Seite des Passes besetzt hielten, klangen Rufe herüber. Vor dem flackernden Fackelschein konnte Kit Bogenschützen sehen, die in Stellung gingen. Sie begriff, daß man auf diese Weise die letzte Straße vor dem Paß von Langzorns Truppen freigehalten hatte. Aber die Straße war zu schmal – sie konnten nicht wagen zu schießen, weil Ragee und sie selbst im Wege standen. Und Langzorns Männer holten zu schnell auf.

»Ragee! Nimm Luewel!« Ragee zögerte und schüttelte den Kopf. Sie drängte Kit, ihr zu folgen.

»Nimm ihn!« Kit warf Ragee das Kind einfach zu und wendete sich gegen ihre Verfolger. Sie hob das Schwert in der ersten Bewegung, die Ragee ihr am Nachmittag gezeigt hatte. Verzweifelt betete sie, es möge ihr gelingen, die Männer die wenigen Sekunden aufzuhalten, die Ragee brauchte.

Der erste Mann traf ihr Schwert mit einem Hieb, der sie fast in die Knie zwang. Sie stieß hart nach vorn, stemmte die Fußsohlen gegen den Boden und fing sich wieder wie nach einem schlechten Absprung. Sie riß das Schwert hoch und schaffte es irgendwie, das des anderen zu treffen. Es klang stumpf, nicht wie ein echter Aufprall. Der Mann wechselte die Stellung, und sein Schwert sauste auf Kit zu. Hinter sich hörte sie Jubelrufe; sie wußte, daß Ragee es geschafft hatte. Dann explodierte Schmerz in ihrer Seite, und sie brach zusammen.

»Hallo, Weltreisende!« sagte ein Mann fröhlich.
Kit hob den Kopf und sah einen völlig fremden Menschen an der Wand lehnen. Er war lässig gekleidet und hatte vergnügte braune Augen.
»Wie fühlst du dich?« fragte er, kam gemächlich näher und setzte sich rittlings auf einen Stuhl.
»Desorientiert«, erwiderte Kit offen. »Und ganz teuflisch verwirrt.«
»Völlig normal«, sagte er weise und strafte seinen Ton mit einem entwaffnenden Grinsen Lügen.
»Wie bin ich denn hierhergekommen?«
»Die meisten Weltreisenden kehren an einen vertrauten Ort zurück, wenn sie eine alternative Wirklichkeit verlassen, vor allem, wenn es so abrupt geschieht wie bei dir. Beim erstenmal taucht fast jeder in seinem eigenen Zimmer wieder auf. Eine Art Brieftaubeninstinkt könnte man es wohl nennen. Erfahrenere schaffen es meistens, im Zentrum zu landen. Mit der Erfahrung wächst auch die Kontrollfähigkeit.«
»Wovon reden Sie eigentlich?«
»Vom Reisen. Von Sprüngen in alternative Wirklichkeiten. Ich bin von der G.A.W., der Gesellschaft für Alternative Wirklichkeiten – zu deinen Diensten.«
»Gesellschaft für Alternative Wirklichkeiten! Das ist doch ein Kindermärchen!«
»O nein. Das sind wir ganz bestimmt nicht. Natürlich laufen wir

nicht herum und schwatzen darüber; denn die meisten Menschen glauben wie du von vornherein nicht daran, daß alternative Wirklichkeiten existieren, und halten einen für verrückt, wenn man darauf besteht. Aber du bist ein Sonderfall. Du hast bewiesen, daß du die Fähigkeit zum Reisen besitzt, darum solltest du unbedingt bei uns mitmachen. In Wirklichkeit gehörst du ohnehin schon zu uns, denn selbst wenn du das Zentrum nie betrittst, werden wir dich trotzdem überwachen und dafür sorgen, daß du dein Talent nicht mißbrauchst, nicht in alternative Wirklichkeiten hineinhüpfst und dort irgendwelchen Unfug stiftest. Noch Fragen?« schloß er munter.

»Haufenweise«, antwortete Kit benommen.

»Dann komm ins Zentrum. Wir bringen dir alles bei, was man wissen muß. Oder zumindest alles, was wir selber wissen. Und du findest dort Leute, mit denen du dich unterhalten kannst und die dir auch glauben! Kein anderer wird das tun, darum versuch es lieber gar nicht erst, Kit. Weder die Familie noch die Freunde, nicht einmal Leute, die Kindermärchen lesen.« Das letzte sagte er etwas ernsthafter, aber seine Augen zwinkerten immer noch.

»Aha. Also bin ich nicht dorthin geschickt worden.«

»Nein. Niemand hat dich geschickt. Du hast dich selbst geholt. Du warst in Not, und deine Not reagierte auf die Not eines anderen Menschen in einer alternativen Wirklichkeit.«

»Ich war in Panik. Ich war in eine Wohnung eingebrochen und entdeckt worden. Und Ragee flehte ihre Götter um Hilfe an.«

»Ja, der dringende Wunsch, irgendwo ganz anders zu sein, aktiviert sehr oft das Talent. Und Bitten um Hilfe gewähren Zugang zu der Welt, in die man dann gelangt. Es ist nicht immer so eindeutig wie dieses Mal.«

»Warum? Ich meine, warum können wir so reisen?«

Der Mann zuckte die Achseln. »Die Götter? Das Schicksal? Eine Laune? Niemand weiß es. Manche von uns können stundenlang darüber diskutieren. Aber die meisten nehmen es hin.«

»Sind es nur Menschen aus unserer Welt? Die in andere Welten reisen können?«

»Guter Gott, nein! Jede Welt, in die wir reisen können, hat auch Reisende, die zu uns kommen können. Und wenn es welche gibt, die weder Reisende senden noch welche empfangen können, dann werden wir das nie erfahren, stimmt's?«

»Wie haben Sie mich denn überhaupt entdeckt?«

»Ach, das war leicht. Etwas so Lautes, wie der Schock eines unerfahrenen Reisenden, der die Barrieren durchbricht, verursacht jedem, der auf die Strömungen zwischen den Welten eingestimmt ist, Kopfschmerzen. Du warst auf deinem Hin- und Rückweg so leicht zu verfolgen, als würde man der Spur eines Brandeisens über deinen Rücken nachgehen. Kein Vorwurf für dich. Beim erstenmal weiß keiner, was er da macht. Man zerschmettert die Barrieren, anstatt hindurchzuschlüpfen. Du wirst es schon lernen. Das, und wie man die Anziehung einer Notlage in einer anderen Welt spürt, wenn man selber auch gerade nicht in Not ist. Übung. Das ist alles, was dazugehört.«

»Und warum macht man das alles?«

»Weißt *du* das nicht?«

»Um etwas zu tun«, antwortete Kit.

Der Mann zog eine Braue hoch.

»Um etwas zu tun, was wichtig ist?« verbesserte Kit.

»Schon ziemlich nahe daran.« Er grinste. »Du wirst merken, daß es ein gutes Gefühl ist, wenn man tut, was getan werden muß. Wenn man hilft. Außerdem bekommt man Welten zu sehen, von denen die meisten Leute nicht einmal träumen können. Und man findet Freunde... das ist das beste.«

»Wie schnell kann ich wieder zurück? Dorthin, wo ich war?«

»Ach. Das kannst du nicht«, antwortete er bedauernd, aber endgültig. »In diese Welt nicht. Niemand kann je zurück in eine Welt, in der man ihn getötet hat.«

»Getötet?«

»In dieser Welt bist du gestorben. Oder vielmehr wärst du es, wenn dein wahres Ich dorthin gehört hätte. Statt dessen wurdest du hierher, in deine eigene Welt, zurückversetzt. Zum Glück, wenn man bedenkt, womit wir es oft zu tun haben, kann dein wirklicher Tod nur hier eintreten. Aber dort in der anderen Welt bist du gestorben. Darum kannst du nicht zurück.«

»Aber Ragee...«

Er saß nur da, Trauer und Weisheit in den braunen Augen, die jetzt viel älter aussahen als noch vor wenigen Minuten.

»Jemand mußte in Not sein«, erklärte er schließlich sanft. »Und du warst das, was man brauchte. Selbst wenn du freiwillig von dort weggegangen und nicht getötet worden wärst, könntest du nicht einfach an einen Ort oder zu einem Menschen zurückkehren. Es sei denn, daß eine neue Notlage bestünde, die dir ein Tor öffnen würde... Aber es gibt andere Welten. Glaubst du, es würde dir gefallen, dein Talent anzuwenden?«

Kit lag da und überlegte. Abenteuer? Vielleicht. Harte Arbeit? Offensichtlich, wenn das eine Erlebnis typisch war. Aber Arbeit hatte ihr nie etwas ausgemacht. Etwas, für das man arbeiten, mit dem man sich identifizieren konnte. Das wäre schön. Und selbst wenn sie Ragee nie wieder begegnete und niemals herausfand, was sich weiter ereignet hatte – nun gut, wie er gesagt hatte: es würde andere geben. Andere Menschen, die man kennenlernte, denen man half, aus denen Freunde wurden. In ihr keimten Schmerz, Verlangen und eine ganz neue Zielstrebigkeit.

»Ja«, antwortete sie entschlossen.

L. D. WOELTJEN

Diese Geschichte kam sozusagen »aus heiterem Himmel« zu mir – von jemand völlig Fremdem. Zuerst fand ich sie zu hart und legte sie beiseite, um sie zurückzuschicken. Aber als ich sie nach ein paar Tagen wieder in die Hand nahm, stellte ich fest, daß sie mir immer noch im Kopf herumging. Ich habe eine Schwäche für ganz kurze Geschichten, die unvergeßlich sind; ich halte das für die größte Kunst des Schriftstellers.
Deshalb drucken wir diese Story nun ab; eine grimmige Geschichte, nichts für Empfindliche oder Leute, die das Leben gern durch eine rosarote Brille sehen. Selbst Fantasy kann realistisch sein. – M.Z.B.

L. D. WOELTJEN

Um so schlimmer

»Halt!« brüllte Köter von links.

Armschiene stand rittlings über ihrem gefallenen Gegner, das Schwert zum Gnadenhieb geschwungen. Sie warf ihrem Schwertgefährten einen Blick zu und wartete auf eine Erklärung.

»Schone ihn!« drängte der vierschrötige, häßliche Kerl. »Die Schlacht ist gewonnen, und er ist nur ein Soldschwert, nicht anders als wir.«

Armschiene willigte achselzuckend ein. Sie traute den Motiven ihres Kameraden nicht. Über den Körper des Feindes gebeugt, wischte sie mit seinem Mantel das Blut von ihrem Schwert. Ein Glitzern erregte ihre Aufmerksamkeit. Zum erstenmal bemerkte sie das sechseckige Abzeichen, das am Mantel steckte. Es trug das Zeichen eines Hauptmanns im hordavanischen Heer. Jetzt begriff sie Köters plötzliches Mitleid.

Das Hyänengesicht grinste verlegen. »Komm, wir schleppen ihn zum Bach. Etwas Wasser wird ihn so lange zu sich bringen, daß er ausspuckt, was er weiß.«

Armschiene schob das Schwert in die Scheide und musterte das Schlachtfeld, bevor sie Köters Vorschlag nachkam. Der Kampf war beendet, die Wiese mit Leichen sowohl der eigenen Seite als auch des geschlagenen Heers übersät. Sie kehrte der Plünderung den schmerzenden Rücken zu und bückte sich, um die Füße des Verwundeten zu fassen, während Köter Kopf und Schultern anhob. Sie beförderten ihn ein paar Meter weiter in den Schutz einiger Büsche und Felsblöcke. Wenn sie Glück hatten, würde der Gefangene Dinge erzählen, die ihrem Dienstherrn, König Rasperd, ein paar Extragoldstücke wert waren.

Sie ließen den Gefangenen in ein Nest von Gestrüpp fallen, umgeben von mannshohen Felsen. Hier konnte kein herumschnüffelnder Gelegenheitsssucher sehen oder hören, was sie taten. Sie hatten nicht die Absicht, die magere Belohnung, die Rasperd für solche Auskünfte ausgesetzt hatte, auch noch mit anderen zu teilen.

Während Armschiene erst einmal Atem holte, brachte Köter in den hohlen Händen Wasser und kippte es dem Hauptmann ins Gesicht. Der Soldat prustete und bäumte sich stöhnend auf.

»Laß mich das machen, Dummkopf«, sagte Armschiene ungeduldig. Köter trug seinen Namen wirklich mit Recht. Er hatte nicht nur das Gesicht eines Bastards, sondern auch entsprechende Manieren. Die Schwertkämpferin riß aus dem Wams ihres Opfers einen Stoffetzen und ging zum Bach, um ihn anzufeuchten.

Als Armschiene den Lappen ins Wasser tauchte, betrachtete sie stirnrunzelnd ihr Spiegelbild. Sie hatte sich nicht mehr gesehen, seit sie sich für die Schlacht das rotbraune Haar geschoren hatte. Kurzgeschnitten, fielen die grauen Haare ganz besonders auf. Sie seufzte; damit, daß sie älter wurde, hatte sie sich längst abgefunden. Bestenfalls waren es noch zehn Jahre, bevor ihr sehniger, harter Körper zu verfallen begann. Und dann?

Sie zwang ihren Kopf, sich wieder auf seine augenblickliche Aufgabe zu konzentrieren, das zerfetzte Stück Stoff, das unter ihrem Spiegelbild trieb. Fluchend riß sie die Hände aus dem Wasser, schleuderte den nassen Lumpen auf die Erde und zerrte an den scharlachroten Binden, die in der Schlacht ihre Handgelenke verstärkten.

Verdammt, dachte sie, *hoffentlich sind sie nicht hin*. Die breiten, blutroten Streifen, mit denen sie ihre schlanken Gelenke umwickelte, waren ihr einziges Zugeständnis an eine geringfügige Unterlegenheit den Männern gegenüber. Allzu viele Verstauchungen während der Jahre ihrer Ausbildung zur Schwertkämpferin hatten sie dazu gebracht, den Rat ihres Lehrers, sich die Handgelenke zu wickeln, anzunehmen. Früher hatte sie die Binden unter reichverzierten, versilberten Armschienen versteckt, in einem ihrer ersten Feldzüge erbeutet. Die Gelenkschützer hatte sie beim Kartenspiel verloren, aber der Spitzname, den sie ihr eingetragen hatten, war geblieben.

Nachdem sie die Stoffbinden wie rote Girlanden zum Trocknen über einen Busch gebreitet hatte, spülte Armschiene den Wamsfetzen sauber aus. Köter, der angefangen hatte, das Lager aufzuschlagen, knurrte sie an, sich zu beeilen. Sie drückte den Lappen aus und ging wieder zu dem Verletzten.

Er war bei Bewußtsein, aber sein Atem ging mühsam. Er beobachtete sie mißtrauisch. Sie kniete nieder und rieb ihm mit dem kühlen Lappen das Gesicht ab.

»Laß es dir etwas bequemer machen«, sagte sie sanft und fuhr fort, seine verschwitzte, staubverkrustete Haut zu säubern. Er sah aus, als wäre er Mitte der Dreißiger, vielleicht ein Dutzend Jahre jünger als sie. Immerhin war er kein Welpe mehr, und unter anderen Umständen hätte sie ihn vielleicht anziehend gefunden.

Die blutige, klaffende Wunde, die quer über den ganzen Rumpf ging, vertrieb aus ihren Gedanken jede Spur von Lüsternheit. Wieder tauchte sie den Lappen ein, bevor sie die Wunde zu reinigen versuchte. Er war von Hüfte zu Hüfte aufgeschlitzt, und das Blut kam schneller, als sie es auffangen konnte. Der Geruch von Eingeweiden zeigte ihr, wie tief die Verletzung ging.

»Er hat nicht viel Zeit«, flüsterte sie Köter ins Ohr und warf den nutzlosen Waschlappen weg.

Ein krankhaftes Grinsen lief über das Gesicht des untersetzten Kämpen, als Köter sich zu dem Sterbenden herunterbeugte.

»Nun, Hauptmann«, höhnte er, »womit können wir dir die letzten Minuten angenehm machen?«

Der Mann schloß die Augen und antwortete nicht.

»Gib mir deinen Wasserschlauch«, verlangte Armschiene. Sie wußte, daß Köter ihn mit Bier zu füllen pflegte, trotz der Verbote des Befehlshabers gegen ein so unmilitärisches Verhalten. Sie waren ja auch keine regulären Soldaten. Köter gab ihr den fast leeren Schlauch und starrte sie wütend an, als sie ihn an den Mund des Gefangenen hielt.

»Hier«, drängte Armschiene und tropfte etwas von der goldenen

Flüssigkeit zwischen die keuchenden Lippen. Sie öffneten sich, und Armschiene konnte einen Strahl des Getränks in den Mund des Soldaten lenken. Er schaffte einen Schluck, bevor Köter den Schlauch wegriß.

»Sinnlose Verschwendung«, sagte er vorwurfsvoll.

»Ich wollte ja nur seine Zunge lösen«, fauchte sie zurück. Lange würde sie es mit diesem groben Kerl nicht mehr aushalten. Wenn diesmal ihr Dienst beendet war, würde sie sich einen neuen Reisegefährten suchen oder sich allein durchschlagen.

Armschiene streichelte das Haar des Sterbenden, zuerst vielleicht zu rauh. Endlich beruhigte sie sich so weit, daß sie ihn mit milder Stimme anreden konnte.

»Wir sind auch nur Söldner, genau wie du. Nur uns selbst schulden wir Bündnistreue. Wenn du deiner Familie eine Botschaft senden willst, schwöre ich dir, daß sie sie erhalten wird. Sag uns, wo das Haus deines Vaters steht. Wir werden ihm deine letzten Worte überbringen.«

»Meinem Vater liegt nichts an mir«, war die unter Qualen hervorgestoßene Antwort. »Ich bin seit Jahren für ihn tot.«

»Du verschwendest deine Zeit, Schiene, laß mich das machen.« Köter nahm einen Schluck aus dem Schlauch und bückte sich dann, um dicht am Ohr des Mannes zu sprechen. Seine Worte waren voller Bierschaum.

»Also, Söhnchen, bestimmt hast du irgendwo ein grauhaariges Mütterlein. Eine Erinnerung an ihren toten Sohn wäre bestimmt so was wie ein Schatz für sie. Vielleicht dieses Abzeichen... Du brauchst uns nur zu sagen, was Graf Hordavan vorhat, und wir versprechen dir, deiner lieben alten Mutter deinen Nachlaß ins Haus zu schaffen.«

»Verflucht soll die Frau sein, die mich geboren hat«, grollte der Mann mit solcher Heftigkeit, daß sein ganzer Körper bebte. »Sie war mir keine Mutter. Wie ein Tier auf dem Feld hat sie mich geworfen und ist weitergezogen. Nein«, er seufzte schwer, »ich beleidige das Vieh. Wenigstens lassen sie ihre Jungen erst dann im Stich, wenn der Nachwuchs entwöhnt ist.«

»Also gut, du Bastard, dann eben nicht«, fluchte Köter. »Wir wollen wissen, was Hordavan plant. Sag es uns schnell, und wir werden Gnade walten lassen.« Er schüttelte den Soldaten, bis ihm Blut und Unrat aus dem Bauch spritzten, aber Armschiene rührte sich nicht. Sie saß mit geschlossenen Augen da und war in unruhige Gedanken versunken.

Vor langer Zeit hatte sie ein Kind verlassen. Einen Jungen. War es wirklich dreißig Jahre her? Was für eine seltsame Vorstellung – daß da irgendwo ein erwachsener Mann existierte, der ihr Sohn war. Oder war er inzwischen gestorben? Oder starb er jetzt – hier – an ihrem eigenen Schwertstreich?

Der Gedanke war einfach zu absurd. Wie konnte sie, die an nichts glaubte, an einen solchen Zufall glauben?

»Jetzt sag schon, was du weißt!« ertönte Köters Stimme, gefolgt von einem Schlag. Armschiene fuhr aus ihrem Sinnen auf.

»Hör auf, Köter!« Sie funkelte ihren Kameraden böse an. »Du beschleunigst nur sein Ende.« Sie streichelte dem Soldaten das stoppelbärtige Kinn, glättete das schwarze Haar. »Schon gut, schon gut«, summte sie, »ich lasse nicht zu, daß er dir etwas tut.« Sie wußte, daß Köter sich vorbeugte, um ihre Worte mitzuhören. »Ich helfe dir, aber du mußt uns auch helfen. Stehen wir dir nicht näher als Graf Hordavan? Wir sind Schwertverwandte. Wir wissen, was es heißt, einsam zu sein, abgelehnt, verstoßen. Das ist das Band, das uns verbindet, Junge. Was bedeutet schon ein Geheimnis innerhalb der Familie?«

Armschiene bettete seinen Kopf in ihren Schoß. Er schmiegte den Hals in das Kissen ihrer Knie, als genösse er das Gefühl, so gehalten zu werden. Seine Augen, blau wie ein See, öffneten sich und starrten zu ihr empor. Oh, schoß es Armschiene durch den Kopf, *sie könnten ein Spiegelbild meiner eigenen sein.*

»Das hat noch niemand für mich getan.« Die Worte kamen in leisen, langsamen Sätzen. »Ich habe mir so sehnlich gewünscht, daß die zweite Frau meines Vaters wie eine Mutter zu mir wäre. Ich habe zugesehen, wie sie ihre eigenen Kinder wiegte und in die Arme nahm... ich wollte diese Liebe auch kennenlernen. Sie war so zärtlich zu ihnen. Ich konnte nicht verstehen, warum sie mich so haßte...« Wieder schloß er die Augen. »Bis ich erwachsen war. Sie wollte ihren eigenen Sohn als Vaters Erben sehen.« Einen langen Augenblick schwieg er. »War mir verdammt gleichgültig.« Er schluckte mühsam, und plötzlich wurde der Körper schlaff; er war ohnmächtig geworden.

Der verbohrte Junge muß von zu Hause fortgelaufen sein, um zu beweisen, daß er das Erbe seines Vaters nicht haben wollte, überlegte Armschiene, während sie seinen Kopf sanft vom Schoß nahm, *und dann muß er ein Glücksritter geworden sein. Er wäre nicht der erste enterbte Jüngling, der aus seiner Wut ein Mittel zum Lebensunterhalt macht.* Sie hatte viele solcher Männer – und Frauen – gesehen. Die Einsamen waren immer am leichtesten bereit, sich Gefahren auszusetzen, die Zornigen am eifrigsten dabei, sich ins Gefecht zu stürzen und zu kämpfen.

Armschiene hob den schmutzigen Waschlappen wieder auf und ging ihn ausspülen. Feuer flackerten in den dämmrigen Himmel; das Heer, bei dem sie zur Zeit diente, schlug sein Lager auf. Köter war damit beschäftigt, Holz zu sammeln.

Ist das mein Sohn? fragte sich Armschiene, die einmal Arista geheißen hatte. *Wenn er es ist, muß ich mir etwas einfallen lassen, um ihm zu erklären, wie sich alles abgespielt hat. Ich kann ihn doch nicht im Haß auf seine Mutter sterben lassen.*

Wie konnte sie ihm die Verzweiflung klarmachen, die sie dazu getrieben hatte, ihren neugeborenen Sohn zu verlassen? Würde er verstehen, daß sie selbst nicht mehr als ein Kind gewesen war? Ihre ränkeschmiedende Mutter hatte ihren Vater dazu gebracht, Arista, obwohl sie erst dreizehn war, an einen von Baron Venires vielversprechendsten Adjutanten zu verheiraten. Lon, Aristas Gatte, war ein freundlicher Mann gewesen und sanft. Sie hatte sich an ihn gewöhnt, ihn sogar gern gehabt. Aber der Krieg hatte Lon von zu Hause weggeführt, als seine junge Frau von einem Dutzend Wochen die ersten Anzeichen einer Schwangerschaft spürte.

Die nächsten Monate waren ein Alptraum für Arista gewesen.

Von jeher ein gesundes, munteres Kind, war sie auf die Übelkeit und die körperlichen Beschwerden, aber auch auf die Veränderung, die Bauch und Brüste unförmig anschwellen ließ, in keiner Weise vorbereitet. Ihre Schwiegereltern behandelten sie grausam, sobald der Sohn aus dem Hause war, und zwangen sie, zu arbeiten wie eine Magd, anstatt sie zu verwöhnen, wie, das wußte sie, Lon es getan hätte. Auch verboten sie ihr jeden Kontakt mit der eigenen Familie. Sie hatte keine Frau, die ihren Kummer über die Veränderungen, die ihren Körper entstellten, beruhigt hätte. Das Kind, das sich in ihrem Leib bewegte, machte ihr angst. Sie begriff die komplizierten Vorgänge in ihrem Körper nicht, sondern stellte sich vor, ihr Bauch würde platzen, wenn das Wesen darin zu groß würde, um weiter darin wohnen zu können.

Die Wirklichkeit war schrecklich genug. Das Kind hatte sich den Weg aus ihrem Körper freigerissen. Als ihre Schwiegermutter anordnete, sie sollte das Kind säugen, war Arista dazu nicht imstande. Alles, was sie empfand, war Widerwille gegen den kleinen, häßlichen, roten Säugling, der sich so brutal seine blutige Bahn aus ihren Lenden erzwungen hatte. Sobald sie wieder zu Kräften gekommen war, jedoch bevor ihre Schwiegermutter es merkte und sie wieder an die Arbeit schickte, war sie geflohen.

Seither hatte sie gelernt, die Geburt eines Kindes als die vorübergehende Beeinträchtigung anzusehen, die sie war. Gelegentlich hatte sie an ein zweites Kind gedacht, sich aber nie dazu aufraffen können. Das Schicksal hatte sie in ein Leben voller Reisen und Gefahren gestellt. Sie blickte niemals zurück, bedauerte nichts. Als Armschiene hatte sie dem Tod oftmals ins Auge gesehen, tödlich verwundete Kameraden auf dem Schoß gehalten wie diesen jungen Soldaten. Sie hatte zugesehen, wie ihr Leben verrann, hatte sie manchmal beneidet. Sie verstand jetzt, daß sie genauso einsam und verbittert war wie dieser Sterbende. Sollte sie es wagen, ihn nach dem Namen seines Vaters zu fragen? Wenn es ihr Sohn war, konnte sie heilen, was zwischen ihnen lag, bevor er starb?

Ich glaube nicht, daß das mein Kind ist, beharrte sie innerlich, als sie zu ihm zurückging. Köter hatte Feuer gemacht und kniete be-

reits neben der stillen Gestalt. Die knotigen Finger des alten Kämpen klopften leicht die Wange des schweigenden Soldaten.
»Ich kriege ihn nicht wach«, sagte er aufblickend. Armschiene ließ sich ebenfalls auf die Knie nieder, um ihr Ohr an den Mund des Mannes zu halten. Sie hörte nichts und spürte auf ihrer Wange keinen Hauch. Mit der Hand strich sie ihm über Brust, Schultern und Arme und suchte nach einem Lebenszeichen. Endlich griff sie nach seiner Hand. Sie war kalt.
»Ist er tot?« fragte Köter.
Sie nickte scheinbar gleichgültig, stand dann auf und ging hinüber zu den Büschen.
Der alte Söldner begann den Leichnam zu durchsuchen. »Hat uns kein verdammtes Wort gesagt«, schimpfte er, »und hat nicht mal ein Amulett, das das Einstecken lohnt; um so schlimmer.«
Er hockte sich auf die Fersen und spuckte angewidert aus. »Man sollte doch meinen, ein Hauptmann hätte wenigstens einen Ring oder eine Medaille«, murrte er. »He!« Seine Augen verengten sich zu vorwurfsvollen Schlitzen. »Wo ist denn das Abzeichen? Wenn man es einschmilzt, hat es einen gewissen Wert.«
»Ich habe es«, erklärte Armschiene fest. »Er hat mir gehört.«
Sie hatte den Kopf gesenkt und war damit beschäftigt, ihre Armbinden wieder anzulegen. Köter zuckte die Achseln, bekam dann Hunger und kramte seine Rationen hervor. Schließlich hatte sie den Mann ja auch erledigt.

CHARLES R. SAUNDERS

Wer ›Schwertschwester‹ und ›Wolfsschwester‹ gelesen hat, dem braucht man Charles R. Saunders und seine Geschichten von der afrikanischen Kriegerin Dossouye nicht mehr vorzustellen. Für neu Hinzugekommene: Charles R. Saunders ist ein junger Kanadier afrikanischer Abstammung, dessen Romane über den Krieger Imaro, einen »schwarzen Conan«, in Amerika bei DAW Books erschienen sind. Bisher gibt es drei Bände, und alle Leute hoffen auf mehr... und vielleicht eines Tages eine Geschichte, in der Imaro und Dossouye einander begegnen wie Robert E. Howards Gestalten Conan und die Rote Sonya, der Barbarenkrieger und die Kämpferin. – M.Z.B.

CHARLES R. SAUNDERS

Marwes Wald

Dossouye erwachte und wußte im selben Augenblick, daß Gbo fort war. Sofort richtete sie sich auf, hellwach, ohne eine Spur jener Mattigkeit, die gewöhnlich den Übergang zwischen Schlafen und Wachen kennzeichnet. In einer einzigen fließenden Bewegung stand sie. Eilig schweifte ihr Blick über die kleine Lichtung, die sie als Lagerplatz gewählt hatte. Hochgewachsen, schlank, die Haut schwärzer als Mitternacht, schien Dossouye untrennbar mit dem Regenwald verwachsen, der die Lichtung umgab.

Aber sie wußte, daß das nicht stimmte ...

Der Sattel des Kampfstiers lag vor ihren Füßen. Zaum und Zügel waren lose um den Sattelknauf geschlungen. Dossouye hatte nie daran gedacht, ihr Reittier anzubinden; Gbo hatte nie zum Umherstreifen geneigt.

Sie rief seinen Namen, einmal, dann noch einmal: »Gbo ...«

In der Sprache von Abomey, ihrer Heimat, bedeutete das Wort soviel wie »Schutz«. Gbo hatte sich seines Namens immer mehr als würdig gezeigt, oft genug hatte seine bloße Gegenwart genügt, um Räuber abzuschrecken. Die wenigen Male, wenn man sie angegriffen hatte, kämpften Dossouye und Gbo als tödliche Einheit und vertrieben ihre Angreifer.

Obwohl sie schon fast zwei Regen durch die Wildnis wanderte, hatte sich Dossouye selten einsam gefühlt. Der Kampfstier war ihr Freund und Beschützer, und sie hatte niemals darüber nachgedacht, was sie ohne Gbo anfangen sollte.

Sorge, Zorn und Furcht jagten sich in Dossouyes Kopf wie vom Wind verwehte Blätter, als sie auf das zerstörte Laubwerk schaute, an dem die Stelle zu erkennen war, wo Gbo in den Wald eingedrungen war.

Warum hat das Geräusch mich nicht geweckt? fragte sie sich. Dann fiel ihr ein, wie leise sich Gbo trotz seiner Größe bewegen konnte.

Trotzdem hätte ich es hören sollen, dachte sie unbehaglich.

Sie lauschte jetzt mit gespannter Aufmerksamkeit, hörte jedoch nur den rhythmuslosen Chor der Vögel, das herausfordernde Gekreisch der Affen und leises Insektengesumm. Dossouye konzentrierte ihr Gehör auf die beiden Geräusche, die im Wald das größte Unheil verkündeten: das Rascheln von Pythonschuppen und das leise Hüsteln des Leoparden. Obwohl kein solcher Laut an ihr Ohr drang, ließ ihre Wachsamkeit nicht nach.

Sie zog das lange, schlanke Schwert aus der Scheide und hieb wütend einen Sonnenstrahl entzwei.

»Du wenigstens hast mich nicht im Stich gelassen«, sagte sie zu der Waffe.

Das Schwert und Gbo waren ihre Begleiter, seit sie Abomey verlassen hatte. Beide hatten ihr gute Dienste geleistet: ohne sie hätte sie die langen Fahrten durch die unerforschten Einöden, die die westlichen und die östlichen Königreiche von Nyumbani voneinander trennten, nicht überlebt. Um sicherzustellen, daß sie auch weiterhin am Leben blieb, brauchte sie Gbo. Die Fährte des Kampfstiers war nicht zu verfehlen. Genauso verhielt es sich mit den Gefahren, auf die sie sich einließ, wenn sie ihr folgte.

Einen Augenblick überlegte sie, ob es nicht klüger wäre, Sattel und Zaum zurückzulassen. Dann machte sie sich klar, daß sie damit nur das Unvermeidliche hinauszögerte.

»Gbo«, murmelte sie bitter. »Hast du beschlossen, in die Wildnis zurückzukehren? Das kannst du so wenig, wie ich es kann!«

Aber wir haben es beide versucht, ergänzte sie schweigend.

Dossouye schüttelte resigniert den Kopf und bahnte sich auf der Spur des Kampfstiers einen Weg.

Es dauerte nicht lange, bis Dossouye Gbo fand. Trotzdem kam es ihr vor, als dehnten sich die Augenblicke zu Stunden voller Vorsicht. Immer, wenn sie unter einem niederhängenden Ast durch-

ging, lief es ihr zwischen den Schulterblättern prickelnd über die Haut.
Glücklicherweise war die Spur, die Gbo hinterlassen hatte, so deutlich, daß Dossouye sich darauf konzentrieren konnte, den Gefahren auszuweichen, die unter den Bäumen auf sie lauerten.
Die Lichtung erschien ohne Übergang – eben noch hieb Dossouye sich durch Rankengestrüpp die Bahn frei; im nächsten Augenblick stand sie im Freien. Und sie sah Gbo.
Warum habe ich nichts gehört? fragte sich Dossouye nochmals. Denn Gbo stand nicht allein auf der Lichtung. Ein anderes gehörntes Tier war bei ihm.
Die Erscheinung des Kampfstiers war ein getreues Abbild seiner Ahnen. Das Volk von Abomey hatte seine Reittiere aus dem wilden Büffel herausgezüchtet, der Wälder und Ebenen durchstreifte. Gbo besaß noch immer das schwarze Fell, die weitauseinanderstehenden Hörner und die mächtigen Schultern seiner wilden Vettern. Aber Gbos Art konnte man zähmen, konnte sie Dinge lehren. Dossouye konnte ihr Reittier mit einem Wort oder einer Gebärde lenken.
Jetzt allerdings bezweifelte sie, daß der Kampfstier auf sie hören würde...
Das andere Tier auf der Lichtung war kein Büffel. Es glich keinem Tier, das Dossouye je gesehen hatte. Zwar war es auch eine Art Rind, aber Dossouye wußte, daß es kein Haustier war.
Es war kleiner als Gbo, dessen Maul sanft seinen Hals streichelte. Das Fell war tiefbraun mit glänzend roten, wie polierten Stellen. Elfenbeinweiße Hörner wuchsen in anmutigem Bogen aus einem Kopf, der die zierlichen Umrisse einer Antilope zeigte.
Ein langer Quastenschwanz peitschte die Luft, während Gbos Zunge das Fell des seltsamen, schönen Tiers leckte, das Dossouye nur schwer für eine Kuh halten konnte. Das Geschöpf gab ein sanftes Brummen von sich – mit einer Stimme, die beunruhigend menschlich klang.
Ein Geistertier? überlegte Dossouye. Bei ihren seltenen Begegnungen mit Menschen aus den Stämmen dieser Wildnis hatte sie

Geschichten von Tieren gehört, die die Seelen von Menschen, und von Menschen, die die Seele von Tieren hatten...

»Gbo!« rief sie scharf.

Die beiden Tiere wandten sich um und schauten sie an. Gbos Augen waren klar und wachsam – die Augen eines intelligenten Tieres, nicht mehr. Die des anderen... *tief, dunkel, eindringlich auf eine Art und Weise, wie es Tieraugen niemals sein konnten... es lag eine Botschaft in diesen Augen...*

Geh, sagten die Augen, *damit hast du nichts zu tun.*

Gbo wendete seine Aufmerksamkeit wieder dem Wesen zu, das Dossouye jetzt das Geistertier nannte. Die Augen des Geschöpfes ließen ihren Blick nicht los, auch nicht, als Gbo von hinten an es herantrat und sich aufrichtete, um es zu besteigen. Dossouye fühlte, daß diese Augen sie verfolgten, lange nachdem sie sich umgedreht hatte und von der Lichtung geflohen war.

Dossouye verlor die nächsten Stunden. Später, als sie versuchte, sich an das zu erinnern, was sie getan hatte, nachdem sie von der Lichtung fortgerannt war, blieb ihr Kopf leer. Keine Empfindungen, keine Gefühle – nichts als eine grüne Schicht auf ihrer Schwertschneide. Wenigstens bewies das, daß sie einen Teil der Zeit damit verbracht hatte, auf das Laubwerk einzuhacken, als wäre das Gebüsch ein Feind.

Als sie wieder zu sich kam, fand Dossouye sich erneut am Rande der Lichtung. Wieder war das Rankengestrüpp vor ihr. Aber die Sonne schien jetzt in einem anderen Winkel als vorher schräg durch die Bäume. Es wollte schon dämmern, und in dem schwindenden Licht ähnelte der Wald dem gigantischen Tempel eines vergessenen Gottes.

Dossouye hob das Schwert, um das Hindernis zu zerschlagen... dann erst begriff sie, was die grüne Kruste auf der Schneide wirklich bedeutete, und ein Schauer durchfuhr sie.

Ich hätte den Tod finden können! dachte sie in jäher Panik. *Ein Leopard oder eine Schlange hätten mich überfallen können, und all meine Schwertkunst wäre wertlos gewesen ohne meinen Ver-*

stand, der sie lenkt. Wie habe ich überlebt, während ich auf Ranken und Büsche einhackte?
Dossouye rief die Disziplin zu Hilfe, die ihr bei ihrer Ausbildung zur *ahosi* in Fleisch und Blut übergegangen war, und verdrängte ihr Entsetzen.
Ich bin eifersüchtig auf eine brünstige Kuh, schalt sie sich selbst.
Sie strich mit Daumen und Zeigefinger über die Schneide ihrer Klinge und wischte den grünen Belag an dem ledernen Lendenschurz ab, der ihr einziges Kleidungsstück bildete. Ein smaragdener Schimmer blieb auf dem Stahl zurück. Aber sie hatte keinen Lappen, um ihn richtig zu säubern.
Hinausschieben, dachte sie, als sie die Waffe wieder in die Scheide steckte. *Ich schiebe schon wieder etwas hinaus...*
Wieder fielen ihr die Augen der... Kuh... ein. Von der Lichtung hörte man keinen Laut. Sie drängte sich durch die Ranken und stand zum zweitenmal an diesem Tag mit weit aufgerissenen Augen da, sekundenlang unfähig, ein Wort oder eine Bewegung zustande zu bringen.
Gbo war noch immer auf der Lichtung. Und es war auch immer noch jemand bei ihm. Aber dieser andere war kein gehörntes Tier.
Der Kampfstier lag im Gras. Sein Kopf ruhte im Schoß einer Frau, die das Gesicht hob und Dossouye gerade in die Augen sah. Die Augen drangen Dossouye mitten ins Herz... sie hatte sie doch schon gesehen... aber ihre Gedanken verschwammen, und sie konnte sich nicht erinnern.
»Gbo« sagte Dossouye leise.
Beim Klang seines Namens hob der Kampfstier den Kopf. Die Frau lehnte sich zurück, um der plötzlichen Bewegung der Hörner auszuweichen. Nachdem er aufgestanden war, trottete Gbo auf Dossouye zu. Sein Gang war unsicher, als wäre er eben aus tiefem Schlummer erwacht.
Der Kampfstier stieß Dossouye sanft an. Sie strich mit dem Finger über den Buckel zwischen seinen Hörnern.

»Gbo? Ist das sein Name?«
Sofort richtete sich Dossouyes Aufmerksamkeit wieder auf die Frau, die sich inzwischen ebenfalls erhoben hatte. Sie war so hochgewachsen wie Dossouye, die viele Männer überragte. Aber während Dossouye schlank bis zur Magerkeit war, hatte die andere einen fülligen Körper mit großen Brüsten, rundlichen Gliedmaßen und breiten Hüften. Ihre Haut war von tiefer Mahagonitönung, auf die das Licht der untergehenden Sonne Glanzlichter zeichnete.
Obwohl die Worte der Frau in Dossouyes Ohren fremdartig klangen, verstand sie, was gemeint war. Das hätte sie mißtrauisch machen sollen, aber ein Nebel umwölkte ihre Sinne wie im Traum.
Diese Augen…
»Gbo ist sein Name, ja«, sagte Dossouye endlich. »Und wie heißt du?«
»Marwe.«
Marwe trug einen knöchellangen Rock aus weichgegerbtem Leder, der mit geometrischen Perlmustern verziert war. Bis auf eine Perlenkette um den Hals war ihr Oberkörper nackt. Über einem breitwangigen Gesicht mit ausgeprägten, gutgeschnittenen Zügen fiel ihr ein *manyoya*, ein Federkopfputz, bis zur Mitte des Rückens hinab. Die Federn waren elfenbeinweiß.
Aber es waren Marwes Augen, die Dossouye in ihren Bann schlugen.
»Die Kuh –« begann sie.
»Ist fort«, beendete Marwe den Satz. »Wie ist dein Name, und warum wanderst du allein hier umher?«
»Ich bin Dossouye.«
»Warum bist du allein?« wiederholte Marwe.
»Ich bin nicht allein«, versetzte Dossouye scharf, die Hand noch immer auf Gbos Kopf.
Marwe schaute sie an und lächelte. Dossouye fühlte, wie ihr Wille ihr entglitt wie Wasser, das zwischen gespreizten Fingern versickert…

Das ist Zauberei, dachte Dossouye, aber der Gedanke beunruhigte sie nicht.
»Ich bin allein, weil das der einzige Weg für mich ist«, antwortete sie.
»Möchtest du bei mir bleiben?« fragte Marwe, die noch immer lächelte.
Nein! schrie eine Stimme in Dossouyes tiefstem Inneren.
»Ja«, erwiderte sie.
Marwe streckte Dossouye die Hand entgegen.
Nein! rief die Stimme schwach.
»Gbos Sattel und Zaum liegen noch auf der Lichtung«, bemerkte Dossouye.
»Niemand wird sie stehlen.«
Dossouye nahm die Hand der Waldfrau, und Marwe führte sie von der Lichtung fort. Gehorsam folgte Gbo dicht hinter den beiden Frauen, als sie in den Wald eintauchten.

Die Nacht war fast hereingebrochen, als sie Marwes Behausung erreichten. Im wenigen verbleibenden Dämmerlicht konnte Dossouye erkennen, wie sehr der Wald sich verändert hatte. Die Baumstämme wuchsen nicht mehr als gerade Säulen empor; sie wanden und verschlangen sich wie Teppiche aus Ästen und Blättern und Lianen. Vogel- und Tierstimmen waren gedämpft, wie erstickt von all dem Laub ringsum.
Marwes *kwetu* oder Kuppelhaus sah beinahe aus wie ein natürlicher Auswuchs des Waldes. Wurzeln und Zweige vereinigten sich und formten die kreisrunden Wände; ein Laubbaldachin war das Dach. Rund um das *kwetu* lag eine kleine, mit Blumen übersäte Lichtung. Die Zweige der Bäume, die sie umgaben, waren schwer von Früchten.
Dossouye und Gbo folgten Marwe zu dem *kwetu*. Kurz davor blieb Gbo stehen und fing an zu grasen. Marwe winkte Dossouye, durch die dunkle, ovale Türöffnung zu treten, die ins Innere des Hauses führte. Einen Augenblick wehrte sich Dossouye gegen Marwes ziehende Hand.

»Es ist fast dunkel«, meinte sie. »Willst du kein Nachtfeuer anzünden?«
»Wir brauchen es nicht.«
Immer noch zögerte Dossouye. Ein letztes Aufflackern von Mißtrauen kämpfte gegen die Trägheit, die sie überwältigen wollte. Aber Marwes Augen gaben sie nicht frei. Sie ließ es geschehen, daß die Waldfrau sie in die Dunkelheit des *kwetu* zog.
Drinnen sah Dossouye nur noch den bleichen Schimmer von Marwes *manyoya.* Marwes Hand ließ Dossouyes Finger los und strich dann leicht von unten den Arm der Kriegerin hinauf bis zur Schulter. Nach einer kleinen Pause senkte sich die Hand, um die flache Wölbung von Dossouyes Brust zu berühren. Dann begegnete ihr Mund Dossouyes Mund, als wüßte sie – *als wüßte sie, daß die Soldatinnen von Abomey nicht bei Männern lagen... als wüßte sie, wie unendlich leer es in Dossouye aussah... als wüßte sie besser als Dossouye selbst, was Dossouye brauchte...*
Marwe nahm sie in ihre Arme, die beiden Frauen sanken auf den Boden des *kwetu*, und Dossouye ergab sich dem Zauber der Waldfrau.

»Sag mir, wer du bist«, flüsterte Marwe Dossouye ins Ohr.
Sie lagen nebeneinander, Arme glitten über glattes Fleisch, Beine verschlangen sich. Marwes Rock und *manyoya* lagen neben ihnen, Dossouyes Lendenschurz dabei. Dunkelheit und Schweiß waren ihre Decke.
Obwohl sie schläfrig und gesättigt war, begann Dossouye, Marwe von ihrem früheren Leben als *ahosi*, als Soldatin von Abomey, zu erzählen. Sie berichtete, wie sie im Traum erwählt worden war, das heilige Schwert zu schwingen, das ihr Reich vor der Eroberung durch die Ashanti gerettet hatte, und wie sie gesehen hatte, daß eine eifersüchtige Rivalin den Baum zerstörte, der zwei ihrer drei Seelen hütete. Weil ihr nur noch eine einzige Seele geblieben war, hätte sie mit ihrem Baum sterben müssen, aber sie starb nicht... zutiefst verwirrt, hatte sie sich selbst aus ihrer Heimat verbannt, wo sie ein Widerspruch im Geiste geworden war.

Sie erzählte von ihren Wanderungen seither... weiter und weiter hatte sie sich von den Königreichen des Westens entfernt, tiefer und tiefer war sie in die Wildnis eingedrungen. Sie schilderte Marwe die Begegnungen, die sie in der spärlich bevölkerten Einöde gehabt hatte: Zusammenstöße mit Geistern, Dämonen, Zauberern und Räubern. Sie wußte selbst nicht, wonach sie eigentlich suchte... vielleicht nach ihren verlorenen Seelen...
Noch nie hatte Dossouye sich jemandem anvertraut wie jetzt Marwe. Während sie sprach, blieb die Waldfrau stumm. Immer wenn sie fühlte, wie sich unter der Haut der *ahosi* die Muskeln zu spannen anfingen, streichelte Marwe die andere, bis die Spannung nachließ.
Als Dossouye geendet hatte, sagte Marwe eine Weile gar nichts. Dann änderte sie ihre Lage, bis ihr Gesicht dem der *ahosi* ganz nahe war.
»Du bleibst bei mir«, erklärte Marwe. Es war mehr eine Feststellung als eine Frage, aber es lag auch die Andeutung einer Wahlmöglichkeit darin.
Sekundenlang war Dossouyes Kopf ganz klar. Die Nebel waren verschwunden, und kein Zauber beeinflußte sie. Ihre Antwort auf Marwes Erklärung war ein einziges Wort:
»Ja.«

Die Zeit floß schnell dahin, wie ein Bach, der Hochwasser führt. Dossouye verbrachte die Tage im Wald auf der Jagd oder half Marwe, ihre Blumen und Früchte zu pflegen. Gbo wanderte von der Lichtung fort und kehrte zurück, ohne das leiseste Anzeichen von Verwilderung. Dossouye vermutete, daß er noch immer das gehörnte Tier traf, obwohl sie es seit dem Tag auf der Lichtung nicht wiedergesehen hatte. Als Dossouye Marwe nach dem geheimnisvollen Geschöpf fragte, lächelte die Waldfrau nur.
Dossouye holte Gbos Sattel und Zaum, aber die Reitausrüstung blieb im *kwetu*. Der Kampfstier gehorchte beiden Frauen in gleicher Weise, und Dossouye war nicht eifersüchtig auf die Zuneigung Gbos zu Marwe.

Nachts führten Dossouye und Marwe lange Gespräche und liebten sich. Meist war es Dossouye, die redete; die Neugier der Waldfrau auf die Welt außerhalb ihres Waldes war unersättlich. Nacht für Nacht füllte Dossouye das dunkle Innere des Hauses mit Geschichten von Abomey und seinen Nachbarkönigreichen. Vieles von dem, was die *ahosi* über die entfernteren Länder im Westen wußte, war unvollständig, aber das hinderte Marwe nicht, Dossouyes Worte mit dem Eifer eines Kindes aufzusaugen.

»Hast du nie den Wunsch gehabt, von hier wegzugehen und die Länder zu sehen, von denen zu hören du niemals müde wirst?« fragte Dossouye eines Nachts.

»Nein. Möchtest du dorthin zurückkehren?«

»Nein«, antwortete Dossouye nach einer Pause.

Marwes Gesicht ruhte an Dossouyes Schulter. Die *ahosi* spürte, wie die Lippen der Waldfrau sich zu einem Lächeln kräuselten, das ihre Haut streichelte. Dann erforschte Marwes Zunge die Stelle zwischen Dossouyes Hals und Schultern. Und Dossouye vergaß das Unbehagen, das angefangen hatte, an den Rändern ihrer Zufriedenheit zu nagen.

Was ist mit mir geschehen? schrie eine Stimme in ihr.

Dossouye beachtete die Stimme nicht und ließ sich von angenehmen Empfindungen einhüllen.

Als die ersten Regengüsse der feuchten Jahreszeit fielen, wurde Marwes Schwangerschaft unverkennbar. Es konnte keine andere Erklärung für das Schwellen ihrer Brüste und ihres Bauchs und die Übelkeit geben, die sie überkam, wenn die Sonne aufging.

Eines Tages, als der Regen eine Weile nachgelassen hatte, standen Dossouye und Marwe einander auf der Lichtung gegenüber. Die Sonnenstrahlen verwandelten die im Gras hängenden Tröpfchen in Regenbogenjuwelen.

Das müßige Leben hatte eine neue Schicht Fleisch auf Dossouyes Knochen gelegt, obwohl sie immer noch schlank war. Ihr Ebenholzhaar war jetzt kurz am Kopf abgeschnitten, und die indigoschwarze Haut glänzte im Sonnenschein fast metallisch. Sie trug

einen von Marwes Röcken, ihr Schwert und die Scheide lagen im *kwetu*. Ihre Augen waren klar, ihre Gefühle nicht.
»Wann ist das geschehen?« fragte Dossouye.
»Bevor ich dich kennenlernte.«
»Und davor hat es andere gegeben?«
»Ja.«
»Frauen und Männer?«
Diesmal antwortete Marwe nicht. Dossouye begriff, wie wenig sie in Wirklichkeit über die Waldfrau wußte. Obwohl Marwe aussah und sich anfühlte wie ein Mensch, hatte Dossouye gesehen, wie sich Baumäste nach ihrem Willen beugten.
Wenn sie wirklich eine Zauberin war, hatte Marwe weder Dossouye noch Gbo irgend etwas Böses getan. Freilich fand die *ahosi* oft, daß ihre Wahrnehmungsfähigkeit umwölkt war, als lebe sie in Unwirklichkeit...
Dossouye empfand weder Zorn noch Eifersucht, weil Marwe vor ihr mit anderen gelegen hatte. Trotz der starren Vorschriften in Abomey, die den *ahosi* Schwangerschaften strikt verboten, hatte Dossouye selbst einmal Liebe mit einem Mann geteilt. Aber dieser Mann war eigentlich ein Geist gewesen...
Und was bist du, Marwe? fragte sie sich im stillen.
»Willst du bei mir bleiben bis zur Geburt?«
Marwe bat, sie forderte nicht. Sie legte Dossouye keinen geheimnisvollen Zwang auf. Die Entscheidung lag ganz allein bei ihr. Sie begriff nicht, warum ihre Gefühle sich zu verändern begannen.
»Ich bleibe«, antwortete sie.
Aber sie machte keinen Versuch, Marwe zu umarmen.

Während Regengüsse die Tage überfluteten, wurde Marwes Bauch dicker und Dossouyes Sehnsucht fortzugehen stärker. Nachts schlief sie weiterhin an Marwes Seite. Aber ihre Gespräche wurden seltener, und sie berührten einander nicht mehr.
Manchmal stellte sich Dossouye nackt in den Regen und hoffte, die warmen Wasserströme könnten ihre Unzufriedenheit fort-

spülen. Ihr Leben glich keinem Traum mehr. Das Glücksgefühl war fort. Und sie konnte nicht verstehen, warum...

Ihre frühe Ausbildung zur *ahosi* wollte sie nicht aus ihrem eisernen Griff lassen. Ein schwangere *ahosi* ist eine tote *ahosi*... das war mehr als eine bloße Redensart. Alle Kriegerinnen von Abomey waren die Gemahlinnen des Leopardenkönigs, der sie niemals berührte. Wurde eine *ahosi* von einem anderen Mann schwanger, so enthauptete man sie und ihren Liebhaber. Darum holten die *ahosi* sich das, was sie an Liebe brauchten, voneinander und empfanden die Vorstellung einer Schwangerschaft als abstoßend.

Dossouye wurde zwischen ihrer Liebe zu Marwe und den tief in ihr verwurzelten Bräuchen ihres Volkes hin und her gerissen. Der Regen wusch den Zwiespalt nicht von ihr ab.

Marwes Hand berührte Dossouye an der Schulter, und die *ahosi* erwachte mit einem Ruck. Sie öffnete den Mund und wollte etwas sagen, konnte jedoch kein Wort hervorbringen. Sie konnte sich auch nicht bewegen. Marwes Berührung ließ sie erstarren wie ein Insekt im Netz der Spinne.

»Es ist soweit, Dossouye«, sagte die Waldfrau. »Die Geburt steht kurz bevor. Dann wirst du und Gbo wieder frei sein.«

Dunkelheit erfüllte die Behausung; Dossouye konnte Marwe nicht einmal im Umriß erkennen. Aber sie spürte, daß Marwe noch mehr zu sagen hatte.

»Ich bin kein Mensch, Dossouye. Ich bin aber auch kein Gespenst oder Dämon. Ich bin eine *imandwa* – eine Gestaltwandlerin, ein Waldgeist. Einst lebten wir unter den Völkern des Ostens, die die Rinder verehren. Wir *imandwa* können Frau sein oder Mann, Kuh oder Stier, welche Gestalt wir auch immer annehmen möchten. Die Ostvölker beteten uns an und halfen uns bei der Erneuerung...

Aber die Zeit verging, und die Ostvölker nahmen neue Gewohnheiten an; und sie wandten sich von den *imandwa* ab. Wir zogen uns in die Wildnis zurück. Trotzdem jedoch müssen wir uns erneuern.

Ich war in Kuhgestalt, als ich deine und Gbos Nähe fühlte. Damit war klar, was ich zu tun hatte. Ich nutzte meine Zauberkraft, um Gbo anzuziehen. Gbo ist der Vater meines Kindes. Er ist der Erneuerer.
Aber du, Dossouye... ich habe niemals beabsichtigt, dich zu benutzen. Ich spürte deine Not und versuchte sie zu lindern, so wie es meine Ahnen für die Völker des Ostens taten – bis sie uns nicht mehr brauchten.
So ist es auch mit dir, Dossouye. Du brauchst mich nicht mehr.
Ich habe mich in Kuhgestalt erneuert. In dieser Gestalt muß ich auch gebären. Wenn du erwachst, werde ich nicht mehr hier sein.
Leb wohl, Dossouye. Ich hoffe, deine Reisen führen dich zu dem, was du wirklich brauchst.«
Marwe hob die Hand. Im selben Augenblick verlor Dossouye das Bewußtsein.

Dämmerlicht sickerte in das *kwetu*, als Dossouye die Augen wieder öffnete. Es war der Laut, den sie hörte, von dem sie hellwach wurde – der Schrei eines Tieres, das Schmerzen litt.
Dossouye sprang auf und drängte sich durch die Öffnung des *kwetu*. Draußen hatte der Regen nachgelassen, aber die Luft war immer noch schwer von der Feuchtigkeit der nassen Jahreszeit.
Sie sah Gbo, der neben einem anderen Tier stand, das sich vor Schmerzen wand und stöhnte. Ungeduldig scharrte der Kampfstier den Boden und blickte Dossouye erwartungsvoll an.
Dossouyes Füße trugen sie zu den beiden Tieren. Sie kniete an Marwes Seite nieder. In Kuhgestalt hatte sie das rötliche Fell, die Elfenbeinhörner und die Menschenaugen, an die Dossouye sich erinnerte. Aber diese Augen standen voller Schmerz, und ihre Flanken waren aufgetrieben von dem neuen Leben, das sich hinauszudrängen versuchte.
Dossouye hatte in Abomey in den Ställen der Kampfstiere schweren Geburten beigewohnt. Ein Blick zeigte ihr, daß Marwes Kalb falsch lag.

Die *imandwa* starrte Dossouye an, nacktes Flehen in den Augen. Ohne Zögern griff die *ahosi* in Marwes Leib und zog an dem Kalb, bis sein Kopf die richtige Stellung gefunden hatte. Wehen rieselten über den Körper der *imandwa,* bis endlich das Kalb in Dossouyes Armen lag.
Sein Fell war mitternachtsschwarz... wie Gbos.

Dossouye wartete auf der Lichtung, bis Marwe und das Kalb sich aufgerichtet hatten. Als der langbeinige Säugling seine erste Mahlzeit zu sich nahm, ruhte der Blick der Mutter auf Dossouye. Die Dankbarkeit in ihren Augen leuchtete so stark, daß keine Worte nötig waren.
Marwes Augen folgten Dossouye, als die *ahosi* Gbos Sattelzeug aus dem *kwetu* schleppte. Obwohl er fast einen Regen lang nicht gesattelt oder gezäumt worden war, blieb der Kampfstier ruhig stehen, während Dossouye ihm das Geschirr umschnallte. Dann legte die *ahosi* ihren Lendenschurz an und gürtete sich das Schwert um die Mitte.
Wieder sah sie zu Marwe hinüber. Sie war frei und begriff, daß der Zauber der *imandwa* sie mit nichts belastet hatte. Er hatte nur Wünsche verstärkt, die schon dagewesen waren.
Dossouye ging zu Marwe. Sie schlang die Arme um den Hals der *imandwa* und preßte das Gesicht an den langen, anmutigen Kopf der Gestaltwandlerin.
»Eines Tages komme ich zurück«, flüsterte sie.
Einen Augenblick später saß sie im Sattel und drängte Gbo von der Lichtung fort. Sie hörte erst auf zu reiten, als die Bäume wieder gerade in die Höhe wuchsen.

MAVIS J. ANDREWS

Wenn man als Leser das Ende einer Anthologie erreicht, leidet man meistens an Überfütterung, selbst wenn die Literatur noch so gut ist. Darum versuche ich immer, mit einer ganz kurzen Story aufzuhören, die aber einen besonderen Pfiff hat, damit sich der Leser wünscht, es ginge noch weiter.
Vier Tage vor Einsendeschluß erreichte mich diese hier.
Alles, was wir von Mavis J. Andrews wissen, ist, daß sie an verschiedenen Orten Kanadas gelebt hat und jetzt in einem Vorort von Toronto wohnt. Sie hat zwei kleine Söhne und verdient ihren Lebensunterhalt als Justizsekretärin. Nach ihrer Erzählung zu urteilen, verfügt sie über einen scharfen Witz und Sprachtalent. Auch sie arbeitet an einem Roman – aber das ist bei allen so. – M. Z. B.

MAVIS J. ANDREWS

Die Jäger

Die mageren Strahlen des Tageslichts warfen lange Schatten über das stille weiße Land. Jaed hockte schweigend neben einer Ansammlung von Büschen mit kahlen Zweigen oben auf der Spitze des Hügels und sah über den gefrorenen Abhang nach unten, wo auf dem Eis ihr Boot lag. Dort mußte sie hin.

Jaed schien ein Teil des graubraunen Gebüschs zu sein. Während ihre dunklen Augen die Schatten des Schnees absuchten, bewegte sie sich nicht. Sie war in zerrissenes Wildleder gekleidet, das lange schwarze Haar hielt ein Lederband zusammen. Die rechte Hand umklammerte ein langes Messer. Der linke Arm hing verrenkt und nutzlos herunter. Ihre Kleidung war voller Blut, und lange Kratzer mit geronnenem Blut verunstalteten auch ihr Gesicht.

Es war eine Jagd wie alle anderen gewesen, bis die Morwölfe angriffen, die riesigen schwarzen Wölfe des Nordlandes. Seit undenklicher Zeit waren die Morwölfe nicht so früh im Jahr so weit nach Süden gekommen. Der Stamm hatte damit gerechnet, noch zwei Monate frei jagen zu können. Die Nordländer mußten schon früh unter den Schneemassen erstickt sein, um die Morwölfe jetzt schon südwärts zu treiben, das wußte Jaed. Ihre Zeit war erst gekommen, wenn der tödliche Eiswind über das Land fegte; dann blieb der Stamm in den sicheren Höhlen und überließ den furchtbaren Jägern die gefrorenen Einöden.

Die Morwölfe wanderten in Rudeln, jagten jedoch paarweise. Jaed hatte Glück gehabt, daß sie morgens am östlichen Bergkamm nur auf ein einziges Paar gestoßen war. Sie hatte gerade die Höhe erreicht, als sie sie sah – zwei gewaltige Geschöpfe, die Schulter an Schulter weit unten über den Geröllhang trabten. Sie erkannte sie nach den geflüsterten Erzählungen der Stammesältesten und gefror zu Eis. Die Wölfe blieben stehen und wandten jäh die Köpfe nach ihr. Höher als die Höhe eines Jägers standen sie, die scharfen Ohren nach vorn gespitzt. Ihre Augen waren brennender Bernstein, und die Kraft ihres Blickes traf sie wie ein Speer. Nur eine Sekunde verharrten sie, dann sprangen sie in großen Sätzen auf sie zu.

Sie hatte den Eschenbogen für den Bock, den sie zu finden gehofft hatte, schußbereit gehalten. Es blieb ihr Zeit, ihre vier Pfeile in rascher Folge abzuschießen, und alle trafen ihr Ziel, die riesige, breite, schwarze Brust der Tiere. Das Gift in den Pfeilen ließ sie langsamer werden, aber immer noch rasten sie auf sie zu, und die gelben Augen glänzten vor Hunger. Ihr war, als könnte sie ihren Jagdruf hören, den lautlosen Schrei von Gehirn zu Gehirn.

Der kleinere stolperte und stürzte auf den festen Packschnee, vom Gift gefällt. Noch einmal bäumte er sich auf und lag dann still. Der andere rannte weiter.

Jaed machte sich bereit. Der Morwolf sprang. Jaed stach mit dem Messer zu und fiel in den Schnee. Mächtige Kiefer schlossen sich um ihre Arme, Krallen zerfetzten sie. Jaed focht mit aller Kraft des in die Enge getriebenen Jägers. Plötzlich sackte der mächtige Körper zusammen. Die Morwölfe waren tot.

Das Gift hatte sie getötet. Jaeds Messer hatte sie davor bewahrt, mit ihnen zu sterben, aber nicht ohne Kosten für sie selbst. Jetzt jagte das ganze Rudel sie. Sie mußten den Todesschrei gehört haben; alle würden antworten.

Jaed hielt ihren Verstand so still wie ihren Körper. Sie ließ nicht zu, daß die Furcht, die sich in ihr krümmte, sich aufrichtete und zu wittern anfing. An den Feuern ihrer Winterlager flüsterten die alten Jäger des Stammes einander zu, daß es einen langsamen und grausamen Tod bedeutete, wenn man von einem ganzen Rudel Morwölfe zerfleischt wurde; aber in ihre Gewalt zu geraten, wenn man einen der ihren getötet hatte, war schlimmer als der Tod.

Sie konnte sie sehen, dunkle Schatten, die sich geräuschlos über die dunklen Hänge bewegten und auf sie warteten.

Sie mußte fort von hier. Sie sprang aus der Deckung der Büsche und rannte, bis ihr Puls wie Trommelschlag in ihrem Kopf dröhnte und ihre Lungen in Flammen standen. Durch das Hämmern ihres Herzens schien sie ihre stummen Schreie zu hören. Sie erkannte die Schatten, die von den Hügeln huschten. Sie kamen immer näher, aber sie hielt den Gedanken an ihr Boot vor sich wie einen inneren Schild. Sie mußte es nur bis dorthin schaffen. Schnell wie der Wind würde es über den gefrorenen See gleiten, viel schneller als die Morwölfe. Dann wäre sie in Sicherheit.

Fast war sie da. Sie wußte, daß es ihr gelingen würde. Dann verfing sich ihr Fuß an einem herausragenden Ast. Er hatte nur wie eine leichte Schneewehe ausgesehen. Aber er war im Boden festgefroren. Der Schwung ihrer Flucht schleuderte sie kopfüber in den Schnee.

Sie landete hart. Der Aufprall raubte ihr den Atem. Sie wand sich und versuchte aufzustehen, aber der linke Fuß war eingeklemmt. Schmerz durchzuckte ihr Bein und strömte durch ihren Körper, als sie daran zerrte.

Dann füllte der heiße, hungrige Geruch der Morwölfe ihre Nüstern, als sich die gewaltigen schwarzen Geschöpfe, einer nach dem anderen, lautlos im Kreise um sie aufstellten. Einen gefrorenen Augenblick lang begegnete ihr Blick den gelben Augen des Grauschnauzigen. Sie versuchte, sich an die Worte des Gebets zu erinnern, das ihre Mutter sie gelehrt hatte, versuchte, sich ihre Mutter vorzustellen, wie sie vor dem Feuer kniete und sanfte Gesänge in die Nacht hinaussummte; aber alles, was sie sah, waren die glänzenden gelben Augen, und alles, was sie hörte, war das Geräusch ihres Herzens, das sich mit dem Hecheln des Wolfsatems mischte. Der Anblick und das Geräusch wuchsen in ihrem Kopf, bis es nichts anderes mehr gab.

Dann wußte sie es.

Jaed hörte einen Aufschrei, als brennender Schmerz ihr das Hirn zerriß, und merkte gar nicht, daß die gequälte Stimme ihre eigene war. Die Schreie füllten ihre Ohren, und sie versank in wirbelnder Schwärze.

Die junge Morwölfin leckte sich den verletzten linken Vorderfuß und kam vorsichtig auf die Füße. Sie atmete den sauberen Schneegeruch und den warmen vertrauten Duft des Rudels ein und schüttelte sich zufrieden. Sie fühlte sich gut, trotz der Schmerzen. Sie würden bald vorbei sein. Die Heiler würden dafür Sorge tragen. Die graue Schnauze ihres Vaters stieß sie sanft an. »Komm, mein Kind.«

Ihr Kopf füllte sich mit dem zufriedenen Brummen des Rudels. »Du bist jetzt eine von uns, Jaed«, sangen die Stimmen. »Es ist Zeit zum Gehen.«

»Ja«, sang Jaed leise zurück. Hinkend begann sie neben ihrem Vater herzulaufen, und nach einem gleichgültigen Blick auf die leere Hülle von etwas, das einmal ein Mensch gewesen war, folgte sie dem Rudel den Berg hinauf und nach Hause.

Marion Zimmer Bradley

Die Feuer von Troia
Roman. Aus dem Amerikanischen von
Manfred Ohl und Hans Sartorius
Band 10287

Luchsmond
Erzählungen. Aus dem Amerikanischen von
V.C. Harksen und Lore Straßl
Band 11444

Lythande
Erzählungen. Aus dem Amerikanischen von
V.C. Harksen und Lore Straßl
Band 10943

Die Nebel von Avalon
Roman. Aus dem Amerikanischen von
Manfred Ohl und Hans Sartorius
Band 8222

Tochter der Nacht
Roman. Aus dem Amerikanischen von
Manfred Ohl und Hans Sartorius
Band 8350

Die Wälder von Albion
Roman. Aus dem Amerikanischen von
Manfred Ohl und Hans Sartorius
687 Seiten. Geb. Wolfgang Krüger Verlag

Fischer Taschenbuch Verlag

fi 1588 / 2